Julia Bähr und Christian Böhm

Wer ins kalte Wasser springt, muss sich warm anziehen

Roman

blanvalet

MIX
Papier aus verantwortungsvollen Quellen
FSC® C014496

Verlagsgruppe Random House FSC® N001967
Das für dieses Buch verwendete FSC®-zertifizierte
Papier *Holmen Book Cream* liefert
Holmen Paper, Hallstavik, Schweden.

1. Auflage
Originalausgabe August 2013
bei Blanvalet, einem Unternehmen der Verlagsgruppe
Random House GmbH, München.

Umschlaggestaltung: © bürosüd° GmbH, München
HS · Herstellung: sam
Satz: KompetenzCenter, Mönchengladbach
Druck und Einband: GGP Media GmbH, Pößneck
Printed in Germany
ISBN: 978-3-442-38024-4

www.blanvalet.de

Für Steffi

Luisa

»Bis zu deiner Hochzeit ist das vorbei!«

Mit diesem Satz hat meine Mutter mich immer getröstet, als ich klein war. Wenn ich mir das Knie aufgeschlagen oder mir jemand die Schaufel im Sandkasten über den Kopf gezogen hatte. Später eigentlich auch noch: wenn ich eine schlechte Note in der Schule hatte oder krank war. Früher hat das immer super funktioniert. Meine Hochzeit erschien mir als goldener Moment, in dem alles wunderbar und in bester Ordnung sein würde – und sehr weit entfernt.

Aber ich wurde älter. Irgendwann war ich zum ersten Mal verkatert und habe es als Grippe getarnt – da kam mir der Satz schon eigenartig vor. Und als ich meinen ersten richtig großen Liebeskummer hatte, antwortete ich meiner Mutter etwas melodramatisch: »Aber ich will nur IHN heiraten!«

Mittlerweile hat sie den Satz aus ihrem Trostrepertoire gestrichen. Er ist ersetzt worden durch: »Du weißt doch, alles wird gut.«

Mir war der alte Satz lieber. Ich vermute, meine Mutter sagt ihn nicht mehr, weil sie ständig mit meiner Hochzeit rechnet und befürchtet, die Frist wäre zu kurz, um bis dahin alles Schlimme vorbeigehen zu lassen. Aber sie hat keine Ahnung! Der Tag meiner Hochzeit ist weiter entfernt denn je. Denn ich bin mit Mark zusammen.

Wie unterschiedlich Männer und Frauen sind, zeigt sich an ihren Vorbereitungen für einen schönen Abend. Bei mir bedeutet das nämlich: Ich gehe aus, zum Beispiel mit meinen Freundinnen, wie heute. Ich mache mich ein bisschen hübsch. Warum, weiß ich eigentlich gar nicht. Vielleicht, weil meine Freundinnen hübsch sind und ich daneben nicht wie Aschenputtel aussehen will. Vielleicht, weil ich heimlich von einer Fernsehkarriere träume, für die ich just an diesem Abend entdeckt werden könnte. Aber wahrscheinlich vor allem, weil vier hübsche Frauen zusammen ein unschlagbares Bild abgeben, von dem ich gerne ein Teil sein möchte. Das bedeutet: umziehen, schminken, frisieren, vielleicht sogar Nagellack.

Mein Freund Mark dagegen wird den Abend mit seinem Kumpel Barnie verbringen, es kommt Fußball im Fernsehen, und das Spiel ist sagenhaft wichtig, weil … Er hat es mir erklärt, aber an der Stelle habe ich aufgehört zuzuhören. Für ihn bedeutet diese Abendplanung: Getränke besorgen. Sonst nichts. Als ich ins Wohnzimmer gehen will, um ihn um seinen Rat in Sachen Outfit zu bitten, bin ich also sehr überrascht, dass er offenbar aufräumt. Ich bleibe auf der Türschwelle stehen und schaue staunend zu. Dann wird mir klar: Mark räumt nicht auf. Er macht Unordnung.

»Mark, was tust du da?«

Mein Freund verschränkt die Hände hinter dem Rücken, aber ich sehe eine alte Zeitung seitlich herauslugen, von der er bereits einzelne Teile strategisch im Raum verteilt hat.

»Äh, ich mache es gemütlich.«

»Du findest es gemütlich, wenn Papier rumliegt?«

»Nicht direkt das Papier, es ist eher … alles«, erklärt Mark und zerrt am Sofa, bis es ein bisschen schief steht. Dann drapiert er eine leere Colaflasche auf dem Couchtisch, die er extra aus der Küche geholt hat.

»Lass mich raten: Du willst nicht, dass Barnie dich für einen zwanghaften Oberspießer hält, bei dem die Stühle parallel zu den Parkettfugen ausgerichtet werden?«

»Kann sein«, sagt Mark und lächelt mich ein wenig verlegen an. Eigentlich ist er der Ordentliche von uns beiden. Meinetwegen hätte es diese Colaflasche nie in die Küche geschafft, ich hätte sie gleich für mindestens eine Woche hier stehen lassen. Mark hat sie rübergetragen. Um sie heute wieder zurückzubringen. Wenn wir Teppiche hätten, würde er jetzt die Fransen absichtlich durcheinanderbringen. Es ist nicht ganz unwahrscheinlich, dass er sie noch zwei Tage zuvor hingebungsvoll gekämmt hätte. Der Mann hat so seine Momente. Zum Glück haben wir keinen Teppich.

Ich würde mich ja jetzt aufregen über das Chaos, aber erstens ist es mir egal und zweitens weiß ich, dass man hier wieder vom Boden essen kann, sobald Barnie eine Viertelstunde aus dem Haus ist. Spätestens dann holt Mark den Dyson raus, den Wischmopp und was sonst noch alles nötig ist, um die Wohnung wieder in ein Meister-Proper-Paradies zu verwandeln. Mich würde nicht wundern, wenn er sogar die Fenster putzt. Gut, mein Freund hat eine leichte Hausstauballergie, aber die ist nicht so schlimm, dass er mindestens ein Mal die Woche unsere Altbauwohnung in einen sterilen OP-Saal verwandeln müsste. Aber besser so als anders. Und ich kümmere mich lieber wieder um meine eigenen Abendvorbereitungen und ziehe mich ins Badezimmer zurück, um mein Gesicht anzumalen.

Obwohl ich bei einem Kosmetikkonzern arbeite, bin ich völlig unfähig, mich selbst zu schminken. Nach jahrelanger Übung bekomme ich immer noch keinen wackelfreien Lidstrich hin, ich finde nie die perfekte Stelle für das

Rouge und weiß auch nicht so recht, wie ich eine Wimpernzange benutzen soll, ohne mir dabei die Augen auszustechen. Noch schlimmer ist es mit Nagellack. Die linke Hand wird immer gut. Die rechte … reden wir nicht davon. Vielleicht bin ich auch einfach ein Grobmotoriker. Denn am Licht oder am Spiegel kann's nicht liegen. Mark hat, wenige Tage bevor ich bei ihm einzog, alles auf den neuesten Stand der Technik und des Designs gebracht. Unser Bad sieht aus wie ein Philippe-Starck-Showroom. Ich fand mein Badezimmer gemütlicher, aber schick ist dieses auf jeden Fall.

Als ich zurück ins Wohnzimmer komme, hat Mark sich bereits quer über unser großes mokkafarbenes Sofa geflätzt. Er liest in einer dieser Männerzeitschriften, die durch ihre Themenwahl immer wieder belegen: Die meisten Kerle sind genauso schlicht veranlagt, wie böswillige Frauen das vermuten. Auf dem Cover prangt der Schriftzug *Ab ins Körbchen! Warum die Ehe den Mann kastriert*. Kein Wunder, dass das nichts wird mit dem Heiratsantrag, den ich mir wünsche.

Ich verabschiede mich mit einem Kuss und rausche ab. Aber vorher lasse ich noch ein paar vermeintlich zufällig herumliegende Zeitungsseiten verschwinden. Nur so zum Spaß.

Seit bald zehn Jahren treffe ich mich mittwochs mit meinen Freundinnen, und genauso lange stehen und liegen immer die gleichen Sachen auf unseren Tischen in allen möglichen Cafés, Kneipen und Bars. Hätten wir diese ganzen Happenings aus Schirmchengetränken, Oliven und lila Handys doch nur fotografiert, wir könnten eine sehenswerte Ausstellung machen. *Suchen Sie den Unter-*

schied!, würde sie heißen. Verändert haben nur wir uns. Wir treffen uns inzwischen nicht mehr so oft in besonders angesagten Läden, weil man vor denen meist keine Parkplätze findet. Außerdem sitzt man auf alten Ledersofas mit Blick auf Stuck einfach bequemer als auf Sperrholzmöbeln mit Blick auf grün angemalte Wände. Leider muss Anna schon um elf nach Hause gehen, weil sie morgens früh aufsteht und ihr Kind in die Krippe bringt. Marie bestellt nur Salat, weil sie in ihre winzigen Karrierefrau-Hosenanzüge passen will. Verena dagegen stürzt sich heute mit umso größerer Begeisterung auf die Oliven, denn sie ist inzwischen im sechsten Monat schwanger. Der Ehering an ihrem Finger funkelt, als sie ihn mir unter die Nase hält.

»Und? Und?«, jauchzt sie.

»Ja, Verena. Toller Ring«, antworte ich folgsam.

»Nein, das meine ich doch gar nicht! Was ist denn jetzt mit dir? Hat er endlich gefragt?«

Drei Gesichter schauen mich gespannt an. Der Abend steht an einem Scheideweg: Champagner bestellen oder über Männer herziehen?

»Hat er nicht«, seufze ich. Kein Champagner.

»Er wird dich nie fragen. Männer sind Arschlöcher, und Frauen sind Trottel!«, sagt Marie und stiert in ihren Daiquiri.

»Natürlich wird er fragen!«, ruft Verena empört.

»Warum wartest du eigentlich? DU solltest ihn fragen«, sagt Anna ganz ruhig. Die hat gut reden. Anna hat tatsächlich mit siebenundzwanzig ihrem Freund einen Antrag gemacht, zack, zack, ein Jahr später war sie verheiratet und schwanger. Die Welt ist ungerecht, und ich werde als alte Jungfer sterben, weil ich so altmodisch bin. Mark gegenüber würde ich das natürlich niemals zugeben. Romantisch, würde ich vielleicht sagen. Nicht altmodisch. Ja, ich bin romantisch, und deshalb wünsche ich mir, dass der Mann meines Herzens mir einen Heiratsantrag macht. Mit Ring und Rosen, Pomp and Circumstance. In jedem dummen Hollywoodschinken wird vorgeturnt, wie das geht – aber Mark bekommt es nicht auf die Reihe. Vielleicht will er auch einfach nicht heiraten. Noch schlimmer: »Vielleicht will er MICH nicht heiraten!« Uuups, das habe ich laut gesagt.

»Jetzt komm aber. Wie sollte jemand dich nicht heiraten wollen? Wenn du einen Penis hättest, würde ich dir sofort einen Antrag machen!«

Hach. Freundinnen. Dafür sind sie da.

»Was du brauchst, ist ein Plan«, referiert Verena im Stile einer Unternehmensberaterin. »Du musst ihn in die perfekte romantische Situation manövrieren, in der er gar nicht anders kann, als dich zu fragen!«

»Super Idee. Das wäre dann der Mittelkreis der Allianz Arena«, stelle ich trocken fest.

»Na und? Wenn's hilft!«

»Nein, danke. Das findet nur Mark romantisch. Mir wäre eher nach Strand, steifer Brise, tosendem Meer. Deshalb habe ich doch diesen Kurzurlaub auf Sylt gebucht. Aber bestimmt kneift Mark wieder.«

»Das glaube ich nicht«, sagt Marie, die offenbar plötzlich aus ihrem Herzschmerzkoma erwacht ist. »Sein Arschlochfreund jedenfalls – du weißt schon wer –, hat mir damals erzählt, dass Mark glaubt, du verlässt ihn, wenn er dir nicht vor deinem einunddreißigsten Geburtstag einen Antrag macht. Du hättest mal gesagt, du wolltest mit dreißig heiraten, und wenn das nicht klappen würde, würdest du alleine nach Neuseeland auswandern und für den Rest deines Lebens als Single Schafe züchten.«

»Wie lustig. Das habe ich gesagt? Und er hat das geglaubt? Ich muss völlig betrunken gewesen sein.«

»Du warst auf Krawall gebürstet und dachtest, du hättest nichts zu verlieren«, erinnert sich Anna und nippt an ihrem Aperol Spritz. »Das war ein lustiger Abend! Aber du würdest ihn nicht wirklich verlassen, wenn er dich nicht fragt. Oder?«

»Nein. Ich weiß nicht. Ich will irgendwann Kinder. Und wenn er mich nicht mal heiratet, will er sicher schon gar nicht mit mir schreiende kleine Bratzen produzieren.«

»Ich will auch Kinder«, sagt Marie und verfällt sofort wieder in ihre Schweigestarre. Verena streichelt ihren Bauch. Sie sieht aus wie ein Walross, aber wie ein sehr glückliches Walross mit echt schöner Haut. Beneidenswert.

Mark

In zehn Minuten beginnt das Spiel. Ich sitze mit Barnie vor dem Fernseher und grüble. Nicht, wer in der Abwehr spielt. Nicht, ob ich Bier oder Wein trinken soll. Schon gar nicht, ob ein knapper Sieg für das Rückspiel in Barcelona reichen würde. Ich denke über wichtigere Dinge nach. Dinge, die größer sind als ich, ja, größer noch als Fußballgötter. Dinge von enormer Wichtigkeit also. Mit Barnie sollte ich das alles nicht besprechen. Nicht nur, weil ich seine Sicht der Dinge bereits kenne. »Hey, Barnie«, beginne ich trotzdem.

»Hm«, brummelt Barnie, während er mit einem verklärten Blick in den Fernseher starrt.

»Ich würde dich gerne mal was fragen.«

»Was?« Die Mannschaften betreten den Rasen. Ich zögere. Barnie greift zur Chipstüte. »Ein Bier würde jetzt nicht schaden.«

Gehorsam stehe ich auf.

»Ein Bier«, gebe ich in der Küche die Bestellung auf, bekomme aber weder eine Antwort noch eine gekühlte Flasche von einem mechanischen Arm gereicht. Mein Kühlschrank ist ein fürchterlicher Stoffel. Keiner, mit dem man nachts zwischen Toilettengang und Fressattacke noch schnell dringende philosophische Probleme besprechen könnte. Mein Bosch ist ein ziemlicher Armleuchter. Wahrscheinlich lässt er bei geschlossener Tür sogar das Licht an, weil er sich sonst fürchtet. So wie ich. Nur dass ich mich nicht vor der Dunkelheit fürchte, sondern vor dem Wochenende.

Es ist meine letzte Chance. Spätestens Sonntagabend muss der Antrag raus sein, sonst starte ich als Single in die neue Woche. *Ist doch super*, würde Barnie sagen. Aber Barnie hat gut reden. Er ist emotional gesehen ein Wrack. Liebe ist für ihn nicht bloß ein Fremdwort. *Liebe* klingt in seinen Ohren nach einem klingonischen Dialekt. Mit ihm über Liebe zu reden, ist wie mit Luisa über Fußball fachzusimpeln. Es führt zu nichts.

Ich weiß noch gut, wie das mit Luisa und mir anfing. Es war der Abend vor meinem dreiunddreißigsten Geburtstag. Barnie rief an und fragte, ob ich noch Lust hätte, nach der Arbeit ein bisschen um die Häuser zu ziehen, in irgendeinen Club zu gehen. Ich kam gerade aus dem

OP. »Nichts lieber als das«, lautete mein spontanes Ja-Wort.

Ich war seit sieben Monaten, drei Wochen, vier Tagen und zwei Stunden Single. Meine große Liebe hatte sich in einen Hamburger Schnösel verliebt. Das müsse ich doch verstehen, hatte Franziska geschimpft. »Mensch, Mark, reiß dich mal zusammen«, waren ihre Abschiedsworte. Zwei Jahre beendete sie in zwei Sekunden. Kurz und schmerzvoll. Seitdem bin ich ein sehr vorsichtiger Mensch, was Beziehungen betrifft. Der Mensch lernt aus seinen Fehlern. Und Franziska war der größte Fehler meines Lebens, wenn man mal von den zehntausend Euro für Telekom-Aktien absieht.

Und dann fand ich Luisa. Ich liebe Luisa. Ich liebe sie so sehr, dass ich nie die richtigen Worte finde, um meine Gefühle für sie zu beschreiben. Entweder weil diese Worte noch nicht erfunden wurden oder weil ich nicht so gut im Reden bin. Ich höre lieber zu. Am liebsten ihr. Luisa kann reden. Gut reden. Schön reden. Nicht nur so daherreden. Ihre Sätze haben Subjekt, Prädikat, Objekt, Kommas, Doppelpunkte, Ausrufezeichen. Selbst Neben- und Schachtelsätze bringt sie noch zu einem wohlklingenden Ende. Ich könnte ihr stundenlang zuhören. Egal, ob sie nun über Kollegen lästert oder ihre Sinneseindrücke beim Verzehr ihrer Lieblingseissorte beschreibt: *Hmmm, hmmm, eine Geschmacksknospenorgie!*

Plötzlich stand sie da. Ich versuchte noch, durch sie hindurch- oder wenigstens an ihr vorbeizuschauen, aber ich konnte meine Augen einfach nicht von ihr lassen, auch wenn sich das vielleicht komisch anhört. Luisa ist nicht nur schön, sie hat diese strahlenden Augen, die dich sofort packen und dein Herz schneller schlagen lassen. So war's jedenfalls bei mir. Es war schon nach zwölf, das Lokal gerammelt voll. Wo sich Barnie herumtrieb, ist bis heute ein großes Rätsel. Ich stand an der Bar, wechselte ab und zu ein paar Worte mit dem Barkeeper, trank meinen Gin Tonic und schaute tief ins Glas.

»Hallo«, sagte Luisa ohne Vorwarnung und lächelte mich an. Dieses Lächeln, war ich mir schon damals sicher, könnte Kriege beenden, Feinde versöhnen, Wasser in Wein verwandeln.

Ich lächelte zurück. Wie ein Geisteskranker vermutlich.

»Du redest nicht viel.«

Ich schüttelte den Kopf, eher aus Verwirrung, als um zu verneinen.

»Schön hier.«

»Äh.«

»Na dann. Hat mich gefreut.«

Als sich das hübsche Mädchen schon fast weggedreht hatte, brachte ich doch noch meinen Mund auf. »Darf ich dich eventuell auf was einladen?«, stammelte ich unbeholfen.

Da war es wieder, ihr Lächeln.

»Was trinkst du?« Ich kam ausnahmsweise gleich zur Sache.

»Einen Cosmopolitan, bitte.«

Ich gab dem Barkeeper ein Zeichen.

Später auf der Clubterrasse redeten wir über Gott und die Welt, beziehungsweise Luisa redete über Gott und die Welt. Ich hörte zu, sah sie an, vergaß die Zeit, die Menschen um uns herum, stellte nur gelegentlich Zwischenfragen, hielt mich sonst aber bedeckt. Obwohl ich ihr mindestens die Welt zu Füßen legen wollte, legte ich nicht gleich alle Karten auf den Tisch. Als ich um fünf Uhr morgens nach Hause kam, wusste ich praktisch alles über sie. Nur nach ihrer Telefonnummer hatte ich in der Hitze des Gefechts nicht gefragt.

In den nächsten Wochen tigerte ich jeden Freitag in den Club. Ich befragte Angestellte, Stammgäste und seltene Gäste, als wären sie Zeugen in einem Mordfall. Ich erfuhr sehr viel Spannendes über sehr viele Menschen – nur Luisas Nummer bekam ich nicht heraus.

Mit Barnie kann ich stundenlang schweigen.

Barnie ist der Prototyp des Schweigers, was wohl auch mit seinem Beruf zusammenhängt. Er ist Psychotherapeut. Zu jeder vollen Stunde legt sich ein anderer Patient auf seine Couch und schüttet ihm das Herz aus. Dr. Bernhard von Denkwitz, wie Barnie im Berufsleben heißt, zählt schon seit einer ganzen Weile zu den hippsten Therapeuten Münchens. Er scheffelt richtig Kohle. Sogar Prominente, wie diese Sängerin oder jener Modelagent, pilgern zu ihm. Von Zeit zu Zeit haben wir gemeinsame Patienten.

Ich sage oft: »Entschuldigen Sie, aber Ihr Busen ist absolut okay. Sie brauchen wirklich nicht aufzudoppeln, aber wenn Sie mit jemandem über Ihre letzte Beziehung oder Ihren Vater reden wollen, dann ist Dr. Denkwitz Ihr Mann.« Praktischerweise liegt Barnies Praxis zwei Stockwerke unter meiner.

Also, das ist jetzt nicht direkt meine Praxis. Ich bin nur angestellt. Mein Chef ist ein höchstdekorierter Professor für plastische Chirurgie, eine echte Koryphäe, der aber mittlerweile die meiste Zeit des Jahres in der neuen Klinik auf Mallorca operiert und nur mehr gelegentlich einfliegt, um nach dem Rechten zu sehen. Deshalb genieße ich hier praktisch Narrenfreiheit.

»Ihr Vollidioten«, brüllt Barnie, als der Barcelona-Sturm unsere Abwehr schwindlig spielt. Er muss es geahnt haben, denn vier Sekunden später zappelt der Ball im Netz. Wir starren entsetzt in den Fernseher, als könnten wir allein kraft unserer Gedanken das Tor wieder rückgängig machen. »Immer dieselbe Scheiße.« Barnie ist richtig ärgerlich. »Nur gut, dass wir nicht in der Scheißarena hocken.« Plötzlich sprudelt es aus ihm heraus. Ein Schimpfwort jagt das nächste. Dann referiert er über Spielsysteme, Teamwork, Taktik. Wenn man ihn so reden hört und *Fußball* durch *Schuhe* ersetzen würde, könnte man denken, Luisa spricht über ihren letzten Shoppingmarathon mit ihren Freundinnen.

In Barnies Augen sind Luisas Freundinnen Zicken, was ihn allerdings nicht daran gehindert hat, mit mindestens einer von ihnen geschlechtlich zu verkehren. Die Dunkelziffer liegt vermutlich weit höher. Marie jedenfalls wunderte sich eine ganze Weile, warum Barnie nie zurückrief. Wer ihren Zorn und damit den Zorn der Clique ausbaden musste, braucht man wohl nicht extra zu erwähnen. »Dein mieser Freund«, meckerte Luisa wochenlang.

Dass es aber allein Barnie zu verdanken war, dass wir uns wiedergefunden haben, erwähnte sie mit keiner Silbe. Ohne ihn gäbe es kein *wir*.

Ich bringe Barnie noch ein Bier.

»Und jetzt?«

»Es ist nur …«, beginne ich. »Ich weiß nicht, Barnie. Ich meine, Liebe ja, aber gleich heiraten? Meine Eltern waren auch verheiratet. Aber genützt hat ihnen das nichts. Ist doch nur ein Wisch vom Amt.«

»Wo steckt Luisa überhaupt?«

»Ist mit ihren Mädels unterwegs.«

»Wie geht's ihrer Freundin, dieser Marie?«

»Mit der du unbedingt intim werden musstest.«

Barnie zuckt mit den Schultern. »Weil sie es wollte. Vergiss das nicht.«

»Werde ich bestimmt nicht.«

»Mach halt 'ne Liste«, lenkt er geschickt vom Thema ab.

»Was für eine Liste?« Ich bin genervt.

»Pro und Kontra. Für und Wider die Ehe.«

»Ich mach doch keine Liste. Wie wär's aber mal mit einem Rat, der wirklich hilft?«

»Bin ich dein Therapeut?«

»Nein, aber mein bester Freund.«

»Mach 'ne Liste.«

»Verdammt noch mal, ich mach keine Liste!«

Barnie seufzt. »Okay, anders gefragt: Was spräche für eine Hochzeit?«

»Liebe!?«

»War das jetzt ein Ausrufe- oder Fragezeichen?«

»Ich habe Angst, Barnie, dass es nicht funktioniert. Dass wir eine wunderbare Beziehung eintauschen gegen die Ehehölle.«

»Guter Punkt. Kontra. Was noch?«

Ich überlege. »Ich möchte jeden Tag mit ihr verbringen.«

»Das tust du erstens schon, und zweitens hört sich das schwul an. Bist du die Frau in eurer Beziehung?«

»Ich weiß nicht, wovon du sprichst«, entgegne ich beleidigt.

»Vielleicht will Luisa gar nicht heiraten.«

»Natürlich will sie das.«

»Hat sie gefragt: Mark, willst du mich heiraten?«

»Nein.«

»Also.«

»Luisa ist altmodisch«, versuche ich meinem besten Freund zu erklären. »Sie würde nie fragen. Für Luisa ist das Männersache.«

»Wenn du aber die Frau bist ...«

Ich werfe Barnie einen bösen Blick zu. Er sieht mal wieder aus wie eine Mischung aus Londoner Dandy und Landlord. Rote Socken, breites Karo, eine Mischung aus Pete Doherty und Prinz Charles. Seine dunkelroten Haare erinnern allerdings eher an Prinzessin Dianas Reitlehrer.

»Schau dir doch diese verheirateten Trottel an, Mark. Den Hansi, den Frank, den Klaus.«

»Die Hochzeit von Klaus war nett.«

»Nett ist scheiße. Ohne diese Cousine ...«

»Ich will's bitte nicht wissen.«

Während Barnie in der zweiten Halbzeit mittels Fernhypnose die gegnerischen Spieler zu beeinflussen versucht, hocke ich mich zu meinem Kühlschrank in die Küche und mache die verdammte Liste. Es dauert keine fünf Minuten, bis auf der Pro-Spalte kein Platz mehr ist. Die Pros beginnen mit Äußerlichkeiten und enden mit Luisas inneren Werten. Man liest ja überall, Männern seien innere Werte egal, aber das stimmt nicht. Luisas Güte, Großzügigkeit, Herzlichkeit, Humor, Mitgefühl und scharfer Verstand sind mir mindestens so wichtig wie ihr hübscher Hintern, ihre grünen Augen, ihre schwarzen Haare, ihr wunderschönes Gesicht. Wenn ich dürfte, würde ich ihr Foto als das Ideal für Schönheit in die Praxis hängen.

»Blöder Kühlschrank«, sage ich zu meinem Kühlschrank. Er zeigt keinerlei Bereitschaft, sich mit einem guten oder wenigstens gut gemeinten Rat einzubringen. Was nutzt es, dass er auf Knopfdruck Eiswürfel auswirft? Ich brauche selten Eiswürfel. Ich brauche jemanden, der mir einen triftigen Grund nennt, warum ich Luisa nicht fragen sollte, meine Frau zu werden.

Ich könnte vor dem Start ins lange Wochenende Migräne oder Bauchschmerzen oder eine schlimme Tropenkrankheit vortäuschen. Luisa würde das allerdings sofort durchschauen. Mein letzter Ausflug in die Tropen liegt nämlich leider schon zehn Jahre zurück, das letzte Mal krank war ich in der Schulzeit. Das Sonderbare ist ja: Den Ring habe ich schon in der Tasche, vor Wochen gekauft. Hoffentlich gefällt er Luisa. Er ist sehr schlicht mit einem kleinen Brillanten. Meine Freundin mag keine fetten Klunker.

Luisa ist geradlinig und unkapriziös. Ihre Lieblingsfarben sind Schwarz und Weiß, was sich auch in ihrem Kleiderschrank widerspiegelt. Wäre sie eine Immobilie, wäre sie bestimmt keine Barockkirche, sondern eher Bauhaus. Als Stadt wäre sie nichts Mittelalterliches, eher Tel Aviv. Hochzeitsreise nach Tel Aviv hätte was. Bloß nicht auf die Malediven. Typisch ich: Ich weiß noch gar nicht, in welcher Form es mit uns weitergeht, und trotzdem denke ich schon über unsere Hochzeitsreise nach.

Luisa

Als ich nach Hause komme, schläft Mark schon. An der Wohnungstür höre ich ihn bereits leise sägen. In einer Ecke der Küche stehen leere Bierflaschen – Barnie was here, eindeutig. Ich ertrage Barnie eigentlich nur, weil er uns damals zusammengebracht hat. Seine superverständnisvolle Psychotherapeutenmasche, mit der er nun in meinem Freundeskreis wildert, geht mir auf den Geist. Aber sie wirkt offenbar. Die Frauen sind nach zwei Stunden Auge in Auge mit seinem Hundeblick der festen Überzeugung, den einfühlsamsten und tiefsinnigsten Mann der Stadt gefunden zu haben. Bald darauf merken sie, dass dieses Wunder an Sensibilität einfach nur mit ihnen ins Bett wollte und nicht mal auf den Gedanken kommen würde, ein paar Tage später anzurufen und über Gefühle zu sprechen. Ich verpasse einer der Bierflaschen einen kleinen Tritt. Es klirrt und scheppert.

Mark hört den Lärm offenbar nebenan im Schlaf, dreht sich auf den Rücken und legt jetzt erst richtig los. Dieser Mann schnarcht wie ein Holzfäller und produziert an Fußballabenden kubikmeterweise Altglas, und trotzdem würde ich ihn sofort heiraten. Wenn er mich denn fragen würde. Er ist klug, witzig und verlässlich. Für Freunde mit Liebeskummer, zu früh aus dem Nest gefallene Vögel und mich ist er immer da. Seine Augen sehen aus wie Schokoglasur, und nach Horrortagen kann man sich wunderbar an die Heldenbrust zwischen seinen breiten Schultern werfen. Meine Mutter ist begeistert von ihm, nur mein Vater kann ihn, glaube ich, nicht besonders leiden.

Mein Vater ist der beste Vater der Welt, aber er hat einen leichten Hang zu Machtdemonstrationen und, nun ja, Gewaltandrohungen gegenüber meinem Lebensgefährten. Er hat natürlich noch nie eine davon umgesetzt, aber sie wirken für Fremde recht überzeugend. So hat er früher schon einige in die Flucht geschlagen – aber Mark lässt sich nicht mal davon aus der Ruhe bringen. Wahrscheinlich findet meine Mutter ihn deshalb so toll. Wenn ich mich bei ihr über mein antragloses Leben beklage, setzt sie zu Vorträgen darüber an, dass eine Frau einen Mann niemals unter Druck setzen sollte. »Sonst rennt der am Ende noch davon! Und dann stehst du alleine da.«

Müde bin ich noch nicht. Ich fange an, meinen Koffer für Sylt zu packen. Was zieht man eigentlich an für den dritten Kurztrip, auf dem man vergebens auf eine bestimmte Frage hofft? Ich habe die ganzen schlichten Sachen mit edlem Touch schon bei unseren verlängerten Wochenenden in Paris und London angehabt. Diese Art von Kleid, die unglaublich Eindruck schindet, bei der man aber doch noch mit dem Satz »Ach, das habe ich nur schnell übergeworfen« durchkommt. Jetzt also Sylt. Da ist sowieso eher Outdoorkleidung angesagt. Ich greife nach den Regensachen. Hoffentlich hat Mark nicht mitten in einem Unwetter einen seiner typischen Anfälle von Spontaneität und steckt mir einen Ring an, während ich diese ungemein praktische Schöffel-Jacke trage, in der ich aussehe wie ein blauer Elefant. Das würde zu ihm passen.

Als er das erste Mal »Ich liebe dich« zu mir sagte, räumten wir gerade mit Freunden nach einer Party meine Küche auf. Ich hielt in der linken Hand eine Bierflasche, die als Aschenbecher benutzt worden war, und in der rechten Hand eine Schale mit den traurigen Überbleibseln eines Nudelsalats, und er raunte mir, während er seine Arme um mich schlang, die drei Worte von hinten ins Ohr. So dezent und leise, dass es wahrscheinlich auch die Nachbarn gehört haben. Meine Freunde erfuhren also im gleichen Moment wie ich, dass es etwas Ernstes mit uns war. Was für ein intimer Moment, mit heftig angetrunkenen Menschen um uns herum, die neugierig auf meine Reaktion warteten. Nur eine großformatige Anzeige in der Zeitung, eine Radiodurchsage oder ein Flugzeug mit Banner hätten mich noch verlegener gemacht. Vielleicht sollte ich für Sylt auch Baldrian einpacken, damit ich Mark im Notfall sedieren kann, wenn er wieder auf solche Ideen kommt.

Auf die Allwetterkleidung lege ich ein Sommerkleid – das werde ich im Frühling auf Sylt wahrscheinlich nicht brauchen, aber man weiß ja nie. Außerdem habe ich gerade die perfekten Schuhe dazu gekauft, mit kleinem, schwarz-weißem Hahnentrittmuster. Die müssen auch mit. Mark wird sich wieder darüber lustig machen, dass ich für drei Tage fünf Paar Schuhe mitnehme, aber er ist nun mal ein Mann und hat keine Ahnung. Was denken die eigentlich, wie wir es schaffen, schön für sie auszusehen? Das geht nur, weil wir immer einen Haufen Klamotten mitschleppen und ewig im Bad brauchen zum Beineepilieren, Achselrasieren, Zehennägellackieren, Brauenzupfen, Wimpernbiegen, Nasepudern und Haareföhnen. Wenn wir all das nicht machen würden, wären wir morgens immer superschnell fertig, aber dafür hätten wir zusammengewachsene Augenbrauen, eine Frisur wie ein explodiertes Sofakissen und rote Flecken im Gesicht. Dann würden wir eine alte Jeans und ein quergestreiftes Polohemd anziehen, und die Enttäuschung der Herren wäre groß. Dabei machen sie das doch selbst genauso.

Aber daran sollte man sich nicht orientieren. Ich packe ein Spitzennachthemd ein. »Mit Speck fängt man Mäuse«, würde meine Mutter jetzt sagen und dann erschreckt beteuern, dass sie mit dem Speck nicht etwa meine Hüften gemeint hätte. Es folgen ein Massageöl und ziemlich unsichtbare Unterwäsche. Mark macht mir vielleicht keinen Heiratsantrag, aber wir haben immerhin ein paar Tage frei und fahren zusammen weg. Auch das muss gefeiert werden. Das Leben ist schon stressig genug.

Mark

Um sechs klingelt der Wecker. Laut und fies. Ich versuche, das elende Ding zu stoppen. Luisa hasst es, wenn ihr Schlaf vor der Zeit endet. Ich habe drei Sekunden, bis sie aufwacht, und drücke schnell den Aus-Knopf. Was sie wohl träumt?

Dummerweise stürze ich beim Weg aus dem Schlafzimmer über einen Koffer und wecke beim Aufprall mindestens das halbe Haus auf. Auf jeden Fall aber Luisa.

»Was machst du da?«

»Schlaf weiter, Süße.«

»Bei dem Krach.«

Sollte Luisa am Abend auf die morgendliche Ruhestörung zu sprechen kommen, werde ich alles abstreiten und behaupten, sie hätte einfach schlecht geträumt. Ich sehe ihr noch einen Moment beim Schlafen zu. Luisa gehört nicht zu den Menschen, die sich dabei hin- und herwälzen, um sich schlagen, reden oder schimpfen. Problemen, Ärger und Streit verwehrt sie den Zutritt zu Morpheus' Reich. Manchmal kann ich es gar nicht fassen, dass sie meine Freundin ist. Und manchmal glaube ich auch, dass ich jemand so Ehrlichen und Liebevollen gar nicht verdient habe.

Franziska, meine Ex, die hatte ich verdient. Die war anders. Die war das glatte Gegenteil von Luisa: egozentrisch, missgünstig, vorlaut, streitsüchtig, aufmerksamkeitheischend. Luisa ist temperamentvoll, aber meistens die Sanftmut in Person. Ich konnte mal beobachten, wie sie einem Marienkäfer, der in unserer Küche eine Bruchlandung erlitten hatte, wieder auf die Beine half. Selbst der Dalai Lama wäre vor Rührung in die Knie gegangen. Eine perfektere Partnerin fürs Leben kann sich kein Mann, der noch alle Sinne beieinanderhat, wünschen. Aber Männer sind nicht immer logisch, obwohl das gern behauptet wird. Ich meine, Brad Pitt hat auch Jennifer Aniston verlassen. Würde ich Luisa Conte mit einer Schauspielerin vergleichen, dann am ehesten mit der süßen Jennifer. Franziska wäre die anstrengende Angelina Jolie, die immer alles auf einmal will. Luisa wünscht sich auch Kinder, klar. Aber kein halbes Dutzend. Und sie setzt mich nicht unter Druck.

Mal abgesehen von den wie beiläufig aufgeschlagenen Familienauto-Prospekten auf dem Küchentisch. Mir ist schon das eigentlich zu viel. Ich habe noch nicht einmal das Heiratsproblem richtig gelöst. Und jetzt Kinder? Will ich überhaupt welche? Ich bin nicht der größte Fan von Kindern. Ich muss nicht extra erwähnen, dass Barnie noch weniger Fan ist. An den dritten Geburtstag des kleinen Mats, Sohn von Hansi und Marlena, erinnere ich mich nur, wenn ich muss – und dann mit Grauen. Mats ist ein kleiner Tyrann. Eine Mini-Ausgabe von Darth Vader. Aber nicht von dem lustigen in der Autowerbung.

Sollte ich mal Kinder haben, dann würde ich mit ihnen Fußball spielen. Im eigenen Garten, den ich noch nicht besitze. Im Moment haben Luisa und ich nur einen Balkon. Einen sehr schönen Balkon allerdings, der sich ganz wunderbar an unsere Hundert-Quadratmeter-Altbau-Wohnung anschmiegt. Es ist ein Balkon, um den uns viele beneiden. Schon manches legendäre Grillfest nahm auf ihm seinen spektakulären Anfang und fand dort auch ein jähes Ende. Weil Ruhestörung und Polizei und Beschwerden und so weiter. Unsere Wohnung war früher Barnies und meine Wohnung, bis Barnie sich eine andere Bleibe suchen musste, weil Luisa und ich zusammenziehen wollten. Dabei war er es, der sie für mich gefunden hat.

Ich saß in der Küche und wartete aufs Essen. Aber die Nummern fünfzehn und dreiundvierzig, Frühlingsröllchen und Hühnerfleisch Kung Pao, kamen nicht. Stattdessen stand Barnie in der Tür, im Schlepptau vier beschwipste junge Damen. Barnie sagte etwas, seine Begleiterinnen kicherten, ich seufzte, während ich den Flyer meines Lieblingsasiaten studierte. Aus einer anderen Welt hörte ich Barnie triumphieren: »Wir sind in meinem Zimmer!«

Als ich eine halbe Ewigkeit später aufstand, um dem lieben Herrn Chang am Telefon meine Meinung zu geigen, lächelte sie mich an. Ich erschrak ob der Dimension dieser unheimlich unerwarteten Begegnung. Wenn es noch eines Beweises für die Existenz der Matrix bedurft hatte, so war er erbracht.

»Hier steckst du also«, sagte Luisa, als wäre es das Normalste auf der Welt, dass sie jetzt in meiner Küche stand, und machte einen Schritt auf mich zu.

Ich wollte ihr sagen, dass ich in den vergangenen acht Wochen halb München nach ihr abgesucht hatte und über dieser Suche beinahe den Verstand verloren hätte, dass ich nur mehr an sie denken konnte und alles andere vernachlässigte, dass ich mein Konto überzogen hätte, wenn ich gegen Geld einen Hinweis auf ihre Existenz erhalten hätte. Statt ihr aber all das zu gestehen, nickte ich nur. Und ich grinste dämlich. »Wow!«, verlieh ich immerhin meiner Überraschung Ausdruck.

»Das ist jetzt Zufall, oder?«, fragte Luisa.

»Puh«, entgegnete ich und kratzte mich dabei am Hinterkopf. Ich zog ein »Hmmm« länger als nötig in die Länge, um mir so Zeit für eine geniale Antwort zu verschaffen. Eine Antwort, mit der ich Luisas Herz auf einen Schlag erobern wollte. Leider stand die Genialität meiner Antwort in keiner Relation zur Länge des Denkprozesses. »Ich glaube eigentlich nicht an Zufälle!«

»Dann ist es Schicksal?«

»Keine Ahnung.«

Wir schwiegen einen Moment.

Während dieser Sekunde, in der wir nichts sagten und uns nur in die Augen sahen, habe ich mich verliebt. Spätestens jetzt war klar, dass ich Luisa nicht wieder so einfach gehen lassen würde. Während Barnie sich im Glanz ihrer Freundinnen sonnte, aßen wir Frühlingsrollen und Hühnchen, tranken Reiswein und redeten über Filme, über Musik und über das Leben. Ich hoffte, dass Luisa eines Tages meine Frau werden würde.

Und jetzt, da es so weit sein könnte, bekomme ich plötzlich kalte Füße. Dabei wäre ich mit fünfunddreißig eigentlich im besten Alter. Ich stehe mit beiden Beinen im Leben, verdiene ausreichend und habe genug von der Welt gesehen. Wovor habe ich Schiss? Es ist doch nur ein kleiner Schritt für mich, kein großer für die Menschheit. Grob geschätzt sind Milliarden Menschen auf diesem Planeten verheiratet. Ich wäre nur einer von vielen.

Im Bus starrt mich ein Typ an und lacht. Wahrscheinlich lacht er mich aus, weil ich schon wieder zweifle und mich schon wieder beim Rasieren geschnitten habe. Das passiert mir in letzter Zeit häufiger. Ich bin mit meinen Gedanken einfach oft woanders.

Auf dem Weg in die Arbeit lasse ich die morgendliche Stadt an mir vorbeiziehen. Ich denke schon jetzt an den Feierabend. Auf RTL kommen neue Folgen von *Alarm für Cobra 11*, aber Luisa hat Karten für eine Lesung. Das letzte Mal, als mich meine kunstbesessene Freundin auf so eine Lesung mitgeschleppt hat, bin ich eingeschlafen. Vielleicht lag das aber auch an der Vortragsart des Autors. Und seiner wenig mitreißenden Lesetechnik. Das Buch selbst mochte ich ganz gern. Ein älterer Herr verliebt sich in eine Studentin, lässt alles stehen und liegen und brennt mit ihr durch.

Luisa

Wie spät ist es? 8.24 Uhr, behauptet mein Handy. Ich habe verschlafen! Der Schreck verleiht meinem Hechtsprung aus dem Bett etwas Fabian-Hambüchen-Mäßiges. Mal abgesehen von der Tatsache, dass Fabian Hambüchen a) ein Mann ist, b) sogar im Fernsehen kleiner als ich aussieht und c) wahrscheinlich meine Oberarme mühelos zwischen seinen Fäusten zermalmen könnte. Heute Morgen bin ich Fabian Hambüchen in weiblich, schlaksig und schwächlich. Ich renne in den Flur, überspringe die Hürde Koffer und stolpere in den Wassergraben.

Während das warme Wasser auf mich herunterprasselt, rechne ich: Wenn ich das Frühstück ausfallen lasse und meine Haare nicht föhne, erwische ich vielleicht die U-Bahn um 8.45 Uhr und komme noch pünktlich zur Arbeit. Aber nur, wenn ich mir jetzt sofort überlege, was ich gleich aus dem Schrank zerre und anziehe.

Während ich die fast leere Shampooflasche malträtiere, entscheide ich mich schon mal für das, was ich eigentlich immer zur Arbeit anziehe: eine schwarze Hose, eine weiße Bluse und einen Pullover in irgendeiner Knallfarbe, zu der Schuhe oder Handtasche passen. Es mag feige sein, aber diese Kombination ist in meiner Branche die aufwandsärmste Möglichkeit, anständig auszusehen. Wenn Menschen auf Partys mich fragen, was genau ich in dieser Kosmetikfirma mache, bin ich immer etwas hilflos. Meine mehrteilige englische Berufsbezeichnung kann man niemandem zumuten. *Mädchen für alles* wäre wahrscheinlich eine treffende Beschreibung meiner Tätigkeit. Ich spreche mich mit anderen Abteilungen ab, plane neue Produkte und höre mir unglaublich langweilige Vorträge von Marketingberatern an. Ständig legt mir jemand irgendein Farbmuster hin, über das ich entscheiden soll, aber bitte mit absolut stichhaltiger Begründung, falls jemand in einem der tausend Meetings anderer Meinung sein sollte. Hat jemals jemand eine stichhaltige Begründung dafür ersonnen, warum eine Lippenstifthülle magenta und nicht pink zu sein hat? Mir jedenfalls ist bisher keine eingefallen, weswegen ich an solchen Stellen irgendetwas von »Corporate Colours der Konkurrenz« labere und so lange rede, bis jedweder Widerspruch im Keim erstickt ist. Das habe ich mir von meinem Chef abgeschaut. Es wirkt.

In Apfelgrün und schon halb durchnässt von meinen tropfenden Haaren steige ich in die U-Bahn. Pünktlich!

Meinem Chef wäre es egal, ob ich zehn Minuten früher oder später anfange, aber ich fürchte mich vor meiner Assistentin. Elaine ist Mitte vierzig, trägt eine Lesebrille, über deren Rand sie mich immer strafend anschaut, und scheint der Meinung zu sein, sie könnte meinen Job viel besser machen als ich, wenn sie nur die Chance dazu bekäme. Wahrscheinlich hat sie recht. Jedenfalls sitzt sie schon an ihrem Platz, als ich um 9.03 Uhr ankomme. Meine quietschgrüne Handtasche bedenkt sie mit einem verächtlichen Kopfschütteln. Sie selbst trägt immer irgendwelche braun-beigen Ledermonster am Arm, auf denen entweder groß oder hundertfach der Markenname steht. Ihr Mann schenkt sie ihr zu hohen Feiertagen. Er besitzt ein Autohaus im Umland, und manchmal stelle ich mir vor, wie sie abends dorthin nach Hause kommt, orthopädische Schuhe anzieht und vor dem Fernseher in der Nase bohrt. Dann fühle ich mich immer für kurze Zeit überlegen.

Um Elaines Missbilligung zu entgehen, schließe ich schnell meine Bürotür hinter mir. Durch das Holz hindurch spüre ich, wie sie Nadeln in meinen Rücken schießt. Allmählich werde ich paranoid. Ich brauche dringend Urlaub. Mit einem Stöhnen lasse ich mich auf meinen roten Schreibtischstuhl fallen und lege die Füße auf einen kleinen gelben Rollcontainer. Keine Ahnung, warum sie die Büros hier so schrillbunt eingerichtet haben. Wahrscheinlich hat der Innenarchitekt das Konzept mit dem einer Kita vertauscht, und die haben jetzt coole, geschwungene Plexiglas-Schreibtische und Freischwinger mit unbequemen Armstützen aus Chrom da rumstehen, die sie mit Schokopudding beschmieren.

Mit einem Krachen fliegt die Bürotür wieder auf, und

meine fürchterlich gut gelaunte Kollegin Anita marschiert herein. Anita klopft nie an. Warum auch? Etwas anderes als »Herein« würde sie nicht akzeptieren. Deshalb verliert sie keine Zeit und steht sofort vor meinem Schreibtisch. Sie sieht aus wie alle anderen Frauen in meinem Alter in diesem Laden: hinreißend. Ihr Wickelkleid mit Retromuster sitzt perfekt, ihre Schuhe sind doppelt so hoch wie meine, und ihr Gesicht hat sie sich auf Vogue-Cover-Niveau zurechtgeschminkt. Ich habe nicht den leisesten Schimmer, wann diese Frauen morgens aufstehen. Natürlich mache ich mich auch zurecht, aber lieber am Abend, wenn ich genug Zeit habe. Meine Motivation, das Schönheitsprozedere morgens um sieben zu beginnen, geht gegen null. Deshalb sehe ich neben meinen Kolleginnen oft wie ein Mauerblümchen aus. Aber wenigstens bin ich ausgeschlafen. Heute noch ein bisschen mehr als sonst. Das brauche ich jetzt auch, denn Anita legt sofort in einer beeindruckenden Lautstärke los. »GUTEN MORGEN! TOLLE FARBE, DEIN PULLOVER! WIR HABEN JA GLEICH EIN MEETING WEGEN DER LIPGLOSSLINIE, UND DA WOLLTE ICH DICH SCHON MAL FRAGEN, OB …«

Nach einem ausgesprochen ermüdenden Gespräch über das Für und Wider von Minispiegeln, die man auf den Deckel von Lipglosshülsen kleben könnte, lässt Anita mich zumindest vorübergehend aus dem Schraubstock ihres Geschreis. Endlich komme ich dazu, meine Mails zu checken. Die IT-Abteilung fordert alle Angestellten auf, endlich die Bilder der letzten fünf Weihnachtsfeiern privat zu sichern und vom Server zu entfernen. Und meine Mutter schickt mir einen Link zu einem mehrseitigen Artikel eines Onlinemagazins, der den Titel *Die besten Honey-*

moon-Hotels trägt. Danke, Mama, dass du mich daran erinnerst, dass Mark mich nicht heiratet.

Sie meint es natürlich nicht böse. Meine Mutter würde sich nur so schrecklich freuen, wenn wir endlich heirateten. Und ich mich ja auch, das weiß sie. Nur scheint sie davon auszugehen, dass Mark das im Grunde seines Herzens auch herbeisehnt, und ich glaube das nicht. Als letztes Jahr die Einladung zur Hochzeit von Klaus in unserem Briefkasten lag, hat er ein Gesicht gemacht, als müsste er sich gleich übergeben. Dann hat er sich ins Wohnzimmer eingeschlossen, aber durch die Tür konnte ich seine Worte gut verstehen: »Klaus! Was soll das jetzt? Ist sie schwanger, oder warum musst du sie auf einmal heiraten? Ich kenne einen guten Anwalt! Wir holen dich da raus!«

Natürlich wollte Klaus gar nicht da rausgeholt werden. Er liebt Tina, und schwanger war sie auch nicht. Ganz ohne Not hat er sie geheiratet, einfach so, weil er wollte und sie auch. Manchmal sind die Dinge so einfach. Nur mein Freund ist ein Gestörter. Ein Beziehungsneurotiker. Was man im Alltag nicht merkt, sondern nur, wenn es ums Heiraten geht. Ich schicke dem Gestörten eine SMS: *Bist du heute morgen über meinen Koffer gefallen, oder hab ich das geträumt? Jedenfalls hoffe ich, du bist unverletzt. Denn morgen fahren wir weg!*

Dann schnappe ich mir meine Unterlagen und gehe zum Lipgloss-Meeting. Schon an der Tür erwartet mich unser Produktdesignchef, ein schräger Vogel. Er sieht aus wie ein von Hugo Boss eingekleideter Bergführer, spricht und gestikuliert wie Harald Glööckler. Frauen halten ihn anfangs für schwul, verabreden sich mit ihm für einen DVD-Abend, und ehe sie sich's versehen, wälzen sie sich bereits mit ihm durch die Laken. Dieser Mann ist ein Trojanisches Pferd, aus dem nachts Sex krabbelt. Das weiß ich aber nur, weil eine unserer Grafikerinnen mal auf ihn reingefallen ist und mich am nächsten Morgen an der Kaffeemaschine entsetzt gefragt hat: »Wusstest du, dass Mike mit Frauen schläft?«

Mit mir hat Mike aber gerade etwas ganz anderes vor. Er hebt zu einem dieser Sätze an, die mit »Du findest doch auch, dass …« beginnen und mich grundsätzlich misstrauisch machen. Braucht er eine Mehrheit für irgendeine Schnapsidee und hofft, ich wäre gleichgültig genug, ihn zu unterstützen?

»Lass uns darüber doch gleich im Plenum sprechen«, unterbreche ich ihn zuckersüß. Dann setze ich mich an den Konferenztisch und schalte auf Autopilot. Es geht um die ideale Glosskonsistenz, die ideale Farbpalette und die ideale Packungsgröße.

Manchmal kann ich es nicht glauben, dass ich Kunstgeschichte studiert habe, um dann über Make-up zu diskutieren. Nicht, dass ich selbst künstlerisch veranlagt wäre. Ich kann kein bisschen malen und habe auch beim Töpferkurs in der Unterstufe nur einen windschiefen Aschenbecher zustande gebracht. Umso mehr bewundere ich Maler und Bildhauer. Und Lyriker. Wenn ich kreativer und begabter wäre, würde ich jetzt wahrscheinlich gerade meine nächste Ausstellung vorbereiten oder mich mit meinem Übersetzer ins Finnische treffen. Bin ich aber nicht. Also heißt es für mich: Lipgloss-Konferenz.

»Wir haben uns gedacht, man könnte einen integrierten Spiegel leicht puderfarben einfärben«, sagt Mike gerade. »Auf diese Weise sähe die Kundin darin ebenmäßiger und gebräunter aus. Eine farbgetreue Wiedergabe der Realität ist sowieso unnötig, weil die Kundin ja eigentlich nur wissen will, ob sie mit dem Applikationsschwämmchen ihre Lippen richtig trifft.«

Die Kollegin aus dem Marketing, die immer gegen alles ist, meldet sich sofort zu Wort. »Das ist eine totale Kundenverarsche! Die Frauen wollen heutzutage genau so aussehen, wie sie aussehen, und nicht künstlich verbessert«, behauptet sie.

Mike gibt zu bedenken, ob die Frauen sich überhaupt einen Lipgloss kaufen, wenn sie doch so zufrieden sind mit ihrem natürlichen Aussehen.

Das Argument sticht. Die meisten sind seiner Meinung, ich auch. Alles, was mich ebenmäßiger und gebräunter aussehen lässt, kann auf meine Unterstützung zählen.

Das Stühlerücken reißt mich aus meinen Gedanken. Zufrieden verlasse ich den Konferenzraum. In anderthalb Stunden öffnet die Kantine, und mein frühstücksloser Magen freut sich schon.

Mark hat zurückgeschrieben: *Koffer? Welcher Koffer? Süße, du musst geträumt haben. Heute schon zwei Botox. Lass das ja nie machen, die alten Eulen haben gar keine Mimik mehr. Küsse.*

Botox, ich? Hm. Mit Anfang zwanzig habe ich gerne behauptet, dass ich eben einen Pony tragen würde, wenn die Stirnfalten eines Tages kämen. Mit Mitte zwanzig ließ ich mir versuchsweise einen schneiden und musste leider feststellen, dass er mir überhaupt nicht steht. Ich sah kein bisschen wie Sophie Marceau aus. Eher, wie der Name schon sagt: wie ein Pony, dem die Fransen fast in die Augen fallen. Der blöde Pony fiel auch nie schön gleichmäßig. Immer klaffte er irgendwo auf. Das Projekt Pony wurde also beerdigt, bevor sich die ersten Falten zeigten. Jetzt sind sie da, und ich werde mit ihnen leben müssen. Ich finde meine Grübelfalten peinlich, aber Botox finde ich noch peinlicher.

Dass ich mal mit einem Schönheitschirurg liiert sein würde, hätte ich nie gedacht. Eher mit irgendwas Gutmenschelndem, um meine eigene oberflächliche Branche auszugleichen. Ein Jugendarbeiter, ein Ökobauer, ein Anwalt für Menschenrechte vielleicht. Wenn ich Mark frage, ob er nicht findet, ein Arzt sollte heilen und nicht Äußerlichkeiten optimieren, schaut er mich verwirrt an und sagt, seine Patienten empfänden das als Heilung. Er wolle Menschen helfen, und wenn ihnen eine Operation am besten helfe, sei das eben das Mittel ihrer Wahl. Außerdem, betont er an dieser Stelle immer gern, habe er ja auch schon oft Unfallopfern wieder eine schöne Nase verpasst. Das stimmt natürlich. Mal abgesehen von der ethischen Basis ist Mark einfach gut in dem, was er tut. Er ist eigentlich der Bildhauer von uns. Er weiß genau, wie das auszusehen hat, was er modellieren will, und dann macht er es so. Es ist mir ein Rätsel, wie das funktioniert, aber ich bewundere ihn dafür.

Mein Telefon klingelt. Zum Glück ist es nicht Elaine, die mit ihrer schnarrenden Stimme langweilige Anrufer ankündigt. Es ist Mark, und ich freue mich. Zumindest kurzzeitig.

Mark

Aufgelegt! Mitten in meiner Erklärung, warum diese Lesung leider ohne mich stattfinden muss. Der Grund hat einen Namen: Barnie. Diesem Genie, das ich meinen besten

Freund nennen darf, ist ein weiterer Streich in einer ebenso langen wie ruhmreichen Reihe gelungen. Er hat für das seit Monaten ausverkaufte AC/DC-Konzert im Olympiastadion doch noch zwei Karten aufgetrieben. Aber nix eBay, eher dunklere Kanäle.

Luisa wusste Bescheid. Der Deal war, wenn Barnie Karten organisiert, gehe ich nicht mit auf die Lesung. Soll sie doch ihren schwulen Kollegen mitnehmen, diesen Mike. Dann hätte sie wenigstens jemanden, der bereit ist, über diesen ganzen Quatsch zu reden. »Ach, ich weiß auch nicht, aber diese Allegorie im Eröffnungskapitel. Erinnert mich an Thomas Mann, nur ohne die Mann'sche Sprachgewalt.« Oder so. Wenn ich so was höre, möchte ich nur noch tot sein. Ich verstehe nicht, was Luisa am Kunstbetrieb so toll findet. Sind doch nur Wichtigtuer. Der eine stellt Fett aus und sagt, das sei jetzt Kunst. Der andere macht einen Haufen in die Ecke und behauptet das Gleiche. Und dann kommt die Putzfrau und wischt die ganze schöne Kunst weg. Das ist Kunst. Und wenn Angus Young in kurzen Hosen auf die Bühne kommt und Gitarre spielt wie ein junger Gott. Wahrscheinlich ärgert es Luisa auch bloß, dass ich Spaß haben werde, während sie so tun muss, als ob sie sich amüsiere.

Mit Worten kann man gar nicht beschreiben, was die australischen Rocker abliefern. Barnie und ich stehen ganz nah an der Bühne und den Boxen, Schweiß tropft uns nicht nur von der Stirn, ekstatische Wellen fließen durchs Publikum. Wir grölen, schunkeln, feiern. Kein Papst könnte eine solche Messe, ein solches Hochamt, zelebrieren. Es ist eine Offenbarung. Die Band trägt uns, und wir tragen die Band.

Noch eine Stunde nach dem Konzert höre ich die Glocken läuten. Ich hoffe nur, dass ich zu Hause nicht auch die Hells Bells zu hören bekomme. Wenn ich mich beeile, könnte ich noch vor Mitternacht neben Luisa im Bett liegen, stelle ich nach einem Blick auf Barnies Oyster Perpetual fest.

»Was? Jetzt schon heim?« Barnie reagiert entsetzt, als ich ihn in meinen Plan einweihe. Wir schlendern mit zehntausend Gleichgesinnten durch den Olympiapark Richtung U-Bahnhof. Der Abend sei noch zu jung und wir noch viel zu nüchtern, um schon ins Bett zu gehen.

»Wenn ich jetzt nicht gehe, bekomme ich richtig Ärger.«

Barnie schüttelt verwundert seinen Kopf. »Von wem?«

»Von Luisa natürlich.«

»Was bist du gleich wieder? Mann oder Memme? Wolf oder Schaf? Angus Young oder Alexander Klaws?«

Ich sollte mich nicht auf diese Psychospielchen einlassen. Barnie gewinnt immer. Barnie ist vom Fach. Und Barnie weiß ganz genau, wo er mich packen muss. Ich spiele *For those about to rock* auf meiner Luftgitarre. Barnie grölt dazu: »We salute you!«

Wir steigen an der Münchner Freiheit aus und gehen noch auf einen Absacker in eine Kneipe, genauer gesagt in Barnies zweites Wohnzimmer. Ich finde, ein Mann sollte, ja muss sogar, ein Stammlokal haben. Einen Ort, wo man verstanden wird, auch ohne große Worte. Einen Ort, wo man bekannte Gesichter sieht, am besten immer dieselben. Einen Ort, den man jederzeit wieder verlassen kann, aber nicht muss.

Ich habe kein Stammlokal mehr, seit ich mit Luisa zusammenwohne. Luisa geht zwar gerne aus, abends nach der Arbeit eine Kleinigkeit essen oder trinken, aber nie in dieselben Lokalitäten. Luisa ist ein Ausprobierer, ich ein Festhalter. Was Andenken betrifft, ist es genau umgekehrt. Luisa ist ein Behalter, ich ein Wegwerfer. »Aber dieses Bild habe ich doch zum zwölften Geburtstag von meiner Cousine geschenkt bekommen!« Geschenk hin oder her: Deshalb muss es ja noch lange nicht im Wohnzimmer hängen. Vor allem, wenn es scheußlich ist. Letzte Woche konnte ich sie immerhin dazu bewegen, das Allerscheußlichste in einen Karton zu verpacken und in den Keller zu bringen. Unser Keller ist jetzt voll mit Andenken. Dafür stehen meine Langlaufski im Schlafzimmer.

»Und?«, fragt Barnie nach dem ersten langen Schluck.

»Und was?« Wie ich diese Und-Fragen hasse. Ich weiß genau, worauf er anspielt. Und Barnie weiß genau, dass ich weiß, worauf er anspielt. Trotzdem könnte er doch einmal, ein einziges Mal bloß, eine vollständige Frage stellen.

»Diese Schnapsidee!«

»Ich würde eine Heirat nicht grundsätzlich als Schnapsidee bezeichnen. Es gibt Beispiele, die funktionieren.«

»Nenn mir drei.«

»Keine Lust.«

»Weil du nicht kannst.«

Nach dem dritten Glas übermannt mich das schlechte Gewissen. Ich sage zu Barnie, ich müsste mal für kleine Mädchen, steuere die Herrentoilette an und sperre mich in einer Kabine ein. Auf meinem Handy tippe ich eine Kurznachricht für Luisa. *Hallo Süße. Ich liebe dich. Bis später!* Ich drücke auf *Senden*. Noch im selben Moment bereue ich es. »Idiot!«

Eine Liebesbotschaft via SMS zu senden, ist bei genauerer Betrachtung das Erbärmlichste, was ein Mann tun kann. Nichts gegen einen Strauß Blumen, nichts gegen eine schöne Kette, nichts gegen Karten für die Oper, aber Liebes-SMS gehen gar nicht. Nun ist das Kind aber schon im Brunnen. Vor Barnie werde ich so tun, als sei nichts geschehen.

Als ich zu unserem Tisch zurückkomme und mich gerade setzen will, fängt es in meiner Hose zu vibrieren an.

»Dein Dildo«, weist mich Barnie freundlicherweise auf den Anruf hin.

Ich hole das Handy aus der Hose und blicke aufs Display. Es ist Luisa. »Hallo«, melde ich mich möglichst neutral.

»Wo steckst du?«

Ich nenne Luisa Namen und Adresse des Lokals.

»Okay, bis gleich.«

»Was?«, brülle ich entsetzt, höre aber nur noch ein elektronisches Piepen.

Zehn Minuten später kommt Luisa zur Tür herein. Sie trägt ihre supersexy schwarze Hose und einen eng anliegenden grünen Pullover. Im Schlepptau hat sie diesen Mike. Ich ahne Böses. Wenn Barnie auf Mike trifft, könnte das eine Kettenreaktion auslösen, an deren Ende die Vernichtung der Welt steht. Ich muss alles mir Mögliche tun, um einen Zusammenprall zu verhindern. Leider fehlt mir die Zeit. Luisa und Mike stehen bereits vor uns. Zum Abhauen ist es zu spät.

»Darf ich vorstellen – Mike.« Luisa lächelt triumphierend.

Barnie wirft mir einen vielsagenden Blick zu. Ich wende mich schnell ab, springe zackig auf und küsse meine Freundin, die aber nicht zurückküsst.

»Setzt euch«, sage ich mit gespielt guter Laune. »Ich hoffe, ihr hattet eine schöne Lesung.«

»Lesung?« Barnie verdreht die Augen.

»Und wie war's?«, frage ich besänftigend.

»Verlorene Zeit«, antwortet Barnie ungefragt. Er ist in Lästerlaune.

Herzlichen Dank auch. Für das Funkeln in Luisas Augen. Wer noch nie einen Vulkan kurz vorm Ausbruch gesehen hat, müsste jetzt nur meine Freundin anschauen. Ich erwarte das Schlimmste und kalkuliere Verluste ein.

Luisa

Ich bin sauer. Und ich habe unglaublich viel Spaß dabei. Spaß, weil ich weiß, dass die beste Rache an Mark und Barnie für frauenvergessene Männerkumpanei gerade neben mir steht und kreischt: »Marky Mark! Hallooooooo! Wir haben uns ja ewig nicht gesehen!« Dabei reicht meine Wunderwaffe die Hand zum Gruß, als erwarte sie einen Handkuss.

Natürlich kennt Mark all die Geschichten von den Frauen, die Mike flachgelegt hat. Er glaubt sie aber nicht. Oder er denkt, Mike übe heterosexuellen Geschlechtsverkehr nur als Alibi aus, um seine wahren Vorlieben zu verbergen. Der Gute gilt bei den beiden Herren hier also als überschwul und dank seiner touchy Art auch als ein wenig gefährlich. Ich sehe Ärger und Fluchtreflex in Barnies Augen und lasse mich entspannt auf einen Stuhl sinken. Dabei würdige ich den Mann meines Lebens keines Blickes.

Ich hatte einen sehr angenehmen Abend mit Mike, ein paar leckeren Lachshäppchen und einer französischen Lyrikerin. Eigentlich bin ich bestens gelaunt. Aber das braucht Mark nicht zu wissen, denn er soll sich ruhig schuldig fühlen, dass er bei kulturellen Veranstaltungen regelmäßig kneift. Ein Mal im Jahr zerre ich ihn ins Theater, aber das Stück sollte dann wenigstens witzig und bitte nicht zu lang sein, damit er nicht einschläft. Was für ein Banause! Wahrscheinlich würde er diese Abende lieber mit einem Lustigen Taschenbuch auf der Couch verbringen, während sein Gehirn allmählich im Schädel verwest.

Bei der netten Bedienung bestelle ich ein Bier, Mike einen Mai Tai. Barnie schaut erst auf den Kellnerinnenhintern, dann griesgrämig vor sich hin und bemüht sich, möglichst nah zu seinem einzigen Verbündeten Mark zu rücken. Der versucht derweil, gut Wetter zu machen: »Ich bin ja halb taub vom Konzert, AC/DC sind wirklich total laut! Ihr hattet es bestimmt viel ruhiger, was?«

Ich habe wenig Lust, mich zu unterhalten, aber mein kunstbeflissener Kollege springt sofort darauf an. »Hach, es war sagenhaft! Was für ein Sprachgefühl diese Frau hat, was für eine tiefsinnige Metaphorik! Und Französisch ist einfach die Sprache, die mein Herz zum Klingen bringt …«

Wahrscheinlich erwägt Barnie gerade, sich in seinem Bier zu ertränken. Mark dagegen gibt sich echt Mühe, nickt freundlich und fragt an den richtigen Stellen nach. Dabei helfen ihm sicher die vorübergehende Schwerhörigkeit und der Alkoholkonsum, trotzdem bin ich ein bisschen gerührt. Mein grimmiger Blick muss sehr furchteinflößend sein, wenn Mark sich plötzlich so gut benimmt.

Gut für ihn. Sonst hätte ich morgen früh spontan Marie eingepackt und wäre mit ihr nach Sylt geflogen.

Barnie nimmt einen tiefen Schluck, fixiert mich und fragt: »Wie geht's Marie?«

Zwei Dinge daran stören mich. Zum einen scheint er ein talentierter Gedankenleser zu sein, zum anderen hat Mark mir erst vor Kurzem erzählt, dass Barnie sich nicht an Maries Namen erinnern könnte. Scheint sich eher um einen Coolness-Beweis unter Männern gehandelt zu haben.

»Der geht's gut!«, sage ich und unterschlage dabei die zwei Kerle, deretwegen sie seit der Affäre mit Barnie Liebeskummer hatte. Dass sie in Liebesdingen seit Jahren nur Pech hat, braucht der Sack wirklich nicht zu wissen. »Und dir so, Barnie?«

»Ja, geht schon. Muss ja.« Er schaut in seinen Bierschaum, mit Pokerface.

»Was machen deine Patienten?«

»Saufen. Depressionen haben. Ihre Mütter hassen.«

Ah ja. Da diese Konversation an Esprit kaum noch zu überbieten ist, halte ich lieber den Mund und höre beim Duo formidable zu: Mark trumpft gerade damit auf, welche französischen Filme er zuletzt gesehen hat. Dank mir, übrigens. Sogar mit dem Namen der Autorin der Romanvorlage kann er aufwarten. Anna Gavalda. So ein Angeber.

Mike ist hellauf begeistert und sieht aus, als hätte er gerade seinen verschollenen Seelenverwandten zufällig bei McDonald's getroffen. Als er vorschlägt, man könne doch mal einen Männerabend im Kino machen, entgleisen Mark die Gesichtszüge.

»Ja, ähm. Ich weiß nicht.«

»Wieso denn nicht? Nur wir Jungs! Mit Chips und Bier!«

»Hm.« Betreten schaut Mark mich an. Aus seinen Augen ruft es: *Hilfe! Ein Mann will mich flachlegen!*

»Ja, Schatz, mach nur! Das wäre doch nett!«, sage ich heimtückisch grinsend. Erstens ist diese latente Homophobie lächerlich, zweitens ist Mike gar nicht schwul und drittens soll Mark selbst zusehen, wie er aus der Nummer wieder rauskommt.

»Also, ich geh eigentlich immer nur mit *Frauen* ins Kino.« Bedeutungsvoll lässt Mark diese Worte im Raum stehen.

»Ich auch!«, erwidert sein neuer Verehrer nach einer kurzen Pause.

»Nein, ich meine. Also. Ich stehe auf Frauen.«

Mike schaut ihn sehr eigenartig an, ich verdrehe die Augen. Nur Barnie hat endlich wieder Spaß. Er kichert wie ein Schulmädchen.

»Ich will dich nicht flachlegen«, sagt Mike.

O Gott, ist das peinlich! Aber: Wahrscheinlich hat mein werter Kollege mit genau diesem Satz zwei Drittel der Kerben in seiner Bettstatt zustande gebracht. Barnies Kichern wird immer hysterischer, während mein Freund auf einmal sehr nüchtern wirkt.

»Ach so. Entschuldigung«, murmelt er und schaut ein bisschen verlegen.

»Ist schon okay.«

Das Thema gemeinsamer Kinobesuch scheint gestrichen zu sein. Aber schön, dass man sich auf diese Weise etwas näher kennengelernt hat.

Als Mark zu Hause die Tür aufschließt, hat er bereits einen viertelstündigen Monolog meinerseits zum Thema *Wie verhalte ich mich gegenüber den Kollegen meiner Freundin* über sich ergehen lassen müssen. Wenn er mich zu einem seiner Schönschnipplerkongresse mitnehmen würde und ich dort einer der Ärztinnen halböffentlich erotische Absichten unterstellen würde, wäre er schließlich selbst mehr als peinlich berührt. Jetzt fällt sein Blick auf meinen Koffer.

»Ach, du hast ja schon gepackt. Muss ich noch machen.«

»Ja, mach ruhig. Ich schau zu.«

Mark beim Packen zuzuschauen ist nämlich ausgesprochen beeindruckend. Er holt seine Reisetasche aus der Kammer, klappt sie so weit wie möglich auf und stellt sie vor den Schrank. Dann beginnt die Show: Ein Kleidungsstück nach dem anderen wird aus dem Schrank gezogen und ungefaltet in die Tasche gepfeffert, bis dort ein chaotischer Haufen liegt. Ich schaue fasziniert zu und ergötze mich an dem Gefühl, im Auge eines Orkans zu stehen. Leider dauert die Zeremonie bei Wochenendtrips nicht lange. Mark schmeißt auf den Haufen noch seinen Kulturbeutel und eine Fachzeitschrift, das Ladegerät seines Handys und Turnschuhe. Ich staune, wie immer. In der Wohnung ist er ordentlich bis zwanghaft, aber der Inhalt seines Gepäckstücks sieht aus wie ein ungemachtes Bett. Da behaupte noch einer, nur Frauen wären widersprüchlich.

»Wenn du Brustimplantate einsetzt, machst du das dann auch so?«

»Was? Nein. Das ist ja jeweils nur ein Teil.«

Vielleicht ist das der Trick. Wenn er dreißig kleine Reisetaschen hätte, würde er in jede einzelne ein akkurat gefaltetes T-Shirt legen?

Ich suche noch die Flugtickets und die Bestätigung des Hotels in Kampen raus und stecke sie in meine Handtasche, während Mark schon unter der Dusche prustende Geräusche von sich gibt. Als ich unsere Jacken bereitlege, damit wir sie morgen früh nicht vergessen, spüre ich etwas Hartes, Kantiges in seiner Innentasche. Ohne nachzudenken, hole ich es heraus. Es ist ein kleines Kästchen, und es sieht verdammt nach Juwelier aus. Himmel, was mache ich denn jetzt damit? Mark dreht die Dusche ab, und ich lasse das Kästchen flugs wieder in die Tasche gleiten. Nichts ist schlimmer, als bei so etwas erwischt zu werden. Obwohl das da drin ja sicher für mich ist. Oder? Was mache ich, wenn es nicht für mich ist?

Eine halbe Stunde später liege ich neben Mark im Bett und lasse meine Gedanken Achterbahn fahren. Dabei heben sie die Arme in die Luft und kreischen, wie man das eben so macht. Der Lärm in meinem Kopf ist ohrenbetäubend. Ich muss die ganze Zeit an den Film *Tatsächlich Liebe* denken, in dem Emma Thompson kurz vor Weihnachten einen herzförmigen goldenen Anhänger in der Tasche ihres Gatten findet, aber dann nur ein Joni-Mitchell-Album geschenkt bekommt – den Anhänger bekommt seine Sekretärin. Dazwischen denke ich mir, dass ich ja viel jünger als Emma Thompson und also eher die Sekretärin bin, die Heike Makatsch spielt. Das würde dafür sprechen, dass der Inhalt des Kästchens für mich ist. Andererseits ist Heike Makatsch hübscher als ich, zumindest nach Bearbeitung durch eine exzellente Maskenbildnerin. Also bekommt vielleicht doch eine andere das Schmuckstück. Hat Mark eine neue Arzthelferin? Wieso habe ich mich nur immer für zu cool gehalten, um seine Mitarbeiterinnen eifersüchtig zu überwachen? Jetzt weiß ich nicht mal, ob da eine Heike Makatsch dabei ist!

Nebenbei denke ich noch an all die Frauen, die die Taschen ihrer Männer durchwühlen und wegen jeder Kneipenrechnung, die sie dort finden und nicht gleich zuordnen können, ausflippen. Kein Mann will eine Frau an seiner Seite, die ihm nachspioniert. Das ist mir klar. Trotzdem habe ich vorhin das Kästchen herausgenommen. Muss ich ein schlechtes Gewissen haben? Wenigstens habe ich es nicht aufgemacht! Das zeugt ja wohl von übermenschlicher Selbstbeherrschung und großem Respekt vor Marks Privatsphäre. Und es ist doch sicher sowieso für mich. Ein Ring bestimmt. Ein Verlobungsring? Vielleicht hätte ich es geöffnet, wenn Mark nicht im gleichen Moment aus der Dusche gestiegen wäre. Hätte ich? Ja, wahrscheinlich schon. Ich bin eine Horrorfrau, der Albtraum eines jeden Mannes. Viel zu neugierig.

Andererseits ist natürlich alles Marks Schuld! Wie kommt der dazu, so ein Kästchen mit sich herumzutragen? Ich habe es ja zufällig gefunden, damit hätte er doch rechnen müssen. Was soll eine Frau schon denken, wenn sie so etwas findet? Entweder: *Ah, das ist sicher für mich, das mach ich gleich auf.* Oder: *Für wen hat der Arsch das gekauft?* Mark bringt mich absichtlich in diese schwierige Situation, in der ich nur verlieren kann! Das ist gemein von ihm. Ich will gar keinen Schmuck von diesem Fiesling geschenkt bekommen. Ich will nur nie wieder ein Kästchen finden, das mir nicht wenige Minuten später als Geschenk überreicht wird.

Gleichzeitig sitzt im Kassenhäuschen der Achterbahn die Vernunft und sagt immer wieder durch die Lautsprecheranlage, aus der sonst *Eine neue Runde, es geht weiter* dröhnt: *Du musst jetzt schlafen!* Und dann gibt es da noch das Schnarchen von Mark, das einen trägen Beat dazu liefert. An Schlaf ist nicht zu denken. Ich bin fix und fertig. Wenn ich jetzt nicht schlafe, werde ich morgen schrecklich aussehen, und spätestens bei diesem Anblick wird Mark sich doch entschließen, mich übernächtigtes Häufchen Elend zu verlassen und den Ring einer seiner Arzthelferinnen zu schenken. Auch wenn sie nicht wie Heike Makatsch aussieht, sondern eher wie Fritzi Haberlandt. Beim Gedanken daran kann ich schon gar nicht schlafen. *Du steigerst dich gerade in einen albernen Wahn hinein*, sagt die Vernunft in das Mikro meines Kassenhäuschens. Recht hat sie, aber ich kann nichts dagegen tun. *Das ist kindisch*, legt sie nach. »Jaha! Aber du hast mir gar nichts zu sagen, du bist nicht meine Mama!«, murmele ich.

Mark unterbricht sein Schnarchen, dreht sich zu mir und wirft einen Arm um meine Taille. Dann zieht er mich an sich und brummt dabei zufrieden.

Mit den Fingern fahre ich langsam über sein Gesicht. Er riecht nach Duschgel, seine Wangen sind ganz weich. Ich küsse seine Nase und atme tief durch. Der Arzthelferin werd ich's zeigen.

Mark

Dass wir nach diesem Abend noch Sex haben würden, hätte ich nicht geglaubt. Der Heimweg war ja nicht gerade vergnügungssteuerpflichtig. Ich war nur dankbar, dass wir die Lesung, das Konzert und die paar Erfrischungsgetränke nicht weiter durchdiskutieren mussten. Das hätte ohnehin zu nichts geführt – außer vielleicht zu Streit.

Das Schlimmste für mich ist, mit negativen Gedanken einzuschlafen. Wenn ich als Kind das abendliche Geschrei meiner Eltern bis in mein Zimmer hörte, bekam ich oft Albträume. In denen versuchte ich immer zu schlichten, bevor ich irgendwo hinunterfiel. Seitdem hasse ich Felsen, Klippen, Aussichtstürme. Beim Bergsteigen war ich ein Mal und danach nie wieder. Ich bin ein Meer-Typ. Ich liebe das flache Land. Eigentlich dürfte ich nicht so nah an den Alpen wohnen, sondern müsste nach Hamburg oder Holland ziehen. Aus sicherer Entfernung kann ich mit Bergen ganz gut umgehen.

Als ich vorgebe zu schlafen und so vor mich hin schnarche, muss ich an Sylt denken. Ärger im Urlaub ist noch schlimmer als dicke Luft daheim. Ich drehe mich um und lege meinen Arm sanft um Luisas Taille. Sie streichelt meine Wangen, küsst mich zu meiner eigenen Verblüffung auf die Nase. Ich höre sie atmen, öffne meine Augen, ziehe sie noch ein bisschen näher heran, küsse sie auf den Mund, den Hals, meine Hände wandern südwärts. Ich ziehe ihr das Oberteil aus, küsse ihre Schultern, massiere sanft ihre rechte Brust, höre ein leises Stöhnen, küsse ihren Bauch, ziehe Luisa den Slip aus. Sie berührt mit ihren Händen meinen Kopf, der zwischen ihren Schenkeln steckt. Sie sagt, sie wolle mich in sich spüren. Ich gleite wie ein Wellenreiter auf ihren Körper.

»Wow!«, urteilt Luisa einige Zeit später.

»Ja, nicht schlecht«, untertreibe ich maßlos.

Luisa schlägt mir mit der flachen Hand auf die Brust.

»Wofür?«

»Eigenlob stinkt.«

Auf Flugzeuge zu warten ist noch nerviger als verspätete Züge. Über eine Stunde sitzen wir jetzt schon in der Wartehalle. Das Frustrierende ist, dass wir die Maschine von hier aus sogar sehen können. Und was wir sehen, beunruhigt uns. Bullige Männer in verschmierten Overalls schrauben an der Tragfläche unserer Maschine herum. Eine weibliche Stimme bittet über Lautsprecher immer wieder um Geduld. Den Grund für die Verzögerung nennt sie nicht, aber wir sehen auch so genug. Luisa hat sich ebenfalls noch nicht erklärt. Sie hat heute Morgen kaum mit mir gesprochen. Weder beim Frühstück noch auf dem Weg zum Flughafen.

Luisa liest ein Buch, ich lese auf meinem neuen Kindle. Von meiner brillanten Idee, das Bücherregal im Wohnzimmer auszuräumen, die alten Schwarten zu digitalisieren, bei eBay zu versteigern und in Zukunft nur noch elektronische Bücher zu kaufen, war Luisa nicht gerade begeistert. Sie liebe ihre Bücher, hat sie gesagt. Sie könne ohne ihre Bücher nicht leben. Bücher seien für sie, was Fußball für mich wäre, zog sie einen schiefen Vergleich. Bücher und Fußball zu vergleichen, ist wie Fisch und Fleisch gegeneinander aufzuwiegen. Wenn ich ein Chateaubriand haben kann, nehme ich doch keine grätenverseuchte Dorade.

Aber so sind die Frauen – wissen nichts und doch alles besser. Als Mann stehen dir zwei Möglichkeiten zur Auswahl: Entweder du bleibst, wie Barnie, dein Leben lang Single. Oder du arrangierst dich in einer Beziehung.

»Was ist?«, fragt Luisa plötzlich.

»Was soll sein? Ich denke nach.«

»Über uns?«

»Gewissermaßen.«

»Und?«

Ich denke an den Ring in meiner Tasche. Ich könnte es gleich hier hinter mich bringen. Im Terminal 2 am Franz-Josef-Strauß-Airport auf die Knie sinken und um Luisas Hand anhalten. Dann wären wir, ihr Einverständnis vorausgesetzt, verlobt, bevor der Flieger abhebt. Ich stelle mir das einen kurzen Moment lang irgendwie romantisch vor. Wäre eine schöne Allegorie auf unser bewegtes Zeitalter, das einundzwanzigste Jahrhundert, die mobile Gesellschaft, die Rastlosigkeit auf dem Planeten Erde. Außerdem wäre ein Antrag in einer Abflughalle mal was anderes, weniger Klischeebeladenes. Ich bin mir aber sicher, dass Luisa das nicht so toll finden und mit an Sicherheit grenzender Wahrscheinlichkeit mein Gesuch ablehnen würde.

»Unsere Maschine ist nun bereit zum Boarden«, dröhnt es aus den Lautsprechern, bevor ich den Versuch trotzdem unternehmen kann.

»Oh«, brummt Luisa. »Ich geh noch schnell aufs Klo.«

Sie gibt mir einen Kuss auf die Wange, reibt dann mit ihrem Daumen den Lippenstift von der Stelle, auf die sie mich geküsst hat, und verschwindet. Ich hasse Flugzeuge im Allgemeinen, Luisa hasst Flugzeugtoiletten.

Als die Maschine abhebt, ist sie wie ausgewechselt. Sie hält sogar meine Hand und lächelt. Wenn sie mich so anlächelt, liebe ich sie am meisten.

Die Fahrt von dem kleinen Insel-Airport zum Hotel dauert nicht lange. Sylt kannte ich bislang nur aus diesen Besserverdiener-Reportagen im Fernsehen, wo der Tenor immer lautet: zu versnobt, nicht mehr das, was es mal war. Man sollte aber nicht alles glauben, was gesendet wird. Mir gefällt die Insel. Und auch unsere Mitreisenden in dem kleinen Bus machen einen ganz vernünftigen Eindruck. Niemand lässt Austern und Champagner kreisen.

Luisa unterhält sich mit einer Frau über den Duft der Insel. Fast könnte man glauben, wir seien doch auf Sauftour, so blumig und adjektivisch ist diese Unterhaltung. Gut gelaunt höre ich zu und lasse die beiden Damen ungestört ihren olfaktorischen Diskurs führen.

Unser Hotelzimmer ist auch sehr okay. Von dem kleinen runden Balkon aus kann ich das Meer sehen. Es schimmert hinter den Dünen. Ein Windhauch kitzelt mich an der Nase, die Sonne scheint. Fast gefällt es mir schon, was an ein mittleres Wunder grenzt. Normalerweise brauche ich immer ein paar Tage, um mich zu akklimatisieren, mich mit den Gepflogenheiten vor Ort vertraut zu machen, zu wissen, wen man meiden und wessen Nähe man suchen sollte.

»Gefällt es dir schon?«, fragt Luisa vorsichtig.

»Könnte schlimmer sein.« Ich denke an dieses fürchterliche Zimmer in Paris.

Luisa klatscht in die Hände und strahlt. »Gehen wir spazieren?«

»Was?«

»Träumst du?«

»Nein, entschuldige. Ich musste nur gerade an was denken.«

»An was?« Luisa, die Misstrauische.

»An dich.«

»Lügner.«

Ich liebe Spaziergänge am Strand. Am liebsten bei schlechtem Wetter. Trotzdem will ich jetzt nicht undankbar sein und über die Sonne schimpfen. Es ist, wie es ist. Man kann nicht alles haben. Die Kunst liegt im Verzicht. Einfach mal glücklich sein. O Gott, ich höre mich ja an wie Paulo Coelho, von dem Luisa einmal behauptet hatte, ich müsste unbedingt eines seiner Bücher lesen. Das würde mir die Augen öffnen.

»Zieh deine Schuhe aus«, befiehlt sie.

»Warum?«

»Tu's einfach.«

Luisa streift ihre Schuhe ab und wühlt mit den Zehen im Sand. »So«, sagt sie, als wäre ich ihrer Sprache nicht mächtig.

Ich nicke. Bin ich eigentlich ein komplizierter Typ, nur weil ich nicht gern Sand zwischen den Zehen habe?

»Los!« Luisa lässt nicht locker.

Ich schaue gequält drein und tue es ihr schließlich gleich. Barfuß im Sand – fühlt sich gar nicht so schlecht an. Etwas kühl zwar, aber auch erfrischend und tatsächlich befreiend. Ich spüre, wie das Leben an meinen Fußsohlen pulsiert, obwohl es ja nur Sand ist. Wir gehen nah am Wasser entlang. Ab und an bekomme ich etwas ab. Es kribbelt an den Zehen. Ohne große Worte schlendern wir dahin. Wenn Luisa und ich Protagonisten in einem Liebesfilm wären, ginge nun am Horizont die Sonne unter und wir küssten uns so leidenschaftlich, als gäbe es kein Morgen. Im Off spielten Geigen *Wonderful World*. In der Realität aber ziehen immer mehr Wolken auf. Die Sonne geht in Deckung.

»Ich glaube, es fängt gleich zu regnen an«, sage ich.

»Na und?«

»Ich habe keinen Regenschirm dabei.«

»Du bist ja auch kein Spießer.«

»Was ist denn an einem Regenschirm bitte spießig?«

»Alles.«

»Sehe ich anders.«

»Wollen wir uns deshalb streiten?«

»Nein, aber …«

»Schscht«, macht Luisa zärtlich und schlingt ihre Arme um mich. »Nichts aber.«

Wir küssen uns im einsetzenden Nieselregen.

»Ich liebe dich, Mark.«

»Ich liebe dich auch, Luisa.«

Wir laufen zurück zum Hotel, ziehen unsere nassen Sachen aus und gehen gleich wieder ins Wasser. Die Badewanne am Panoramafenster mit Blick auf die Dünen rechtfertigt zwar den Preis für das Zimmer nicht wirklich, aber sie entschädigt wenigstens.

Luisa

Während ich in der Wanne auf Marks behaarter Brust liege und in die Dünen starre, frage ich mich, ob er etwas bemerkt hat von meinen Nöten. Ich bin vielleicht ein wenig zickig seit gestern Abend. Aber hey, ich habe nicht den Geschlechtsverkehr eingestellt, was ja sonst stets Ursache für ein *Du hast doch was*-Gespräch ist. Und am Strand fiel es mir ganz leicht, die Sache mit dem Ring zu vergessen. Es ist wunderschön, mit Mark spazieren zu gehen. Je mehr Sand dabei unter unseren Füßen ist, desto besser.

Nicht, dass es in der Badewanne nicht schön wäre. Vor allem, da ich Mark schon in den ersten Wochen unserer Beziehung klargemacht habe, dass er nicht mal zu versuchen braucht, mich zu Sex in der Wanne zu überreden. Ein einziges Mal hatte ich welchen. Hätte mich Dr. Sommer nicht darauf vorbereiten können, wie schmerzhaft das ist? Oder mir zumindest empfehlen, ich solle dabei keinesfalls unten liegen? Ich hatte danach einen riesigen Bluterguss auf den Lendenwirbeln und wollte eine Woche lang nicht mehr angefasst werden. Jedenfalls nicht am Rücken. Blöd nur, wenn wohlmeinende Freunde einen bei der Begrüßung ganz fest umarmen und man ihnen nicht erklären will, warum einem das gerade nicht so recht ist. Autsch!

Mark ist also sehr friedlich und knabbert an meinem Nacken herum. Regentropfen prasseln gegen die Fensterscheibe. Ich lasse heißes Wasser nachlaufen und versuche ernsthaft, die Sache mit dem Kästchen zu vergessen. Eigentlich ist es ja ganz einfach: Entweder, Mark möchte mir hier auf Sylt Schmuck schenken. Dann freue ich mich. Oder aber nicht. In dem Fall habe ich nach dem Wochenende noch genug Zeit herauszufinden, für wen das Geschenk sein könnte, und den Mann, der bei mir wohnt, mit Strychnin im Kaffee zu vergiften. Mit diesem beruhigenden Gedanken schlafe ich ein.

Ich wache auf, weil mein Kopf unter Wasser rutscht. Prustend reibe ich mir die Nase. Mark steigt gerade aus der Wanne.

»Wieso gehst du?«

»Weil mir langweilig ist. Und meine Füße schrumpeln.«

»Du Mädchen.«

»Außerdem habe ich Hunger. Ich zieh mich schon mal an.«

Dann muss ich jetzt wohl auch. Ich wasche meine Haare und föhne sie trocken. Als ich dampfend in einem weißen Bademantel ins Schlafzimmer komme, liegt Mark halb angezogen auf dem Bett und schaut eine Simpsons-Folge, die sogar ich schon kenne: Homer und Bart sind im Stahlwerk, und die harten Kerle entpuppen sich als homosexuelles Partyvölkchen. Mark kichert. Heute Abend muss ich wohl ganz harte Geschütze auffahren, um den Mann in ihm zu erwecken. Ich entscheide mich für den Push-up-BH und das viel zu dünne Sommerkleid, da ich mir sicher bin, dass Mark sowieso im Hotel essen will. Sie sind berühmt für ihre Steaks hier – und das auf einer Insel.

Im Fernsehen läuft gerade der Simpsons-Abspann, als ich meine Ohrringe anlege. Mark streckt sich ausgiebig, steht auf und steigt in sein rechtes Hosenbein. Hüpf, hüpf, hüpf. Warum er das nicht im Sitzen macht, wo er doch so offensichtlich keinen Gleichgewichtssinn hat, ist mir schleierhaft. Schließlich hält er sich mit einer Hand am Schrank fest und schafft es in das zweite Hosenbein. Ich schaue ihm zu und bin ein bisschen gerührt. Manchmal ist er schon sehr niedlich.

Während er sich im Bad einschließt, um irgendwas von den Dingen zu tun, die Männer angeblich nie machen – ich glaube, er zupft die Haare auf seinen Ohren aus –, lasse ich unauffällig meine Hand über die Taschen seines Jacketts gleiten. Da ist das Kästchen. Ich spüre es ganz deutlich. Er nimmt es also mit zum Essen. O mein Gott! Soll das etwa ein Heiratsantrag werden, bei dem er einen Verlobungsring in meine Serviette einfaltet, während ich auf dem Klo bin? Das will ich auf keinen Fall! Am Ende fällt er mir in die Bratensoße oder in den Wirsing, und dann haben wir den Salat. Auf einen klebrigen Ring, der nach Majoran riecht, habe ich keine Lust. Überhaupt: Solche Anträge gehen gar nicht. Total vorhersehbar. Ein

Freund von mir war mal in diesem Drehrestaurant auf dem Olympiaturm. Während der zweieinhalb Stunden, die er dort mit seiner Freundin verbrachte, wurden um die beiden herum sage und schreibe drei Heiratsanträge gemacht. Und jedes Mal wieder: hyperventilieren, Freudentränen, *Ja* hauchen. Das glaubt doch kein Mensch, dass sich die dritte Braut nicht gedacht hat: *So, so, hast erst zwei gebraucht, die vorausgehen, was?*

Wobei es natürlich genau so ist. Männer brauchen andere, die vorausgehen. Mal abgesehen von Reinhold Messner vielleicht, aber dessen Abenteuerlust ist ja schon fast zwanghaft. Andere müssen erst mal sehen, wo der Weg hinführt, den sie einzuschlagen gedenken. Ich bin mir sicher: Wenn Barnie seit acht Jahren glücklich verheiratet wäre und zwei niedliche Kinder hätte, würde auch Mark bald heiraten wollen. Bestimmt hätte er mir dann längst einen Antrag gemacht. Aber nein, die fabelhaften Bier Boys haben es beide nicht so mit festen Bindungen.

Aber zurück zum Antrag. Ich will weder einen Verlobungsring, der in mein Dessert vergraben ist, noch einen auf dem Grunde meines Sektglases. Das ist mir alles zu sehr Klischee. Und bei meinem Glück würde ich den Ring wahrscheinlich verschlucken, er würde irgendwo stecken bleiben, man müsste meinen Magen aufschneiden und mit der Narbe auf dem Bauch würde mich Mark dann vielleicht nicht mehr wollen!

Der Kästchenbesitzer kommt aus dem Bad, grinst mich an und reibt dabei seine Ohrläppchen. Na also. Ertappt. Dann bietet er mir wohlerzogen den Arm an: »Luisa, lass uns heute hier essen. Sie sind berühmt für ihre Steaks!«

»Ich dachte es mir schon.«

»Du wirst es auch lieben. Ich habe vorhin auf die Speisekarte geschaut, du kannst auch einen Rucola-Salat haben.«

»Du hast auf die Speisekarte geschaut? Wann hast du das denn bitte gemacht?«

»Während du das Formular an der Rezeption ausgefüllt hast. Da musste ich doch erst mal die Nahrungslage checken!«

Nahrungslage checken, aha. Ich kenne nicht viele Menschen, die im Stillen befürchten, sie könnten in einem schicken Hotel auf einer touristisch ausgesprochen gut erschlossenen Nordsee-Insel verhungern.

Leise seufzend lässt Mark sich im Restaurant auf seinen Stuhl sinken. Der Kellner sieht nett aus, es ist behaglich warm. An der Wand hängt ein bisschen maritimer Schnickschnack: Fischernetze, Seesterne, Muscheln. Mark bemerkt, dass ich die Deko betrachte, und ist entsetzt. »Schau bitte nicht so versonnen diesen Kitsch an!«

»Ach, hab dich doch nicht so. Das ist doch hübsch. Vielleicht könnten wir unser Badezimmer ein bisschen dekorieren.«

»Es sieht nach Mädchen-WG aus, es staubt ein und wir leben nicht mal in der Nähe der Küste. Was willst du in München mit einem Fischernetz anfangen?«

»Dekorieren.«

Allmählich gerät Mark ins Schnaufen. Es ist ein Quell stetiger Unruhe in unserer Beziehung: Mark hasst es, wenn etwas rumsteht. Ich finde, das macht eine Wohnung erst gemütlich. Leider kann ich ihn davon nicht überzeugen. Schon mehrmals war er kurz davor, eine Blumenvase von mir wegzuwerfen – aus einem einzigen Grund: Es standen keine Blumen drin. Dabei ist die Vase undicht, da sollen gar keine Blumen rein, sie ist eher ein Deko-Objekt. Für mich zumindest; für Mark ist sie ein Störfaktor.

»Wie kann ich dich überreden, dass du keine blöden Fischernetze in unserem Bad drapierst?«, fragt Mark freundlich.

»Du könntest mich jeden Morgen auf einer Sänfte zur Arbeit tragen. Das würde mir gefallen!«

»Sorry, Liebes, aber dafür bist du ein bisschen zu pummelig.«

»Pummelig, ich? Ich passe in Größe sechsunddreißig, du Blödmann!«

Stimmt nicht so ganz. Also, wenn die Kleider großzügig geschnitten sind, dann sechsunddreißig. Sonst eher achtunddreißig. Aber das braucht mein Freund ja nicht zu wissen. Der beömmelt sich erst mal ausgiebig. Meine Hand schließt sich um ein Steakmesser. Der Kellner rettet Marks Leben, indem er unser Essen bringt.

Eine halbe Stunde und dreihundert Gramm Entrecôte später habe ich Mark verziehen. Während wir über unsere Freunde, Familien und die Arbeit reden, schweifen meine Gedanken immer wieder ab. Müsste jetzt nicht allmählich der Teil mit dem Ring im Sektglas kommen? Oder wenigstens der Kniefall? Wo bleibt meine rote Rose? Nein, ich wollte das ja alles gar nicht. Fand es blöd, gerade eben noch. Aber jetzt kommt es mir auf einmal doch ganz erstrebenswert vor. Ich hätte doch gerne einen spießigromantischen Heiratsantrag, und zwar subito! Ich will Liebesschwüre zu hören bekommen und ein bisschen heulen. Und dann will ich den Ring, der da hoffentlich in dem Kästchen steckt. Müsste er das nicht allmählich mal rausholen? Warum holt er das Kästchen nicht raus?

Als das Dessert kommt, leuchtet wieder ein Funken

Hoffnung in mir auf. Ist ein Ring in der Crème brûlée? Oder in der kleinen Mousse au Chocolat? Vielleicht steckt er in dem gedrehten Keks? Ich esse ganz vorsichtig, um nicht versehentlich Geschmeide zu verschlucken. Erst als mein Teller ganz leer ist, werde ich ein bisschen traurig. Kein Ring. Mark wird mich niemals heiraten. Bestimmt macht er am Montag seiner Arzthelferin einen Antrag und wirft mich dann hochkant aus der Wohnung. Irgendwie muss ich es schaffen, dass er sich das noch an diesem Wochenende anders überlegt. Dass er wieder weiß, dass ich die Frau bin, mit der er sein Leben verbringen will. Wie soll ich das nur anstellen? Ich glaube, ich werde gerade ein bisschen hysterisch.

Mark

O Mann! Der Ring. Wiegt viel schwerer, als ich dachte. Plötzlich verstehe ich, wie sich Frodo auf dem Weg nach Mordor gefühlt haben muss. Und ich hatte ihn immer für ein Weichei gehalten. »Mein Schatz«, sage ich, als wir an der Bar noch einen Grappa nehmen.

»Was?«, knurrt Luisa.

Wenn ich das wüsste. Während des Abendessens war ich zweimal kurz davor, den Ring aus der Tasche zu holen. Einmal kam mir aber der Typ vom Nachbartisch dazwischen. Jetzt nicht mit einem Heiratsantrag, aber mit einem unangenehmen Hustenanfall, der nach offener Tuberkulose klang. Echt ekelhaft. Und beim zweiten Anlauf war es Luisa selbst, die einen Moment der Stille nutzte, um aufs stille Örtchen zu verschwinden. Ich hatte mich nur noch kurz sammeln wollen, um den Antrag auch ja nicht zu vermasseln. Als ich gerade Luft holte, sagte sie, sie müsste mal kurz für kleine Mädchen, gab mir einen Kuss auf die Wange und drehte ab.

Jetzt bin ich einerseits froh, dass ich noch nicht verlobt bin. Andererseits habe ich den Antrag noch vor mir, was auch nervt. Aber Restaurants sind einfach generell keine guten Orte, um die Liebe deines Lebens zu fragen, ob sie bis ans Lebensende bei dir bleiben möchte. Ich habe das schon mehrfach erlebt. Ich sage nur: Ring im Martini-Glas. Ring im Champagner-Glas. Ring im Pils-Glas – das wäre wenigstens mal was anderes. Aber dann müssten Braut und Bräutigam schon große Bierfreunde sein oder Brauereierben. Nein, es ist gut, wie es ist. Und es soll einfach noch nicht sein. Morgen ist auch noch ein Tag.

»Gehen wir ins Bett?«

»Okay«, antwortet Luisa und trinkt ihr Glas in einem Zug aus.

»Wir müssen ja noch nicht gleich schlafen.«

»Stimmt«, erwidert Luisa bissig. »Wir können auch noch fernsehen.«

Während ich die Rechnung begleiche, geht sie schon mal vor auf unser Zimmer. Als ich ein paar Minuten später dort aufkreuze, liegt meine Freundin mit ihrem extrascheußlichen Schlafanzug im Bett und schläft. Was habe ich jetzt schon wieder angestellt?

Man nehme Wodka und Bitter Lemon aus der Minibar, eine Cohiba aus der Reisetasche und mache es sich auf dem Balkon gemütlich. Für die Jahreszeit sei es zu kalt, habe ich auf der Fahrt zum Flughafen im Radio gehört. Finde ich nicht. Für die Jahreszeit ist es höchstens zu wolkig. Sonst könnte ich jetzt den Mond sehen, ihn anheulen und mich in einen Werwolf verwandeln. Ich hatte mal einen Patienten, der aussah wie ein Werwolf. In früheren Zeiten hätte er viel Geld im Kuriositätenkabinett verdienen können.

Ich nippe an meinem Wodka-Lemon, sauge an der Zigarre. Das erinnert mich an meine früheste Kindheit. Den Wodka nahm ich mit der Muttermilch auf. Damit will ich nicht sagen, dass meine Mutter eine Säuferin war, sie hatte nur eine korrelativ vernichtende Beziehung zu alkoholhaltigen Erfrischungsgetränken, weshalb es auch mit der Bühnenkarriere bergab ging und sie mit Ende dreißig fürs Fernsehen arbeiten musste. Bei Rosamunde Pilcher spielte sie mehrmals die intrigante Gräfin, bei Inga Lindström die Mutter der Braut. Sie findet das zwar grässlich, aber solche Rollen meistert sie auch im angeheiterten Zustand; die Maria Stuart an den Kammerspielen nicht. Selbst schuld, kein Mitleid, könnte man sagen. Aber natürlich habe ich Mitleid mit meiner Mutter. Sie ist, glaube ich, der unglücklichste Mensch auf Erden. Ihre besten Freunde heißen Jack und Jim.

Mit meinem Vater hat sie seit bestimmt zwanzig Jahren kein Wort gewechselt. Ich nehme es ihm heute genauso wenig übel wie damals. Für ihn war es das Beste, uns zu verlassen. Ich selbst hatte keine Wahl. Mit zwölf kannst du nicht einfach ins Hotel ziehen oder dir eine eigene Bude nehmen. Ich kam ins Internat. Das Gymnasium war zwar kein billiges Vergnügen, aber mein Vater zahlte. Die Wochenenden verbrachte ich meist bei Freunden, wo immer was geboten war. Nur an den höchsten Feiertagen kam ich nach Hause, was wahlweise die Wohnung meiner Mutter in München war oder die Villa meines Vaters am Starnberger See, wo er mit seiner neuen Flamme eine neue Familie gegründet hatte. Seitdem habe ich zwei Schwestern, die ich vor Barnie verstecke. Nicht auszudenken, was passiert, wenn er Judith und Rebekka in die Finger bekäme. Die beiden sind echt toll. Eine möchte Design studieren, die andere was mit Medien machen.

Bei einer Hochzeit würden sie zwangsläufig in Barnies Dunstkreis geraten. Wie ich ihn kenne, würde er alles versuchen, wenigstens eine von beiden in meiner Hochzeitsnacht in sein Bett zu bekommen. Aber das wäre nicht einmal das Schlimmste. Das Schlimmste wäre, wenn meine Mutter erst auf Champagner und dann auf meinen Vater und ihre Nachfolgerin trifft. Von Augenauskratzen über Beschimpfungen bis hin zu Mord und Totschlag wäre alles möglich. Über neunzig Prozent aller Tötungsdelikte sind Beziehungstaten, habe ich gelesen. Und eines ist gewiss: Obwohl meine Mutter meinen Vater hasst, liebt sie ihn noch immer. Logisch ist das nicht, aber die Wahrheit. Die Wahrheit ist auch, dass ich Luisa eine solche Hochzeit nicht antun möchte. Deshalb wäre die eleganteste Lösung, in Las Vegas zu heiraten. Nur wir zwei und Elvis. Aber das geht nicht. Luisa will groß feiern. Mit allen Freunden und Verwandten, mit Band und Reden und mindestens vier Gängen. Allein beim Gedanken daran beginnt bei mir das große Zittern. Eine solche Hochzeit könnte dank meiner Familie ein Super-GAU werden. Obwohl Luisa erwachsen und ausgesprochen bodenständig ist, hegt sie leider diesen Kleinmädchentraum, was ihre Hochzeit betrifft. Mit meiner Mutter und meinem Vater gleichzeitig in ein und demselben Raum wird das aber ganz gewiss nicht der schönste Tag in ihrem Leben.

Luisas Eltern sind ganz nett. So gut kennen wir uns

aber gar nicht. Sie haben zwar ein Haus bei München, sind aber oft geschäftlich unterwegs. Das heißt, er ist geschäftlich unterwegs, sie begleitet ihn. Wenn Luisa über ihren Vater redet, dann meist im Zusammenhang mit ihrer Trauung. Er soll sie zum Altar führen, so sei es Sitte in Italien, wo Luisa herkommt. Geboren ist sie in Rom, aber aufgewachsen in Deutschland. Und natürlich katholisch – jedenfalls an den Feiertagen.

Ich streife die Asche meiner Zigarre am gläsernen Aschenbecher ab. Jetzt bloß nicht nostalgisch werden, Mark, zusammenreißen. Aber wenn ich an Feiertage denke, denke ich natürlich zuerst an Weihnachten. An Heiligabend haben sich früher sogar meine Eltern vertragen. Jedenfalls vor mir. Der vierundzwanzigste Dezember war der einzige Tag des Jahres, an dem sie sich kein »Arschloch« oder »Blöde Kuh« an den Kopf warfen. Während mein Vater kochte, meine Mutter den Punsch aufsetzte und meine Oma das Weihnachtsprogramm im Fernsehen verfolgte, ging ich mit dem Opa im Wald spazieren. Mein Opa war der einzige Mensch, der sich wirklich für mich und meine Probleme interessierte. Ehrlicherweise muss man sagen, dass ein Achtjähriger noch keine wirklich großen Probleme hat. Frauen spielen in so jungen Jahren kaum eine Rolle. Meine erste Freundin hatte ich mit dreizehn. Nach zwei Monaten musste ich aber leider Schluss machen, weil ich mich eingeengt fühlte.

Ich nehme noch einen letzten Zug, lege dann die nicht einmal zur Hälfte gerauchte Zigarre in den Aschenbecher und stehe auf. Ich öffne die Balkontür und versuche, möglichst leise das Hotelzimmer Richtung Bad zu durchqueren, weshalb ich meine Schuhe ausziehe. Natürlich rumple ich gegen eine Kommode, ein Gegenstand, den ich in der

Dunkelheit nicht erkennen kann, fällt auf den Boden und zerbricht. »Verdammt«, fluche ich und ärgere mich noch im selben Augenblick darüber. Spätestens jetzt ist Luisa wach. Also kann ich auch gleich das Licht anmachen und mir ihre Klagen anhören. Bevor ich den Schalter erreiche, trete ich in eine Scherbe. »Aua!« Endlich Licht. Mein Blick fällt auf den zerbrochenen Krug, dann auf die Wunde am Fuß, dann auf das leere Bett. »Luisa?«

In diesem Moment klingelt mein Handy. Ohne aufs Display zu schauen, klappe ich es auf. »Schatz«, sage ich erleichtert. »Wo steckst du?«

»Keine Ahnung«, antwortet Barnie. »Aber ich stecke wirklich knietief in der Scheiße.«

Während Barnie spricht, suche ich das Zimmer nach Luisa ab. Aber sie ist weder im noch unterm Bett, auch nicht im Bad. Mein Herz rast, Schreckensszenarien geistern durch meinen Kopf. Was soll ich tun? Die Polizei rufen? Oder erst den Nachtportier fragen, ob er zufällig meine Freundin gesehen hat?

»Bist du noch dran?«, höre ich Barnies Stimme.

Ich murmle etwas, das sich wie ein »Ja« angehört haben dürfte.

»Und?«

»Und was?«, frage ich, während ich auch noch vorsichtshalber einen Blick in den Schrank werfe.

»Was soll ich tun?«

»Was soll ich tun?«

»Du? Wieso du?« Barnie klingt verwirrt.

»Weil Luisa verschwunden ist.«

»Wohin?«

»Das möchte ich auch gern wissen.«

»Vielleicht ist sie auf dem Klo.«

»Nein, ist sie nicht.«

Mein bester Freund seufzt. »Verstehe. Du hast gerade genug eigene Probleme.«

»Ausnahmsweise hast du recht.«

»Und jetzt?«

»Musst du dich an deinem eigenen Schopf aus der Scheiße ziehen«, schlage ich vor, lege auf und wähle Luisas Nummer. Im nächsten Moment ertönt der Klingelton ihres Handys. Kommt direkt aus ihrer Handtasche. Mein erster Gedanke ist: Sie hat mich verlassen, ist einfach weg, auf und davon. Vielleicht nimmt sie den erstbesten Flieger nach Hause, um dann gleich ihre Sachen aus unserer Wohnung zu schaffen. Nur weil ich ein Idiot bin. Ein Idiot, der nur die Risiken sieht.

Ich stürme ins Foyer. Die anderen Gäste sehen mich mit einem mitleidigen Lächeln an, manche schütteln ihre Häupter, einige zeigen mit ihren manikürten Fingern auf mich. Ich habe keine Zeit für Erklärungen, rufe nur »Notfall«. Und: »Lassen Sie mich durch, ich bin Arzt.« Der Portier sieht mich kommen, fixiert mich, legt den Hörer beiseite und fragt, als ich beide Handys vor ihm aufs Tropenholz lege, was ich wolle.

»Ich vermisse meine Frau«, sage ich und versuche, den Anflug von Panik zu unterdrücken.

»Sehr wohl«, meint der Portier verschlagen und beendet sein Telefonat mit einem knappen »Ich rufe zurück«.

»Polizei«, verlange ich.

»Sie sind Gast?«

»Selbstverständlich.«

»Ihre Frau auch?«

»Sie ist eigentlich gar nicht meine Frau, sondern meine …«

»Geliebte?«

»Freundin. Wir wollen heiraten.«

»Weiß das Ihre Frau?«

»Meine Frau?«

»Ja.«

Ich muss kurz überlegen. Dann kapiere ich. »Luisa ist meine Frau. Zumindest die Frau, die ich liebe. Wir sind nur noch nicht auf dem Standesamt gewesen.«

»So, so.«

»Was soll ich tun?«

»Ihr einen Antrag machen.«

»Wollte ich doch.«

»Aber?«

»Nicht der richtige Ort.«

Der Portier schnaubt beleidigt. »Ich darf Ihnen versichern, Herr …«

»Schwarz.«

»Herr Schwarz. In unserem Haus wurden schon sehr viele Anträge gemacht. Wir richten sogar Hochzeiten aus. Wenn Sie Interesse haben, rede ich gerne mit unserem Weddingplaner. Begnügen Sie sich doch so lange mit dieser wirklich sehr ausgezeichneten Broschüre.«

Ich werfe einen kurzen Blick auf das grinsende Brautpaar – sie in einem Albtraum aus Spitze, er im glänzenden Anzug – und schüttle den Kopf. »Sie verstehen nicht. Luisa ist weg.«

»Abgereist?«

»Das frage ich Sie.«

Der extrem hellhäutige Portier, *Manfred Laack* steht auf seinem Schildchen am Revers, ein älterer, blasierter Herr mit großer Nase, Halbglatze und Harry-Potter-Brille, tippt auf seiner Computertastatur herum. »Luisa Conte?«

»Ja.«

»Nein, bedauere. Keine Nachricht für Sie.« In seiner Miene ist keine Spur des Bedauerns zu entdecken.

»Hat sie ausgecheckt?«

»Nein.«

»Das heißt ...«

»Dass sie noch hier ist.«

»Ist sie aber nicht.«

»Dann weiß ich auch nicht, wie ich Ihnen weiterhelfen kann.«

»Sie könnten die Polizei verständigen.«

Laack rümpft die Nase, sieht erst mich schief von der Seite an, dann das Zifferblatt seiner Uhr. Dann lächelt er, während er den Kopf schüttelt. »Um diese Uhrzeit?«, zieht er seiner Ablehnung das warme Jäckchen einer rhetorischen Frage über.

Ich würde den Kerl am liebsten am Kragen packen und über den Empfang ziehen. »Hören Sie«, brülle ich aufgeregt, um ihn doch sofort wieder loszulassen.

Dann stürze ich in die Nacht hinaus.

Luisa

Ein bisschen gruselig ist der dunkle Strand schon. Aber ein einziger Blick auf Mark und seine Einsamer-Wolf-Selbstinszenierung auf dem Balkon hat genügt, um davonrennen zu wollen. Jetzt muss ich erst mal den Kopf frei bekommen. Wie unsensibel ist der Typ eigentlich? Langsam spaziere ich die Wasserlinie entlang und denke nach. Will ich wirklich die nächsten fünf Jahre damit verbringen, auf einen Heiratsantrag zu warten? Nur um dann doch frustriert die Segel zu streichen, weil ich mir einen anderen Mann suchen muss, solange ich noch Kinder bekommen kann? Will ich überhaupt einen anderen Mann?

Die Hochzeiten meiner Freundinnen waren wunderschön. Die Brautpaare sahen so glücklich aus. Abgesehen von Anna, die im dritten Monat schwanger war und nur die Suppe bei sich behalten konnte. Danach brachte ihr der Kellner ein Glas Gurken, an dem sie sich den Rest des Abends festhielt. Die Gurken passten zu ihrer Gesichtsfarbe. Das mag nicht so erstrebenswert sein, aber ansonsten scheint mir das Projekt Heiraten sehr sonnig.

Mark dagegen hat bisher noch bei jeder Hochzeit gemotzt, die Musik sei ihm zu kitschig und die Blumendeko auch. So ist das nun mal. Wenn einer Frau etwas gefällt, findet der Mann es meist schon ins Unerträgliche übertrieben.

In meinen Schuhen sammelt sich Sand an. Aber es ist zu kühl, um barfuß zu gehen. Außerdem zu dunkel. Als ich zehn Jahre alt war, bin ich an einem italienischen Strand in eine Glasscherbe getreten. Seitdem passe ich auf meine Füße auf. Allerdings sind die Strände auf Sylt geradezu penibel gereinigt im Gegensatz zu Rimini in den Achtzigern. Wahrscheinlich kommen morgens um sieben Uhr Arbeiter in Barbourjacken und Burberryschals hierher, um den Sand zu sieben.

Missmutig stapfe ich weiter. Es hilft nichts: Ich will heiraten und eine Familie gründen, und das ist offenbar mit Mark nicht zu machen. Ich liebe Mark, aber meine Lebensplanung liebe ich auch. Und Mark hat mir schon lange nicht mehr gezeigt, dass ich ihm wichtiger bin als sein Job oder Barnie oder Fußball. Seine Gefühle für mich scheinen sich abgekühlt zu haben. Ich kehre um und schlage den Weg zurück zum Hotel ein. Meine Entscheidung ist gefallen. Gleich werde ich den Einsamen Wolf auf seinem Balkon aufsuchen und sie ihm mitteilen.

Als die Lichter des Hotels in der Ferne auftauchen, sehe ich einen Jogger am Strand. Ganz schön sportlich, um diese Uhrzeit laufen zu gehen. Auch sein Tempo ist nicht gerade gemächlich. Er rennt wie von der Tarantel gestochen den Strand entlang. Auf mich zu. Allmählich wird mir das unheimlich. Ich habe Angst. Wenn mich der Kerl nun vergewaltigt? Vielleicht ist das ein Perverser, der erst zufrieden ist, wenn er dich in kleine Stücke verarbeitet hat. Es ist dunkel und kalt, ich bin ganz alleine hier, und die männliche Silhouette rast auf mich zu. War echt nicht die beste Idee hierherzukommen. Ich schwenke nach links, weg vom Wasser. Der Mann ändert ebenfalls seinen Kurs und steuert weiter auf mich zu. Im trockenen Sand kann er nicht so schnell laufen. Soll ich wegrennen? Ich höre ihn schon keuchen. Klingt mehr nach untrainierter Couch-Potato als nach lüsternem Triebtäter. Aber dafür ist er ganz schön schnell. Ich bleibe stehen, balle die Fäuste und wappne mich gegen einen Angriff. Er kommt immer näher.

Der Mann greift mich nicht an. Er überrennt mich einfach, sodass ich wie ein Baum nach hinten umfalle und er auf mir zu liegen kommt.

»Luisa«, keucht er. »Wo zur Hölle warst du?«

»Mark? Was machst du denn hier?«

»Dich suchen! Ich hab mir Sorgen gemacht! Warum verschwindest du einfach mitten in der Nacht?« Mark keucht nicht nur vor Erschöpfung, er ist auch sauer. Stinksauer.

»Ich musste nachdenken«, sage ich lahm.

»So? Ich hab auch nachgedacht! Aber dafür gehen normale Menschen auf den Balkon und treiben sich nicht im Dunkeln alleine am Strand herum! Luisa, mach das nie wieder!«

Ich habe mich geirrt. Mark ist nicht sauer. Vielleicht ein bisschen. Aber vor allem ist er verzweifelt. So habe ich ihn noch nie erlebt. Er legt die Arme um mich und zerquetscht mich fast. Ich spüre etwas Feuchtes an meiner Wange.

»Sag mal, weinst du?«

»Was?«

»Ob du weinst?«

»Nein.« Mark lässt mich los, setzt sich auf und reibt sich die verdächtig glänzenden Augen. »Mir ist Schweiß in die Augen gelaufen.«

Lecker. Und gelogen.

»Du hattest Angst um mich«, sage ich und höre selbst, wie erstaunt ich klinge.

»Ich hatte Angst, dass du mich verlässt.«

»Ich bin doch nur spazieren gegangen.« Das ist natürlich nicht ganz wahr. Aber Mark wirkt so ernsthaft entsetzt, dass ich keine Ahnung habe, wie ich auf den albernen Gedanken kommen konnte, seine Gefühle für mich hätten sich abgekühlt. Wenn er seiner Sprechstundenhilfe Schmuck schenken wollte, hätte er sicher keinen nächtlichen Sprint am Strand hingelegt, um mich zu suchen. Und er hätte nicht geweint. Da bin ich mir nämlich ganz sicher, auch wenn er es nicht zugibt: Ich habe Tränen gesehen. Er will mich vielleicht nicht heiraten, okay. Aber er liebt mich aufrichtig. Mehr kann ich doch nicht verlangen. »Ich verlasse dich doch nicht«, sage ich zärtlich.

»Gut.« Mark lächelt zaghaft. »Ich brauche dich nämlich.«

»Ich brauche dich auch.«

Mit einem indignierten Blick bedenkt uns der Portier, als wir eng umschlungen zurück in die Lobby kommen. »Das ist also die Dame?«, fragt er in eigenartigem Tonfall. Ich komme mir vor wie Julia Roberts in *Pretty Woman*, wo der Geschäftsführer des Hotels sagt: »Und Sie sind sicher seine … Nichte?« Wahrscheinlich sehe ich auch etwas unpassend aus nach meinem Sandbad mit Mark.

»Ja, das ist sie«, sagt Mark und drückt mich an sich. »Ich brauche einen Schnaps.«

»Die Bar ist geschlossen.«

»Aber Sie haben doch sicher einen Schlüssel?«, schalte ich mich ein. Dabei strahle ich ihn so gewinnend an, wie man eben gewinnend strahlen kann mit Sand in der Unterhose.

»Ja, aber ich kann Ihnen nicht öffnen. Ich habe hier zu tun.« Laackaffe.

»Dann gehen wir eben aufs Zimmer«, schlägt Mark vor. »In der Minibar müsste es alles geben, was wir brauchen.«

In der Tat. Mark bekommt auf den Schreck ein Fläschchen Küstennebel, das er mit Todesverachtung hinunterstürzt. Ich den Bailey's und Nussschokolade. Auf dem Balkon lehnen wir uns aneinander und schauen in die Dunkelheit. Leider sind keine Sternschnuppen zu sehen, nicht mal ein Stern. Nur der Mond leuchtet schwach durch die Wolken hindurch.

»Schön ist es mit dir«, sage ich, und ich meine es auch so. Es war idiotisch von mir, mich von Mark trennen zu wollen. Alles wird gut werden mit uns beiden, da bin ich mir sicher. Und eigentlich ist es ja auch schon gut. Zumindest jetzt, in diesem Moment.

»Hast du dir große Sorgen gemacht?«

»Ja. Blöde Frage.«

»Ich wollte es nur noch mal hören«, flüstere ich und kuschele mich an ihn.

Mark

Zum Frühstück nehme ich zwei Aspirin und einen Kaffee. Ich hätte bei unserer kleinen Versöhnungsfeier letzte Nacht vielleicht nicht die halbe Minibar leer trinken sollen. Wenn ich an diesen Küstennebel nur denke, fühle ich mich wie ausgekotzt.

»Geht's besser, Schatz?« Luisa lächelt, als sie vom Büfett an unseren Frühstückstisch zurückkommt. Ihre zwei Teller sind bis an den Rand mit Rührei, Speck, Salami und Semmeln gefüllt.

»Wer soll das alles essen?«

Luisa guckt mich böse an. Weil jeder, der Luisa kennt, die Antwort darauf weiß. Ich kenne Luisa eigentlich nur essend. Morgens, mittags, abends, die Zwischenmahlzeiten nicht zu vergessen. Wahrscheinlich liegt das an ihren italienischen Wurzeln. Ich hoffe nur, dass sie im Alter nicht aufgeht wie eine Dampfnudel. Aber erstens ist Luisa schlank, ich glaube, sie hat Kleidergröße sechsunddreißig, und zweitens könnte auch ihre Mutter mit ihren fünfundfünfzig Jahren immer noch als Model arbeiten. Mit Anfang zwanzig war sie auf dem Cover der italienischen Vogue. Man sagt, man müsse sich nur die Mutter anschauen, um zu wissen, wie die Tochter einmal aussieht. Signora Conte ist eine sehr attraktive Frau. Als Schönheitschirurg könnte ich bei ihr nichts verbessern. Ich habe sie zwar erst zwei- oder dreimal gesehen, aber was ich sah, hatte echt Klasse.

Besonders mochte ich ihre dunkelgrünen Augen. Luisa hat die gleichen Augen. In ihnen spiegeln sich Lebendigkeit, Leidenschaft und Temperament. In den Augen von Luisas Vater spiegelte sich nichts, höchstens Kälte. Sein Händedruck, ich erinnere mich genau, war fest. Wie ein Schraubstock. Seine wieselflinken Pupillen taxierten mich lange. Sie sagten: *Pass auf, Bürschchen. Noch gehört sie mir.*

Luisa liebt ihren Papa abgöttisch. Sie ist noch immer sein kleines Mädchen, und er noch immer ihr größter Held. Ich möchte auch überhaupt nicht in Konkurrenz zu ihm treten oder ihm etwas wegnehmen, aber über ein nettes Wort hätte ich mich schon gefreut. Als mich Luisa ihren Eltern vorstellte, nachdem wir schon über ein Jahr zusammen waren, hatte ich das Gefühl, der Signore wollte nicht sein blutiges Filet auffressen, sondern mich. Einen kurzen Moment bekam ich es sogar mit der Angst zu tun, als er mir in dem Zwei-Sterne-Tempel am Tegernsee auf die Toilette folgte, sie von innen verriegelte und mich einem peinlichen Verhör unterzog. Er wollte wissen, wer ich sei, womit ich mein Geld verdiente, was meine Eltern so machten, ob ich Drogen nähme und noch andere Frauen träfe, und warum ich nicht meine dreckigen Finger von Luisa ließe.

Erst wusste ich nicht, was ich antworten soll. Dann sagte ich, dass ich meine schmutzigen Hände nicht nur zehnmal täglich wasche, sondern sogar desinfiziere, weil das mein Job mit sich brächte: »Ich glaube kaum, dass Sie jemanden in München finden, der sauberere Hände hat.« Außerdem möge er doch bitte seine Hände von meinem Jackett nehmen.

Herr Conte ließ von mir ab, strich mit seiner Hand über die Stelle auf dem Jackett, wo er mich eben noch gepackt hatte, und lächelte. »Seien Sie vorsichtig«, gab er mir einen Rat, bevor er die Toilette wieder freigab. *Seien Sie vorsichtig*, dröhnt es seit jenem Abend, wenn ich an Luisas Familie denke, in meinen Ohren. Ich habe Luisa nie von dieser Begegnung auf der Herrentoilette erzählt. Vielleicht hat sie mir aber den Schreck angesehen, als ich wieder zurück an den Tisch kam. Im Spiegel jedenfalls sah ich ziemlich blass aus.

»Seien Sie vorsichtig«, flüstere ich vor mich hin.

»Was meinst du?« Luisa lässt eine Gabel mit Rührei in ihrem Mund verschwinden.

»Nichts«, sage ich und winke ab.

»Du hast doch was.«

»Nein, nein, echt nicht. Ich musste nur gerade an was denken.«

»An was?«

»An dich.«

»Lügner.«

Nach dem Frühstück satteln wir die Drahtesel, die Herr Laack freundlicherweise für uns reserviert hat. Fasziniert stehe ich vor meinem und betrachte Gangschaltung und Bremsen. Nur vom Feinsten. Ich persönlich würde ja nie so viel Geld in ein Rad investieren. Abgesehen davon, dass ich in der Stadt nicht radle. Ist mir zu gefährlich.

»Stimmt was nicht?« Luisa merkt aber auch alles.

»Doch, schon.«

»Aber?«

»Ich frage mich, wieso ich hier ein Mountainbike mit achtundzwanzig Gängen brauche. Korrigiere mich, wenn ich mich irre, aber ich sehe weit und breit keine Berge.«

»Du magst doch eh keine Berge«, stellt Luisa korrekterweise fest und schwingt sich im nächsten Moment elegant auf den Sattel. »Auf geht's«, ruft sie vergnügt und lässt Worten Taten folgen.

Ich werfe noch einen raschen Kontrollblick in meinen Rucksack. Nicht, dass ich das Wichtigste vergesse: die kleine schwarze Box. Sie liegt gut versteckt unter dem Fresspaket, das Herr Laack uns aufgedrängt hat, obwohl wir von dem Luxus-Frühstück echt pappsatt waren, selbst Luisa. Now or never. In meinem ganzen Leben war ich mir noch nie so sicher.

»Warte!«, rufe ich.

Aber Luisa ist bereits über alle Dünen.

Es dauert eine ganze Weile, bis ich sie endlich einhole. »Bist du gedopt?«

Luisa lacht. Sie wirkt glücklich, zufrieden, vollkommen entspannt. Der Streit letzte Nacht, die Drinks an der Minibar, der Austausch von Argumenten und später von Körperflüssigkeiten waren nicht nur erst schmerz-, dann liebevoll, sondern auch ein Türöffner für meine Gefühle.

Es hat lange gedauert, aber jetzt weiß ich, was ich will. »Ich liebe dich«, gestehe ich Luisa, als wir nebeneinanderherrollen. Im Film würden spätestens jetzt die Streicher einsetzen oder Bill Withers *Lovely day* singen.

In der Realität platzt fast mein Trommelfell. Ich zucke zusammen, fahre beinahe in Luisa hinein, die gerade noch ausweichen kann. Wir bremsen und bleiben ineinanderverkeilt am Straßenrand stehen. Ein rotes Porsche-Cabriolet zuckelt hupend vorüber. Der Fahrer grinst. Ich will ihm schnell einen Kraftausdruck an den Kopf werfen, aber Luisa hält mich zurück. »Lass doch den Idioten«, brüllt sie gegen das Motorengeräusch an. Der Typ im rosa Hemd unter seiner Belstaff-Lederjacke zeigt uns den Mittelfinger. Über dem eingefahrenen Heckspoiler klebt ein Aufkleber mit zwei sich kreuzenden Säbeln. Das Nummernschild beginnt mit HH und endet auf 911.

Als wir eine Stunde später unser Etappenziel erreichen, sticht uns als Erstes der Porsche ins Auge. Luisa hatte am Morgen angekündigt, dass wir zu einer Strandbude radeln würden. Aber das hier ist dann doch mehr als eine Strandbude. »Sansibar«, lese ich auf einer Flagge, die vor einer verglasten Holzhütte im Wind weht. Über dem Schriftzug zwei gekreuzte Säbel.

»Ich habe hier einen Tisch für uns reserviert«, verkündet Luisa stolz. »Aber leider erst in zwei Stunden.«

»Warum leider? Ich könnte noch nichts essen.«

»Ich schon.«

»Hunger?«

»Ziemlich«, gibt Luisa kleinlaut zu und setzt ihr unschuldigstes Lächeln auf.

Ich gebe ihr das Lunchpaket. »Mit besten Grüßen von Herrn Laack.«

Luisa reißt es mir aus der Hand, öffnet die Tüte, holt ein Croissant heraus und beißt hinein. »Das habe ich jetzt echt gebraucht.«

»Verfressenes Ding.«

Luisa zuckt entschuldigend mit den Schultern. »Seeluft macht hungrig.«

»Wie wär's mit einem Verdauungsstrandspaziergang?«

»Schon wieder spazieren?«

»Wir könnten uns natürlich auch in einen Strandkorb fläzen.«

»Aber erst muss ich noch was erledigen.« Luisa blickt

sich nach allen Seiten um. Dann zwinkert sie mir verschwörerisch zu.

»Was hast du vor?«

Luisa holt das zweite Croissant aus dem Lunchpaket und lockt damit die Möwen an. Dann tut sie so, als würde sie den Fuhrpark bewundern, verteilt aber das Croissant unauffällig im Innenraum des Porsche – ein Festmahl für die Ratten der Lüfte.

Ganz so unauffällig, wie ich hoffe, bleibt die Aktion aber leider nicht. »Hey!«, schreit plötzlich der Typ, der uns vorhin beinahe über den Haufen gefahren hätte. Vermutlich um sein wertvolles Eigentum zu überwachen, hat er sich mit einem Glas Champagner extra in Sichtweite des Wagens gesetzt. Jetzt stiert er zu uns herüber und deutet mit dem Finger auf Luisa. »Was machen Sie da?«

Mir rutscht das Herz in die Hose, aber Luisa bleibt ganz ruhig. »Nichts«, antwortet sie lässig, entfernt sich langsam und packt mich am Arm. »Los, schnell weg hier!« Wir rennen zum Strand. »Hoffentlich kacken sie ihm die Polster voll.«

»Luisa!«, sage ich mit gespielter Empörung. Tolles Mädchen, denke ich.

Von unserem Strandkorb aus haben wir die Umgebung gut im Blick. Mein Puls erhöht sich, als ein Polizeiwagen vor dem Restaurant hält. Ich stehe auf, will sehen, was Sache ist. Der Porsche-Typ hüpft wie Rumpelstilzchen durch die Gegend und versucht mit seinen Armen und Beinen die Möwen zu verscheuchen, die sich in seinem Sportwagen über das Festmahl hermachen.

Lachend verfolgt auch Luisa das Schauspiel auf dem

Parkplatz. »Jetzt musst du mich heiraten«, kommentiert sie trocken.

»Wieso?«

»Weil du dann vor Gericht nicht gegen mich aussagen musst.«

»Du meinst …«

»Wenn es zu einem Prozess kommt.«

»Interessant«, sage ich. »Und du bist dir da ganz sicher?«

»Tausendprozentig.«

Ich greife, während sich Luisa weiter an Rumpelstilzchen ergötzt, in meinen Rucksack. Als ich die kleine Box bereits in meinen Händen spüre, klingelt das Handy.

»Telefon«, macht mich Luisa überflüssigerweise darauf aufmerksam.

»Kann warten.«

»Und wenn's wichtig ist?«

Ich seufze, ziehe meine Hand aus dem Rucksack und halte das Handy ans Ohr. »Barnie«, sage ich gelangweilt. O Gott, Barnie, fällt mir plötzlich wieder ein. Seinen Anruf hatte ich in der Hitze des nächtlichen Gefechts völlig vergessen. »Alter Schwede«, schiebe ich fröhlich nach. »Was gibt's?«

»Mark.« Barnies Stimme nach zu urteilen, steht er kurz vorm Abgrund.

»Nicht springen«, sage ich prophylaktisch.

»Ich bin geliefert.«

»So schlimm wird's schon nicht sein.«

»Was ist?« Natürlich schaltet sich Luisa in unser Männergespräch ein.

Ich zucke mit den Schultern, während Barnie am anderen Ende der mobilen Leitung hörbar ein- und ausatmet. »Bist du noch dran, Barnie?«

»Ja, schon, aber …«

»Spuck's aus, Bernhard.«

Ich nenne Barnie nur zur Ablenkung Bernhard. Das habe ich seit fast zwanzig Jahren nicht mehr getan. Zum ersten und letzten Mal, wenn ich mich recht erinnere, als ich mich als sein neuer Stubenkamerad auf dem Internat vorstellte. »Es freut mich sehr, dich kennenzulernen, Bernhard«, waren ungefähr meine Worte. »Ich bin der Barnie«, hat der Freiherr von Denkwitz gleich gemeint. Seitdem sind wir ziemlich beste Freunde. Zwischen Männern kann das oft sehr schnell gehen.

»Wann können wir uns treffen?« Es hört sich fast so an, als würde Barnie weinen.

»Morgen Abend. Aber warum sagst du nicht einfach gleich, was los ist?«

»Ich weiß nicht.«

»Komm schon, Barnie. Du bist doch sonst kein Feigling.«

»Jetzt habe ich aber Angst.«

»Wovor?«

»Der Zukunft.«

»Das heißt? Also konkret.«

»Sitzt du, Mark?«

»Moment.« Ich nehme wieder im Strandkorb Platz. Luisa hält ihr Ohr ganz nah an meines.

»Also«, beginnt Barnie und seufzt. »Ich … werde … Wie soll ich's sagen?«

»Tu's einfach.«

»Okay. Ich werde Vater.«

»Du wirst was?« Luisa und ich schauen uns völlig entgeistert an. Die Überraschung des Jahrtausends.

»Vater«, wiederholt Barnie.

»Das gibt's nicht. Du verarschst mich.«

»Wenn ich's dir sage.«

»Barnie wird Vater«, wiederhole ich für mich und Luisa, die schon wieder was zu essen in der Hand hält. Drei Sekunden später brechen wir in schallendes Lachen aus. Luisa kann sich überhaupt nicht mehr halten, lässt sogar im Überschwang der Gefühle ihre Quarktasche in den Sand plumpsen. Es dauert eine Weile, bis auch ich mich wieder beruhigt habe. Ich frage Barnie nach Einzelheiten. Der hat aber bereits aufgelegt. Bei meinem Rückruf habe ich nur das Vergnügen mit der Mailbox. »Hey Barnie«, spreche ich darauf. »Glückwunsch! Und keine Angst. Ich, also wir, Luisa und ich, stehen dir gern mit Rat und Tat zur Seite.« Ich muss auflegen, bevor ich Barnie auch noch auf die Mailbox lache.

»Er hasst Kinder«, sagt Luisa ernst. Sie fischt die Quarktasche aus dem Sand und versucht selbigen wegzupusten.

»Noch mehr als Beziehungskisten.«

»Und du?«

Ich muss nicht lange überlegen. »Ich möchte Kinder. Aber nur mit dir.« Jetzt oder nie. Ich hole die Box aus dem Rucksack, öffne sie, gehe vor Luisa auf die Knie, will den Ring herausholen und meine Freundin fragen, ob sie meine Frau werden will. Nur die Quarktasche stört mich. Erstens klebt der Sand hartnäckig an ihr, und zweitens möchte ich keiner kauenden Frau einen Heiratsantrag machen. Ich nehme sie Luisa aus der Hand. In diesem Moment stürzt plötzlich ein grunzendes, fiependes, hysterisches Möwengeschwader aus heiterem Himmel auf uns herab. Hitchcocks Vögel waren armselige Spatzen dagegen. Wir kauern uns auf den Boden. Einen Moment lang, glaube ich sogar, verdunkelt sich der Himmel. Luisa springt auf. Dann fällt ein Schuss!

Luisa

Wenn sehr viele Dinge auf einmal passieren, spüre ich immer einen Widerstreit in meiner deutsch-italienischen Seele. Die Deutsche in mir möchte einfach nur dasitzen und alles ignorieren, bis sich die Ereignisse artig in einer Reihe angestellt haben und bereit sind, nacheinander vorzusprechen. Die Italienerin sieht eine Gelegenheit, endlich mal mit aufgerissenen Augen so richtig lautstark einen Wortwasserfall loszulassen, der mit »Mamma mia!« beginnt und alles zugleich beschreibend darstellt. Dazu wildes Gefuchtel mit den Händen. Klar. Meistens endet es bei einem Kompromiss.

Ich springe also auf und fuchtele, um die Möwen zu vertreiben, die soeben beschlossen haben, ihre Jahreshauptversammlung auf meinem Freund abzuhalten. Sie balgen sich um die Quarktasche. Es sind nur fünf Vögel, aber Mark schaut entsetzter drein als Tippi Hedren.

»Mach die weg!«, kreischt er. Mit einer Hand schlägt er um sich, die andere steckt er in die Hosentasche. Männer. Nicht mal zur Selbstverteidigung kann man sie gebrauchen. Die Möwen fliegen trotzdem weg – aber nicht wegen meiner Bemühungen. Eher wegen des Schusses, der soeben gefallen ist.

Mark lässt sich in den Sand fallen und ächzt. Den Schuss scheint er überhört zu haben, oder er erscheint ihm in Relation zu seinem Vogelerlebnis unwichtig. Mir nicht. Ich linse um den Strandkorb herum und schaue Richtung Parkplatz, wo sich gerade lautes Geschrei erhebt. »Mörder!«, schreit eine langhaarige Frau einen Polizisten an, der die Arme trotzig verschränkt hält. Vom Porschefahrer ist nichts mehr zu sehen. Der andere Polizist hantiert mit seinem Funkgerät. Auweia. Habe ich etwa mit ein paar Krümeln einen Mord verschuldet?

»Mark!«

»Hm.«

»Wir müssen zum Parkplatz gehen, der Polizist hat jemanden erschossen!«

»Dann hoffe ich, es hat den Porschefahrer getroffen.«

»Bist du gemein! Komm jetzt!«

»Auf keinen Fall, Luisa! Du hast die Krümel da hingestreut, am Ende hat uns der Typ doch gesehen und zeigt dich an.«

Nervös knete ich meine Unterlippe, als die langhaarige Frau in unsere Richtung kommt. Sie trägt etwas in den Händen und schreitet würdevoll wie eine Hohepriesterin – sofern das im Sand überhaupt möglich ist. Etwa zehn Meter von unserem Strandkorb entfernt bleibt sie stehen und fängt an, ein Loch zu buddeln. Ich gehe zu ihr und sehe, wie sie eine tote Möwe beerdigt.

»Entschuldigen Sie, was ist denn da vorne passiert?«

»Ein Polizist hat einen Warnschuss in die Luft abgegeben, um Vögel von einem Auto zu vertreiben. Dabei hat er diese arme, unschuldige Möwe getroffen«, erzählt die Tierfreundin mit kleinen Schluchzkieksern in der Stimme. Sie wischt sich die Augen und wirft ihren Blondschopf zurück.

»Ein Warnschuss? Wegen eines Autos?« Das finde ich jetzt doch etwas übertrieben.

»Der Besitzer hat gedroht, ihn wegen Pflichtverletzung anzuzeigen. Der ist offenbar mit dem Bürgermeister oder Polizeichef oder so befreundet.«

Oh. Ich bleibe wohl besser am Strand, bis der Porsche weg ist.

Die Frau klopft mit ihren rot lackierten Fingernägeln den Sand auf dem Möwengrab fest, erhebt sich und tritt den Rückweg an. Aber vorher zupft sie noch ihren Pelzkragen zurecht.

Irgendwie ist Sylt doch nicht meine Insel.

Ich kehre zu Mark zurück, der immer noch im Sand sitzt und misstrauisch eine Möwe beobachtet, die völlig harmlos einige Meter weiter herumläuft. Die Polizistengeschichte ringt ihm wenigstens ein schwaches Lächeln ab. Dann richtet er sich halb auf, bleibt auf einem Knie sitzen, greift in seine Hosentasche und holt eine kleine schwarze Schachtel heraus. Stimmt ja, die Schachtel. Die hatte er doch eben schon in der Hand, bevor er von der gefiederten Luftwaffe angegriffen wurde. DIE Schachtel!

»Luisa«, sagt Mark und wirft einen Blick über die Schulter zur Möwe, die sich keinen Zentimeter genähert hat.

»Ja?«

»Ich fand Heiraten immer blöd …«

»Du bist echt ein Romantiker.«

»Nein, jetzt hör mir doch erst mal zu!« Ein weiterer gehetzter Blick zur Möwe, die arglos herüberschaut.

»Okay, dann sprich weiter.« Wieso fängt mein Herz auf einmal an, wie wild zu galoppieren?

»Ich fand Heiraten immer blöd. Aber jetzt bin ich mit dir zusammen, und ich will, dass das so bleibt. Für den Rest unseres Lebens.«

Allmählich dämmert mir, dass das hier ernst ist. Mark schenkt mir keinen *Wir gehören doch eh zusammen*-Herzanhänger. Es geht hier um einen Ring.

Ich unterdrücke meine Aufregung und schaue Mark in Erwartung von vier ganz bestimmten Worten an. Monsieur hat aber seine Aufmerksamkeit wieder dem unsagbar gefährlichen Möwenviech zugewendet, das es gewagt hat, sich einen Meter zu nähern.

»Mark?«

»Äh, ja.«

»Mark, würdest du bitte die Möwe Möwe sein lassen? Die waren vorhin nur scharf auf die Quarktasche. Sie tut dir sicher nichts.«

»Und wenn doch?«

Genervt stehe ich auf und klatsche zweimal in die Hände. Die Möwe fliegt davon. Mark schaut mich verzückt an.

»Luisa, du hast mich gerade vor einer Möwe gerettet. Also, spätestens jetzt muss ich dich das fragen.«

»Was denn fragen?« Jetzt steigt mein Puls richtig.

»Willst du mich heiraten?«

Schluck. Das wirklich und ernst gemeint gefragt zu werden, ist ganz anders als die Vorstellung davon. In meinem Gehirn explodieren ein paar kleine Sterne. Mark will mich heiraten, genau mich, nicht irgendeine andere Frau. Und ich will ihn auch. Für immer! Ich bin kurz vorm Losheulen, habe aber Angst, Mark könnte das falsch verstehen. Also sage ich einfach: »Ja.«

»Ja?«

»Ja, das will ich. Unbedingt!«

Mark klappt die Schachtel auf und greift nach meiner Hand. Der Ring ist aus Silber oder Weißgold oder Platin, und darauf ist ein Diamant oder Zirkonia oder Glasstein, und es ist mir auch völlig egal, was es genau ist, denn vor allem ist es mein Verlobungsring. Mein Verlobungsring!

Mark hält meine Hand, an der es funkelt. Ich küsse meinen zukünftigen Ehemann, schaue ihn glückselig an und wundere mich über seinen gequälten Gesichtsausdruck.

»Luisa?«

»Ja?« Was kommt denn jetzt noch? Eine Lebensbeichte?

»Darf ich wieder aufstehen? Mein Knie tut weh.«

»Ach so, natürlich! Komm, setz dich zu mir.«

Mark lässt sich ächzend neben mich fallen und legt den Arm um mich.

Ich lehne mich an ihn und seufze zufrieden. Mark schaut aufs Meer. Ich schaue auf den Ring. Es vergehen wunderbare Minuten. »Können wir das öfter machen?«

»Wie bitte? Spinnst du jetzt?«

»Na ja, ich finde, du könntest noch ein bisschen Übung vertragen, bis der Antrag perfekt rüberkommt«, piesacke ich meinen Verlobten.

Der ist empört. »Was hat dir denn nicht gepasst?«

»Also, wenn es nur Anfang und Ende ohne Mittelteil gewesen wären, hätte ich gesagt, es war der unromantischste Heiratsantrag meines Lebens.«

»So, so. Und bekommst du oft Heiratsanträge, die anzunehmen eine gute Idee wäre?«

»Eigentlich nicht.«

»Dann«, sagt Mark breit grinsend und völlig entspannt, »hätte ich dir umso dringender geraten, meinen anzunehmen. Romantik hin oder her: Eine Frau in deinem Alter muss nehmen, was sie kriegen kann.«

Ich lasse mich nicht zu einer Antwort herab. Stattdessen beiße ich kräftig in Marks Oberarm. Er schreit auf und beißt zurück. In meine Lippe, ganz vorsichtig. Dann küsst er mich.

Als wir eine Stunde später zur Sansibar schlendern, hat sich der Aufruhr dort längst gelegt. Der Porsche ist weg, die Polizisten und unsere untröstliche Tierfreundin auch.

Ich bestelle Steinbutt, Mark besteht auf einer Currywurst. Mein Essen sieht besser aus, aber seines schmeckt besser, wie ich nach einem Probehappen feststellen muss.

»Sag mal, war das vorhin ein Witz von Barnie?«

»Wenn das ein Witz war, hat er einen Oscar verdient.«

»Du meinst also, er wird echt Vater?«

»Ja, klar. Weißt du, Luisa, wenn zwei Menschen Geschlechtsverkehr haben, kann es zur Befruchtung einer Eizelle kommen, und wenn die sich dann in der Gebärmutter einnistet …«

»Sehr witzig, Herr Doktor. Aber wieso hat er nicht verhütet? Und wer ist die Mutter?«

»Keine Ahnung. Kann es Marie sein?«

»Im Leben nicht. Erstens wüsste ich es dann schon von ihr, und zweitens lässt sie Barnie nicht mehr näher als auf fünf Meter an sich heran.«

»Tja, dann weiß ich es auch nicht. Barnie stellt mir nicht jede seiner Eroberungen vor.«

»Wenn er das machen würde, könntest du deinen Beruf aufgeben.«

»Wieso?«

»Zeitmangel.«

»Stimmt. Aber vielleicht braucht die ein oder andere von denen eine kleine Nasen-OP oder Fettabsaugung, da könnte man Privatleben und Beruf gleich verbinden.«

»Fettabsaugung? Quatsch. Ich wette, die Frau ist so ein langweiliges, aber superschlankes Mäuschen, das sich in den Herrn von Adel verknallt und mal eben eigenmächtig die Pille abgesetzt hat.«

»So was machen Frauen?«

»Wach auf, Mark. Das passiert ständig. Manche Frauen halten das für ein gutes Mittel, den Mann an sich zu ketten.«

»Dann bin ich ja froh, dass du lieber gewartet hast, bis ich dir einen Antrag gemacht habe.«

»Ich bin ja auch ein anständiges Mädchen.«

»Bist du nicht.« Mark legt ein paar Scheine auf den Tisch und beschwert sie mit seinem leeren Glas. »Wir radeln jetzt zurück ins Hotel, und ich zeige dir, wie unanständig du bist.«

Am nächsten Morgen könnte ich Bäume ausreißen. Wir werden heiraten! Und entgegen der landläufigen Vorbehalte gegen festzementierte Partnerschaften haben wir trotzdem noch Sex. Das Leben meint es gut mit uns. Im Flugzeug schaue ich nicht aus dem Fenster, sondern betrachte meinen Verlobten. Das ist auch ziemlich sehenswert, denn Mark hat Flugangst. Er gibt das natürlich selbst nicht zu, sondern nennt es »mein sensibler Magen«. Aber wer schon einmal gesehen hat, wie sich seine Gesichtsfarbe von normal zu rot zu weiß zu grün verändert während eines ganz normalen Flugs ohne Turbulenzen, kann das nicht glauben. Als wir im vergangenen Jahr nach Brasilien geflogen sind, habe ich stundenlang seine schweißnasse Hand gehalten und ebenso ausdauernd Mitleid mit seinem Magen geheuchelt. Wir wären beide besser dran, wenn Mark einfach seine Angst zugeben würde, aber dafür scheint der Leidensdruck noch nicht hoch genug zu sein. Gerade fächelt er sich mit den Sicherheitshinweisen Luft zu. Es ist ein Bild des Jammers.

Ich schlafe ein und träume von meinen Freundinnen, die kleine Sträuße in den Händen halten und identische Kleider in Pastelltönen tragen. Sogar im Traum muss ich darüber kichern. Erstens habe ich noch nie Brautjungfern außerhalb eines Kitschfilms gesehen, und zweitens würden meine Freundinnen mir die Sträuße um die Ohren hauen, wenn ich sie bitten würde, gleiche Kleider zu tragen. Es ist nun mal so, dass ein Kleid nie mehreren Frauen gleich gut steht. Nicht nur wegen der Farbe, sondern auch wegen des Schnittes. Und wenn eine gerade schwanger ist und eine andere vielleicht ein paar Schnitzel zu viel verputzt hat, während eine andere sich nur von Mineralwasser zu ernähren scheint, hat man den Salat: Bei der ersten ist es am Bauch zu eng, bei der zweiten am Hintern, und die dritte füllt das Dekolleté nicht aus. Da hilft eine andere Konfektionsgröße rein gar nichts. Das sind Schicksale, die es zu vermeiden gilt.

Mit den Brautjungfern wird es also nichts. Aber sonst so? Plötzlich wird mir klar, dass die perfekte Spielwiese für dekosüchtige Frauen wie mich vor mir liegt. Eine Hochzeit verträgt mehr Blumen, Schleifen, Rüschen, Spitze und Zuckerguss als jede andere Veranstaltung. Mal abgesehen von der Taufe eines Thronfolgers vielleicht, aber mit so etwas kann mein Leben nun mal gerade nicht aufwarten. Was werde ich anziehen? Ein weißes Kleid, natürlich, aber es sollte einigermaßen schlicht sein. Sonst erkennt mich Mark unter all den glitzernden Blumenranken gar nicht mehr – und wenn doch, sagt er am Ende vor dem Altar Nein, weil ich ihm nicht gefalle. Aber die Torte! Ich will rosafarbene Marzipanrosen. Nur nicht diese übliche rosa Puddingfüllung, die jeden Diabetiker sofort umbringen würde. Und ich will einen großen Strauß. Und einen Schleier. Die Gäste sollten alle irgendetwas mit Rosa oder Rot tragen. Bloß nicht so viel Schwarz, es ist schließlich eine Hochzeit. Unsere Hochzeit!

»Kannst du Walzer tanzen?«, frage ich Mark, dessen Gesichtsfarbe sich bei Lindgrün einpendelt. Mein Verlobter ist damit beschäftigt, sich an der Befestigung des Klapptabletts festzuhalten, und wendet nur langsam seinen Kopf.

»Ja. Aber nicht jetzt.«

»Jetzt sollst du ja auch gar nicht. Es ist nur wegen der Hochzeit.«

»Luisa, können wir ein andermal darüber sprechen?«

»Ich will ja nur wissen, wie du dir die Feier so vorstellst. Was dir gefallen würde.«

»Mach einfach.« Mark lässt seine Stirn wieder an den Vordersitz sinken. »Alles, was du willst. Aber sprich mich nicht mehr an, bis wir gelandet sind.«

Wenn das mal keine Ansage ist. Alles, was ich will. Als wir eine halbe Stunde später landen, habe ich bereits mehrere Hochzeitsfeiern durchgeplant und wieder verworfen. Im Flughafen kaufe ich schnell noch ein paar Brautzeitschriften, bevor Mark wieder im Normalzustand ist und mich davon abhält. Alles, was ich will. Versprochen ist versprochen.

Mark

Am liebsten würde ich mich zu Hause sofort hinlegen. Wenn Gott gewollt hätte, dass Menschen fliegen, hätte er ihnen Flügel gegeben. Luisa fragt, wie's mir geht. »Schlecht.«

»Ich mach dir einen Tee, Süßer.«

»Sehr nett.«

»Mach ich doch gern.«

Ich fange an, das Fastverheiratetsein zu mögen. Dabei

haben wir noch gar nicht über einen Termin gesprochen und wie die Hochzeit genau ablaufen soll. Auf jeden Fall kein großes Fest, eher kleiner Kreis, ohne Schnörkel, keine Kutsche, kein Stephansdom. Wie ich Luisa kenne, wird sie auf einer kirchlichen Trauung bestehen. Am besten wäre natürlich, auch wenn ich dafür ein Flugzeug besteigen müsste, wir würden uns auf einer einsamen Insel trauen. Nur wir beide.

Als ich mich gerade auf der Couch bei einer Tasse Kamillentee von den Strapazen erhole – wir hatten beim Fliegen ziemlich heftige Turbulenzen –, klingelt es an der Tür.

»Ich geh schon«, sagt Luisa. Ein paar Sekunden später schiebt sie Barnie ins Wohnzimmer. So weiß um die Nase habe ich ihn noch nie gesehen. Er würde ein respektables Schlossgespenst abgeben. In Kombination mit den dunklen Augenringen sieht er echt furchtbar aus.

»Tee?«, frage ich und halte ihm meine Tasse hin.

»Schnaps!«, bittet Barnie.

»Haben wir Schnaps?«, will ich von Luisa wissen, die hinter Barnie in der Tür stehen geblieben ist.

»Seit eurem Champions-League-Abend nicht mehr.« Ich erinnere mich dunkel, dass wir zur Frustbewältigung den Grappa von Luisas Onkel vernichtet haben. Sie schlägt vor, dass wir, Barnie und ich, spazieren gehen. »Ein bisschen frische Luft tut euch beiden gut.«

»Ich will nicht spazieren gehen.« Barnie guckt mich böse an, obwohl der Vorschlag gar nicht von mir kam.

Ich will eigentlich auch lieber daheimbleiben. Aber ich traue mich nicht, Luisa zu widersprechen. Sie guckt noch eindringlicher als Barnie. »Komm schon, alter Knabe«, sage ich also. »Gehen wir ein paar Meter. Wird uns schon nicht umbringen.«

Wir stranden auf dem Alten Südfriedhof, in dessen Erde die Münchner Prominenz von anno dazumal begraben liegt: Wissenschaftler, Schriftsteller, Schauspieler, Maler. Wahrscheinlich ist das der friedlichste Ort der Stadt. Wenn ich nachdenken will, gehe ich oft hierher, nehme auf einer Bank Platz und genieße inmitten der Bäume und Gräber die Ruhe. Ich gebe Barnie Zeit, sich zu sammeln. Einfach drauflosquatschen bringt nichts. Man verzettelt sich, kommt vom Hundertsten ins Tausendste, und am Ende weiß keiner mehr, was Sache ist.

Nach fünfzehn Minuten durchbricht er mit einem lauten Räuspern tatsächlich die Stille. »Die Sache ist die«, beginnt er, um schon im nächsten Moment wieder zu verstummen. Es gibt Menschen, die können Ruhe nicht aushalten, die sind ständig in Bewegung, haben immer ihre Klappe offen. Barnie und ich gehören nicht dazu. Und so vergehen weitere fünfzehn Minuten, bis Barnie doch noch seinen Lagebericht abgibt.

Er hat vor drei Monaten in einer Bar eine betrunkene Frau aufgerissen, ist mit zu ihr nach Hause, sie hatten Sex, letzten Freitag dann der Anruf, sie sei schwanger. Weil Barnie der erste und einzige Mann nach einer schmutzigen Scheidung war, komme nur er als Erzeuger infrage. Irgendwie hatte sie in ihrem Zustand wohl vergessen zu verhüten.

»Und du?«, frage ich.

»Was ich?«

»Kondom«, liefere ich das Stichwort.

»Ich war dicht wie 'ne Panzerhaubitze.«

Das entschuldigt natürlich alles.

»Sie sagt, sie will das Kind.« Barnie stiert vor sich hin.

»Wer ist sie?«

»Lilly Haart.«

Ich runzle die Stirn und krame in meinem Gedächtnis. »Muss man die kennen?«

»Warst du schon mal angeklagt?«

»Verstehe ich jetzt nicht.«

»So vor Gericht.«

»Nein, warum?«

»Dann kennst du sie wahrscheinlich nicht.«

»Hilf mir auf die Sprünge.«

»Lilly ist Staatsanwältin«, murmelt Barnie.

»Staatsanwälte küsst man nicht.« Mehr fällt mir dazu spontan nicht ein.

In einer der urigsten Wirtschaften der Stadt, dem *Fraunhofer* im Glockenbachviertel, bestellen wir zur Feier des Tages Schweinsbraten mit Knödel. Am Nachbartisch sitzt eine Dame, die ich aus dem Fernsehen kenne. Sie moderiert eine Volksmusiksendung im Dritten, also echte Volksmusik, nicht volkstümliche Musik. Kein Florian Silbereisen, Stefan Mross und auch keine Stefanie Hertel. Mehr so Hausmusik. Sie war mal in meiner Praxis, hat dann aber doch nichts machen lassen. War auch nicht nötig, was ich ihr genau so gesagt habe. Man darf nicht erwarten, ohne eine einzige Falte die vierzig zu überschreiten. Wir nicken uns sehr kurz zu, bevor sie schnell in eine andere Richtung blickt. Ich höre noch, wie sie einen Rotwein bestellt, aber einen ganz guten, und ein großes Glas Leitungswasser.

Das dritte Bier lockert Barnies Zunge. Heraus kommt, dass er nicht nur Angst hat, sondern richtig Schiss. Nicht nur vor seiner Vaterrolle, sondern auch vor Lilith Haart, wie Lilly Haart ausgeschrieben heißt. Vor meinem geistigen Auge flimmert das Bild einer Domina in Lack und Leder mit einer Reitgerte in der Hand. Ausgesprochen streng sei sie, meint Barnie. Streng und direkt. Zudem groß, schlank, blonde Haare, Business-Look. »Extrem selbstbewusst!«

Klingt ja erst mal gar nicht schlecht.

»Die redet nicht lang um den heißen Brei. Die sagt, was Sache ist. Widerspruch zwecklos.«

»Was genau will sie von dir?«

»Dass ich mich nicht aus der Verantwortung stehle.«

»Sonst passiert was?«

»Gibt's einen Satz heiße Ohren, mindestens«, brummt Barnie und muss über sich selbst und die Gesamtsituation lachen.

»Und jetzt? Wie geht's weiter?«

»Ich muss morgen gleich mit. Zum Frauenarzt.«

»Frauenarzt«, wiederhole ich und nicke dabei ernst.

Als ich kurz nach dem Münster-*Tatort* nach Hause komme, trete ich als Erstes bei Luisa an und erzähle ihr von Barnie und Lilith.

Luisa ist hingerissen und gleichzeitig abgestoßen. »Schwanzgesteuerter Affe«, murmelt sie wie ein Mantra vor sich hin. »Die arme Lilith.«

»Lilly.«

»Du hast doch gerade noch Lilith gesagt. Wie die erste Frau von Adam vor Eva. Die Gott dessen Namen abtrotzte, Flügel bekam und davonflog.«

Ich behalte meine Unkenntnis für mich. »Ja, schon«, sage ich, »aber man nennt sie Lilly.«

»Gut, dann eben Lilly. Leid tut sie mir trotzdem.«

»Du kennst sie doch gar nicht.«

»Solidarität«, erklärt Luisa.

»Unter Frauen?«

»Gewissermaßen, ja.«

»Und wenn sie nun ein ziemliches Miststück ist?«

»Dann träfen sich zwei.«

Hä? Egal. »Er muss mit ihr zum Frauenarzt.«

»Na und?«

»Und später zum Hechelkurs.«

»So ist das, wenn man ein Kind kriegt.«

Luisa verschwindet kurz in der Küche und kommt mit zwei Gläsern Crémant zurück. Eines hält sie mir hin, ich greife zu. »Stoßen wir an.«

»Auf Barnies Vaterfreuden?«

»Nein«, wehrt Luisa ab.

»Auf uns!« Ich ziehe meine Mundwinkel nach oben und proste meiner Verlobten zu.

»Kluger Bursche.«

»Höre ich oft.«

»Im Gegensatz zu deinem Kumpel.«

»Hör mal«, sage ich, »Barnie war immer der Klügste. 1,0 im Abi, 1,0 im Studium, summa cum laude in der Promotion.«

»IQ ist nicht alles«, meint Luisa altklug. »Schon mal was von EQ gehört?«

»Klar. Emotionale Intelligenz.«

»Die liegt bei Barnie definitiv unter null.«

»Jetzt tust du ihm aber unrecht«, verteidige ich meinen besten Freund. »So schlimm ist er nicht.«

»Da sagt Marie was anderes.«

»Barnie ist halt in seinem Innersten immer noch ein kleiner Junge. Können wir vielleicht über was anderes reden?« Ich küsse Luisa auf die Wange, dann auf den Hals.

Sie lässt es sich erst gefallen, schiebt mich dann aber zurück. »Was ist?«

»Möchtest du nicht deine Eltern anrufen?«

»Nein, danke«, wehre ich ab. »Ruf doch du deine an.«

»Habe ich schon.«

»Und?«

»Papa wollte das nicht hören.«

»Na bravo.«

Luisa legt beruhigend die Hand auf meinen Arm und drückt ihn leicht. »Weil er dich kaum kennt, Mark. Es soll ein kleines Essen noch diese Woche stattfinden. Mit Freunden und Familie.«

»Super«, sage ich und mache dann eine ganz dumme Bemerkung, die ich sofort bereue, weil ich genau weiß, wie wichtig Luisa ihre Familie ist. »Die ganze Mafia versammelt.«

»Du bist so ein Trottel!«, schreit mich Luisa an. Im nächsten Moment springt sie auf, knallt die Tür und stampft Richtung Schlafzimmer, wo sie die nächste Tür zuschlägt.

Ein paar Minuten später, nachdem ich mich von dem Schock erholt habe, will ich nach ihr sehen, mich entschuldigen, sagen, dass ihre italienische Familie ganz großartig ist. Die Tür ist aber verschlossen. Ich stehe ein paar Sekunden unentschlossen im Flur herum, betrachte die Audrey Hepburn von Ikea an der Wand, klopfe dann, entschuldige mich für meine dumme Bemerkung, bettle, dass sie aufsperrt. Vergebens!

Für die Nacht richte ich mir eine Schlafstatt auf dem Sofa ein. Das geht ja gut los. Warum muss ich auf Familie immer so reagieren? Nur weil meine Familie eine Enttäuschung für mich war? Das ist doch Schnee von gestern.

Luisa

Praktischerweise fällt das Familienessen auf den Mittwoch – da muss Mark wieder bei Barnie Händchen halten und Durchhalteparolen skandieren. Ich steige also alleine ins Auto und fahre Richtung Stadtrand. Die Woche war etwas durchwachsen nach meinem Ausraster am Sonntagabend. Gegen Mitternacht hatte ich mich endlich zusammengerissen und war fähig gewesen, Mark von der Couch aufzusammeln und mit ins Bett zu nehmen.

Warum muss der Kerl auch meinen empfindlichsten Punkt treffen? »Die ganze Mafia«, hat er meine Familie genannt. Nicht alle Italiener gehören zur Mafia, der überwiegende Teil sind ganz normale Leute, wie meine Eltern. Sie haben mich noch nie im Stich gelassen. Mein Bruder und meine zwanzig Cousinen und Cousins ebenso wenig. Das ist schön, kann aber natürlich auch ganz schön anstrengend sein. Mein Bruder hat es da deutlich cleverer gemacht als ich: Er ist nach Stockholm gezogen und arbeitet dort als Streetworker. Ein genialer Schachzug. Erstens ist das weit weg, zweitens gibt der Job Karma-Pluspunkte, drittens arbeiten Streetworker in Stockholm wahrscheinlich nicht ähnlich hart wie in Bukarest, und viertens habe ich Grund zur Annahme, dass er mit seinem italienischen Aussehen und Getue bei den Schwedinnen ziemlich gut ankommt.

Jedenfalls will ich Mark heute Abend nicht dabeihaben. Er hat es ja gar nicht böse gemeint, aber wenn er eine Bemerkung dieser Art bei meiner Familie macht, dann können wir das mit der Hochzeit komplett vergessen.

Vor meinem Elternhaus, einer gelb getünchten Villa im Toskana-Stil, stehen für meinen Geschmack ein paar Autos zu viel herum. Wen haben sie denn alles eingeladen? Alle italienischen Restaurantbesitzer der Stadt plus den Papst und Gianna Nannini? Ich klingele an der Tür und werde stürmisch begrüßt von meiner Mutter. »Lieblingstochter!«, ruft sie und küsst mich ab, um anschließend den Lippenstift wieder von meiner Wange abzurubbeln. Dann wird ihr Tonfall verschwörerisch. »Ich freue mich so, dass ihr heiratet. Herzlichen Glückwunsch! Aber sprich heute Abend besser nicht davon, du weißt doch, Papa ist … etwas empfindlich, was das angeht.«

Etwas empfindlich, meine Güte. Das ist noch weit untertrieben.

Um den Esstisch im Salon, der etwa so schlicht dekoriert ist wie die Sixtinische Kapelle in Rom, sitzen bereits zwölf Leute. Ich bin zu spät dran, die Vorspeise habe ich verpasst. Seit meine Eltern über fünfzig sind, essen sie sogar für deutsche Verhältnisse früh.

Mein Vater, der vor Publikum gerne den Don spielt, drückt mich an sich und platziert mich neben einem feisten Mann von etwa fünfunddreißig Jahren. Seine schwarzen Haare sind unter beträchtlichem Gel-Einsatz nach hinten gestrichen, sein lila Hemd mit protzigen Manschettenknöpfen spannt über dem Bauch. Ich könnte stundenlang seine Aknenarben zählen. Entzückend. »Das ist Antonio!«, flötet mein Vater. »Er ist der Sohn von Silvio.« Dabei weist er auf seinen langjährigen Geschäftspartner, der neben ihm sitzt und ähnlich fleischig daherkommt wie der Filius. »Ihr habt euch sicher viel zu erzählen!«

Klar. Wenn der so gerne isst, wie er aussieht, kommt er allerdings nicht zum Reden. Meine Mutter deckt die Schüsseln auf – es gibt drei Arten Nudeln mit fünf verschiedenen Soßen. Das haben mein Bruder und ich uns immer gewünscht als Kinder, weil wir uns nicht entscheiden konnten. Daraus entstand eine Tradition, und meine Mutter liebt Traditionen. Während ich Farfalle auf meinen Teller häufe, beobachtet mein Vater mich genau. *Ist was?*, bedeute ich ihm lautlos. Er runzelt die Stirn und schaut weg. Hat wohl einen mürrischen Tag.

Das Tischgespräch dreht sich um Affären der italienischen Politik, einen neuen dickbusigen Star am Opernhimmel, die besten Adressen für Meeresfrüchte in München und leider auch um Steuerrecht, weil Antonio mir davon die ganze Zeit ins Ohr quasselt. Er ist Steuerberater und fühlt sich durch die Linguine zu Bandwurmsätzen inspiriert. Die Serviette hat er sich in den Hemdkragen gestopft, aber er hätte besser auch eine über sein Gesicht gelegt: Dort hat sich eine bunte Mischung aus Soßenspritzern ausgebreitet. Seine Begeisterung für Steuersparmodelle ist nämlich so überbordend, dass sie nicht warten kann, bis der Kau- und Schluckvorgang beendet ist. Ich nehme mir vor, meinen Vater für diesen Tischherrn später ein bisschen zusammenzustauchen. Papa kennt mich schon mein ganzes Leben. Der muss doch wissen, dass ich solche Typen schrecklich finde. Das hat er bestimmt mit Absicht gemacht, um mich zu ärgern. Wahrscheinlich hat er die Schokoladenpapiere gefunden, die ich nach der letzten gemeinsamen Autofahrt im Fußraum seines vierzig Jahre alten roten Alfa Spider hinterlassen habe.

Als die Gäste sich verabschieden, lasse ich mich in einen Sessel fallen. Ich bleibe noch ein bisschen. Schließlich muss ich es irgendwie schaffen, meinen Vater von Mark als meinem Ehemann zu überzeugen. Wie gut das klingt. Mark, mein Ehemann. Hach. Mein Vater setzt sich mir gegenüber, bemerkt mein versonnenes Lächeln und strahlt.

»Hat dir Antonio gefallen, ja?«

»Hä, was?«

»Das heißt ›wie bitte‹!«, ruft meine Mutter aus der Küche.

»Himmel, seid ihr anstrengend. Nein, Papa, Antonio hat mir nicht gefallen. Das ist ja wohl ein komischer Witz von dir!«

Mein Vater zieht seine buschigen Augenbrauen über der Nase zusammen. Das ist eine Unwetterwarnung. »Antonio ist ein guter Mann. Er hat ein schönes Haus in Gräfelfing, da wärst du ganz nah bei uns. Silvio findet, es ist an der Zeit, dass er heiratet. Und ihr würdet doch perfekt zusammenpassen!«

»Moment mal. Habt ihr eine Zeitmaschine in die Haustür eingebaut? Bin ich jetzt im neunzehnten Jahrhundert gelandet?«

»Hör auf mit den Witzen!«, poltert mein Vater los. In der Küche beginnt heftige Aktivität – meine Mutter übertönt ihn mit Geschirrklappern. Leider nur vorübergehend. »Silvio ist ein alter Freund, er gehört quasi zur Familie. Und du hast doch immer gesagt, du möchtest keinen deiner Cousins heiraten. Luigi hätte dich sofort genommen!«

»Papa. Luigi ist fast vierzig und wohnt immer noch zu Hause bei Tante Carla, damit er den ganzen Tag Playstation spielen kann.«

»Ist ja auch egal. Antonio ist der Richtige für dich. Ihr seid nicht verwandt, aber so gut wie. Sein Haus hat einen Pool!«

Okay, durchatmen. Ganz langsam und ruhig. Nein – doch nicht.

»Papa, zur Hölle mit Antonio!«, brülle ich. »Interessiert es dich vielleicht auch mal, was ich will? Ich will nicht in Gräfelfing leben, wo es außer einem Edeka und einer Grundschule nichts gibt! Ich will kein spießiges Haus mit Pool! Und ich will keinen Antonio, der nur über Geld redet und dabei Tomatensoße spuckt! Ich will Mark! Und ich heirate Mark!« Ich halte ihm meinen Verlobungsring unter die Nase. »Komm mir bloß nicht noch mal mit so einer Schnapsidee. Ich bin erwachsen, wir sind nicht in der italienischen Pampa und ich entscheide alleine, wen ich heirate!«

Je mehr ich mich aufrege, desto ruhiger wird mein Vater.

»So, so«, sagt er langsam. »Mark. Was weißt du eigentlich über den Kerl? Ich wette, der hat Dreck am Stecken!«

»Damit würde er ja super in diese Familie passen.«

»Das nimmst du zurück!«

»Mark ist moralischer als alle anderen Männer, mit denen ich jemals ausgegangen bin. Mehr brauche ich nicht über ihn zu wissen.«

»Ich schon.« Mein Vater beugt sich schnell nach vorne und schaut mir in die Augen. »Und ich werde dir beweisen, dass ich recht habe. Der ist nichts für dich. Das weiß ich.«

Zum zweiten Mal innerhalb von vier Tagen verlasse ich einen Raum türenknallend. Das mit der Verlobung fängt ja gut an.

Vom Auto aus rufe ich Marie an. Ich hätte besser gleich zum Mädelsabend gehen und meiner Familie absagen sollen.

»Wo seid ihr denn? Kann ich noch dazukommen?«

»Natürlich! Wir sind bei Verena zu Hause. Sie denkt, sie könnte jeden Moment niederkommen und will in der Nähe ihres Köfferchens bleiben«, kichert Marie.

»Äh, niederkommen? Sie ist im sechsten Monat, dachte ich.«

»Man kann nie wissen!«, ruft Verena aus dem Hintergrund.

»Alles klar. Ich komme, und ich habe eine Überraschung!«

»Hoffentlich kommt die Überraschung in einer Flasche und blubbert.«

»Gute Idee.«

Mit einer Flasche feinstem Tankstellen-Prosecco stehe ich zwanzig Minuten später in Verenas Wohnküche. Es dauert nur fünfzehn Sekunden, bis sie den Ring bemerken. Kollektiver Jubelschrei. Meine Freundinnen stürzen sich auf mich und fallen mir um den Hals.

»Ich hab's doch gewusst! Auf Sylt!«, kreischt Verena.

»Genau, auf Sylt. Ihr seid so ein Klischeepaar«, sagt Anna und schüttelt grinsend den Kopf.

Marie nimmt lachend meine Hand und begutachtet den Ring, der offenbar ihre Zustimmung findet. »Sehr schön, dann haben wir ja jetzt eine gute Ausrede für die zweite Flasche. Ich dachte schon, wir müssten so tun, als würde Verena mittrinken, um den Schnitt sozial akzeptabel zu halten. Ich mach den Prosecco auf, und du berichtest.«

Während ich die Möwenstory erzähle, merke ich, wie gut mir die Freude meiner Freundinnen tut. Nach der hässlichen Szene mit meinem Vater kann ich ein bisschen positive Resonanz auf die Hochzeit gut gebrauchen. Familie ist schön, aber sie passt nicht immer zu einem. Enge Freunde dagegen sucht man sich passend aus. Deshalb kann man bei ihnen so entspannt sein. Da kommen keine Verkupplungsaktionen mit Geschäftspartnern in letzter Minute. Ich verstehe immer noch nicht ganz, was mein Vater mit der Aktion bezwecken wollte. Er ist mehr Deutscher als die meisten Deutschen, nur manchmal beschleicht ihn das Heimweh nach Italien, die Nostalgie oder was auch immer, sodass er meint, die zarten Bande zu seinem früheren Leben stärken zu müssen. Was dabei herauskommt, ist nicht immer toll.

Ich erinnere mich noch gut an die Wohnmobiltour vor zehn Jahren über den Brenner, Gardasee, Venedig, die Adriaküste entlang bis runter nach Kalabrien. *Wichtige Orte meines Vaters in zwei Wochen*, hätte der Titel für den Trip in seine italienische Vergangenheit sein können. Ich kann mich beim besten Willen nicht erinnern, wie er mich dazu gebracht hat mitzukommen. Schon nach zwei Tagen konnte ich seine Geschichten von früher nicht mehr hören. Wer mit wem wie verwandt ist, wo er als Kind gespielt und später studiert hat, was damals dieser Cousin zu jener Tante gesagt hat. Es war erschöpfend, in jeder Hinsicht.

Allerdings soll man auch nie glauben, dass Freunde keine eigenen Interessen hätten.

»Ich will mit deinen heißen Cousins am Tisch sitzen«, erklärt Marie.

»Gibt es eine dreistöckige Torte?«, fragt Verena mit großen Augen.

»Sag bitte, dass Kinder nicht erwünscht sind. Dann kann ich den Kleinen das ganze Wochenende bei meinen

Eltern parken und muss ihn nicht permanent bei Laune halten«, sagt Anna hoffnungsvoll.

»Kein Problem, Mädels. Jeder soll Spaß haben bei der Hochzeit! Ich hab auch schon überlegt, dass ihr drei als meine Brautjungfern identische Kleider tragen solltet«, erzähle ich betont ernst. »Lachsrosa oder Mauve würden mir gut gefallen.«

»Haha. Wenn wir befürchten müssten, dass du das ernst meinst, wären wir nicht mit dir befreundet.«

»Na gut, kein Lachsrosa. Eitergelb?«

»Was hast du dir denn wirklich vorgestellt für die Hochzeit? Wie groß soll es werden?«

»Etwa hundert Leute. Mark hat ja nicht viel Familie, aber ich dafür umso mehr. Und, Marie, ich befürchte, Barnie wird sein Trauzeuge sein.«

»Hervorragend. Vielleicht kann ich ihm unauffällig Rotwein überkippen. Nein, im Ernst, mach dir keine Sorgen. Deine Cousins werden mich schon ablenken«, sagt Marie und zwinkert mir zu. »Wer wird dein Trauzeuge?«

»Ich werde meinen Bruder bitten. Auf die Weise kann er sich nicht aus der Affäre stehlen und nur für zwei Stündchen vorbeischauen. Wie ich ihn kenne, wäre ihm das am liebsten. Nur nicht zu viel Familienanschluss.«

»Und was für ein Kleid willst du tragen?«

»Tja, keine Ahnung. Ein weißes?«

»Kauf bloß kein weißes Kleid«, sagt Anna. »Nimm einen Creme- oder Champagnerton. Sonst siehst sogar du mit deinem italienischen Teint aus wie eine Wasserleiche.«

»Ihr kommt doch hoffentlich mit, oder? Ich geh auf keinen Fall mit meiner Mutter das Brautkleid kaufen. Die wäre zwar begeistert, aber am Ende würde sie mich in irgendetwas Glitzerndes mit einem gehäkelten Jäckchen darüber reinquetschen.«

»Was hast du gegen Glitzer?«, fragt Marie empört.

»Ach, ich weiß nicht. Es sollte halt nicht zu verspielt sein.«

»Wir reden von einer Hochzeit! Zu verspielt gibt es da kaum. Es gibt nur zu peinlich. Zum Beispiel Einladungen in Reimform und Spiele, bei denen du und Mark mit von euren Hintern baumelnden Stiften in Flaschen zielen müsst.« Verena schüttelt düster den Kopf. Sie hat Verwandtschaft im Allgäu und in puncto Hochzeiten schon einiges erlebt.

»Untersteht euch! Spiele sind verboten auf der Hochzeit.«

»Hat Mark irgendwelche Pläne?«

»Nein, keine Pläne. Er hat gesagt, ich soll alles entscheiden.«

»Auf den Bräutigam!«

Mark

Barnie ist ein gebrochener Mann, jedenfalls wirkt er so. Dabei war er immer derjenige, der den Takt vorgab, der wusste, wo's lang geht, der Frauen aufriss, von denen man gedacht hätte, die stehen nur auf Frauen oder Fußballprofis. Schon im Internat war er mein Held. Ich werde nie vergessen, wie er mich damals auf seiner Bude aufgenommen hat. Er stand da in seinem braunen Winnetou-Schlafanzug, dass du glaubst, er sei der wahre Häuptling der Apachen. Nun sitzt er auf seinem grellgelben Designersofa in seinem fast unmöblierten Loft und wippt unruhig mit den Füßen. In einer Hand hält er eine Whiskeyflasche, mit der anderen kratzt er sich ständig am Kopf oder fährt sich über den Mund oder kaut an den Nägeln. Im Moment könnte er Abwrackprämie kassieren, so fertig wie er wirkt. Von Haltung und Würde fehlen jede Spur.

Am liebsten würde ich ihn zum Psychologen schicken, aber außer Barnie kenne ich keinen. Ich weiß nicht mal, ob Psychologen zum Psychologen gehen. Wäre vielleicht nicht dumm bei dem ganzen Elend, das sie sich von frühmorgens bis spätabends reinziehen müssen. Nur bei Barnie ist es nicht der Job, der ihn um den Verstand bringt. Barnie hat kein Problem mit den Problemen anderer Leute. Ich bin mir sicher, dass er in jeder Therapiesitzung spätestens nach fünf Minuten abschaltet. »Alles klar?«, frage ich, obwohl ich genau weiß, dass nichts klar ist.

»Logo«, antwortet Barnie mit gequältem Lächeln.

Es ist wieder Champions-League-Abend. Die Bayern spielen im Camp Nou in Barcelona. Es gilt zwei Tore aus dem Hinspiel aufzuholen. Normalerweise würde ich sagen: Ding der Unmöglichkeit. Aber seit ich weiß, dass Barnie Papa wird, bin ich mit Aussagen Unmöglichkeiten betreffend vorsichtig. Die Bayern brauchen trotzdem ein Wunder, um ins Halbfinale zu kommen. »Du siehst so traurig aus«, spende ich meinem besten Freund Mitleid.

Barnie seufzt.

»Ist scheiße, oder?«

»Geht schon.«

Nach einer Schweigeminute und dem Abspielen der Champions-League-Hymne murmelt Barnie kaum hörbar, dass es eigentlich ergreifend war. Ich will sofort wissen, was *ergreifend* war. Was für ein Wort. Barnie ist der letzte Mensch, von dem ich geglaubt hätte, dass er solche Wörter benutzt.

»Weißt du, Mark«, beginnt er. »Tja, wie soll ich sagen?« Pause. »Ich war doch heute beim Frauenarzt. Mit Lilly. Ultraschall. Ich weiß nicht, ob du das verstehst. Aber einerseits hat das echt Gefühle geweckt, auch wenn sich das jetzt doof anhört. Ich kann's nur nicht besser beschreiben. Der Knirps und so …«

»Andererseits?«

»Habe ich echt Schiss.«

»Wovor?«

»Der Verantwortung für ein Menschenleben. Dass ich kein guter Vater sein werde. Dass das Kind ein zweiter Hitler wird.«

»Oder ein zweiter Florian Silbereisen.«

»Gott bewahre.«

»Und deine Freundin?«

»Sie ist nicht meine Freundin.«

In der Mitte der ersten Halbzeit klingelt Barnies Handy. Er wirft einen kurzen Blick aufs Display, verzieht sein Gesicht mit einer Mischung aus Begehren und Verzweifeln und lässt es klingeln. Ich tue so, als würde ich nichts hören und nichts sehen. Ich sage auch nichts.

Weil auf dem Rasen nach einer verpufften Anfangsoffensive unseres Lieblingsclubs gerade nichts passiert, stehe ich auf und hole noch zwei Bier. Vom Kühlschrank in geschätzten hundert Metern Entfernung zur Fernsehecke kann ich zumindest unscharf erkennen, dass Barnie nach dem Telefon greift und schnell einen Rückruf erledigt.

»Danke«, sagt mein bester Freund, als ich ihm die Flasche vor die Nase halte. Er nimmt einen kräftigen Schluck. »Tut gut.« Ich nicke. Barnie mokiert sich über eine Schiedsrichterentscheidung. »Ecke«, schreit er. »Hast du Tomaten auf den Augen? Du Depp! Das war doch eindeutig Ecke.« Er schüttelt den Kopf. Ganz beiläufig sagt er dann, dass übrigens Lilly nachher noch vorbeischaut.

»Lilly?«

»Was dagegen?«

»Nein«, sage ich. Ich bin nur verwundert, um nicht zu sagen total verwirrt.

Barnie kann es nämlich auf den Tod nicht ausstehen, mit Frauen Fußball zu gucken. Das hat er ein Mal gemacht. Bei der Weltmeisterschaft 2006. Public Viewing. Danach nie wieder. Barnie lebt Fußball. Aus dem Stegreif könnte er einen zweistündigen Vortrag über die Seele des Spiels halten. Er braucht nicht zu googeln, er weiß alles auswendig. Wer wann wo was gewonnen hat. Aufstellungen, Torschützen, Halbzeitergebnisse. Er hasst es, wenn Nullchecker, wie er es formuliert, neunzig Minuten lang nur Blödsinn labern. Barnie ist ein Systemfetischist. Als es in der Bundesliga noch Mode war, mit Libero und Vorstopper zu spielen, hat er bereits über Viererabwehrketten und Raumdeckung referiert.

Es war natürlich auch Barnie, der mich auf dem Internat mit dem Fußballfieber angesteckt hat. Es begab sich zu der Zeit, als Deutschland das letzte Mal Fußballweltmeister wurde, 1990 in Bella Italia. Innerhalb von drei Tagen hatten wir unser Panini-Album voll. Mein Held war Rudi Völler, Barnies Lieblingskicker Lothar Matthäus. Er hatte sogar ein blauschwarz gestreiftes Trikot mit der Rückennummer 10 von Inter Mailand, wo der deutsche Kapitän damals seine Brötchen verdient hatte.

»Ist schon komisch«, beginne ich.

»Was?« Barnie weiß genau, was gleich kommt.

Ich überlege, ob ich zurückziehen soll, spreche dann aber das Thema offensiv an. »Wie so ein Kind alles verändert.«

Mein bester Freund blickt mich streng an, kann aber diese Strenge nicht lange halten. Er atmet tief durch. Dann tut er etwas, das ich nie für möglich gehalten hätte – er schaltet den Fernseher aus. Ohne Vorwarnung fängt er an zu lachen. Nach ein paar Sekunden kippt das Lachen. Plötzlich hält sich Barnie die Hände vors Gesicht. Der Mann, der niemals weint, heult wie ein Baby mit Blähungen. Ich bin mit der Situation überfordert. In den gut zwanzig Jahren unserer Freundschaft habe ich Barnie nur ein einziges Mal weinen sehen. Bei der Niederlage des FC Bayern am 26. Mai 1999 im Champions-League-Finale gegen Manchester United. Zwei Minuten vor Schluss, beim Stand von 1:0 für Bayern, den sicher geglaubten Triumph vor Augen, wollte er nur schnell den Champagner aus dem Eisfach holen. Als er zurückkam, hatten die Bayern 1:2 verloren. Er konnte nicht begreifen, was los war. »Ist schon aus?«, hat er gefragt.

»Du, Barnie, du hast da gerade was verpasst«, lautete meine Antwort. Ich glaube, das war der traurigste Moment in seinem Leben. Als ich ihm sagen musste, dass ich gerne mit Luisa zusammenleben würde, und es an der Zeit wäre, unsere WG aufzulösen, war er bestimmt nicht halb so traurig. Aber das jetzt übertrifft alles. »Ich geh mal schnell pinkeln«, sage ich.

Barnie nickt.

Im Bad wähle ich Luisas Nummer. Es dauert ewig, bis sie abhebt. »Wo bist du?«, frage ich leicht panisch.

»Bei Verena.«

»Wie war das Abendessen?«

»Nicht so toll.«

Ich höre im Hintergrund betrunkene Frauen, die wie pubertierende Mädchen kichern. »Was ist denn bei euch los?«

In diesem Moment habe ich aber schon Marie am Hörer. »Hey, Bräutigam«, grölt sie. »Glückwunsch.« Ich bedanke mich artig und bitte höflich darum, dass sie mir wieder meine Verlobte gibt. »Alles Roger in Kambodscha«, sagt Marie tatsächlich. Ein mehrstimmiger Chor setzt ein. »Braut, Braut, Braut.« Dann Jubel.

»Moment«, bittet mich Luisa um Geduld. »Ich geh mal schnell auf den Balkon.« Es dauert eine halbe Minute, dann: »So, da bin ich wieder. Was gibt's so Dringendes?«

Ich zögere erst. Dann sage ich, wie es ist: »Barnie weint!«

Einen Moment herrscht totale Stille.

»Das muss ich sofort den Mädels erzählen.«

»Bitte nicht, Luisa.«

»Komm schon, Mark.«

»Nein«, verbiete ich. »Sag mir lieber, was ich tun soll?«

»Ihn in den Arm nehmen.«

»Bleib sachlich.«

»Keine Ahnung. Barnie ist dein bester Freund.«

Nach längerem Hin und Her einigen wir uns darauf, dass sie mich später abholt. Luisa ist einfach besser in Gefühlsangelegenheiten. Vielleicht weiß sie Rat. Als ich aus dem Bad komme, läuft der Fernseher wieder.

»Eins null.«

Nach sechzig Minuten liegen die Bayern immer noch mit einem Tor in Front. Sie müssten aber noch eines schießen, um sich in die Verlängerung zu retten. Nur die Barca-Abwehr gibt sich bislang, mit einer Ausnahme, keine Blöße. Mir dagegen ist die Situation entglitten. Der Barnie neben mir ist nicht der Barnie, den ich kannte. In der Halbzeitpause hat er mir sogar so ein Ultraschallfoto vor die Nase gehalten und etwas von einem Wunder gefaselt. Das einzige Wunder ist, dass es so lange gedauert hat. Ich meine, bei seiner Promiskuität, um das Kind beim Namen zu nennen.

»Eine Sache läge mir da noch auf dem Herzen«, säuselt Barnie in einem Singsang, der mir die Zehennägel aufdreht.

»Stopp!« Ich verlange ein Time-out.

»Was ist?«

»Das frage ich dich.«

»Ich bin wie immer.«

»Dein Tonfall verwirrt mich. Und du bist ein Schatten deiner selbst. Du heulst hier rum wie ein Kindergartenkind, führst Geheimtelefonate, lässt irgendwelchen Gefühlssermon vom Stapel und nuckelst schon seit einer Stunde an deinem Bier.«

»Lilly schaut später noch kurz vorbei.«

Daher weht der Wind. »Ja, und?«, frage ich trotzig.

»Sie mag es nicht, wenn ich zu viel trinke.«

»Seit wann lässt du dir vorschreiben, wie viel du trinkst?«

»Weißt du«, setzt Barnie zu einer staatsmännischen Rede an. »Zeiten ändern sich.«

»Finde ich nicht. Ich will meinen alten Barnie zurück.«

»Dann musst du in der Zeit zurückreisen.«

»Super«, meckere ich und atme deutlich aus. »Und jetzt? Wie geht's jetzt weiter?«

»Ich wollte dich fragen, ob du Patenonkel wirst.«

»Von wem denn?«

»Meinem Kind.«

Ich sehe das Glänzen in Barnies Augen. Ich schüttle ungläubig den Kopf, zeige auf mich. Barnie nickt, weil er nichts mehr sagen kann. Ich bringe jetzt auch nur ein knappes »Ja« hervor. Zum ersten Mal in zwanzig Jahren bester Freundschaft umarmen wir uns. Irgendwie hatten wir das wohl immer für schwul gehalten. Ist es aber nicht. Es tut gut, den besten Freund zu umarmen. »Sehr gern«, schiebe ich hinterher, als ich den Kloß im Hals einigermaßen verdaut habe. »Aber ich wollte dich auch was fragen.«

»Schieß los!«

In dieser Sekunde schießen die Bayern ihr zweites Tor. Wir springen auf, recken die Arme in die Höhe, fallen uns dann wieder in selbige und führen ein kleines Freudentänzchen auf. Als wir uns nach einer Weile wieder beruhigt haben, blicken wir in vier Augen, die uns sorgenvoll anstarren.

»Hallo, Schatz«, sage ich und lächle entschuldigend.

»Hallo, Lilly«, stottert Barnie und lächelt ebenfalls.

Luisa

Zwei Dinge entsetzen mich an dieser Situation. Punkt eins: Mein Zukünftiger führt sich wegen eines Fußballspiels auf wie ein Schimpanse, dem man eine Jahresration Bananen überreicht. Punkt zwei: Lilly hat einen Schlüssel. Sie hat einen Schlüssel zu Barnies Junggesellenwohnung. Das ist so dermaßen abgefahren, dass meine Gedanken die ganze

Zeit nur darum kreisen. Sie hat einen Schlüssel. Sie hat einen Schlüssel. Bei Barnie dürfen Frauen nicht mal ihre Zahnbürste im Bad lassen, geschweige denn unangemeldet vorbeikommen. Und diese Lilly hat sogar einen Schlüssel!

Außerdem finde ich die Frau einschüchternd. Wir haben uns vor der Haustür getroffen und sind gemeinsam in den Aufzug gestiegen. Lilly trug einen cremefarbenen Mantel und schicke braune Stiefel und sah aus wie der Prototyp einer Karrierefrau. Ich habe sie natürlich für eine Nachbarin gehalten – schließlich hatte sie einen *Schlüssel*, um das noch mal zu erwähnen. Aber dann steuerten wir zielstrebig auf die gleiche Wohnungstür zu.

»Ich bin übrigens Luisa«, sagte ich.

»Oh, hallo! Lilly«, erwiderte sie. Dabei reichte sie mir eine perfekt manikürte Hand und lächelte ein Zahnpastawerbelächeln.

»Ach, du bist das«, meinte ich lahm und schaute fassungslos zu, wie sie die Wohnungstür aufschloss. Von drinnen hörten wir schon Urwaldgeräusche. Und jetzt stehe ich neben Lilly in Barnies fußballfeldgroßem Wohnzimmer und fühle mich wie eine alte Erdkundelehrerin, die im Landschulheim in die Party platzt.

Mark kommt auf mich zu und gibt mir einen Kuss. Dann gibt er Lilly die Hand. Barnie bleibt wie festgeklebt stehen und lächelt Lilly an. Im Fernsehen wird das Spiel abgepfiffen, aber Barnie bemerkt das nicht einmal. Eigentlich wurde ich ja hierherzitiert, um ihn zu trösten. Aber er sieht nicht gerade unglücklich aus.

»Ich wollte Mark abholen«, erkläre ich schnell. »Morgen muss ich früh raus, und es war ein langer Abend …«

»Okay«, gibt Barnie sofort grünes Licht.

Moment. Da stimmt was nicht. Sonst stellt sich Barnie immer total kindisch an, wenn ich ihm abends seinen Spielkameraden entführe. Sieht aus, als hätte er Ersatz gefunden.

»Hast du das bemerkt?«, fragt Mark im Auto. »Wir waren total überflüssig!«

»Stimmt.«

»Und hat sie tatsächlich einen Wohnungsschlüssel?«

»Ja. Ich glaube, wir müssen ihn entmündigen lassen.«

»Och, wieso. Sie sieht doch ganz nett aus.«

»Mark, das ist lieb von dir. Sie sieht nicht ganz nett aus, sondern beängstigend gut. Aber ich finde es toll, dass du das nicht bemerkt hast.«

»Ich war so geblendet, weil du danebenstandest.«

»Schleimer. Mach weiter damit.«

»Schöne Haare. Warst du beim Friseur?«

»Okay, danke. Reicht schon wieder.«

Am nächsten Morgen erstelle ich eine Checkliste für die Hochzeit. Ich habe Elaine gebeten, keine Anrufe durchzustellen, weil ich an einem Konzept arbeiten müsse. Stimmt ja auch fast. Die Liste ist lang. Sehr lang.

Termin festlegen
Gästeliste zusammenstellen
Hotels für die Verwandtschaft anfragen
Save-the-Date-Karten verschicken
Kirche und Location für die Feier suchen
Flitterwochen buchen
Stilrichtung überlegen
Kleid und Schuhe kaufen
Musiker engagieren

Floristin suchen
Hochzeitstorte bestellen
Papierkram für das Standesamt auftreiben
Trauringe aussuchen
Geschenkwünsche formulieren
Einladungen verschicken
Friseurtermin machen
Sitzordnung festlegen
Ehegelübde und Fürbitten schreiben
Überprüfen, ob Mark noch da ist
Heiraten

Auweia! Nach ersten Berechnungen können wir ungefähr in zehn Jahren heiraten. Wie viel kostet eigentlich ein Weddingplaner? Egal, dazu würde ich Mark nie bekommen. Er hat zwar die Planung mir überlassen, aber ein professionell grinsender Hochzeitsplaner, der was von weißen Tauben erzählt, könnte unsere junge Liebe auf eine harte Probe stellen. Ich fange mit der einfachsten Maßnahme zur Problembewältigung an und wähle die Nummer meiner Mutter.

»Mama, die Hochzeitsplanungen liegen vor mir wie der Mount Everest. Wie schaffen das andere Paare?«

»Liebes, ihr werdet das auch schaffen. Wann wollt ihr denn heiraten?«

»Das ist schon das erste Problem. Sommer wird zu knapp und im Winter mag ich nicht. Da müsste ich so viel anziehen.«

»Dann also Herbst. Wie wäre es Ende September? Da ist es noch nicht zu kalt, und die Blätter verfärben sich schon.«

»Das klingt ganz gut.«

»Na also. Frag nur immer deine Mutter, mein Kind!«

Hervorragend. Ich schreibe meinem Zukünftigen eine SMS: »Was hältst du von September?« Den Punkt Gästeliste überspringe ich, das muss ich zusammen mit Mark machen. Ich ergoogele ein paar nett aussehende Hotels für die Gäste und stelle eine Liste von möglichen Locations zusammen, damit ich sie am Wochenende mit Mark besprechen kann: ein Landgasthof, eine Gärtnerei mit schönen großen Gewächshäusern, eine Villa in einem kleinen Stadtpark, ein stillgelegtes Wasserwerk und ein mondänes Restaurant in der Innenstadt. Alle bieten etwa einhundertzwanzig Personen Platz. Wenn uns nichts davon gut genug gefällt, können wir uns damit zumindest schon mal für eine bestimmte Richtung entscheiden.

Kommen wir zum angenehmen Teil: Flitterwochen. Ich möchte auf eine Insel mit weißem Sandstrand und mehr Palmen als Menschen. Genaueres habe ich mir noch nicht überlegt – zum Beispiel, ob ich Mark überhaupt an einen Ort ohne Flachbildfernseher bugsieren kann. Anna hatte damals ähnliche Probleme mit Christoph: Er ist Informatiker und bekommt Ausschlag beim Gedanken, kein DSL am Urlaubsort zu haben. Am Ende sind sie zusammen nach Goa geflogen. Wie die beiden es geschafft haben, sich zu einigen, weiß ich nicht. Gleich mal nachfragen.

»Ich weiß nicht, ob diese Lösung was für euch ist«, sagt Anna am Telefon.

»Wieso, habt ihr drum gepokert?«

»Nein, viel schlimmer.«

»Na, jetzt bin ich gespannt.«

»Christoph hat eine Gleichung mit mehreren Unbekannten erstellt.«

»Er hat bitte was?«

»Ich sage doch, es ist nichts für euch. Ihr seid ja auch keine Informatiker, sondern ganz normale Menschen«, seufzt Anna.

»Anna, jetzt erzähl es endlich!«

»Also, es gab fünf Variablen in der Gleichung. Den potenziellen Reisezielen wurde für jede Variable ein Wert zugewiesen. Zum Beispiel Variable Kultur – da hat Rom eine Zehn bekommen und Hawaii eine Drei. Dafür hatte Hawaii bei Variable Landschaft natürlich einen höheren Wert. Christoph hat darauf bestanden, dass auch Internetanschluss eine Variable ist.«

»Ihr seid ein krasses Paar. Und dann?«

»Dann haben wir festgelegt, wie wichtig uns welcher Aspekt ist, und das mathematisch gewichtet. Frag mich nicht genauer, an der Stelle bin ich intellektuell ausgestiegen. Ich hatte immer eine Vier in Mathe.«

»Ihr habt eine Gleichung mit mehreren Unbekannten gebraucht, um euch auf Flitterwochen in Goa zu einigen?«

»Das war ganz schön schwierig! Habt ihr euch denn schon geeinigt?«, fragt Anna mit hämischem Unterton.

»Äh, nein.«

»Wart's ab. In einer Woche wirst du mich anflehen, dass ich dir die Gleichung maile.«

Um mich von dieser beunruhigenden Weissagung abzulenken, blättere ich in den Hochglanz-Hochzeitsmagazinen, die ich in meiner wichtig aussehenden Aktentasche ins Büro geschmuggelt habe. Von jeder Seite blicken mich Bräute in teilweise äußerst verkrampft wirkenden Posen an. *Der schönste Tag im Leben – ganz individuell!*, kreischt mir eine Überschrift enthusiastisch entgegen, unter der Mottovorschläge präsentiert werden. Ich bin mir nicht sicher, ob ich hier eine Inspiration finde für den Stil der Hochzeit. Mit *Rosarot ist die Liebe* brauche ich Mark nicht zu kommen. Eine Fünfzigerjahre-Hochzeit fände ich super, aber das würde mich bei der Wahl des Brautkleides sehr einschränken. Dabei freue ich mich so darauf, alle Kleider zwischen München und Paris anzuprobieren. *The Beach* ist eigentlich ein schönes Motto, aber für Ende September ungeeignet. Was fällt mir zu Herbst ein? *Der Herbst des Lebens*. Oder *Indian Summer*. Nein, das klingt alles sehr nach Wechseljahren. Himmel, ist heiraten schwierig!

Elaine klopft an die Tür. Ich lasse schnell die Magazine verschwinden.

»Der Chef hat eine spontane Konferenz einberufen.«

»Grmpf.«

»Wie bitte?«

»Ich sagte, ich komme gleich.«

Spontane Konferenz. Natürlich. Schließlich kann die Entscheidung darüber, welches Model uns in anderthalb Jahren vertreten soll, keinen Tag länger warten.

Es geht dann überraschenderweise doch nicht um ein Model.

»Die Marktforschung hat herausgefunden, dass eine Lidschattenlinie mit Herbstfarben von vielen unserer Kundinnen geradezu herbeigesehnt wird!«, jubiliert unser Geschäftsführer. »Wir legen also eine neue Linie auf. Wir brauchen ein Konzept, einen Namen, die richtigen Farben und ein elegantes Design. Wer möchte die Projektgruppe leiten?«

Schweigen im Walde. Mike betrachtet engagiert seine Fingernägel. Ich fixiere eine Fliege an der Wand.

»Luisa, könntest du das übernehmen? Du hast die

Aqua-Linie damals so gut eingefädelt, dass der Vorstand heute noch davon schwärmt.«

»Äh, ja. Mach ich.«

Mist. Jetzt habe ich tatsächlich nicht nur das Konzept an der Backe, von dem ich vorhin Elaine vorgelogen habe, sondern auch das Thema, mit dem ich mich auch für die Hochzeit rumschlage: Herbst. Irgendwo da oben sitzt ein alter, bärtiger Mann, der sich gerade über mich kaputtlacht.

Wenn mich mein eigenes Leben überfordert, kümmere ich mich immer gerne um das der anderen.

An: Bernhard von Denkwitz
Cc: Mark Schwarz
Betreff: Samstag

Lieber Barnie,
das war ja ein unverhofftes Zusammentreffen gestern Abend. Ich würde Lilly gern mal richtig kennenlernen. Möchtet ihr nächsten Samstagabend zum Essen vorbeikommen, so gegen 20 Uhr?
Grüße,
Luisa

Die Antwort kommt schnell.

Liebe Luisa,
danke für die Einladung. Ich komme gern, und ich bringe Lilly mit. Aber sie ist nicht meine Freundin, also bitte keine Fragen à la Wie lange seid ihr schon zusammen, *ja?*

Sie verträgt übrigens keinen Fisch und keine Meeresfrüchte mehr, seit sie schwanger ist. Aber Fleisch isst sie gern. Nur nicht blutig. Und Gemüse auch, zurzeit ist sie vor allem ganz wild auf Auberginen.
Bis Samstag.
Barnie

So, so. Sie ist nicht seine Freundin, aber er kann ihre bevorzugten Speisen runterbeten. Das verstehe, wer will.

Mark

Heute gehe ich nicht in die Praxis, sondern auf einen Kongress. Das bedeutet: Anzug und Rasur. Selbst dabei bekomme ich das Grinsen nicht aus dem Gesicht. Haben die gestern Abend in der Nachspielzeit glatt noch das 3:0 geschossen. Auswärts. In Barcelona. Gegen die beste Mannschaft der Welt. Ich bin einfach nur glücklich. Abgesehen davon – obwohl man Fußball naturgemäß immer in die Rechnung einbeziehen muss – war der Sex letzte Nacht auch nicht übel. Wir waren noch nicht mal richtig zur Tür herein, da stürzte sich Luisa bereits auf mich. Nicht, dass mich das gestört hätte. Im Gegenteil. Unser Liebesleben dürfte gerne ein bisschen aufregender sein. Wenn ich an unsere Anfänge zurückdenke, dann denke ich an sehr viel nackte Haut und nicht so viel Blabla.

Leider haben wir längst Verhaltensweisen eines alten Ehepaars angenommen. Wir schlafen fast nur noch an den Wochenenden miteinander. Werktagssex ist die Ausnahme, was vor allem daran liegt, dass wir ziemlich spät von der Arbeit nach Hause kommen, von selbiger erschöpft sind und dann noch nichts gegessen haben. Schon klar, jedes Wochenende richtig guter Sex ist besser als täglicher mittelmäßiger Sex. Qualität statt Quantität. Das hätte ich vor fünfzehn Jahren noch anders gesehen, aber man wird ja auch klüger mit der Zeit. Vielleicht sollte ich Luisa trotzdem vorschlagen, dass Mittwoch nicht nur die Glotze kalt bleibt, sondern auch der Herd, und wir die Zeit besser nutzen, sprich: *A little less conversation, a little more action, please.*

Elvis war schon nicht der schlechteste Philosoph. Schade, dass er im Alter so fett geworden ist. Hoffentlich passiert mir das nicht. Ich sollte mehr Sport treiben, und damit meine ich jetzt nicht Bodenturnen. Dumm nur, dass Fußball vor dem Fernseher für die Fitness nicht viel bringt. Aber Joggen im Englischen Garten oder Walken an der Isar finde ich auch doof. Da schlafen mir nach hundert Metern die Füße ein, so absurd langweilig ist das. Selbst beim Gedanken daran muss ich gähnen. Ich könnte vielleicht mal wieder mit meinem Vater Tennis spielen. Bei der Gelegenheit könnte ich ihn auch gleich zu unserer kleinen Hochzeitsfeier einladen.

Fürs Erste nehme ich Treppe statt Aufzug – und fühle mich gleich ein bisschen athletischer. Ich klemme mich hinters Steuer, lasse den Motor an und fahre meine alte Ente aus der Tiefgarage. Sicherheitshalber verwerfe ich den Anflug eines Gedankens, etwas sportlicher durch die Stadt zu donnern. Mein Punktekonto in Flensburg sieht gar nicht gut aus. Noch einmal geblitzt werden, und ich kann den Lappen für einen Monat abgeben.

Abgesehen davon bin ich nicht in Eile. Der Kongress

beginnt offiziell in einer halben Stunde, das heißt mit akademischem Viertel frühestens in fünfundvierzig Minuten. So lange dauert beim Fußball eine Halbzeit. Ich bin gut vorbereitet. Nasen und Ohren sind mein Spezialgebiet. Im Grunde halte ich aber den einen, vor Jahren ausgearbeiteten Vortrag immer wieder, ergänze das Manuskript nur punktuell um aktuelle Erkenntnisse aus der Forschung oder frisch importierte Operationsmethoden.

Mit einem breiten Grinsen und zwei gehauchten Küsschen auf die Wangen empfängt mich die Vertreterin der Pharmafirma, die den Kongress sponsert. Ort der Veranstaltung ist ein ziemlich geräumiger Konferenzsaal in einem Fünf-Sterne-Hotel am Hauptbahnhof. »Schön, Sie wiederzusehen, Herr Doktor Schwarz«, sagt sie.

Ich bin nicht so gut im Merken von Namen und muss den ihren vom Schildchen auf ihrer weißen Bluse ablesen. »Wie geht's Ihnen, Frau Ebenwald?«

»Danke, gut. Wir freuen uns schon sehr auf Ihren Vortrag.«

Der Vortrag ist reine Routine, mein Publikum ein dankbares. Allgemeinmediziner, die sich vor dem Sieben-Gänge-Menü und dem Auftritt von Eckart von Hirschhausen ein bisschen weiterbilden wollen. Höflicher Applaus.

Da ich Luisa versprochen habe, zeitig zu Hause zu sein, verabschiede ich mich vor der Kabaretteinlage von meinen Tischnachbarn. Auf dem Weg zur Tiefgarage stellt sich mir Frau Ebenwald in den Weg, faselt etwas von einem Kongress in Nizza im September und fragt, ob ich dort referieren könnte. »Tut mir leid«, schlage ich das Angebot aus. »Ich heirate im September.«

»So, so«, zischt eine falsche Schlange hinter mir.

Am liebsten würde ich mich nicht umdrehen, das Zischen und Züngeln einfach überhören und einfach weitergehen. Mein Verstand sagt aber, dass das ziemlich kindisch wäre. Abgesehen davon ist die Wunde längst verheilt. Ich sage »Auf Wiedersehen« zu Frau Ebenwald und »Hallo« zu meiner Exfreundin.

Franziska sieht fantastisch aus. Wie die junge Liz Taylor. Ihre stahlblauen Augen haben nichts von ihrem Funkeln verloren und die pechschwarzen Haare nichts von ihrem Glanz. Sie trägt einen ziemlich kurzen schwarzen Rock zu einem engen schwarzen Oberteil. Ich scanne sie mit fachmännischem Blick, kann aber keinen äußeren Makel feststellen. Nicht mal eine winzige Hautunreinheit.

»Gut siehst du aus«, sagt sie und setzt einen Hypnoseblick auf, wie man ihn seit der Schlange aus dem Dschungelbuch nicht mehr gesehen hat.

Ich kann mich gerade noch davon losreißen. Wie oft habe ich mich schon von diesem Blick einlullen lassen? Das erste Mal nach ihrer monatelangen Affäre mit einem Oberarzt zum Beispiel, als ich eigentlich schon Schluss machen wollte. Oder nach ihrem Fremdgehen mit einem Kommilitonen auf der Staatsexamenparty. Es gibt solche Frauen, von denen kommst du einfach nicht los. Du weißt, dass sie dir nicht guttun. Dass sie Katz und Maus mit dir spielen. Dass sie dich in den Abgrund reißen werden. Aber sie haben dich am Haken. Eigentlich hätte ich froh sein müssen, als sie mit diesem Schnösel nach Hamburg abgehauen ist. Tatsächlich aber war ich danach wochenlang nicht ansprechbar, am Boden zerstört, ohne Antrieb. Ich fühlte mich wie ein Segelschiff ohne Segel auf dem offenen Meer. Wäre Barnie nicht gewesen, der mir in dieser Zeit immer wieder gut zuredete, aber auch schimpfte, dass ich endlich aufhören sollte, im Selbstmitleid zu baden, hätte ich das nicht überlebt. Richtiger Liebeskummer ist mehr als nur ein bisschen Herzschmerz. Er war wie kalter Entzug.

»Du heiratest also«, gibt Franziska einen kurzen Lagebericht mein Leben betreffend. Es hört sich an wie ein Vorwurf.

»Was dagegen?«

»Mich wolltest du nie heiraten. Jedenfalls hast du nie gefragt.«

»Wie alt waren wir?«

»Ende zwanzig, Anfang dreißig. Ich hätte Ja gesagt.«

»Bevor oder nachdem du dich durch die halbe Uniklinik gevögelt hast?«

Franziska winkt ab. »Olle Kamellen«, findet sie, hakt das Thema Heiraten ab und sich bei mir unter. So zieht sie mich hinter sich her. In der Hotelbar bestellt sie zwei Mojitos. »Auf uns«, spricht sie einen Toast aus, nachdem der Barkeeper seine Mixdemonstration beendet hat.

»Ganz bestimmt nicht«, markiere ich den harten Kerl, befreie das Glas vom Strohhalm und nehme einen kräftigen Schluck.

»Ich wohne jetzt wieder in München«, erzählt Franziska ungefragt. Den Schnösel habe sie in den Wind geschossen. »War irgendwie langweilig mit dem Spießer.«

»Aha.«

Alkohol ist Gift. Nicht nur für die Leber, die, wie der Kabarettist im Saal verkündet, mit ihren Aufgaben wachse. Alkohol ist vor allem Gift für die Seele. Er macht dich locker, er macht dich mutig. Er macht dich taub für Alarmglocken, selbst wenn sie direkt neben deinem Ohr schrillen. Wenn ich was getrunken habe, sehe ich die Welt gelassener. Dann wittere ich nicht die Gefahr. Schon gar nicht, wenn sie nur einen Barhocker entfernt sitzt und mich mit ihren Augen auszieht. Franziska hat ihre Angel ausgeworfen. Ich zapple zwar noch nicht am Haken, trinke mir den Köder aber bereits schön.

Während des zweiten Mojitos gibt es nur ein Thema: Mark Schwarz. Ich fühle mich geschmeichelt, vor allem, als Franziska plötzlich behauptet, was für ein großartiger Liebhaber ich doch gewesen sei. Kein Mann sei besser gewesen. Schon gar nicht der, für den sie mich verlassen hatte. Der Schnösel hätte es in der Hinsicht echt nicht draufgehabt. »Ich vermisse dich«, geht Franziska überfallartig in die Offensive. Dabei lehnt sie sich in meine Richtung. Ich spüre ihre Hand auf meinem Oberschenkel und lasse sie eventuell einen Moment zu lang dort andocken, bevor ich sie auf die Theke zurückbefördere.

Weil ich keinen Plan habe, was ich jetzt tun soll, obwohl es vermutlich nur eine richtige Option gibt, versuche ich die Unterhaltung in weniger verfängliche Gewässer zu leiten. »Hast du die Bayern gestern gesehen?«

Franziska lächelt. »Natürlich habe ich die Bayern gestern gesehen.«

»Und du wohnst jetzt also wieder in München?«

»So sieht's aus.«

»Neuer Job?«

»Ich habe mich in eine Praxis eingekauft. Kleine Erbschaft.«

»Schön.«

Franziska nickt und schweigt. Schweigen macht mich nervös. Mein Herz schlägt ein paar Takte zu schnell. Ich sollte jetzt wirklich gehen.

»Ich will mit dir schlafen!« Franziska legt wieder ihre Hand auf meinen Oberschenkel, nur diesmal etwas weiter nördlich. Ich muss sofort an diesen Film mit Michael Douglas und Demi Moore denken. Franziskas Lippen kommen bedrohlich nahe. Ohne es zu wollen, schließe ich halb die Augen. Mein Handy klingelt. Ich gleite vom Barhocker, drehe Franziska den Rücken zu und hebe ab.

»Kommst du bald?« Luisa klingt müde.

»Zwanzig Minuten«, stammle ich.

»Ich warte im Bett auf dich.«

Ich balanciere das Handy in der Hand und wende mich wieder Franziska zu. Dabei vermeide ich jeden Blickkontakt.

»Wer war das?«, will sie wissen.

Als ob sie das was angeht. Schon früher habe ich ihre Kontrollsucht gehasst. Sie wollte immer alles ganz genau wissen. Wohin ich gehe, mit wem ich mich treffe, was ich getan oder gelassen habe. Das geht sie aber überhaupt nichts an. Wir sind schon lange nicht mehr zusammen.

Mein Vater hat mich vor ihr gewarnt. »Ich kenne solche Frauen«, hat er gesagt. »Deine Mutter ist genauso.«

»Ich fahre jetzt nach Hause«, sage ich.

»Na dann. Hübsch ins Körbchen.«

»Du kannst mich mal.«

»Nehmen wir uns ein Zimmer.«

»In diesem Leben nicht mehr.«

»Du entkommst mir nicht, Mark.«

»O doch, Franziska.«

»Ich setze tausend Euro.«

»Ich wette nicht.«

»Wie klug von dir.«

Als ich die Drinks bezahle, schweigt Franziska. Dabei

lächelt sie wie ein Lippenhybrid aus Mona Lisa und Sphinx. Ich möchte gar nicht wissen, worüber sie nachdenkt. »Ciao«, halte ich den Abschied möglichst knapp.

»Bis bald«, kontert Franziska mit ihrem berühmten Augenaufschlag.

»Soll das eine Drohung sein?«

»Nein, mein Lieber, keine Drohung, ein Versprechen.«

Als ich nach Hause komme, schläft Luisa schon. Ich versuche, mich möglichst leise auszuziehen, was im Dunkeln keine leichte Übung ist. Dann kuschle ich mich unter die Decke und an ihren Rücken. Ihr Körper ist warm. Und sie ist nackt. Sie wacht kurz auf, murmelt etwas. Ich sage: »Ganz okay.« Sie drückt kurz meine Hand und schnarcht weiter, obwohl ich ihre gleichmäßigen Atemgeräusche nicht als Schnarchen bezeichnen darf – jedenfalls nicht in ihrer Nähe. »Ich liebe dich«, flüstere ich und drehe mich auf die Seite.

Luisa

Schon die ganze Woche habe ich mich auf das Abendessen mit Barnie und Lilly gefreut. Vor allem aus Neugier, das muss ich zugeben. Ich bin sehr gespannt, ob Barnie tatsächlich so domestiziert ist, wie ich glaube. Keine Ahnung, wie Lilly das in so kurzer Zeit hinbekommen hat.

Aber vorher muss ich noch meinen eigenen Mann domestizieren: mit Mark die potenziellen Locations für die Hochzeit durchsprechen und ihn sachte in die Richtung schubsen, die ich mir vorstelle. Ich bin ja für die Villa im

Grünen. Da passen hundertfünfzig Leute rein, das Mobiliar sieht schön aus, irgendwie Zwanzigerjahre, und Ende September werden die Bäume drumherum bunt sein. Aber das würde ich natürlich nie einfach so sagen. Ich zähle Mark also die Alternativen auf und sage beiläufig: »Vielleicht kennst du die Villa schon. Ich glaube, die haben bei der WM draußen die Spiele übertragen.«

Nicht dass Mark so naiv wäre, dass er das als Teil unseres Partyprogramms sehen würde. Nein, es soll einfach eine positive Assoziation wecken. Das mag peinlich simpel sein, aber es funktioniert: Automatisch gehen seine Mundwinkel nach oben. Leider hat er trotzdem Einwände. »Das sieht ja ganz schön aus, aber es ist doch viel zu groß.«

»Wieso denn? Maximal hundertfünfzig Leute, das heißt hundert bis hundertzwanzig plus Tanzfläche.«

»Hundert Leute?«

»Oder hundertzwanzig.«

»Luisa … Wir müssen da mal was klären.«

»Was denn?«

»Ich hatte mir das alles weniger opulent vorgestellt. Eine standesamtliche Trauung, ein Abendessen im kleinen Kreis im Restaurant.«

Ich bin geschockt. Standesamtliche Trauung? Was ist mit Kirche? Ich bin katholisch, verdammt noch mal! Und Abendessen im Restaurant? Im kleinen Kreis? Was ist mit meinen Freundinnen, mit meiner italienischen Verwandtschaft? Trotzig schiebe ich die Unterlippe vor. »Du hast gesagt, wir machen es so, wie ich es mir wünsche.«

»Wann soll ich das denn gesagt haben?«

»Auf dem Rückflug von Sylt.«

»Da war ich halb ohnmächtig vor Übelkeit!«

»Ach Quatsch, Übelkeit! Du hast Flugangst, gesteh dir

das doch endlich ein. Und mir ist egal, warum du es gesagt hast. Du hast es gesagt!«

»Ich konnte ja nicht ahnen, dass du eine Hochzeit wie beim Hochadel planst.«

»Du spinnst doch. Ganz normale Leute heiraten in dieser Villa. Und wenn sie viele Freunde und große Familien haben, haben sie nun mal hundertzwanzig Gäste. Ich sehe wirklich nicht ein, warum das für uns unmöglich sein sollte.«

»Ich hab keine große Familie.«

»Aber ich! Und das ist dann auch deine Familie, weil wir nämlich heiraten! Und zwar nicht nur standesamtlich, sondern richtig. Mit Kirche! Und Pfarrer!«

Meine Stimme macht schon nervöse Kiekser. Gleich werde ich anfangen zu weinen, das weiß ich. Mark weiß es auch. Und er hasst es, wenn ich weine. Er atmet tief durch und schaut mich an wie ein Schlangenbeschwörer seine Kobra.

»Okay, Luisa.«

»Was?«

»Es ist okay. Wir feiern groß. Was soll's? Wir heiraten nur einmal.«

»Zweimal.«

»Ich meinte, einmal im Leben.«

»Aber wenn du die Hochzeit dann schrecklich findest, will ich das nicht. Es soll dir doch auch gefallen.«

»Weißt du, was mir am besten gefallen würde?«

Ich schüttele wortlos den Kopf.

»Eine glückliche Braut.«

Jetzt weine ich wirklich gleich. Schniefend schaue ich Mark an.

»Meinst du das ernst?«

»Ja. Und wenn du deine überspannten Kolleginnen und langweiligen Schulfreundinnen einladen willst, ist es mir auch recht. Aber bitte nicht weinen!«

»Ich weine ja gar nicht.« Schnell wische ich mir über die Augen und strahle meinen Bräutigam an. Das ging ja schneller als gedacht.

»Und jetzt zeig mir die Website dieser Villa.«

Wir entscheiden uns dann aber doch für das alte Wasserwerk. Es gefällt Mark besser. Außerdem passen da hundertachtzig Gäste rein, und die Kirche ist nicht weit entfernt.

Ich bekomme strikte Handlungsanweisung, am Abend für eine Weile mit Lilly im Wohnzimmer zu verschwinden, damit Mark in der Küche Barnie bitten kann, sein Trauzeuge zu werden. Er möchte dabei mit ihm alleine sein. Meine Güte. Das ist ja wie ein Heiratsantrag bei Oscar Wilde.

Als es an der Tür klingelt, steht Mark noch in der Küche und kämpft mit der Vorspeise. Er hat sie aus irgendeiner Kochshow, deren Belegschaft am Herd etwas routinierter ist als er. Deshalb startet Mark gerade den zweiten Versuch, Garnelen anzubraten, ohne dass sie eine gummiartige Konsistenz annehmen. Ich öffne Barnie und Lilly. Sie trägt weiße Hosen und eine türkisfarbene Tunika, was zu ihren blonden Haaren und schlanken Beinen super aussieht. Ihren kleinen Schwangerschaftsbauch sieht man kaum. Barnie hat sich entweder selbst Gedanken gemacht oder sie um Rat gefragt – denn es kann kein Zufall sein, dass sein weißes Hemd und seine blauen Jeans mit ihrem Outfit korrespondieren. Die beiden geben ein hübsches Paar ab. Ich warte auf irgendeine zärtliche Geste zwischen ihnen, eine Berührung oder sogar einen Kuss, aber da warte ich vergebens: Sie behandeln einander mit der gleichen Mischung aus Respekt und Distanziertheit wie Kronprinzenpaare in der Öffentlichkeit. Das scheint aber mehr an Lilly zu liegen, denn Barnie sieht sie verdächtig oft schmachtend von der Seite an.

Das Essen verläuft ohne ungewöhnliche Ereignisse – wenn man mal von Barnies Hundeblick absieht. Und von der Tatsache, dass er sich förmlich dazwischenwirft, als Mark Crémant einschenken will.

»Halt! Für mich nur ganz wenig, bitte.«

Irritiert schaut Mark ihn an. Ich verdrehe möglicherweise ein kleines bisschen die Augen, was aber niemand bemerkt. Hoffentlich.

»Lilly darf doch nicht, und da will ich solidarisch sein.«

»Barnie, das ist doch albern«, widerspricht Lilly mit ihrer tiefen Stimme.

»Wir hätten auch Apfelsaft«, bemerkt Mark etwas hilflos.

Apfelsaft. Und Barnie. Barnie und Apfelsaft. Irre!

Obwohl sie Barnie offenbar gezähmt hat, macht Lilly mir ein bisschen Angst. Vielleicht auch gerade deswegen. Sie ist freundlich, kann bei allem mitreden und hat sogar Humor. Aber warm werde ich nicht mit ihr. Sie kommt mir zu perfekt vor. Wenn sie wenigstens einen dicken Hintern hätte oder eine peinliche Marotte, das würde schon helfen. Sagen wir, eine Bierdeckelsammlung. Eine Lilly mit Bierdeckelsammlung könnte meine Freundin werden. Bei Lilly ohne Bierdeckelsammlung bin ich mir nicht so sicher. Trotzdem muss ich sie jetzt ins Wohnzimmer lotsen und dort bespaßen.

»Komm, Lilly«, sage ich und stehe auf.

Lilly schaut mich fragend an. »Wo gehen wir hin?«

»Ins Wohnzimmer. Ich habe die Hauptspeise gekocht und den Nachtisch vorbereitet, deshalb darf Mark jetzt die Küche aufräumen. Und Barnie muss kontrollieren, dass er das anständig macht.«

Ja, ich weiß schon. Nicht gerade ein Knallerargument, aber mehr ist mir jetzt nicht eingefallen. Außerdem funktioniert es. Lilly greift nach ihrem Glas und folgt mir bereitwillig ins Wohnzimmer. Wir lassen uns aufs Sofa fallen und hecheln erst mal die üblichen Schwangerschaftsfragen durch, die man in Anwesenheit von Männern eher nicht stellt: Übelkeit? Kurzatmigkeit? Fressattacken? Man kann das natürlich alles auch in männlicher Gesellschaft fragen, aber dann darf man keine ehrlichen Antworten erwarten. Lilly antwortet bereitwillig: Übelkeit ja, kurzatmig auch, Fressattacken nein. Dabei schaut sie immer wieder zu meinem Bücherregal, als lenke sie etwas ab. Dabei ist das Regal völlig unauffällig. In der Mitte stehen die guten Bücher, oben die langweiligen und unten die Kitschromane, die ich lese, wenn ich krank bin oder dringend erholungsbedürftig. Ich schäme mich ein bisschen dafür und verstecke sie dann immer unter meinem Kopfkissen, damit Mark mich nicht aufzieht. Ein einziges Mal hat er mich mit einem erwischt und staunend den Klappentext gelesen: »Drei Frauen in Cornwall, die sich zufällig treffen und merken, dass sie in einem früheren Leben Schwestern waren? Und dann verliebt sich die erste in den Pubbesitzer, die zweite in einen Künstler und die dritte in den Landarzt? Luisa, das ist ja totaler Blödsinn.«

Pah. Erstens brauche ich mir so was nicht von jemandem sagen zu lassen, der ein Fußballspiel als kulturellen Höhepunkt des Jahres betrachtet, und zweitens darf ich mich ja wohl auch mal der leichten Muse widmen, wenn mir danach ist. Das habe ich zumindest gegenüber Mark vehement vertreten. Mich vor Lilly für die gesammelten Werke von Nora Roberts, Rosamunde Pilcher und Konsorten rechtfertigen zu müssen, würde mir jetzt allerdings schwerfallen.

»Darf ich mal deine Bücher sehen?«, fragt Lilly und ist schon aufgesprungen. Ganz schön schnell für eine Schwangere. Wie eine Cruise Missile steuert sie auf meine Kitsch-Ecke zu und liest die Titel. Dann dreht sie sich langsam um. Aber sie grinst gar nicht, sie strahlt.

»Du liest das auch!«

»Äh, was?«

»Nora Roberts! Die Zeit-Trilogie!«

Kurz überlege ich, ob ich es einfach abstreiten soll. Vielleicht kann ich den Besitz der Bücher Mark unterschieben. Das wäre zwar reichlich niederträchtig von mir, aber ... Nichts aber. Reichlich niederträchtig. »Ja, stimmt«, gebe ich nach kurzem Zögern zu.

»Ich auch!«, jauchzt Lilly. »Aber die Sturm-Trilogie kenne ich noch nicht. Leihst du sie mir?«

Ich breche in Gelächter aus. »Die toughe Frau Staatsanwältin! Du liest Gefühlspornos? Wie großartig. Natürlich leihe ich sie dir. Weiß Barnie von deiner geheimen Leidenschaft?«

Lilly wirft mir einen indignierten Blick zu. »Natürlich weiß er das nicht. Er wird es auch nicht erfahren. Ich bin doch nicht wahnsinnig. Hast du zufällig eine blickdichte Tüte?«

Der Abend ist gerettet.

Als wir uns am nächsten Morgen reichlich spät aus dem Bett quälen, hat Mark einen Trauzeugen und ich eine neue Freundin. Außerdem haben wir meine Mutter auf dem Anrufbeantworter: »Guten Morgen! Schlaft ihr noch?« Kunstpause, als würde sie erwarten, dass das Gerät »Ja« schnarrt. »Kinder, wir fahren nächstes Wochenende weg, Papa will auf die Jagd gehen. Kommt doch mit! Da haben wir endlich mal Zeit, uns in aller Ruhe über die Hochzeit zu unterhalten.«

Klingt, als wären die beiden doch einverstanden mit meiner Wahl. In frappierendem Gegensatz dazu steht eine Mail von meinem Vater, die ich am Mittag in meinem Posteingang finde.

An: Luisa Conte
Betreff: Dreck am Stecken

Liebe Tochter,
ich habe dir immer gesagt, dass Mark nicht der Richtige für dich ist. Hier ist der Beweis. Sei nicht traurig, wir finden für dich einen besseren Mann.

Dein Vater

Ich warte, bis Mark das Zimmer verlassen hat, und öffne den Anhang. Mein Vater ist in der Internetbranche tätig, und seine zum Großteil langhaarigen männlichen Angestellten, die ich schon immer für zwielichtige Hacker gehalten habe, haben offenbar ganze Arbeit geleistet. Es ist eine Auflistung von SMS, die im Laufe der letzten Tage an Marks Mobilfunknummer gesendet wurden. Etwa die Hälfte stammt von mir, ein paar von Freunden, die anderen sind rot eingefärbt und kommen von einer Handynummer, die ich nicht kenne. Ich brauche die Nummer allerdings auch nicht zu kennen, denn manche der SMS sind unterschrieben. Von Franziska. Franziska die Grausame, wie sie in meinem Freundeskreis ausschließlich heißt, weil ich Mark in einem emotional etwas lädierten Zustand von ihr übernommen habe. Franziskas SMS wirken allerdings ganz und gar nicht grausam. Zumindest nicht Mark gegenüber: *Du bist immer noch so attraktiv wie damals. Beim nächsten Mal musst du länger bleiben. – Ich liege gerade in der Badewanne und denke daran, wie wir es im Meer getan haben … – Komm doch heute in der Mittagspause bei mir vorbei. Ich koche. Danach.*

Mir schießen die Tränen in die Augen. Vor Enttäuschung, aber auch vor Wut. Dieser Sack hat seine Exfreundin wiedergetroffen und mir kein Wort davon gesagt. Und jetzt springt er offensichtlich jeden Tag mit ihr in die Kiste, während ich mit meinen Kollegen in der Kantine labbrige Nudeln esse. Ein paar Tränen tropfen auf die Tastatur, gleichzeitig balle ich die Hände zu Fäusten. Wenn Mark jetzt zur Tür reinkäme, könnte ich für nichts garantieren. Mein Vater hatte also recht mit seinem Misstrauen, aber muss er mir das unbedingt auf diese Art und Weise mitteilen – per Mail? Ganz toll gemacht, Papa, wirklich. Ich tigere durchs Arbeitszimmer und würde am liebsten Marks heißgeliebte Plattensammlung aus dem Fenster werfen. Erst Pink Floyd, dann Depeche Mode und dann AC/DC. Das geschähe ihm recht. Aber wir wohnen im dritten Stock, und auf dem Gehweg sehe ich alte Muttis und Frauen mit Kinderwagen. Die haben mir ja nichts getan. Ich atme tief durch, um mich zu beruhigen.

Was soll ich jetzt bloß machen? Ich kann Mark schlecht den Ausdruck unter die Nase halten und ihm sagen, dass mein Vater über ein paar illegale Kanäle seine SMS protokolliert hat. Einfach wortlos meine Koffer zu packen, geht irgendwie auch nicht. Ich muss auf normalem Weg an seine SMS kommen. Entschlossen schalte ich den Computer aus, wische mir die Tränen aus dem Gesicht und gehe zu Mark, der gerade vor dem geöffneten Kühlschrank steht. Von hinten kneife ich ihn in den Bauch.

»Hey, was soll das?«, empört er sich.

»Ach, ich überprüfe nur deinen Bauch. Er wird allmählich ein bisschen wabbelig.«

Zehn Minuten später hat Mark stocksauer (»Wart's nur ab, irgendwann hängen deine Brüste, und dann werde ich dich auch darauf aufmerksam machen!«) seine Joggingschuhe angezogen und das Haus verlassen. Sein Handy liegt auf dem Küchentisch. Ich nehme es in die Hand und öffne den SMS-Eingang. Eigentlich weiß ich schon, was drinsteht – aber falls Mark die SMS alle gelöscht hat, muss ich mir was Neues einfallen lassen.

Die Sorge ist allerdings unbegründet. Klar, kein Mann würde je so eine schöne Sammlung von dreißig SMS löschen, die ihn als den heißesten Typen aller Zeiten darstellt. Wütend tippe ich auf den Tasten herum, wechsele von SMS zu SMS, um zu schauen, ob die Auflistung meines Vaters vollständig ist. Dann treffe ich die falsche Taste und habe auf einmal alle gesendeten SMS vor mir. Die letzte ging an Barnie und lautete: *Lass bitte den Hundeblick zu Hause!* Aber die vorletzte beginnt mit *Verpiss dich …* Ich öffne sie und sehe: *Verpiss dich, Franziska.* Perplex öffne ich die nächste. Und die übernächste. Und noch mehr davon.

Lass mich in Ruhe, das mit uns ist lange vorbei. – Ich

heirate Luisa. Such dir einen anderen Typen, den du terrorisieren kannst. – Steck dir deine blöden SMS dahin, wo die Sonne nicht scheint!

Offenbar hat Mark recht konsequent auf jede dritte SMS geantwortet. Aber immer ablehnend. Schnaufend lasse ich mich auf einen Stuhl fallen. Na gut, er hätte mir davon erzählen müssen, aber mein Vater hatte unrecht. Ich hätte beinahe einen riesigen Fehler gemacht. Hat Papa etwa absichtlich die Antworten unterschlagen? Ich greife zum Telefon.

»Hallo, Papa. Störe ich?«

»Aber nein, Liebes. Hast du meine Mail bekommen?«

»Ja, das habe ich.«

»Was sagst du dazu?«

»Ich brauche mehr Beweise. Kannst du mir die SMS besorgen, die Mark versendet hat?«

»Hm, ganz schwierig.« Mein Vater windet sich. »Der SMS-Ausgang, der ist anders verschlüsselt und geht über einen anderen Server, da kommt man praktisch gar nicht ran!«

»Ah, na gut. Da kann man wohl nichts machen.«

»Was hast du jetzt vor?«, fragt mein Vater. Er klingt besorgt, aber ich vermute, er triumphiert im Stillen. »Willst du zu uns ziehen? Dein Kinderzimmer ist frei.«

»Um Gotteswillen. Nein danke, Papa. Ich muss nachdenken.«

»In Ordnung. Melde dich.«

Innerhalb von nur zehn Minuten hat sich meine Wut von Mark komplett auf meinen Vater verlagert. Das mit dem SMS-Ausgang war doch Gewäsch. Das nehme ich ihm nicht ab, beim besten Willen nicht. Ich zittere vor Wut. Er wollte nur Mark schlechtmachen. Aber er hat das

Gegenteil erreicht: Ich bin bereit, die Hochzeit mit Mark gegen jeden Widerstand durchzusetzen. Wenn mein Vater das so schlimm findet, kann er an dem Tag ja zu Hause bleiben. Bis dahin werde ich Mark bei jeder Gelegenheit zu meinen Eltern mitnehmen. Nicht, weil ich glaube, mein Vater würde ihn dann mögen – sondern um zu zeigen, dass mir Papas Meinung egal ist. Außerdem hat Mark sich die Verbalattacken seines Schwiegervaters redlich verdient. Dafür, dass er mir nichts von diesen SMS erzählt hat. Je länger ich darüber nachdenke, desto mehr verletzt es mich. Ich suche mein Handy und schreibe selbst eine SMS – an meine Mutter. *Vielen Dank für die Einladung, liebe Mama! Mark und ich kommen sehr gerne mit. Er freut sich schon sehr.*

Mark

Ich hab's ja gewusst: Ich hasse Joggen. Es gibt nichts langweiligeres, als ohne Ziel durch die Gegend zu hetzen. So schön könnte ich jetzt auf meiner Couch liegen und gemütlich *Formel 1* gucken. Dafür sind Sonntage doch da. Stattdessen laufe ich an der verdammten Isar entlang – mit Millionen Fitnessjunkies hinter, vor und neben mir. Mir tun die Füße weh, meine Schuhe drücken, ich bin außer Atem und vor allem ein bisschen außer Form. Luisa ist gemein. Ich weiß selbst, dass ich vielleicht ein oder zwei Kilo zu viel auf die Waage bringe. Aber nur weil sie schlank bleibt, obwohl sie für zwei isst, braucht sie mir noch lange nicht so in den Bauch zu zwicken. Weniger Kohlenhydrate und vielleicht etwas mehr Sport, dann bin ich bis zu dieser

Riesenhochzeit wieder dünn und passe leicht in meinen guten Anzug. Ich hoffe nur, dass ich mir keinen neuen kaufen muss. Aber was weiß ich schon? Luisa plant ja alles. Würde mich nicht wundern, wenn sie schon einen Termin beim Herrenschneider für mich ausgemacht hätte. Ich bin gespannt, was als Nächstes kommt. Wahrscheinlich Xavier Naidoo oder gleich die Söhne Mannheims.

Im Wald zwei Wege boten sich mir dar, und ich nahm den, der weniger betreten war. Und dies veränderte mein Leben. Robert Frost. Bekannt aus dem *Club der toten Dichter*. Von wegen Kunstbanause. Ich verlasse den ausgelatschten Joggingpfad. Ich bin doch nicht wahnsinnig. Dreißig Minuten in die eine Richtung zu laufen, bedeutet im Umkehrschluss, dreißig Minuten zurücklaufen zu müssen. Wofür hat mein Chef die ganzen schönen modernen Geräte in die Praxis gestellt? Laser Lipo und HIFU, also High Intensity Focused Ultrasound, sind die Technologien der Stunde. Fettabsaugen war gestern. Die meisten Leute, mit denen ich über meinen Job rede, glauben ja, dass wir Schönheitschirurgen vor allem Metzger seien und nur mit dem Skalpell arbeiteten, aber das benutze ich kaum noch. Ultraschall und Laser erzielen viel bessere und vor allem nachhaltigere Ergebnisse. Mit dem Laser kann ich nicht nur schneiden, sondern auch die Haut straffen. Er zerschießt erst die Fettzellen, saugt sie dann ab und erhitzt gleichzeitig das Bindegewebe. Toll und natürlich teuer. Aber die Kundin zahlt gerne, vor allem weil sie hinterher nicht aussieht wie eine Außerirdische oder Meg Ryan. Bei meinem nächsten Vortrag werde ich über Ingenieurskunst in der ästhetischen Medizin sprechen. Ein bisschen verrückter Professor kommt immer gut an bei den Leuten. Ich hoffe nur, dass dann Franziska nicht wieder auftaucht.

Was glaubt die eigentlich, wer sie ist? Verlässt mich, sagt, ich solle mich zusammenreißen, lässt ewig nichts von sich hören, meldet sich plötzlich ohne Vorwarnung zurück, zieht ihre alte Verführungsmasche ab und terrorisiert mich dann, weil ich nicht auf sie hereinfalle, mit einer SMS nach der nächsten. Ich sollte sie vielleicht löschen, bevor sie Luisa in die Hände fallen. Natürlich kontrolliert Luisa weder mich noch meine SMS, aber es gibt manchmal so blöde Zufälle – und dann Kacke am Dampfen. Aber hallo!

Es sollen sich schon Paare wegen weniger getrennt haben. Franziska ist ein Miststück! Sie will immer das, was sie nicht bekommt. Als sie mich hatte, wurde ihr das bald langweilig. Als sie mich nicht mehr hatte, wurde ich offenbar wieder interessant. Und jetzt ist es ein Spiel. Ich bin ihr egal, Luisa ist ihr scheißegal. Franziska ist ein Raubtier auf der Jagd, ich bin zur Beute auserkoren. Nur, dass sie mich erst auffressen und dann auskotzen würde.

Ich hasse es, dass ich trotzdem ständig an sie denke. Nicht im romantischen Sinn, eher im Gegenteil, aber die Frau beschäftigt mich. Ich werde Barnie um Rat fragen, was ich in dieser Angelegenheit unternehmen soll. Er kennt Luisa, und er kennt Franziska. Sie war eine Zeitlang bei ihm in Therapie. In seiner Praxis lernten wir uns kennen. Er hat mich, wie mein Vater, damals schon vor ihr gewarnt. »Lass die Finger von der Frau«, sind seine exakten Worte gewesen. »Die tut nicht gut.«

Wenigstens weiß ich bei meinem Hochzeitsauftritt in der Kirche Barnie an meiner Seite. Ich hasse es, wenn man mich anstarrt. Und bei hundertzwanzig Gästen wird auch der Bräutigam angestarrt. Das lässt sich gar nicht vermeiden, egal wie toll die Braut auch aussehen mag. Ich finde Hochzeitskleider gespenstisch. Genau wie Taufkleider oder Kommunionskleider. In der dritten Klasse sind alle Mädchen ausgeflippt, weil sie ihre weißen Minibrautkleider zur Erstkommunion tragen durften. Als würden sie Jesus begegnen. Zum Glück musste ich mich als Protestant nicht an dieser religiösen Veranstaltung beteiligen.

Ich hoffe nur, dass sich Barnie bis zu meiner Hochzeit wieder im Griff hat. Sein Auftritt bei uns gestern war ja wohl die größte schauspielerische Leistung in der Geschichte der Menschheit. Es sei denn, es war gar nicht geschauspielert und Barnie ist nun wirklich so. So, wie soll ich sagen? So apfelsaftmäßig. Ich wusste nicht, wie ich reagieren sollte. »Dann nehme ich auch einen Apfelsaft«, hat er gesagt.

Hätte nicht die Mutter seines Kindes danebengestanden, ich hätte den Außerirdischen, der sich für meinen besten Freund ausgibt, in den Schwitzkasten genommen. »Gib meinen Barnie frei, du Ungeheuer«, hätte ich gebrüllt. Natürlich weiß ich, dass Außerirdische in den Weiten des Alls existieren, aber warum sollten die ausgerechnet auf die Erde kommen, wo es doch in den unendlichen Weiten sicher auch intelligentes Leben gibt. Also war es wohl doch der echte Barnie, der plötzlich zum Frauenversteher mutiert ist.

Was so ein Kind doch ausmacht. Und wie es einen verändert – noch bevor es überhaupt auf der Welt ist. Wenn ich richtig rechne, dann wird Lilly bei unserer Hochzeit kugelrund sein. Wahrscheinlich weckt das gewisse Wünsche bei Luisa. Irgendwann, das weiß ich selbst, werden wir wohl eine kleine Familie haben. Aber bitte nicht sofort. Hübsch eines nach dem anderen. Wir müssen ja nicht gleich übertreiben. Erst heiraten, dann Haus kaufen und Baum pflanzen und erst anschließend Kinder kriegen – oder aus männlicher Sicht: zeugen.

So richtig gut haben sich Luisa und Lilly aber ohnehin nicht verstanden. Sie schienen nicht viele gemeinsame Themen zu haben. Insofern hoffe ich, dass sich meine Zukünftige die Frau Staatsanwältin nicht gleich zum Vorbild nimmt und morgen mit dem Thema Kinder anfängt. Barnies Freundin ist auch wirklich nicht der Typ, mit dem man gleich warm wird. Sie ist sehr präzise und eher distanziert. Aber wahrscheinlich musst du so sein, wenn du Mörder und Vergewaltiger und Räuber hinter Gitter bringst. Wahrscheinlich darfst du dir bei so einem Schwurgerichtsprozess keine Ungenauigkeit leisten. Trotzdem glaube ich zu wissen, was Barnie an der Frau findet. Sie ist megaheiß, megaklug und ihr Humor megatrocken. Mich würde nur interessieren, wo er sie aufgegabelt hat.

Der Taxifahrer sieht mich böse an, weil er an der Kurzstrecke zu mir nach Hause nicht viel verdient. Aber zurücklaufen können andere. Ich werde einfach weniger essen, dann verliere ich schon das eine oder andere Gramm. Es ist ja nicht so, dass ich fett wäre. Sonst würde mich Franziska auch nicht so anbaggern. Franziska steht nicht auf Dicke. Als Kind war sie nämlich selbst dick – bevor sie magersüchtig wurde.

Als ich die Wohnungstür hinter mir schließe, räumt Luisa gerade ihren Platz am Sofa. »Wo warst du?«, begrüßt sie mich mit müden Augen und einem Anflug von Misstrauen und Ärger in der Stimme.

»Sieht man doch.«

»Joggen?«

»Leider.«

»Wieso?«

»Weil du mich unbedingt auf meine paar Pfund zu viel aufmerksam machen musstest.«

»Nein, wieso leider?«

»Haha! Brüller!«

Nach einer längeren Dusche hülle ich mich in meinen Bademantel und suche in der Küche nach Obst und Gemüse, das ich entsaften könnte. Außer Zwiebeln und Zitronen haben wir aber nichts vorrätig. Ist wahrscheinlich geschmacklich keine so gute Kombination: Zwiebel-Zitrone-Saft. Ich bin hungrig, sollte mir aber keine Pizza ins Rohr schieben. Der Kampf gegen die Kilos hat begonnen, eine Friedenserklärung unterschreibe ich in vier Wochen. Frühestens.

»Ich mach mir eine Pizza. Willst du auch eine?« Luisa blickt mich provozierend an.

»Nö«, antworte ich mit gespielter Gelassenheit und presse dann mit großer Theatralik die Zitrone aus, deren Saft ich mit Wasser aus der Leitung mische, was furchtbar schmeckt.

Meine Verlobte öffnet mit mindestens so großer Theatralik das Gefrierfach, greift hinein, holt einen Karton heraus, reißt ihn auf, entfernt die Plastikfolie, schiebt die mit Analogkäse und Schummelschinken belegte Pizza ins Ofenrohr und sieht mich dabei herausfordernd an. »Diät, oder was?«

»Wie kommst du denn auf so was?«

»Indizien.«

»Ein Mann macht keine Diät.«

»Ja, ich weiß«, erklärt Luisa bissig. »Ein Mann isst, wenn er Hunger hat. Ein Mann trinkt, wenn er Durst hat. Ein Mann atmet, wenn ihm nach Luft ist.«

»Wenn du das sagst.«

»Wenn du das sagst«, äfft mich Luisa nach.

Bekommt sie ihre Tage?

»Magst du auch ein Bier?«, frage ich betont höflich.

»Super, Mark. Nichts essen, aber Bier trinken. Das ist auch ein halbes Schnitzel.«

Super Wochenende. Gott sei Dank endlich vorbei. Das denke ich auch nicht jeden Montag. Ich habe Hunger. Mein Magen knurrt. Ich weiß schon gar nicht mehr, wann ich das letzte Mal was gegessen habe. Ich weiß nur, dass ich das nächste Wochenende mit Luisas Eltern in Südtirol verbringen muss. In Südtirol! Ich bin fünfunddreißig, keine achtzig. Mein Opa fuhr kurz vor seinem Tod öfters mal nach Südtirol. Zum Wandern. Wenn es was gibt, das ich noch mehr hasse als Joggen – genau. Früher wurde mir sogar schlecht vom Wandern, weil ich die Langeweile nicht ertragen habe. Wandertag in der Schule war noch schlimmer als Bundesjugendspiele.

Obwohl ich mich, wie es die ärztliche Sorgfaltspflicht verlangt, bei jeder Laserbehandlung voll und ganz auf meine Kunstfertigkeit konzentriere, schweifen in den Pausen zwischen den Behandlungen meine Gedanken immer wieder über den Brenner Richtung Bozen ab. Aber auch andere Themen beschäftigen mich. Zum Beispiel: Was ist wichtiger im Leben eines Mannes – eine Frau oder der beste Freund? Die Frau kann dich verlassen, der beste Freund theoretisch auch, praktisch aber nicht. Beste Freunde ist man sein Leben lang, verheiratet oft nur ein paar Jahre. Statistisch gesehen.

»Bist du wach?«, reißt mich eine sonore Stimme am Ende eines hektischen Arbeitstags aus den Gedanken.

»Barnie«, sage ich empathisch. »Setz dich. Alles gut? Darf ich dir was anbieten? Einen Apfelsaft vielleicht?«

»Gerne«, antwortet Barnie, ohne auch nur mit der Wimper zu zucken.

So ein Hund. *Touché*, denke ich und mache mich auf die Suche nach Apfelsaft. Am anderen Ende der Praxis erwische ich gerade noch Charlotte. »Ich geh dann, Doc.«

»Moment«, halte ich sie zurück. »Haben wir Apfelsaft?«

Charlotte lächelt. »Apfelsaft ist aus. Aber Orangensaft wäre noch da.«

»Klingt gut. Wo?«

Charlotte spart sich die Erklärung, verschwindet in der Teeküche, kommt mit einer dieser Minisaftflaschen wieder heraus und drückt sie mir in die Hand. »Wo Gläser sind, weißt du ja. Schönen Feierabend!«

Wenn Charlotte nicht wäre, müssten wir den Laden zusperren. Sie ist die heimliche Chefin. Nur vom Operieren konnte ich unsere Sprechstundenhilfe bislang abhalten. Charlotte ist nicht nur Herz, Hirn und Gesicht der Praxis, sondern fast schon eine Freundin. Dass wir uns so gut verstehen, dürfte ich Luisa nie erzählen. Wenn sie mich in der Arbeit besucht oder hier abholt, plaudern die beiden Frauen zwar immer recht freundlich miteinander. Aber es ist nie Luisas natürliches Lächeln, es ist mehr so ein aufgesetztes Grinsen, das sie dann trägt. Dabei mustert sie Charlotte immer ganz genau. Wenn Luisa anwesend ist, darf ich auf keinen Fall zu jovial mit Charlotte umgehen. Einmal hat mich Luisa sogar gefragt, ob ich mit Charlotte schlafe. »Stündlich«, lautete meine Antwort. Dass Charlotte nicht auf Männer steht, braucht Luisa ja nicht zu wissen.

»Dein Orangensaft«, sage ich und halte Barnie die Flasche hin.

»Auch gut«, sagt er und nimmt sie mir aus der Hand.
»Was führt dich zu mir?«

»Das weißt du genau.«

»Nein, keine Ahnung.«

»Komm schon, Mann, Lilly natürlich. Wie findest du sie?«

»Urban«, wähle ich ein ziemlich neutrales Adjektiv. Natürlich will Barnie aus berufenem Mund hören, wie scharf, toll, aufregend und hübsch ich die Mutter seines Babys finde.

»Urban?«

»Städtisch. Deine Lilly ist sehr städtisch. Das Gegenteil von provinziell.«

»Sie kommt aus Niederbayern.«

»Niederbayern?«

»Ja. Da leben sehr schöne und intelligente Menschen.«

»Ganz genau. Das ist sie nämlich auch. Schön und intelligent.«

Barnie nippt an seinem Saft.

»Wirst du sie heiraten?« Ich kann die kleine Provokation einfach nicht lassen.

Barnie zuckt kaum merklich mit den Schultern. Seine Augen sagen: *Vielleicht*. Seine Worte lauten: »Wie kommst du auf heiraten?«

»Männer wollen Sex, Frauen heiraten. Früher oder später. Ich verfüge diesbezüglich über Expertenwissen. Du erinnerst dich vielleicht. Im September große Hochzeit. Weiße Kutsche. Friedenstauben. Xavier Naidoo.«

»Xavier Naidoo?«

»Würde mich nicht wundern.«

Barnie sieht mich vorwurfsvoll an.

»Du bist doch bis über beide Ohren in das Mädel verknallt«, sage ich ihm auf den Kopf zu. Ich kenne meinen besten Freund. Ich kenne ihn so gut. Der macht mir nichts vor.

»Wenn du das sagst.«

»Leugnen nützt nichts.«

»Okay.«

Mir fehlen die Worte. Hat Barnie, der Rolf Eden unter meinen Freunden, soeben zugegeben, dass er verliebt ist? »Seit wann?«

»Seit dem ersten Augenblick.«

»Wow! Das ist jetzt …«

»Überraschend?«

»Könnte man sagen. Aber wie?«

»Es ist einfach passiert. Auf irgendeiner langweiligen Party einer ehemaligen Patientin. Ich habe Lilly gesehen, bin auf sie zu, habe sie angesprochen und dann haben wir stundenlang nur geredet.«

»Sonst nichts?«

»Erst später.«

»Und dann hast du sie nie wieder angerufen. Warum?«

»Das weißt du doch, Mark.«

»Weil du ein Idiot bist.«

»Schuldig.«

Ich versuche nicht zu lachen, aber meine Augen verraten mich.

»Was grinst du so blöd?«

»Ich frage mich nur, ob du's ihr schon gestanden hast.«

»Was?«

»Deine Liebe.«

Barnies Augen verengen sich zu Schlitzen. »Ich bin raus.« Im nächsten Moment ist mein bester Freund verschwunden.

»Wo willst du hin?«, rufe ich ihm nach.

»Hechelkurs«, bilde ich mir ein zu hören.

Ich gebe sofort *Hechelkurs* bei YouTube ein. Als ich gerade das erste Video starten will, höre ich Schritte im Flur. »Barnie«, rufe ich, ohne aufzublicken. Ich schließe schnell den Browser. »Was willst du noch?«

»Dich ficken. Auf deinem Schreibtisch. Jetzt.«

Wie von der Tarantel gestochen, springe ich auf. Noch denke ich, mich verhört zu haben. Einen Moment spiele ich mit dem Gedanken, mich hinter dem Schreibtisch zu verstecken. Klack, klack, klack, klack. Es kommt näher. Es trägt High Heels und einen Trenchcoat, und ich befürchte, nichts darunter. Ich kann ihr Parfüm riechen. Chanel. Ganz klar Chanel. Franziska liebt Chanel. Franziska wäre gern eine zweite Coco. Freie Liebe und so, wenn ich das recht in Erinnerung habe. Ich kenne nur den Film mit Audrey Tautou.

Reiß dich zusammen. Keine Kompromisse. Schmeiß sie raus.

»Hallo, Mark«, haucht Franziska. Ich muss mich schnell wieder setzen. Sie streichelt mir übers Haar. Ich weiß nicht, was ich tun soll. Noch sammle ich mich für den Gegenschlag. Franziska setzt sich auf meinen Schoß. Ich öffne die Augen. Sie ist unter ihrem Trenchcoat tatsächlich nackt. Mein Herz rast. Ich bin wie gelähmt. Trotzdem schaffe ich es mit letzter Kraft, mich zu wehren. Ich schubse Franziska von meinem Schoß, springe auf, packe sie am Handgelenk, ziehe sie hinter mir her durch die Praxis. Klack, klack, klack, klack, klack, klack. Ich öffne die Eingangstür und werfe sie raus.

»Bei dir hackt's wohl!«, schreie ich. Ich werde sonst nie laut.

Franziska sieht mich mit einer Mischung aus Verachtung und Verlangen an. »Du gehörst mir«, faucht sie.

»Du hast nicht mehr alle Tassen im Schrank.«

Franziska lacht. Es klingt geisteskrank. Sie kommt wieder auf mich zu. Am liebsten würde ich ihr die Tür vor der Nase zuschlagen, aber ich will das jetzt klären. »Verschwinde aus meinem Leben. Ich heirate Luisa. Punkt.«

»Und was wäre, wenn deiner Luisa etwas zustoßen würde?«

»Ich, ich ...« Ich weiß nicht, was ich sagen soll. »Hau bloß ab, du ...«

»Sonst?«

»Hole ich die Polizei.«

»Gut«, sagt Franziska vollkommen aufgeräumt. Als hätte sie mir nie gedroht. Als würden wir uns in Vertragsverhandlungen befinden und nur noch schnell das Kleingedruckte durchgehen. So schafft sie wieder Vertrauen und geht langsam auf mich zu. Klack, klack. Klack, klack.

Ich weiß nicht, welcher Film, aber auf jeden Fall falscher Film. Franziska streckt ihre Hand aus und berührt mit dem Handrücken meine linke Wange. Sie kommt noch ein Stück näher. Am liebsten würde ich weinen, weil ich nicht mehr weiterweiß. Wie kriege ich das Miststück endlich los? Ich entscheide mich dafür, mich jetzt einfach möglichst passiv zu verhalten.

»Ich vermisse dich so sehr«, wispert Franziska in mein Ohr. Ich meine, ihre Zungenspitze an meinem Ohrläppchen zu spüren.

In dem Moment ertönt das Aufzugsignal, die Türen schieben sich zur Seite, Franziska zieht meinen Kopf zu sich, umgreift mit ihren Armen meinen Nacken und schiebt mir ihre Zunge in den Hals.

»Mark«, flüstert Luisa, ganz leise.

Franziska lässt von mir ab, dreht sich um, lächelt Luisa an und verschwindet dann im Aufzug. Die Fahrstuhltüren schließen sich.

»Ich kann dir das erklären.«

Luisa hat Tränen in den Augen.

»Es ist nicht, wie es aussieht. Das schwöre ich. Das musst du mir glauben. Luisa, bitte.«

Luisa

Nein, natürlich nicht. Es ist nie, wie es aussieht. Oder? Kann man wirklich so viel falsch verstehen, wenn man sieht, wie der eigene Freund mit einer anderen knutscht?

Mark streckt die Hand nach mir aus und macht einen Schritt auf mich zu. Ich mache einen zurück, Richtung Aufzug. Ich würde gerne irgendetwas sagen, aber dann würde ich losheulen. Mark schaut mich an wie eine teure Vase, die in Scherben liegt, und genauso fühle ich mich auch – nur nicht teuer. Nein, eigentlich sogar ziemlich wertlos. Ich mache kehrt, laufe zur Treppe und renne die vier Stockwerke runter. Die Holzstufen knarzen laut, trotzdem glaube ich, ich höre Mark schluchzen. Aber das kann auch ich selbst sein.

Während ich zur nächsten U-Bahn-Station marschiere, wähle ich Maries Nummer. Ich bekomme aber keinen klaren Satz raus, es ist ein einziges Gewimmer, in dem die Worte »Mark« und »Idiot« ziemlich oft vorkommen.

»Luisa, ich verstehe nur die Hälfte. Wo bist du jetzt?«

»Münchner Freiheit, ungefähr.«

»Gut. Du steigst jetzt in den Bus und fährst zu mir nach Hause. Ich bin noch im Büro, aber ich gehe jetzt sofort, dann müssten wir gleichzeitig ankommen. Falls du vor mir da bist, kauf schon mal eine Zahnbürste.«

Zahnbürste. Ja, warum nicht? Ich muss nicht zu Mark zurück. Ich kann bei Marie bleiben.

Marie ist empört, als ich ihr erzähle, dass mein Freund offenbar wieder in den Sog von Franziska der Grausamen geraten ist. Wir bestellen höllenscharfes thailändisches Essen und malen uns aus, wie wir Franziskas komplette Garderobe und ihr Auto in Brand stecken und Mark an den Füßen am Olympiaturm aufhängen. Dann geht Marie an ihren Kleiderschrank und macht auf ihrem Bett einen kleinen Stapel mit Blusen, Socken, Pullovern, Hosen und Unterwäsche. Ich stehe daneben und versuche minutenlang, mit den Zähnen die Packung der einbruchsicher eingeschweißten Zahnbürste zu öffnen. Aber irgendwann frage ich doch. »Was machst du da?«

»Ich suche Kleider für dich. Du kannst doch nicht jeden Tag im gleichen Outfit zur Arbeit kommen. Die hier müssten dir passen.«

»Ach, Marie. Ich muss gleich wieder weinen. Du leihst mir sogar deine Unterwäsche?«

»Nur die, die man bei neunzig Grad waschen kann«, grinst Marie. »Da hört die Freundschaft auf!«

In der Nacht liege ich wach und höre meiner Freundin beim Atmen zu. Immerhin schnarcht sie nicht, das ist ein entscheidender Vorteil gegenüber Mark. Aber der Kuschelfaktor ist deutlich geringer, auch wenn ich über den Schlafplatz an ihrer Seite froh bin.

Die nächsten zwei Tage bringe ich wie in Trance hinter mich. Ich habe mein Handy ausgeschaltet und mit niemandem außer Marie über Mark gesprochen. Morgens krieche ich auf dem Zahnfleisch ins Büro, abends komme ich müde in Maries gemütliche kleine Wohnung. Aber wenn es Nacht wird, kann ich nicht schlafen. Marie versorgt mich mit Essen, hat offenbar alle melancholischen CDs versteckt und schaut mit mir *Dirty Dancing* an, bis wir am Ende beide vor Rührung weinen. Also, Marie vor Rührung, ich eher aus Enttäuschung und Wut. Aber das hat nichts mit Patrick Swayze zu tun. Den Mädelsabend am Mittwoch lassen wir ausfallen – mir ist nicht nach Gesellschaft.

Allmählich muss ich darüber nachdenken, wie es weitergehen soll. Ich muss meiner Mutter absagen für das Wochenende in Südtirol. Ich muss mir eine Wohnung suchen, ich kann ja nicht ewig bei Marie wohnen bleiben. Und ich muss meine Sachen abholen, das ist das Erste und Schlimmste. Ich will nicht in die Wohnung. Meine Fantasie schlägt grausame Kapriolen davon, wie ich Mark und Franziska nackt auf dem Küchentisch vorfinde.

Am Donnerstagabend hat Marie gerade *Der Club der Teufelinnen* in den DVD-Player geschoben, als es an der Tür klingelt. Sie geht öffnen, kommt aber sofort mit rotfleckigem Gesicht zurück ins Wohnzimmer. »Es ist für dich.«

»Ist es Mark? Ich will ihn nicht sehen, Marie, das hab ich doch gesagt.«

»Es ist nicht Mark«, erwidert Marie und lässt sich aufs Sofa fallen. Sie wirkt wütend.

Im Türrahmen steht ein Blumenstrauß auf zwei Beinen. Aber die Beine gehören nicht meinem Verlobten.

»Hallo«, begrüßt mich Barnie und lässt die Blumen sinken. Er sieht recht kläglich aus, aber das liegt wohl an Maries Verachtung.

»Was machst du denn hier?«

»Dich suchen. Darf ich reinkommen?«

Ich nehme Barnie mit in die Küche, damit Marie ihn nicht mehr sehen muss. »Wie hast du mich gefunden?«

»Mit Ausdauer. Ich war vorher schon bei Anna und bei Verena zu Hause. Diese Möglichkeit hier habe ich mir bis zum Schluss aufgehoben«, gesteht Barnie und grinst schief.

»Warum bist du hier und nicht Mark?«

»Die Blumen sind von Mark«, beeilt Barnie sich zu sagen. »Aber es hat seine Gründe, dass ich hier bin. Ich muss unter vier Augen mit dir sprechen.«

»Worüber?«

»Franziska.« Barnie holt tief Luft und schaut mir tief in die Augen. »Ich werde jetzt meine ärztliche Schweigepflicht missachten, und wenn du mich verpfeifst, verliere ich meine Zulassung. Ich bitte dich also, niemandem etwas zu sagen. Was ich dir erzähle, bleibt in diesem Raum.«

»Okay.«

»Danke. Hör zu, ich habe Franziska vor acht Jahren kennengelernt. Sie war eine meiner ersten Patientinnen.«

Ich höre Barnie schweigend zu und starre dabei die Blumen an, die auf dem Tisch liegen.

»Franziska hat, jetzt mal für Laien ausgedrückt, alles, was sie sozial unverträglich macht. Im Fernsehfilm würde man sie eine Soziopathin nennen. Die Objekte ihrer Begierde wechseln relativ schnell, oft schon nach wenigen Wochen oder Monaten. Aber sie verfolgt sie mit umso mehr Hartnäckigkeit. Ihr ist wirklich jedes Mittel recht.«

»Offenbar war deine Behandlung nicht sehr erfolgreich.«

»Doch, das war sie, relativ gesehen. Davor war Franziska in der Psychiatrie, weil sie sich so verrückt aufgeführt hatte. Sie hat ein Huhn in der Aula der Universität geschlachtet und das Blut und die Federn überall verteilt, um die Aufmerksamkeit eines ihrer Professoren zu gewinnen. Ich habe sie zwei Jahre lang behandelt, dadurch konnte sie wenigstens ein vordergründig normales Leben führen. Sie konnte soziale Kontakte aufbauen, einem geregelten Beruf nachgehen und sich einigermaßen zusammenreißen.«

»Du lügst. Wieso hätte Mark sich in eine Frau verlieben sollen, die völlig durchgedreht ist?«

»Wie gesagt, man hat es dann nicht mehr so gemerkt. Ich habe ihm zwar gesagt, dass er die Finger von ihr lassen soll, aber ich konnte ihm schlecht ihre Krankenakte vorlegen. Am Anfang dachte ich, das wird eh nur eine kurze Geschichte mit den beiden. Und später hat er nicht mehr auf mich gehört. Er war total verknallt in sie.«

»Und dann hat sie ihn verlassen.«

»Ja. Aber vorher hat sie mich verlassen. Also, ich meine, sie hat die Therapie abgebrochen. Sie meinte, sie käme jetzt selbst klar, außerdem würde sie jetzt Yoga machen, das gäbe ihr mentalen Auftrieb. Als könnte Yoga eine Therapie ersetzen«, sagt Barnie verächtlich und rümpft die Nase. »Es klappte eine Weile tatsächlich. Die Beziehung mit Mark hat ihr Halt gegeben. Aber dann ging es wieder los mit ihrer Sucht nach Aufmerksamkeit. Sie hat mit anderen Männern geschlafen, das weißt du ja. Wahrscheinlich hat Mark nur von einem Bruchteil der Affären erfahren. Diese Typen hat sie nicht einfach nur kennengelernt und flachgelegt, sie hat sie systematisch verfolgt und eingewickelt.«

»Aha.«

»Ich weiß, das klingt alles ziemlich unglaubwürdig. Aber es ist die Wahrheit.«

Überfordert verschränke ich die Arme vor der Brust. So gut kann Barnie doch gar nicht schauspielern. Oder?

»Warum ist Franziska jetzt wieder hier?«

»Das weiß ich nicht. Zufall, nehme ich an. Aber das mit Mark ist kein Zufall. Er steht auf ihrer Liste, weil er überhaupt nicht mehr an ihr interessiert ist. Er heiratet eine andere, das reizt sie am meisten.«

»Barnie, erzähl mir keinen Quatsch! Ich habe die beiden beim Knutschen gesehen. Er wirkte höchst interessiert!«

»Ich weiß nicht genau, was du gesehen hast, aber bist du sicher, dass diese Situation nicht ohne Marks Zutun entstanden ist? Solche Sachen sind genau ihr Ding. Als Siebzehnjährige hat sie der Frau ihres Deutschlehrers Nacktfotos von sich geschickt und es so hingestellt, als hätte er sie um die Bilder gebeten.«

»Sorry, aber das klingt mir ein bisschen zu abgefahren. Ich meine, du könntest mir alles erzählen, ich kann das überhaupt nicht nachprüfen.«

Barnie seufzt tief. Dann greift er in seine Aktentasche, zieht einen blauen Ordner heraus und schiebt ihn mir über den Tisch.

»Doch, das kannst du.«

Ich schlage den Ordner auf. Schon das erste Schriftstück sieht äußerst vertraulich aus. Es ist eine Diagnose der Klinik, in deren Psychiatrie Franziska mehrere Monate verbrachte. Die ganzen psychologischen Fachtermini sagen mir nichts, aber angehängt sind die Erkenntnisse aus ihrer Gesprächstherapie, seitenweise. Barnie hat die Wahrheit gesagt. Da findet sich die Geschichte mit den Nacktfotos, die mit dem Huhn und noch einige andere. Offenbar hat sie Mark noch die dezenteste Behandlung angedeihen lassen. Ihr Arzt empfahl in einem Gutachten, sie mehrmals wöchentlich psychotherapeutisch zu behandeln, da ein Rückfall sonst wahrscheinlich wäre. Ich lasse den Ordner sinken und schaue Barnie an.

»Wenn du das Mark damals nicht gezeigt hast – wieso zeigst du es mir jetzt?«

»Weil sie jetzt dabei ist, etwas zu zerstören.«

»Das hat sie damals mit Mark doch auch getan.«

»Ich sage ja, es war dann einfach zu spät. Ich habe die Klappe gehalten. Diesen Fehler will ich nicht noch einmal machen.«

Ich stehe auf und stelle die Blumen in eine Vase. Währenddessen wandern meine Gedanken. Drei Tage lang war ich der Meinung, Mark habe mich beschissen. Jetzt sieht es aus, als wäre Mark reingelegt worden.

»Wo ist er?«

»Vor der Tür. Er wartet im Auto auf mich.«

»Ich gehe zu ihm. Du bleibst hier«, entscheide ich.

»Was, wieso denn?«

»Du wirst jetzt Marie erklären, was los ist. Dabei kannst du sie gleich um Entschuldigung bitten. Der Trauzeuge und die Brautjungfer sollten friedlich miteinander umgehen.«

»Heißt das, die Hochzeit findet statt?«, fragt Barnie zaghaft.

»Mal sehen.«

Auf der Straße finde ich Mark in Barnies Auto. Er sieht

erschrocken aus, als er mich statt Barnie aus der Tür kommen sieht. Ich gehe zur Fahrertür, öffne sie und steige ein.

»Luisa«, sagt Mark leise.

»Stimmt das, was Barnie mir gesagt hat?«

»Jedes Wort.«

»Okay. Dann erzähl mir jetzt bitte deine Version dieser Szene im Flur. Ich werde dir zuhören.«

»Sie kam zu mir in die Praxis. Ich hab sie sofort rausgeschmissen, aber sie hat sich an mir festgekrallt. Gerade als du aus dem Aufzug gekommen bist, hat sie mir die Zunge in den Hals gesteckt. Ich war so perplex, dass ich nicht gleich reagieren konnte.«

Ich wende meinen Blick vom Lenkrad, das ich die ganze Zeit angestarrt habe, und schaue rüber zu Mark. Er sieht fürchterlich aus. Sein Gesicht ist so weiß wie – so weiß wie der Verband an seiner Hand.

»Was hast du mit deiner Hand gemacht?«

»Es ist nur eine Platzwunde.«

»Wie, nur eine Platzwunde? Wovon?«

»Ich habe gegen die Wand geschlagen, als du aus dem Haus gestürmt bist. Bester Altbau, dicke Mauern, steinhart.«

»Ich wusste doch, dass ich dich weinen gehört habe.«

Mark

Männer weinen nicht, hat mich meine Mutter ausgeschimpft, als im Kindergarten bei einer Rauferei mein Lieblingsspielzeug kaputtgegangen ist und das Fräulein ärgerlich zu Hause anrief. In meiner kindlichen Naivität glaubte ich, meine Mutter meinte das aufmunternd. Heute weiß ich, dass es das nicht war: Männer weinen nicht. Ich bin nicht nah am Wasser gebaut, aber wenn alles zusammenkommt, sich das Schlechte zu einer Riesenwelle auftürmt und mich tsunamiartig überschwemmt, dann öffnen sich auch bei mir die Schleusen. Gerade wenn zusätzlich eine gute Portion Ungerechtigkeit im Spiel ist. Jetzt bin ich glücklich und wütend zugleich. Sollte mir Franziska je wieder unter die Augen treten, erwürge ich sie. Das Miststück geht aber jeder Konfrontation aus dem Weg. Sie hat sich unsichtbar gemacht. Wenn ich anrufe, um sie zu beschimpfen, hebt sie nicht ab. Das ist so typisch. Keine Eier in der Hose. Total konfliktscheu. Ich weiß genau, wie das jetzt abläuft. Franziska hält zwei Wochen still, hofft, dass Gras über die Sache wächst, und startet dann den nächsten Angriff. Ich schwöre, so wahr ich hier in Barnies Auto sitze, dass ich sie … Ruhig Blut. Tief durchatmen, Mark. Mord ist keine Lösung. Es ist nur so … Ich bin nur so … Bloß kein Selbstmitleid jetzt. Reiß dich zusammen. Scheiße, ich heule.

»Hey, du Träne«, flüstert Luisa und drückt meine Hand. Wir sitzen auf der Rückbank. Luisas Kopf lehnt an meiner Schulter. Barnie steuert seinen Volvo durch München. »Alles gut.«

»Es tut mir so leid, Luisa.«

»Schwamm drüber.«

»Ich meine … Ich will dir das nur erklären.«

»Das hast du bereits.«

»Aber … es war …«

»Schscht.« Luisa legt ihren Zeigefinger auf meine Lippen.

Ich weiß nicht, was Barnie ihr erzählt hat, aber es ist den Versuch eindeutig wert gewesen. Ich hatte schon fast aufgegeben. An Luisas Handy ging nur die Mailbox. Vor ihrer Firma hatte ich weder heute noch gestern noch vorgestern den Mut aufgebracht, sie anzusprechen und alles zu erklären. Die letzten Tage waren die Hölle. Gestern hat mich Charlotte heimgeschickt. »Du siehst furchtbar aus«, hat sie gesagt. »Ich sage alle Termine ab. Leg dich ins Bett. Duschen und rasieren wäre auch nicht schlecht.« Ich folgte ihr aufs Wort. Ich wäre nicht in der Lage gewesen, vernünftig zu arbeiten. Liebe ist ein sehr komplexer biochemischer Vorgang. Beim Liebeskummer ist es noch komplexer. Da gibt es keine Endorphinausschüttung. Alles, was positiv war, ist plötzlich ins Gegenteil verkehrt.

Zur Feier des Tages hole ich Essen. Chinesisch. Hühnchen und Frühlingsrollen. Kleine Reminiszenz an unseren ersten Abend in dieser Wohnung. Außerdem spendiere ich meine älteste Flasche Rotwein. Einen südafrikanischen Shiraz von 2002. Luisa und ich beschließen, nicht mehr über die letzten Tage zu reden. Sollte Franziska doch wieder auftauchen, würde sich Luisa ihrer annehmen. »Vielleicht sollten wir Lilly auf sie hetzen«, schlage ich vor.

»Wieso Lilly?«

»So als harte Staatsanwältin«, erkläre ich, als hätte ich gerade entdeckt, was die Welt im Innersten zusammenhält. Dabei mache ich komische Bewegungen mit meinen Handflächen in der Luft. Was das bedeuten soll, weiß ich selbst nicht. Es wirkt ein wenig unkoordiniert.

Luisa weiß offenbar nicht, was sie sagen soll. Also schweigt sie und versucht sich an einem Lächeln, das aber eher schief gerät. Ich kenne die Bedeutung: durchgefallen. Keine so gute Idee. »Hast du abgenommen?«, wechselt sie schnell das Thema.

»Ich? Weiß nicht. Wieso?«

»Du hast ganz eingefallene Wangen.«

»Ich habe drei Tage nichts gegessen.«

»Du Armer.«

»Verarschen kann ich mich selber.«

»Aber ich kann es besser.«

Wir gehen früh ins Bett. Morgen ist auch noch ein Tag, beschließen wir. Und ich muss drei Nächte Schlaf in einer nachholen. Wir kuscheln noch ein bisschen, schlafen aber ziemlich schnell ein. Erst bin ich mir nicht sicher, ob ich träume, aber das Fauchen und Zischen und Rütteln wirkt ziemlich echt. Ich öffne meine Augen. »Was ist?«, frage ich halb tot. »Ich bin doch gerade erst eingeschlafen.«

»Du schnarchst.«

»Oh«, entschuldige ich mich und drehe mich auf die Seite. Gelegentlich schnarche ich. Schuldig. Kein Drama. »Weiterschlafen!«

»Jetzt kann ich nicht mehr.« Luisa ist sauer. Sie schlägt die Bettdecke zur Seite und steht auf. Ich denke, dass sie nur kurz aufs Klo geht. Als sie aber nach zehn Minuten immer noch nicht zurück ist, mache ich mir Sorgen. Die Episode auf Sylt kommt mir in den Sinn, als ich sie suchen musste. Heute finde ich sie schneller. Luisa sitzt in der Küche, vor ihr ein Glas Kakao, an ihrem Ohr das Telefon. »Tutto bene adesso. A domani«, sagt sie, simuliert einen Kuss und legt auf.

»Was wollte deine Mutter?«, frage ich misstrauisch.

»Nichts. Ich habe nur wieder zugesagt.«

»Für was?«

»Südtirol!« Luisa runzelt die Stirn.

Ich lächle gequält. »Ah, Südtirol«, verleihe ich meinem Enthusiasmus Stimme. »Das hatte ich vergessen.« Verdrängt trifft es eher. Ich hasse diesen Ausflug schon jetzt. Luisas Mutter ist nett, aber der Vater. »Wann soll's losgehen?«

»Ich treffe mich erst noch zum Brunch mit Lilly. Am Nachmittag also.«

»Noch mal.«

»Am Nachmittag«, wiederholt Luisa.

»Nein. Das davor.«

»Ich treffe mich mit Lilly. Zum Brunch.«

Ich fasse es nicht. »Warum?«, will ich wissen.

»Ach, ein paar Dinge besprechen. Baby, Hochzeit und so.«

»Aha.«

»Kannst gern mitkommen.«

»Ich passe.«

Versteh einer die Frauen! Bis vor fünf Sekunden war ich der festen Überzeugung, Luisa und Lilly könnten einander nicht ausstehen. Und jetzt gehen die beiden fröhlich frühstücken, dann sicher shoppen, wie ich meine Verlobte kenne. Ein nettes Brautkleid hier, ein paar Babyschühchen da. Und die Welt ist ein buntes Einkaufsparadies.

Luisa schnarcht. Wie immer. »Ich schnarche nicht«, behauptet sie kategorisch. »Da kannst du meine Exfreunde fragen.«

Na klar. Die klingele ich alle durch. Ich finde, vom Schnarchen geht die Welt nicht unter. Aber Luisa misst mit zweierlei Maß. Argumente zählen nicht, nur Gefühle. Sie kann manchmal sehr störrisch sein und behauptet dann gern das Gegenteil des Offensichtlichen. Ihre Mutter sagt, das hätte sie von ihrem Vater. Der sei auch ein Sturkopf und Dickschädel und wisse immer alles besser.

Viel hat Luisas Vater mit mir noch nie geredet. An den wenigen Malen, die wir uns getroffen haben, gab er mir kurz die Hand – um mich anschließend komplett zu ignorieren. Einmal sagte er, dass ich seine Tochter ja gut behandeln solle. Ein anderes Mal verkündete er lauthals, dass er sich einen Landsmann als Schwiegersohn wünsche.

Da sein Sohn nicht schwul und seine Tochter mit mir verlobt ist, werden wir ihn wohl enttäuschen müssen. Was soll's? Ich werde dieses Wochenende schon hinter mich bringen. Wenn Signor Conte nicht mit mir reden will, ist das auch gut. Dann schweigen wir halt zwei Tage lang oder hören den Frauen beim Reden zu. Wahrscheinlich spielt er ohnehin wieder die ganze Zeit mit seinem iPhone oder iPad oder hockt vor seinem MacBook. Ich weiß nicht genau, was er arbeitet. Wenn ich es aber richtig verstanden habe, ist er Gründer und Inhaber einer Software-Firma für Internet- und Datensicherheit. Er war als junger Mann aus Süditalien nach München gekommen, um hier sein Studium zu beenden. Danach hat er noch in London einen Doktor draufgesattelt. Mit seiner Frau ist er seit der zweiten Klasse zusammen.

Mir ist der Kerl unheimlich. Er ist stets zu gut gekleidet, zu gut gekämmt, zu gut gebräunt. Er fährt einen Alfa Romeo Spider, besitzt mehrere Wohnungen auf fast allen Erdteilen – und behandelt Luisa, als wäre sie noch immer sein kleines Mädchen. Herrgott, die Kleine wird bald dreißig und überdies meine Frau. Wegen mir braucht er nicht auf unsere Hochzeit zu kommen. Ich kann auch ohne ihn Ja sagen. Ich brauche niemanden, der mir dabei Händchen hält – außer vielleicht Barnie. Soll Signor Conte mich ruhig hassen. Ich nehme ihm nichts weg. Und überhaupt: Viele Schwiegerväter würden sich einen solchen Schwiegersohn wie mich wünschen, könnte ich mir vorstellen. Ich rauche nicht, saufe kaum, spiele nicht und ich verdiene anständig. Dafür, dass ich kein Italiener bin, kann ich ja wohl nichts.

Immerhin wurde ich laut meiner Mutter in Italien gezeugt. Auf einem Campingplatz bei Bibione. Ich weiß, für einen Süditaliener ist Bibione fast Deutschland. Aber besser als nichts. Vielleicht sollte ich meinen Eltern auch mal Bescheid geben wegen der Hochzeit. Aber erst bringe ich Südtirol hinter mich, dann das andere, sage ich mir und schlafe ein.

Als ich aufwache, ist Luisa schon weg.

Luisa

Mit einer neuen Freundin ist es nicht so viel anders als mit einem neuen Mann: Erst mal muss man das vergangene Beziehungsleben durchhecheln. Nur, dass man sich bei einem Mann total vorsichtig anstellen und das alles nach und nach rausbekommen muss. Eine Freundin kann man einfach fragen. »Warum hast du dich eigentlich scheiden lassen?«

Lilly schaut von ihrem Rührei auf.

»Das lässt sich vielleicht am besten verstehen, wenn ich dir erzähle, was mein Exmann in unseren Prä-Trennungs-Gesprächen immer gesagt hat.«

»Nämlich?«

»Er sagte: ›Also, ich bin zufrieden. Aber wenn wir uns trennen, behalte ich den Hund.‹«

»Oh, er hat offenbar einen ganz tollen Zugang zu seinen Gefühlen.«

»Hat er. Aber nur zu seinen Gefühlen in Bezug auf Geld.« Lilly verzieht das Gesicht und nimmt einen Schluck von ihrem Ginger Ale, das sie sich perverserweise zum Frühstück bestellt hat. »Ich habe daraufhin angefangen zu sammeln. Die dämlichsten Sätze, die Männer bei Trennungen sagen. Hast du auch einen?«

»Hm. Einer hat gequengelt: ›Und was soll ich jetzt meinen Freunden sagen, warum wir uns getrennt haben?‹ Und ich Schaf habe auch noch geantwortet: ›Sag ihnen, es liegt an mir.‹ Erst danach verspürte ich den Impuls, ihn für diesen Quatsch zu ohrfeigen.«

»Du warst einfach zu faul, dich mit ihm rumzustreiten!« Lilly lacht. »Aber du hast es noch gut erwischt. Eine Freundin von mir wurde nach acht Jahren von ihrem Freund verlassen, und als sie einen Grund wissen wollte, fiel ihm nur ein: ›Du hast immer so schlechte Laune beim Putzen.‹«

Ich habe dummerweise gerade einen Schluck Kaffee genommen, der den direkten Ausweg durch meine Nase plant, weil ich so lachen muss.«Was für ein reizendes Kerlchen. Ist das deine Nummer eins in der Liste?«

»Das ist zumindest ziemlich weit vorne mit dabei.«

»Zu Barnie hat übrigens mal eine Frau gesagt: ›Aber mit mir hat noch nie jemand Schluss gemacht!‹«

»Schlagendes Argument!«, ruft Lilly und klatscht grinsend die flache Hand auf den Tisch.

»Absolut. Aber sie hat nicht bedacht, dass Männer in manchen Dingen gerne die Ersten sind. Wie läuft es eigentlich mit euch beiden?«

»Keine Ahnung. Ich bin mir nicht mal sicher, was mit

uns so läuft.« Lilly zieht die Schultern hoch und sieht plötzlich ein bisschen einsam aus.

»Du wohnst praktisch bei ihm. Klingt mir nach fester Beziehung.«

»Na ja, wir bekommen halt das Kind zusammen. Er möchte etwas mitbekommen von der Schwangerschaft. Und ich bin gerne bei ihm.«

»Du bist gerne bei ihm«, wiederhole ich grinsend. »Aber natürlich kein bisschen in ihn verliebt.«

Lilly wird rosa. »Doch, bin ich. Aber das sage ich ihm lieber nicht. Barnie denkt sowieso, dass alle Frauen diesseits der neunzig in ihn verliebt sind.«

»Habt ihr Sex?«

Ihre Gesichtsfarbe wandelt sich in Richtung Pink. Dass sie ein bisschen schüchtern ist, hätte ich nie gedacht.

»Nicht so oft«, sagt Lilly schnell.

»Alles klar. Dann habt ihr eine Beziehung«, schlussfolgere ich messerscharf.

»Ich dachte, es ist nur dann eine Beziehung, wenn beide davon wissen.«

»Vielleicht solltet ihr doch mal darüber reden.«

»Auf keinen Fall. Ich werde sicher nicht davon anfangen. So ein ›Du, ich empfinde mehr für dich‹-Gespräch? Nein, danke.« Lilly schüttelt energisch den Kopf.

»Aber es ist doch so.«

»Trotzdem warte ich lieber, bis Barnie etwas sagt. Wir müssen sowieso bald überlegen, wie es nach der Geburt weitergehen soll. Ob wir dem Kind zwei Kinderzimmer einrichten, ob einer von uns näher zum anderen zieht … Momentan müssen wir immer durch die halbe Stadt fahren.«

»Will er eigentlich bei der Geburt dabei sein?«

»Im Hechelkurs wurde gefragt, wer das will, und er hat sofort die Hand gehoben. Ich war erstaunt. Dachte eigentlich, Psychotherapeuten sind deshalb Psychotherapeuten geworden, weil sie kein Blut sehen können.«

»Er kann sich ja vorher selbst hypnotisieren und sich einreden, das wäre Bier«, schlage ich lachend vor.

»Bloß nicht. Am Ende liegt er im Krankenhaus an meinem Fußende wie Homer Simpson unter dem Zapfhahn.«

»Ich sehe, du bist Fatalistin. Keine Angst vor den Schmerzen?«

»Eigentlich nicht. Ich kann's ja nicht mehr ändern.« Lilly schaut auf und bestellt Tee; das Ginger Ale war wohl doch keine gute Idee. »Wenn du mir vor einem Jahr gesagt hättest, dass ich bald schwanger sein werde, hätte ich dich ausgelacht. Nicht nur, weil meine Lebensumstände gerade gar nicht danach aussahen. Ich wollte auch gar kein Kind. Und dann, als mein Frauenarzt mich so begeistert angestrahlt hat und mir gratuliert hat zur Schwangerschaft, habe ich plötzlich gedacht: Warum eigentlich nicht?«

»Dein Frauenarzt wusste aber auch nicht, dass du den Vater kaum kennst.«

»Natürlich nicht. Der wusste nichts von meiner Scheidung. Dachte wohl, das wäre ein Wunschkind.«

»Wie hat Barnie eigentlich reagiert?«

Lilly grinst und nimmt ihren Tee in Empfang. »Das war nicht gerade romantisch. Erst mal wollte er genau erklärt haben, wer ich eigentlich bin.«

»Um Himmels willen.« Ich kichere verschämt. Wenigstens macht sich Lilly keine Illusionen über Barnies Frauenverschleiß.

»Eigentlich war es gar nicht so schlimm. Ich hatte mich ja darauf eingestellt, das mit dem Baby alles alleine zu stemmen. Dass ich den Vater überhaupt anrufe und ihm anbiete, das Kind kennenzulernen, fand ich im Grunde ziemlich nett von mir.«

»Ich finde das auch ziemlich nett von dir. Schließlich hätte man von Barnie keine Superdad-Qualitäten erwartet.«

»An viel konnte ich mich sowieso nicht erinnern«, gibt Lilly etwas verlegen zu. »Nur noch an den Vornamen und das Haus, in dem er wohnt. Und auch das nur, weil es direkt an der Ecke liegt.«

»Wie war dann euer Wiedersehen?«, frage ich neugierig und greife nach meiner Tasse.

»Ich würde sagen, es hat auf beiden Seiten ›Klick‹ gemacht: Ah, so sah der oder die aus. Puh, Glück gehabt.«

»Und dann hat's gleich nochmal ›Klick‹ gemacht«, stelle ich nüchtern fest.

»Das kam erst später. Als ich festgestellt habe, dass Barnie seine nächtlichen Beutezüge eingestellt und extra Gewürzgurken gekauft hat, falls ich mal Lust darauf bekomme.«

»Ist ja auch ziemlich niedlich. Hätte ich gar nicht von ihm erwartet.«

»Ich auch nicht.« Nachdenklich schaut Lilly in ihren trüben Tee. »Eigentlich hatte ich gleich am ersten Abend das Gefühl, dass er mich gern hat. Aber das würde Bernhard nie zugeben.«

»Männer!«

»Du sagst es.«

Nach dem Frühstück gehen wir in einen dieser Babyläden, wo alles unglaublich klein und niedlich ist – sogar die Verkäuferinnen und der rosa Fußabstreifer. Lilly stürzt sich gleich auf einen Stapel blauer Strampler, auf denen *Papa ist der Coolste* steht. Ich gehe schon mal in Richtung Kinderwagen, um eine Verkäuferin zu finden. Aber weit komme ich nicht.

»Luisa! Hallo!«

»Hallo, Thomas.« Verdammt, Thomas! Der Mann mit dem blöden Trennungssatz. Zufälle gibt's.

»Bist du auch schwanger?« Dümmlich lächelt Thomas auf mich herab, und ich frage mich, ob ich während der kompletten Beziehung mit ihm unter Drogen gestanden bin. Er trägt ein Karohemd und müsste mal wieder zum Friseur. Noch ehe ich antworten kann, schießt eine dunkelblonde Frau zwischen den Regalen hervor, wirft sich an seine Seite und schaut mich triumphierend an.

»Ich bin schon im siebten Monat!«, quasselt sie zusammenhanglos und legt beide Hände auf ihren ziemlich monströsen Bauch.

»Das sieht man«, sage ich genervt.

»Wiebke, das ist Luisa. Wir waren mal zusammen.«

»Nur ganz kurz«, werfe ich ein.

»Elf Monate!«, protestiert Thomas.

»Aber wir haben uns nur selten gesehen.« Und selbst wenn nicht, würde ich diese Beziehung gern aus den Geschichtsbüchern löschen. Wiebke geht es offensichtlich ebenso. Sie streichelt hysterisch ihren Bauch und scheint zu glauben, ich will seinen Inhalt und ihr den langweiligen Thomas entreißen.

»Wir müssen jetzt weiter«, bestimmt sie. Thomas ist verstummt. Glücklicherweise.

»Ich auch.« Bloß weg hier!

»Alles Gute für dein Kind!«

»Ich bin gar nicht …« Ach, egal. »Danke. Euch auch.«

»Wer war denn das?«, fragt Lilly, die plötzlich neben mir aufgetaucht ist.

Ich schaue dem langweiligen Thomas nach, der neben seiner watschelnden Wiebke aus dem Laden schleicht. »Niemand Wichtiges«, sage ich peinlich berührt.

Auf der Fahrt nach Südtirol halte ich meine Chance für gekommen, mit Mark Hochzeitsdetails zu besprechen. Erstens hoffe ich, er ist noch ein bisschen erleichtert, dass ich ihn trotz der ganzen Franziska-Nummer heiraten will. Zweitens fahre ich das Auto, und er kann sich nicht einfach während der Fahrt hinausstürzen, wenn die Rede auf Hochzeitstorten kommt. Also quassele ich ihn erbarmungslos voll.

»Ich will eine mehrstöckige Hochzeitstorte, aber nicht mit dieser klebrigen rosa Füllung, sondern einmal mit Nuss, einmal mit Schokolade, einmal etwas Frischerem, Obst zum Beispiel, und einmal Sahnetorte. Was meinst du?«

»Ist okay.«

»Nur okay? Wäre dir was anderes lieber?«

»Nein.«

»Gut.« Das läuft ja wie geschmiert. »Wegen des Farbkonzeptes, es ist ja dann Herbst. Ich würde mir gern irgendein Motto ausdenken, das dazu passt, und das dann durchziehen in der Deko und bei den Einladungen.«

»Zum Beispiel?« Aus den Augenwinkeln sehe ich, dass Mark gelangweilt aus dem Fenster sieht.

»Genau weiß ich es noch nicht, aber ich wünsche es mir bunt. In Herbstfarben eben.«

»Solange ich nichts Buntes anziehen muss …«

»Nein, keine Sorge. Das gilt nicht für deinen Anzug und

mein Kleid. Was wünschen wir uns eigentlich zur Hochzeit?«

»Da hab ich eine Idee!« Mark wirkt plötzlich sehr wach. Jetzt bin ich gespannt. »Eine Kitchen Aid mit Wurstaufsatz.«

»Eine Kitchen Aid mit was?« Ich wende kurz den Blick von der Straße und sehe echte Begeisterung im Gesicht meines Verlobten.

»Wurstaufsatz. Damit kann man selbst wursten!«

»Oje.« Woher hat der Mann nur immer diese verschrobenen Ideen?

»Du wirst es lieben! Du sagst doch immer, du traust dem Inhalt von Würsten nicht.«

»Ja, aber sie deshalb gleich selbst machen …«

Vor meinem inneren Auge ist unsere ganze Küche gleichmäßig mit Wurstbrät bedeckt, in der Mitte steht eine explodierte Küchenmaschine. Aber Mark bekommt bereits eine steile Falte auf der Stirn.

»Du musst das ja nicht machen. Ich benutze sie.«

»Okay, mein Schatz. Wenn du dir das wünschst. Du benutzt sie, und ich esse dann die Wurst«, sage ich beschwichtigend und denke dabei: Kompromisse, Luisa. Ganz wichtig in einer Ehe.

Als wir am Jagdhäuschen meiner Eltern ankommen, hängt dort bereits der Haussegen schief. Offenbar waren sich die beiden nicht ganz einig, ob vierzig Zentimeter als Sicherheitsabstand auf der Autobahn ausreichend sind. Meine Mutter stellt krachend Suppenschüsseln auf den Tisch, während mein Vater missmutig auf dem dunkelgrünen Sofa Zeitung liest. Bei genauerem Hinsehen fällt mir auf, dass die Zeitung schon ein halbes Jahr alt ist. Stammt wohl aus dem Papierstapel für den Kamin. Ich setze mich dazu und beobachte Mark beim Falten von Servietten, die ihm meine Mutter in die Hand gedrückt hat.

»Papa. Was ist los?«

»Deine Mutter!«, sagt er mit aufgerissenen Augen und schneidet hinter seiner Zeitung eine Grimasse.

»Papa, es gibt in Deutschland und auch in Österreich ganz klare Verkehrsregeln, die unter anderem besagen, dass ein Sicherheitsabstand im zweistelligen Zentimeterbereich unter allen Umständen zu wenig ist.«

»Der hätte sowieso gleich die Spur gewechselt.«

»Hätte er das auch getan, wenn du ihm nicht auf die Pelle gerückt wärst?«

»Er ist nur 140 gefahren. Damit kann der doch nicht im Ernst auf der linken Spur bleiben wollen. Nicht mal in Österreich.« Aufgebracht wedelt er mit der Zeitung vor meinem Gesicht.

Ich seufze tief. »Es wäre mir lieb, wenn ihr bei unserer Hochzeit noch leben würdet. Also fahr bitte anständig. Und danach auch, sonst muss ich deinen Enkelkindern erzählen, dass Opa vor lauter Größenwahn und Ungeduld sein Leben im Kofferraum eines anderen ausgehaucht hat.«

»Enkelkinder. Das wäre schön. Aber mit dem da?« Mein Vater deutet durch die Zeitung diskret auf Mark, der gerade mit Dessertlöffeln aus der Küche kommt.

»Mit keinem anderen. Du kennst ihn kaum, also sei nett. Versuch lieber, ihn kennenzulernen.«

»Das mache ich doch gern, Liebes.« Das Lächeln meines Vaters hat etwas Wölfisches. »Und dabei soll er mich auch gleich kennenlernen.«

Mark

Ich bin ehrlich beeindruckt. Es ist ja die ganze Zeit von einer *Hütte* die Rede gewesen. Aber das hier ist definitiv keine Hütte. Nirgends Kuhglockenromantik mit Hinterglasmalerei und Bierkrugsammlung. Luisa und ich haben unser eigenes kleines Reich direkt unterm Dachstuhl mit Schlafzimmer, Wohnraum und einem Bad. Mit einer einzigen Fernbedienung können wir sämtliche Elektronik steuern, von der Musikanlage über den Fernseher bis zur Beleuchtung. Luisas Vater ist wirklich ein Computer-Nerd.

Luisas Mutter schwingt heute den Kochlöffel und ich, sagt sie, solle mich ausruhen, die Beine hochlegen, etwas schonen. »Du hattest sicher eine harte Woche.« Ich liebe diese Frau. Eine harte Woche – die hatte ich gewiss. Ich würde fast sagen, die härteste meines Lebens. Aber jetzt ist alles gut.

Fast alles. Denn die abschätzigen Blicke und permanenten Sticheleien von Luisas Vater sind mir keineswegs entgangen, auch wenn ich so tue, als meine er nicht mich. Mich ärgert, dass mich der Signore nicht mag. Ich habe ihm nichts getan. Im Gegenteil begegne ich ihm mit größtem Respekt. Was soll ich noch tun? Luisa aufgeben? Das werde ich sicher nicht. Wir sind doch keine fünfzehn mehr. Und ich bin auch nicht Luisas Teenagerfreund, der heute zum ersten Mal übernachtet. Ich habe Luisa weder die Unschuld geraubt noch ihr Herz gebrochen. Ich bin jetzt offiziell ihr Verlobter, und wir werden in ein paar Monaten heiraten – mit Geigen und allem, was sonst noch dazugehört. Höchste Zeit also, wie ich finde, endlich über den eigenen Schatten zu springen und mich langsam als künftigen Schwiegersohn zu akzeptieren.

»No, grazie«, raunzt mich der Signore an, als ich den Spritz, den er übrigens geordert hat, auf der Terrasse serviere. Er macht dabei eine typische Italiener-Handbewegung, so aus dem Handgelenk unterm Kinn nach vorne.

»Papa!«, schlägt Luisa ihren strafenden Ton an.

»Was ist? Ich mag das Zeugs nicht.«

»Entschuldige bitte, aber du bist aperolsüchtig.«

»Jetzt nicht mehr.«

»Du nimmst also keinen Aperitif?«

»Doch. Selbstverständlich.«

»Und was?«

»Einen Hugo natürlich.«

»Haben wir Holunder?«

»Sicher. Frag deine Mutter.«

»Bring ihn bitte nicht um, Papa«, bittet Luisa ihren Vater, bevor sie mich leidenschaftlich küsst und dann Richtung Küche spurtet.

»Sie haben's gehört«, sage ich und meine es witzig. Der Signore aber versteht keinen Spaß. Ich kann den Laut, den er von sich gibt, nicht deuten. Eine Art »Äh!« Freundlich war dieses »Äh« aber bestimmt nicht gemeint.

Während wir gemeinsam schweigen, trinke ich in schnellen, kurzen Schlucken mein Glas leer. Meine Hand zittert leicht. Wo bleibt Luisa mit dem verdammten Hugo? Wenn man sich nichts zu sagen hat, werden Sekunden zu Stunden. Signor Conte nestelt mit einer Hand in der Innentasche seines Sakkos herum. Ich male mir schon das Schlimmste aus. Will er mich jetzt abknallen? Und dann den Mord jemand anderem in die Schuhe schieben? Der Mafia zum Beispiel. Ich weiß gar nicht, ob es in Südtirol eine Mafia gibt. Aber wahrscheinlich schon, Drogen, Waffen, Pasta, Pizza und Prostitution sind ein internationales Geschäft.

Endlich findet Herr Conte, was er gesucht hat. Es ist zu meinem Erstaunen und Glück keine Pistole mit aufgesetztem Schalldämpfer, sondern ein Brillenetui. Die Ray Ban steht ihm wirklich ausgezeichnet.

»Schönes Haus«, versuche ich etwas Konversation zu betreiben. Der Signore reagiert nicht. Ich bekomme meine Nervosität einfach nicht in den Griff. Mein Herz rast. Außerdem habe ich eine Heidenangst vor dem Typen. Wir schweigen einander weiter an.

Endlich kommt Luisa mit dem Getränk. »Und? Haben sich meine beiden liebsten Männer gut unterhalten?«

Ich nicke angestrengt. Ich muss mich dringend umziehen. Mein Hemd ist durchgeschwitzt.

Luisas Vater nippt an seinem Aperitif und scheint zufrieden. Dann bedeutet er seiner Tochter mit einem Fingerzeig, noch mal näherzukommen.

»Und du bist dir sicher, dass der Arzt ist?«

»Der beste«, antwortet Luisa und lächelt mich verschwörerisch an. »Zeigst du Mark deinen Weinkeller, Papi?«

Luisas Vater steht wortlos auf und verlässt den Raum. Ich beeile mich, ihm zu folgen, aber er ist wie vom Erdboden verschluckt. »Wo sind Sie?«, rufe ich.

»Hier!«, ruft Signor Conte zurück.

Ich folge der Stimme. Es geht abwärts.

Blanker Stein, schummriges Licht, düstere Stimmung. Der Keller ist noch beeindruckender als der oberirdische Teil des Hauses. Ich habe Harry Potter nie gelesen, kenne aber die Filme. Wie heißt diese Kobold-Bank? Das Verlies hat eine gewisse Ähnlichkeit. Ich schaue auf mein Handy.

Kein Empfang, sonst könnte ich schnell googeln. Ich setze vorsichtig einen Schritt nach dem anderen. Ich glaube nicht, dass es Luisas Vater wagt, mich hier unten umzubringen. Obwohl das natürlich der beste Ort für ein Verbrechen wäre. Er könnte behaupten, ich sei gestolpert, mit dem Kopf unglücklich gegen die Wand geprallt oder auf dem Boden aufgeschlagen. Bei seinen Beziehungen und der ganzen Kohle würde er vermutlich damit durchkommen. Irgendwann wäre auch Luisa über den Verlust hinweg, sie würde sich wieder verlieben und mit dem anderen Mann ein halbes Dutzend Kinder bekommen. Das könnte der Plan sein.

»Verstehen Sie was von Wein?«

Ich zucke zusammen. »Haben Sie mich erschreckt«, stottere ich und drehe mich um.

Hinter mir steht Signor Conte. »Hier entlang.« Er deutet mit dem Kopf nach links. Ich folge ihm durch einen Seitengang in eine etwa zwei Meter hohe Kammer, die bis unter die Decke, an die ich fast mit dem Kopf stoße, mit Flaschen gefüllt ist. »Mein Schatz.«

Ich trete näher ans Regal, ziehe eine mit Spinnweben und Staub bedeckte Weinflasche heraus, wische mit einem Taschentuch über das Etikett. »Petrus. 1958!«

»Nicht schlecht, was?«

»Ich würde sagen, die trinken wir.«

»Zur Feier des Tages?«

»Ja.«

»Bestimmt nicht.«

»Sie haben keinen Grund zu feiern?«

»Privat nicht.«

»Was haben Sie gegen mich?«

Signor Conte zieht eine Schnute, zuckt kurz mit der

linken Schulter, legt seinen Kopf ein wenig schief und schweigt.

»Reden wir doch Klartext«, schlage ich vor.

»Was wollen Sie?«

»Ihre Tochter heiraten.«

»Und vorher? Was macht man vor dem Heiraten?«, fragt Luisas Vater so langsam und bedächtig, als wäre ich schwachsinnig.

»Keine Ahnung. Die Hochzeit organisieren?«

»Den Vater der Braut um Erlaubnis fragen. So läuft das. Jedenfalls da, wo ich herkomme.«

Ich schüttle den Kopf. Also auf die Idee bin ich wirklich nicht gekommen. Wo leben wir denn? Wann leben wir? Luisa würde mir den Marsch blasen, wenn ich bei ihrem Vater um ihre Hand anhielte. Sie ist doch ein freier Geist, auf keine Erlaubnis von irgendwem angewiesen, und wenn es ihr Vater ist. Ich zögere.

Das braucht ja niemand zu erfahren. Es würde ja gewissermaßen unter uns bleiben. Mein Gott, mir bricht doch kein Zacken aus der Krone, wenn ich frage. Wenn dann endlich Friede oder wenigstens Waffenstillstand herrscht. Ich seufze leise.

»Was ist?«, will Signor Conte wissen. Er hält zwei Flaschen Montepulciano in der Hand. Jahrgang 2012. Super.

»Ich würde Sie gern was fragen, Signor Conte. Darf ich Ihre Tochter heiraten?«

»Nein.«

Ich lobe das Essen. Valentina hat ein absolut perfektes Dinner gezaubert. Eingelegtes Gemüse und Meeresfrüchte als Vorspeise, dann Ravioli mit einer Ricottafüllung in

Olivenöl und Salbei, gefolgt von einem Ossobuco, das auf der Zunge schmilzt. Als Nachspeise fährt sie Tiramisu auf. Ich rede während des Essens eher wenig. Für mich ist alles gesagt. Wenn ich nicht gut genug bin für seine Tochter, kann mich Signor Conte ganz einfach mal – und zwar kreuzweise. Für meine Gefühle brauche ich mich nicht zu rechtfertigen.

Valentina schlägt vor, den Digestif auf der Terrasse einzunehmen. Ich behaupte, ich wäre müde – von der Fahrt. »Ich darf mich verabschieden.«

»Wo willst du hin?« Luisa sieht mich besorgt an.

»Lass ihn fahren«, schnarrt ihr Vater.

»Ich gehe schlafen.«

»Na gut. Viel Spaß morgen!« Luisa gibt mir einen Gute-Nacht-Kuss.

In meinem Zorn und meiner Verwirrtheit vergesse ich zu fragen: Spaß? Wobei?

Ein grässliches Heulen reißt mich mitten in der Nacht aus dem Schlaf. Ich schaue auf den Wecker. Es ist vier Uhr. Luisa öffnet kurz die Augen. »Waidmanns Heil«, sagt sie und dreht sich um.

Ich schalte den Wecker aus und kuschle mich an ihren Rücken. »Mein Vater hasst Unpünktlichkeit«, murmelt sie schlaftrunken. Aha. Mir doch egal. »Aufstehen, Süßer!«

Ich setze mich auf. »Kannst du mir bitte mal erklären, was los ist?«

»Na«, meint Luisa knapp und gähnt. »Ihr seid doch verabredet.«

»Wer?«

»Du und mein Vater.«

»Ich und dein Vater?« Das wüsste ich aber.

»Papa hat gesagt, du wüsstest Bescheid. Euer Ausflug.«
»Unser Ausflug?«
»Abfahrt um halb fünf.«
»Wohin?«
»Lass dich überraschen.«

Ich liebe Überraschungen. Besonders wenn Luisas Vater eine nicht unwesentliche Rolle in ihnen spielt. Müde schleiche ich ins Bad, stelle mich fünf Minuten lang unter die heiße Dusche, drehe dann zum Schluss noch kurz das kalte Wasser auf, damit ich wenigstens ein bisschen wach werde. Dann schlüpfe ich in meine Jeans, streife ein T-Shirt über und entscheide mich für die Halbschuhe. Wenn er mich zu einem romantischen Frühstück im Morgengrauen ausführen will, bin ich vielleicht etwas underdressed.

Um Punkt halb stehe ich vorm Haus – und warte. Eine geschlagene halbe Stunde lang. Ich beschließe, dass hier ein Missverständnis vorliegt und denke mir, dass ich, wenn ich schon so früh auf bin, wenigstens noch einen Kaffee trinken und mir den Sonnenaufgang anschauen kann, bevor ich mich wieder hinlege. In der Küche treffe ich Signor Conte. Er guckt mich griesgrämig an, während er seine Tasse leert. »Auch schon auf?«, knurrt er unfreundlich.

»Mir wurde gesagt, wir wären verabredet.«

»So.«

»Wo soll's denn hingehen?«

»Nach was sieht's denn Ihrer Meinung nach aus?«

Ich nehme den Signore etwas genauer unter die Lupe. In seinem grünen Janker, der braunen Kniebundhose und den festen Stiefeln sieht er ein bisschen aus wie der Oberförster in den alten Ludwig-Thoma-Filmen. »Zum Wandern«, tippe ich.

Luisas Vater fletscht die Zähne. Er greift hinter sich und hält plötzlich ein Gewehr in der Hand, legt an und zielt auf mich.

»Nicht schießen«, schreie ich reflexartig.

»Ich werd's mir merken.«

Irgendwie habe ich aber das ungute Gefühl, dass der gute Vorsatz schon jetzt vergessen ist. Signor Conte schultert sein Gewehr und stürzt aus dem Haus. Ich schätze, ich sollte hinterher. Kaffee? Keine Zeit. Ich höre, wie der Motor anspringt. Das sollte bestimmt keine Einladung sein, eher eine Aufforderung.

»Wo bleiben Sie denn?«, giftet er mich an, als ich auf den Beifahrersitz seines Protz-Rovers klettere. Wenigstens muss ich nicht in den Kindersitz oder Kofferraum. Signor Conte stellt die Automatik auf *D*, und wir gleiten sanft vorwärts.

Sollte ich je schlecht über Südtirol geredet haben, möchte ich an dieser Stelle widerrufen. Weil landschaftlich ist es hier 1A. Tipptopp. Ein bisschen wie am Tegernsee, nur mehr Italien, obwohl sie das in Südtirol vermutlich nicht so gern hören. Es geht ins Tal, durch die Stadt und auf der anderen Seite wieder hoch. Wir fahren ungefähr eine halbe Stunde lang, bis wir auf einem Waldparkplatz halten.

»Und jetzt?«

»Schießen wir unser Abendessen.«

Tatsächlich pirschen wir erst mal eine ganze Weile durch den Wald. Ich bin froh, dass ich mich bei der Kleiderwahl nicht für den Anzug entschieden habe. Ein wenig friere ich in dem T-Shirt. Ich hätte besser eine Jacke eingesteckt. Meine Schuhe vertragen das Unterholz auch nicht so gut. Aber wer hatte auch ahnen können, dass ich mich vor sechs Uhr morgens schon im Wald rumtreibe? Wäre da nicht Luisas Vater, der jeden Gesprächsversuch abblockt, ich könnte sogar etwas Spaß haben. So schlecht ist das nicht. Frische Luft, die aufgehende Sonne über den Baumkronen, Stille, nur die Geräusche des Waldes, unter den Sohlen weicher Boden. Außer uns ist kein Mensch weit und breit.

»Wo geht's hin?«, flüstere ich.

Der Signore zeigt in eine Richtung. Fünf Minuten später haben wir einen Hochsitz erreicht. Wir klettern hoch. Stufe für Stufe. Oben ist gerade so Platz genug für zwei. Wir berühren uns bei jeder Bewegung. Die Oberschenkel liegen dicht an dicht. Ich spüre die innere Hitze des Signore. Es wäre sehr freundlich, wenn ich auch mal durch seinen Feldstecher linsen dürfte. Aber Luisas Vater gibt ihn nicht aus der Hand. »Swarovski-Optik«, sagt er bloß. Als ob ich damit etwas anfangen könnte. Wahrscheinlich teuer, denke ich, hüte mich aber zu fragen. Bloß nicht auffallen. Vielleicht ist das ja doch der Beginn einer wunderbaren Freundschaft. Immerhin sind wir bald eine Familie. Ich könnte »Papa« zu ihm sagen oder »Schwiegerpapa« oder wenigstens »Carlo«. Aber vermutlich werde ich ihn ewig siezen müssen.

Er holt seine Brotzeit aus dem Rucksack und packt sie langsam vor meinen Augen aus. Ich habe auch Hunger. Genussvoll beißt Luisas Vater erst in einen würzigen Landjäger, dann in ein Stück Brot. Aus der Thermoskanne duftet es nach Kaffee. Ich will mich aber nicht selbst bedienen und warte höflich, bis mir Herr Conte etwas anbietet. »Haben Sie sich nichts mitgebracht?«, fragt er bloß.

Ich schüttle den Kopf.

»Ihr Pech.«

Einen Moment spiele ich mit dem Gedanken, ihm mal ordentlich die Meinung zu geigen, aber das würde Luisa nicht gutheißen. »Stronzo«, murmle ich leise vor mich hin.

»Che?«

»Stronzo stronzissimo«, sage ich jetzt deutlich hörbar.

Signor Conte wischt mir mit der flachen Hand über den Kopf.

»Che cazzo«, schreie ich und remple zurück.

Wenn uns andere Jäger beobachten, würden sie vermutlich zwei tapsige Bären sehen, die sich um ein Glas Honig balgen. Der Hochsitz wackelt bedenklich, der Kaffee schwappt aus der Thermoskanne.

»Bravo, bravissimo«, meint der Signore wütend.

»Du mich auch«, gehe ich zum spontanen Du über.

»Vaffanculo.«

»Che culo«, improvisiere ich und imitiere dabei seine typische Handbewegung aus dem Handgelenk unterm Kinn nach vorne. Keine Ahnung, was ich jetzt genau gesagt habe, aber es zeigt Wirkung.

»Hau bloß ab, du …«, brüllt der Signore.

»Con piacere.« Damit hat sich mein Italienisch erschöpft.

Ich lege meine ganze Kraft in den Abstieg, in der Hoffnung, dass der Hochsitz zusammenbricht. Leider steht er aber noch, als ich wieder Waldboden unter meinen Füßen habe. Ich werfe einen letzten Blick zum Signore. Der schaut auf mich herunter und zieht mit dem rechten Zeigefinger das rechte Augenlid herunter. Ich imitiere ihn mit großer Geste.

Eigentlich sollte unser kleiner Streit damit beendet sein.

Doch der Signore schmeißt ohne Vorwarnung seinen Rucksack auf mich, dann seine Jacke, dann klettert er wutschnaubend herab und wirft sich auf mich wie ein Wrestler. Wenig später rollen wir uns auf der Erde.

Keine Ahnung, wie lange das so geht und was genau Ziel und Zweck dieser Übung sein sollen. Wir dreschen ja nicht wirklich aufeinander ein. Keiner will den anderen töten oder auch nur verletzten. Es ist mehr so ein, tja, wie soll man sagen? Revierkampf? Genau, ein Revierkampf. Zwei Eber, die testen, wer der Stärkere ist. Obwohl die Luft noch kühl ist, schwitze ich. Mir ist heiß. Der Klügere gibt nach. Ich habe keine Lust mehr, will nach Hause, frühstücken, Luisa küssen.

»Aufhören«, brülle ich.

Der Signore nimmt bereitwillig seine Hand von meinem Hals.

»Entweder du drückst richtig zu oder wir lassen es.«

»Lassen wir es.«

Keuchend stehen wir auf und klopfen uns Erde, Blätter, Käfer und anderes Getier von der Kleidung und aus den Haaren. Bald wird uns die Absurdität des Augenblicks bewusst, und wir brechen erst in kurze Lacher, dann in schallendes Gelächter aus. »Du hast da noch was«, sage ich und schnippe Carlo eine Schnecke von der Schulter. Sein Hemd ist über der Brust gerissen. Es hängt nur noch wie ein Lappen an ihm. »Dein Hemd ist im Eimer.«

»Mist. Jetzt muss ich das meiner Frau erklären.« Carlo entledigt sich des Fetzens ganz.

Er hat eine gute Figur für einen Mann jenseits der fünfzig. Kein Gramm Fett. Definierte Muskelpartie. Das bekommt man mit einer OP nicht so gut hin. Beim zweiten

Blick fällt mir aber eine Hautveränderung auf. »Darf ich mir das mal genauer ansehen?«

Ich deute auf eine Stelle etwas oberhalb des Herzens.

»Nur ein Muttermal«, brummelt Carlo und winkt ab.

Tatsächlich ist es ein großer dunkelroter Fleck und daneben ein etwas kleinerer schwarzer. »Das solltest du mal untersuchen lassen«, rate ich ernst.

»Warum?«

»Weil das aussieht wie ein malignes Melanom.«

»Melanom?« Carlo sieht mich ungläubig an.

»Hautkrebs«, übersetze ich.

»Du spinnst ja!«

Luisa

Angespannt sitze ich mit meiner Mutter beim Frühstück auf der Terrasse. Wir sind uns einig: Sobald unsere Männer zurückkommen, ist eine Entscheidung gefallen. Entweder sie sind dicke Freunde oder Todfeinde. Natürlich gehe ich von Ersterem aus. Aber sollten sie verfeindet heimkommen, haben wir wenigstens alles versucht – und schlimmer als vorher kann es gar nicht werden.

»Du bist sicher, dass das eine gute Idee war?«, fragt meine Mutter zögernd.

»Mama, wir waren uns doch einig. Ich sage Mark, dass Papa mit ihm jagen gehen will, und du erzählst Papa, dass Mark mit ihm jagen gehen will. Extremerfahrungen schweißen zusammen.«

»Jedes Zusammentreffen der beiden ist eine extreme Erfahrung.«

Da muss ich ihr leider recht geben.

»Ich hoffe, du weißt, dass dein Vater nicht Mark persönlich hasst.«

»Das ist mir neu. Sondern?«

»Er hasst die Idee, dass jemand anderer die Nummer eins für sein kleines Mädchen sein könnte.«

»Und deshalb soll ich mein Leben alleine verbringen? Das wäre ja wohl die logische Konsequenz.«

»Ich glaube, so weit denkt er nicht.« Mit resoluten Bewegungen schneidet meine Mutter ein Brötchen auf. »Aber es hätte jeder ankommen können – er würde nur einen Mann akzeptieren, den er selbst ausgesucht hat. Wie zum Beispiel deinen eigenartigen Cousin.«

»Seine Vorschläge waren nicht gerade ansprechend.«

»Ich weiß«, seufzt meine Mutter und streicht Honig auf ihre Brötchenhälfte. Die andere hat sie kommentarlos auf meinen Teller gelegt, wo sie willkommen ist. Wir sind ziemlich gut eingespielt in gemeinsamer Nahrungsaufnahme.

»Ich glaube, ich höre sie. Sie kommen zurück.«

Mit quietschenden Reifen bringt mein Vater das Auto vor der Hütte zum Stehen. Aus der Beifahrertür springt Mark, als würde er befürchten, dass der Wagen gleich in Flammen aufgeht. Auch sein Gesichtsausdruck wirkt, als sei er soeben nur knapp dem Tod entronnen. Seine Kleider und die meines Vaters sind zerrissen.

»Um Himmels willen! Wie seht ihr denn aus?«, ruft meine Mutter entsetzt. »Was ist passiert?« Doch niemand beachtet sie.

»Du fährst wie ein Irrer!«, blafft Mark meinen Vater an, der gerade seine Autotür zuknallt.

»Oh, ihr duzt euch jetzt?« Ich werfe meiner Mutter verschwörerische Blicke zu.

»Dein Dingsda behauptet, ich hätte Krebs«, wirft mein Vater mir hin.

Dingsda. Das klingt nicht so gut. Krebs allerdings auch nicht. Verwirrt schaue ich Mark an.

»Dein Vater hat ein Melanom«, sagt er grimmig.

»Habe ich nicht!«

»Zeig mal.« Ich mache ein paar Schritte auf meinen Vater zu. Der steht da und schnaubt wie ein wütender Bulle, als er merkt, dass auch noch meine Mutter von der Seite auf ihn zustürmt. Hinter ihm steht das Auto, auf der anderen Seite Mark. Der Fluchtweg ist abgeschnitten.

»An der Brust, links«, assistiert Mark.

Mama hebt das zerrissene Hemd an und betrachtet das Muttermal. »Es hat sich verändert. Seit wann sieht das denn so komisch aus?«

»Schon immer!«, raunzt mein Vater. »Dieser Quacksalber da hat doch keine Ahnung.«

»Vielleicht ist es dir ja nur nicht aufgefallen«, versuche ich ihn zu beschwichtigen. »Da sind ja auch Haare, du achtest sicher nicht besonders auf das Muttermal …«

»Ich weiß genau, wie das Muttermal aussieht!« Mein Vater reißt sich los, stürzt auf Mark zu und schüttelt ihn. »Wenn ich sterbe, dann nicht wegen Krebs, sondern weil du es mir eingeredet hast!«

»Carlo!« Meine Mutter wirft sich entsetzt zwischen die beiden. Mark weicht zurück und schaut mich hilfesuchend an.

»Ich glaube, wir fahren jetzt besser«, sage ich lahm.

Eine Viertelstunde später sitzen wir im Auto und lassen Bozen hinter uns. Meine Mutter wirkte ziemlich verstört, als wir die Taschen gepackt haben. Aber solange mein Verlobter dabei ist, lässt Papa nicht mit sich reden. Mark umklammert das Lenkrad und stiert auf die Straße. »Dein Vater muss zum Arzt.«

»Ich weiß.«

»Deine Mutter muss ihn dazu zwingen.«

»Ich weiß.«

»Ich bin kein Quacksalber.«

»Ich weiß!« Nervös knete ich meine Unterlippe. »Aber es hat keinen Sinn, wenn wir ihn zu dritt belabern. Meine Mutter hat ihn am besten im Griff, die bekommt das schon hin. Hoffentlich.«

Ein paar Minuten lang schweigen wir. Ich male mir die schlimmsten Krankheitsszenarien aus: mein Vater, bleich und dünn, in einem weißen Krankenhausbett, daneben weinend meine Mutter und ein Arzt, der auf ein Klemmbrett mit Blutwerten schaut und langsam den Kopf schüttelt. Mein Vater kann manchmal die Pest sein, aber ich hänge an ihm – weil ich weiß, dass er für mich immer nur das Beste will. Nur was das genau ist, da sind wir uns oft nicht so ganz einig. Mir kommen die Tränen bei der Vorstellung, er könnte bald sterben. Erst als Mark das Autoradio lauter stellt, wache ich aus meinen Horrorvorstellungen auf. Mit *Don't look back in anger* liefern Oasis den passenden Soundtrack.

Mark beäugt mich vorsichtig von der Seite. »Was machen wir jetzt mit dem angefangenen Wochenende?«, will er wissen.

»Ich glaube, ich möchte nur noch nach Hause und aufs Sofa.«

»Meinst du nicht, dir würde ein bisschen Ablenkung guttun?«

»Woran hast du denn gedacht?« Wenn er jetzt Sex oder einen Stadionbesuch vorschlägt, flippe ich aus.

»Wir könnten meinen Vater besuchen«, sagt Mark zögernd. »Das Wochenende ist doch eh schon versaut, dann haben wir unseren Verlobungsantrittsbesuch wenigstens hinter uns.«

»Wieso? So schlimm ist Richard doch gar nicht.« Ich habe Marks Vater bislang immer nur abends zum Essen in einem Restaurant getroffen. Das war immer ganz nett. In seinem Haus war ich noch nie.

»Er nicht, das stimmt. Aber du kennst meine Stiefmutter noch nicht.«

»Weißt du was? Ich finde es tatsächlich tröstlich, dass deine Familie noch bescheuerter ist als meine.«

»Vielen Dank. So was hört man doch gern.«

Bei der nächsten Raststätte halten wir an und kaufen Mark ein labbriges Sandwich als Frühstücksersatz. Danach wählt er die Nummer seines Vaters am Starnberger See und kündigt unseren Besuch an. Ich sitze daneben und höre die Begeisterung förmlich durch den Telefonhörer hüpfen. Es ist allerdings seine Halbschwester Judith dran und nicht die ominöse Stiefmutter. So unangenehm kann die Frau gar nicht sein, bei den Töchtern. Die Zwillinge sind entzückend. »Wir sind in drei Stunden da«, sagt Mark. »Sollen wir was mitbringen?«

»Blumen!«, höre ich Judith rufen.

Mit drei Blumensträußen stehen wir gegen elf Uhr vor der Tür. Ich komme mir ein bisschen vor wie eine Assistentin bei *Wetten, dass..?*, aber das vergeht, als Judith und

Rebekka aus der Tür kommen, uns umarmen und sich von Mark die Blumen überreichen lassen.

»Sind die etwa für uns?«, fragt Judith kokett, als hätte sie sie nicht selbst eingefordert.

»Die sind für die schönsten Frauen Starnbergs. Ach, das seid ja ihr!«

»Du darfst nicht mit uns flirten, wir sind verwandt.«

»Ich darf jetzt nur noch mit Frauen flirten, mit denen ich verwandt bin.« Mark legt den Arm um mich. »Luisa und ich heiraten nämlich.«

»Was, echt? Herzlichen Glückwunsch!«

»Danke.« Ich werfe Mark einen indignierten Blick zu. »Du hast es deiner Familie noch nicht erzählt?«

»Äh, nein. Ich dachte, es wäre viel netter, wenn wir das persönlich machen«, erklärt Mark schnell.

»Das ist wirklich netter!«, ruft Rebekka. »Und jetzt kommt endlich rein.«

Das Haus von Marks Vater ist hell und modern. Ein paar andere Häuser versperren den Blick auf den See, aber trotzdem ist es nah am Ufer. Kein Wunder, dass es ihn nach der krawalligen Ehe mit Marks Mutter an ein stehendes Gewässer gezogen hat. Die Frau ist alleine schon anstrengend, aber die beiden zusammen, meinte Mark mal, wären eine explosive Mischung. Deshalb bin ich umso gespannter auf Richards zweite Frau. Und dann steht sie plötzlich vor mir und reicht mir eine weiche Hand.

»Hallo. Ich bin Priska.«

Priska. Ein Name wie ein Niesen. Marks Stiefmutter trägt ungebleichtes Leinen und eine weite fliederfarbene Hose. Alles an ihr ist glatt: ihre langen dunkelblonden Haare, ihre Haut und ihre Stimme. Ihre blauen Augen hat sie nur zu zwei Dritteln geöffnet. Wahrscheinlich schaut sie mit dem letzten Drittel ihrer Aufmerksamkeit permanent in sich hinein. Ich wundere mich. Marks Vater ist lebhaft und absolut bodenständig, genau wie die Töchter. Priska dagegen wirkt, als wolle sie ihr Leben am liebsten auf einer Yogamatte zubringen und dabei auf keinen Fall von Menschen gestört werden. Huldvoll nimmt sie die Blumen von Mark entgegen. Dann schwebt sie vor uns her auf dem Weg in den Wintergarten, während die Mädchen Richtung Kaffeemaschine in die Küche verschwinden. Wir lassen uns auf hübschen, aber schmerzhaft unbequemen verschnörkelten weißen Metallstühlen nieder.

»Lange nicht gesehen, Priska«, sagt Mark betont locker. »Wie geht es dir?«

»Es geht mir gut«, antwortet Priska mit einem madonnenhaften Lächeln und nickt ihm gnädig zu.

»Was machst du eigentlich so den ganzen Tag, jetzt, wo die Mädchen sich selbst ihr Essen kochen können?«

O Gott! Ich heirate einen unhöflichen Trampel.

»Lieber Mark, ich bilde mein Inneres weiter«, antwortet Priska mit unverändertem Lächeln. »Obwohl Richard darauf besteht, ständig raffinierten Zucker und gesättigte Fettsäuren ins Haus zu bringen, schaffe ich es, mein Bewusstsein zu erweitern. Das ist keine Kleinigkeit.«

»Wieso stört dich der Zucker dabei?«, frage ich vorsichtig.

»Diese Nahrungsmittel schwingen negativ«, erklärt Priska, als sei das völlig banal und allseits bekannt.

Zum Glück nähern sich Schritte dem Wintergarten. Marks Vater kommt durch die Tür, begrüßt uns herzlich und küsst seine Frau auf die Wange. Seine dunklen Haare werden an den Schläfen grau, was ihm sehr gut steht. Er trägt Jeans und ein hellblaues Hemd. Die beiden nebeneinander zu sehen, ist eigenartig. Sie sind tatsächlich sehr verschieden. »Was für eine schöne Überraschung! Wie kommt es, dass ihr so spontan hier aufkreuzt?«

»Wir waren in Bozen und sind, ähm … früher zurückgekommen.«

Zum Glück retten uns Judith und Rebekka, die mit zwei Tabletts hereinmarschieren, vor weiteren Erklärungen. Und auch die Bekanntmachung nimmt uns Rebekka gleich ab: »Die beiden heiraten.«

»Oh, herzlichen Glückwunsch. Das wurde ja auch mal Zeit!«

»Einen solchen Schritt sollte man sich gut überlegen«, sagt Mark betont hochnäsig. »Hast du mir das nicht immer gesagt, Papa?«

»Doch. Aber sonst hörst du doch auch nicht auf mich.« Richard zwinkert mir zu.

»Wieso, immerhin hat er Medizin studiert«, werfe ich ein.

»Ja, das hat er«, bestätigt Richard und lächelt. »Und zwar, weil ich ihm zu BWL geraten hatte.«

»Ich habe mich jetzt dazu entschieden, doch nicht Design zu studieren«, erzählt Rebekka grinsend. »Dauert mir zu lange. Vielleicht werde ich stattdessen Kindergärtnerin.«

»Eine tolle Idee, Schwesterherz. Erinnerst du dich noch an damals, als dein Babysitterkind zwei Stunden am Stück geschrien hat?«

»Aber das lag nicht an mir!«

»Erstens bin ich mir da nicht sicher, und zweitens hast du dir danach geschworen, nie wieder auf die Kinder anderer Leute aufzupassen.«

»Stimmt. Das war der Horror. Dann vielleicht lieber Raumfahrttechnik.«

Priska betrachtet ihre Töchter milde und schenkt uns Kaffee ein. Danach erhebt sie sich, legt ihre Handflächen vor der Brust aneinander und neigt den Kopf. »Ich muss jetzt gehen. Es war schön, euch zu sehen.« Dann schwebt sie wieder davon.

»Wohin geht sie denn?«

»Im Nachbarort trifft sie sich samstags mit einer Gruppe zum Bachblütentanz«, sagt Judith unbewegt.

»Bachblütentanz?«

»Sie sagt, es heilt sie. Wir anderen sind ja mehr so auf der Ibuprofen-Seite«, erklärt sie. »Aber wenn es Mama hilft …«

»Ehrlich gesagt, es ist ganz gut, dass sie weg ist.« Mark tut sich heute wirklich durch enorme Höflichkeit hervor.

Auch sein Vater wirkt ein wenig erschrocken. »Wieso denn das?«

»Weil wir über die Hochzeit reden müssen. Besonders über dieses spezielle Problem, das du mal geheiratet hast.«

Mark zieht eine Augenbraue hoch, als sein Vater in Gelächter ausbricht.

»Aber Mark, deine Mutter und ich verstehen uns doch gut«, sagt er, als er sich beruhigt hat, und kichert sofort wieder los. Daher nehme ich an, er meint das ironisch.

»Klar, ihr versteht euch super. Solange ihr mindestens zwei fest verschlossene Türen zwischen euch habt.«

»Na gut, wir streiten immer. Aber doch nicht auf eurer Hochzeit. Das würden wir niemals tun. Wir reißen uns schon zusammen, keine Angst.«

»Dass du dich zusammenreißt, da mache ich mir keine Sorgen.«

»Deine Mutter wird sich hervorragend benehmen. Gib ihr einfach viel zu essen und wenig zu trinken, dann geht das schon. Und mir am besten umgekehrt.«

»Hast du ihr überhaupt schon erzählt, dass ihr heiratet?«, will Judith wissen.

»Nein«, sagt Mark und wirft mir einen schuldbewussten Blick zu. »Ich wollte sichergehen, dass ich sie nüchtern erwische, und das kann ich am Telefon nie wissen.«

»Ist es momentan wieder so schlimm?« Richard ist plötzlich ernst geworden.

»Es ist zumindest nicht besser geworden.«

»Also, mein Sohn, jetzt mal im Ernst: Setz uns einfach weit auseinander. Wahrscheinlich wird sie durchdrehen, wenn sie Priska trifft, aber an der prallt so etwas zum Glück ab.«

»Wir sollten einen attraktiven Mann neben sie setzen, zur Ablenkung«, schlage ich vor.

»Ja, gute Idee. Kennen wir einen attraktiven Mann um die sechzig, an dem wir uns dringend für irgendetwas rächen wollen?«

»Deine Mutter kann doch sehr charmant sein. Das ist keine Rache.«

»Stimmt.« Mark reibt sich die Augen, das Thema scheint ihn anzustrengen. »Dann gehen wir doch mal deine Verwandtschaft durch und suchen ihr einen sexy Neapolitaner aus.«

»Wieso sollte der um die sechzig sein? Ein jüngerer Mann lenkt sie sicher noch besser ab.« Rebekka wirft ihrem Vater einen entschuldigenden Blick zu. »Obwohl Männer um die sechzig natürlich auch sehr attraktiv sein können!«

»Zu spät, Rebekka. Jetzt ist Judith meine Lieblingstochter. Für mindestens einen Tag.«

»Na gut.« Entspannt lehnt Rebekka sich zurück und schaut Judith an. »Dann könnte deine Lieblingstochter jetzt doch mal Kuchen kaufen gehen für ihren Vater und seine Gäste.«

»Einmal Sachertorte«, gibt Mark sofort die Bestellung auf. Seine Befürchtungen bezüglich seiner Mutter scheinen sich für den Moment jedenfalls erledigt zu haben. Jetzt, da ich seine Stiefmutter kenne, bin ich eher besorgt, dass sie die Hochzeitsgesellschaft erst mal zum gemeinsamen Mantra-Singen animiert.

Mark

Im Gegensatz zu Luisas verbissenem Vater ist mein alter Herr ein echt guter Typ. Er wirkt cool und zufrieden und strahlt dabei eine große innere Ruhe aus. Die 501er sitzt locker um die Oberschenkel, der Bauch spannt kein bisschen unter dem Leinenhemd, auch die Haare trägt Richard wieder länger, ein bisschen so wie Richard David Precht. Vor allem aber hat er abgenommen. »Zehn Kilo in zehn Monaten«, sagt er stolz, als ich ihn darauf anspreche, und verkündet gleich sein Geheimrezept: »Weniger Wein, mehr Sport.«

»Sport?«

Ich hätte nicht fragen sollen.

»Power Plate!«, präzisiert Richard. »Ist im Prinzip ganz einfach. Du stellst dich zweimal pro Woche zwanzig Minuten auf eine vibrierende Platte und machst darauf deine Übungen.«

»Welche Übungen?«

»Katzenbuckel, Flieger, Sit-ups. Alles Mögliche halt.«

»Auch Liegestütze?«

»Vor allem Liegestütze.«

Ich hasse Liegestütze. Aber vierzig Minuten Sport in der Woche klingt überschaubar. Als ich noch das Für und Wider abwäge, sehe ich, wie sich mein Vater einen Joint dreht.

»Du rauchst«, stellt Luisa fest.

»Aber nur Gras«, entgegnet mein Vater.

»Na dann«, sage ich. Ich müsste wirklich öfters hier vorbeischauen. Ist ja wirklich eine Welt für sich. Nur der Kuchen schmeckt nicht. Ist so ein Sacher-Derivat. Hirse, Kleie, Dinkel, was weiß ich. Ich kapituliere nach dem zweiten Bissen.

Mein Vater nimmt einen tiefen Zug von seinem Joint, lehnt sich zurück und schließt die Augen.

»Macht er das öfter?«, frage ich meine Schwestern.

»Schon«, gibt Rebekka zu.

»Wegen der Rückenschmerzen«, fügt Judith an. »Vom vielen Training.«

»Du kiffst aus therapeutischen Gründen?«

»Mehr oder weniger. Priska kennt da jemanden, der das Zeug im Garten anbaut.«

»Im Garten?«

»In so einem kleinen Gewächshaus hier in der Nachbarschaft.«

»Ich hörte meinen Namen.« Plötzlich taucht Priska wie eine Erscheinung auf der Terrasse auf.

»Was bist du? Ein Geist?«, frage ich.

»Ein Engel vielleicht.«

Priska hat sich irgendwas um die Schultern geworfen, das nach Schaf aussieht.

Richard schaut auf seine Uhr. »Schon ausgetanzt?«

»Habe mich in der Woche geirrt. Tanzen ist erst nächsten Samstag wieder. Heute ist Buchclub. Ich habe aber das Buch vergessen.«

»Buchclub?«, klinkt sich Luisa interessiert ein.

»Mehr so ein esoterischer Zirkel«, flüstert Judith ihr zu.

»Was lest ihr gerade?«, will Luisa wissen, während ich Vaters Joint probiere und gleich furchtbar husten muss.

»*Die kastrierende Köchin* von Eleonore von Pückler-Schmand.«

»Noch nie gehört.«

»Ihre Sprache ist so karg und dürr wie die Wüste Gobi im Sommer und so hölzern wie Reisig zum Anheizen des Kachelofens«, erklärt Priska. »Viel sagt sie nicht. Aber das Wenige ist klar und deutlich.«

»Und worum geht's genau?«

»Ums Wiederkommen. Das ist eines ihrer Schlüsselwörter. Es beinhaltet Vergangenheit, Gegenwart und Zukunft. Obwohl vielschichtig, lässt dieses Wort nichts an Klarheit zu wünschen übrig. Die Autorin zitiert außerdem häufig aus dem Fahrplan der Bahn, ihre Heldin fährt grundsätzlich mit öffentlichen Verkehrsmitteln. Besonders verabscheuungswürdig finden beide, Autorin und Kommissarin, im Übrigen aufgemotzte Autos.«

»Ah, Kommissarin, ein Krimi also. Ich lese auch Krimis«, verkünde ich stolz.

»Kein Krimi! Die Hauptfigur ist zwar Kommissarin. Es geht aber nicht um Mord und Totschlag.«

»Komischer Krimi.«

»Muss sich denn immer alles um Gewalt drehen?« Missbilligend sieht mich Priska an. »Gibt es angesichts des Elends in der Welt nicht erfreulichere Themen? Ist es so schwer, Glück, Harmonie oder Schönheit darzustellen? Von Pückler-Schmand beschreibt beispielsweise, wie die Kommissarin nach einem langen Tag im Büro mit ihren Freunden aus der spirituellen Gruppe Traumfänger bastelt und dabei eine Tasse frisch aufgebrühten Kaipha-Tee trinkt.«

»Und das zwanzig Seiten lang.« Judith rollt die Augen.

Priska aber hat ihr Lieblingsthema gefunden und lässt sich durch nichts und niemanden mehr in ihren Ausführungen stoppen. »Eleonore von Pückler-Schmand beweist immer wieder Authentizität. Ihre Figuren sind Abbilder des täglichen Lebens. Liebevoll rückt sie scheinbar unbedeutende Figuren ins Blickfeld des Lesers. Wie etwa die blinde Melkerin, die in einer Esoterik-Buchhandlung in Bottrop arbeitet und über die frühkapitalistische Hirtengesellschaft in Balderschwang monologisiert.« Endlich schnauft Priska durch. Dann wirft sie einen eiligen Blick auf Richards Uhr. »Jetzt habe ich mich mal wieder verplappert.« Sie zuckt kurz mit den Schultern, lächelt, nimmt ebenfalls einen tiefen Zug und winkt zum Abschied. »Tschüssi!«

»Ja, tschüssi«, sage ich matt.

Jede Familie hat so ihre Eigenheiten, aber meine ist wirklich die seltsamste von allen. Ich hoffe, Luisa weiß, worauf sie sich da einlässt. Immerhin heiraten ja nicht nur wir, sondern auch irgendwie unsere Familien. Ich bekomme große Angst, wenn ich mir vorstelle, dass Priska auf meine Mutter trifft, Carlo auf meinen Vater, Luisas Mutter auf Barnie und alle irgendwie aufeinander. Da prallen Welten zusammen, höchst unterschiedliche Welten. Wer weiß, wen meine Mutter anschleppt. Als wir das letzte Mal kurz telefoniert haben, war sie wohl gerade mit einem wahnsinnig talentierten, wahnsinnig jungen Regisseur zusammen, den sie quasi nebenbei ein bisschen protegierte. Noch weiß Anette nichts von unserer Hochzeit. Vielleicht sollten wir es dabei belassen. Um des lieben Friedens auf Erden willen. Nicht, dass es irgendwann in den Geschichtsbüchern heißt, der Dritte Weltkrieg sei auf meiner Hochzeit ausgebrochen, sprich: Kettenreaktion.

Luisa und ich beschließen noch ein bisschen zu bleiben. Im Gegensatz zu Südtirol fühle ich mich am Starnberger See willkommen. Richard macht sogar eine kleine Führung durch die Nachbarschaft. »Ritschi! Wie schön!«, begrüßt ihn eine Oma herzlich mit zwei Bussis auf die Wangen. Sie trägt eine geblümte Schürze über dem Kleid.

»Ich bin der Mark«, stelle ich mich vor.

»Ich die Irmi.« Irmi ist begeisterte Pensionistin. Bis vor ein paar Jahren war sie Richterin am Familiengericht. Schon immer hatte sie einen grünen Daumen, sagt sie. Was läge da näher, als ein bisschen für den Eigenbedarf anzubauen? »Ich deale ja nicht.«

»Und was ist das?«, will ich wissen, als sie meinem Vater eine gut gefüllte Plastiktüte in die Hand drückt, nachdem er einen Hunderter auf den Tisch gelegt hat. Ich spiele gerne mal den Spießer.

»Nur für Familie und Freunde«, erklärt Irmi.

Sie führt uns durch ihr kleines Kifferparadies hinterm Haus. »Die Pflanzen brauchen sehr viel Licht. Meine Stromrechnung möchtet ihr nicht sehen. Ich habe sogar schon Angebote aus Holland, um groß ins Geschäft einzusteigen.«

»Aber?«

»Ich habe genug Geld. Mein Mann war Unternehmer.«

»Was ist eigentlich aus deiner Firma geworden?«, frage ich Richard. Ich kenne meinen Vater eigentlich nur streitend (mit meiner Mutter) oder arbeitend (in der Firma).

»Habe ich vor vier Wochen verkauft.«

»Einfach so?« Ich bin sprachlos.

»Von heute auf morgen! War ganz einfach.«

Am Abend machen wir es uns auf der Terrasse so gemütlich, wie es die ungemütlichen Stühle erlauben. Vater grillt Tofuwürstchen, die Zwillinge servieren Getränke. »Man trinkt jetzt Hugo«, erklärt Rebekka.

Ich muss kurz an Carlo denken. »Was ist da eigentlich genau drin?«

»Prosecco, eine halbe Limette, frische Minze, Holunderblütensirup, Eis.«

Ich nippe. »Nicht übel«, lobe ich meine Schwester. Dann bitte ich Luisa, mir kurz ihr Handy zu geben.

»Was hast du vor?«

»Ich ruf nur schnell deine Mutter an. Wegen Carlo. Mir ist gerade noch was eingefallen.«

Luisa kräuselt ihre Stirn, sagt aber nichts. Sie gibt mir das Handy.

Ich gehe damit ein paar Schritte in den Garten und wähle Valentinas Nummer. Nur die Mailbox. Ich sage, wie wichtig es ist, dass Carlo wirklich sofort zum Arzt geht, und nenne ihr den Namen eines sehr guten Dermatologen. Sie sollen Grüße von mir ausrichten, dann bekommen sie schneller einen Termin. Falls das nicht funktioniere, solle sie unbedingt bei mir anrufen. »Es geht um Leben und Tod«, beende ich die Ansage ein wenig melodramatisch.

»Und?« Luisa sieht mich aus großen Augen an, als ich zurück an die Tafel komme.

»Nur die Mailbox.«

»Was machst du eigentlich beruflich, Luisa?«, erstickt Priska jede weitere Nachfrage im Keim.

»Ach, ich arbeite bei einer Kosmetikfirma.«

»Und wie laufen die Geschäfte so?«, fragt Richard, ganz Geschäftsmann.

»Gut«, meint Luisa. »Vielleicht werde ich demnächst befördert.«

»Befördert?« Was habe ich verpasst? »Schön, dass ich das auch mal erfahre.«

»Das ist ja auch alles noch gar nicht spruchreif, Mark.«

Luisa

Was ich Mark vorerst verschweige, ist ein winziges Detail der Beförderung: Wenn ich die Stelle tatsächlich bekomme, ist sie nicht in München. Sondern in Paris. Aber ich kann mir nicht vorstellen, dass Mark im Ausland arbeiten will. Dieser ganze medizinische Fachjargon ist doch recht kompliziert, und er spricht nicht besonders gut Französisch. Welcher Patient geht schon zu einem Arzt, den er nicht versteht?

Ich versuche gerade, die Sorge wegzuschieben, als Marks Handy klingelt. Barnies Gesicht erscheint auf dem Display.

»Hallo, Barnie!«

Obwohl ich ein Stück von Mark entfernt sitze, höre ich, wie laut und aufgeregt Barnie in den Hörer schreit. Ich verstehe die Worte »Krankenhaus« und »Baby«. Mark schaut sorgenvoll und hat schon den Autoschlüssel in der Hand. »Bleib, wo du bist. Wir fahren sofort los.«

Als wir Barnie im Klinikflur auflesen, sieht er völlig fertig aus und faselt unentwegt etwas von Garnelen: »Die waren doch gegrillt!« Die Röhrenbeleuchtung schmeichelt nicht gerade seinem Teint, aber auch ohne Neonlicht sind die schwarzen Ringe unter Barnies Augen nicht zu übersehen. Ein ätzender Geruch steigt mir in die Nase. Eine besonders bizarre Mischung aus Fäulnis und Meister Proper.

»Jetzt mal langsam, Kumpel. Was ist genau passiert?«

Barnie starrt Mark an, als sähe er ihn zum ersten Mal. Dann beginnt er zu erzählen. Lilly hatte offenbar plötzlich Lust auf Meeresfrüchte bekommen. Auf Meeresfrüchtesalat, um genau zu sein. Barnie hatte sie im Restaurant auf gegrillte Garnelen heruntergehandelt, weil so ein Salat in der Schwangerschaft schließlich gefährlich sein kann. Und jetzt liegt sie hier. Lebensmittelvergiftung, diagnostizieren die Ärzte. »Es ist meine Schuld. Wahrscheinlich wäre bei dem blöden Salat überhaupt nichts passiert!«

»Es ist überhaupt nicht deine Schuld, Barnie. Du hast nur auf sie aufgepasst. Wenn die Garnelen schon schlecht waren, wäre der Salat sicher auch nicht keimfrei gewesen.«

»Sie hat mich weggeschickt«, klagt Barnie. Seine roten Augen glänzen verdächtig.

»Meinst du, ich darf zu ihr?«, frage ich vorsichtig.

»Du schon, Luisa. Du hast sie ja nicht vergiftet.«

Ich werfe Mark einen Blick zu und hoffe, er versteht ihn richtig: Beruhige den Mann irgendwie! Dann klopfe ich an

Lillys Tür und schaue Mark hinterher, wie er seinen besten Freund zum Kaffeeautomaten schleift.

Lilly sieht noch grässlicher aus als Barnie. Weiß wie die Wand. Neben ihrem Bett stehen eine Infusionsstange und ein Eimer, dessen Inhalt ich zu ignorieren versuche. Lilly streckt mir einen nassen Waschlappen entgegen. »Luisa. Kannst du den noch mal kalt machen?«

Ihre Stimme klingt kratzig. Ich wasche den Lappen aus und lege ihn ihr auf Stirn und Augen. »Wie fühlst du dich?«

»Mir ist so schlecht.«

»Was macht das Baby?«

»Wenn es könnte, würde es auch kotzen.«

»Aber es ist gesund?«

»Der Arzt sagt, ich hätte gleich alles so prima wieder von mir gegeben, das wäre genau richtig gewesen für den Kleinen.«

»Das hast du gut gemacht«, lobe ich.

»Ich werde nie wieder etwas essen. Vorhin habe ich einen Schluck Wasser getrunken, nicht mal der blieb drin. Deshalb haben sie mir diese Infusion gelegt.« Lilly zeigt auf die Kanüle in ihrem Arm.

»Es sieht jedenfalls ziemlich spektakulär aus.«

»Ich bin ein Volltrottel. Meeresfrüchte. Was habe ich mir nur dabei gedacht?«

»Gelüste in der Schwangerschaft sollen ähnlich schwer bezwingbar sein wie Juckreiz. Solange du keine Weinbrandbohnen willst …«

»O Gott, Weinbrandbohnen. Lass uns bitte von was anderem reden, mir kommt schon wieder die Galle hoch.«

»Bist du sehr sauer auf Barnie?«, will ich vorsichtig wissen.

Mit einer Hand hebt Lilly den Waschlappen von ihren Augen und schaut mich ungläubig an. »Machst du Witze?«

»Er sagt, du hast ihn weggeschickt.«

»Ich habe im Zweiminutenrhythmus gekotzt. Natürlich habe ich ihn weggeschickt. Es war widerlich.«

»Das scheint er missverstanden zu haben.«

Lilly legt den Waschlappen wieder auf ihre Stirn und grinst ein bisschen. »Ich hatte keine Zeit, ihm das zu erklären. Habe eher so etwas gesagt wie: ›Raus hier!‹ Und dann wieder losgewürgt.«

»Das heißt, ich darf ihn jetzt wieder reinholen?«

»Ja, bitte. Aber vielleicht könntest du vorher den Eimer verschwinden lassen.«

»Du weißt schon, dass die Geburt eures Kindes auch ziemlich eklig wird, oder?«

»Da mache ich mir keine Sorgen. Barnie wird nach fünf Minuten in Ohnmacht fallen und nicht mehr allzu viel mitbekommen.«

»Ich sehe, du kennst ihn schon ganz gut.« Ich stelle den Eimer in die Dusche und habe gerade die Badezimmertür geschlossen, als es klopft. Unsere Männer stecken vorsichtig die Köpfe herein.

»Hallo«, sagt Lilly und schafft ein kleines Lächeln.

Sofort eilt Barnie auf sie zu. »Lilly, es tut mir so leid. Ich hätte dich nicht zu den Garnelen überreden sollen.«

»Nicht das Wort sagen.«

»Welches Wort?«

»Das G-Wort.«

»Ah. Okay. Es tut mir leid.« Zaghaft greift Barnie nach Lillys Hand.

»Du kannst überhaupt nichts dafür. Ich konnte dir das

vorhin nicht erklären, aber ich habe dich nur weggeschickt, damit du dich nicht vor mir ekelst.«

»Vor dir ekeln? Du warst überhaupt nicht ekelhaft. Ich hab mir nur … du weißt schon … ein bisschen Sorgen …. um dich und den Kleinen!«

Ich drehe mich um und will den Raum diskret verlassen, aber Mark steht mir im Weg und betrachtet über meinen Kopf hinweg interessiert die Szene. Meinen Versuch, ihn rückwärts durch die Tür zu schieben, ignoriert er. »Ich habe dich echt … ich liebe dich«, höre ich Barnie an Lillys Bett sagen. Endlich bemerkt Mark meine Bemühungen und lässt sich von mir auf den Flur schubsen. Er schaut beseelt drein. Und doch auch irgendwie irritiert.

»Du bist so was von neugierig«, schimpfe ich. Aber auch ich bin irgendwie froh, dass ich das miterleben durfte. Eine Liebeserklärung von Barnie. Das ist mehr als ein Wunder. Barnie ist nicht der Typ für Liebe. Barnie ist der Typ fürs Bett. Und jetzt sagt er der Mutter seines Kindes, dass er sie liebt.

Den Sonntag verschlafen wir nach den aufregenden Ereignissen fast vollständig. Anfang der Woche darf Lilly das Krankenhaus schon wieder verlassen. Und ich werde eines Morgens in der Arbeit von der furchteinflößenden Elaine begrüßt, die mir eröffnet, dass der Präsentationstermin für die Herbstlinie vorverlegt wurde.

»Auf wann?«, frage ich vorsichtig.

»Vierzehn Uhr.«

»Was, heute?« Ich bin entsetzt.

»Natürlich heute.«

Urgs. Ich habe ein paar Ideen für die Linie und ein paar Zeichnungen anfertigen lassen, aber es war noch nichts

Geniales dabei. Und auch der Name fehlt mir noch. Das wird keine Präsentation, das wird ein ästhetisches Massaker. Ich greife nach dem Hörer und wähle Anitas Durchwahl.

»JA, LUISA?« Dass die Frau aber auch immer so schreien muss.

»Anita, die Herbstpräsentation wurde vorverlegt. Ich bräuchte dich für ein paar Zeichnungen.«

»Ich komme sofort vorbei!«, jauchzt meine Kollegin, als gäbe es nichts Schöneres auf der Welt. Immerhin hat eine von uns gute Laune.

»Woran hast du denn genau gedacht?«, fragt Anita kurz darauf und legt ihren Skizzenblock auf ihrem Missoni-Rock zurecht.

An gar nichts habe ich gedacht. Also muss ich improvisieren und rede einfach drauflos. »Für die Augen natürlich an Edelsteinfarben für den Herbst, das klassische Rostrot, Jagdgrün, Curry. Außerdem möchte ich, dass stilisierte Blätter im Design vorkommen.«

»Wie soll die Linie eigentlich heißen?«

Mein Blick fällt auf den goldenen Ring an Anitas Hand, den eine Perle ziert. »Goldener Herbst«, sage ich schnell.

»Finde ich gut«, nickt Anita und fängt schon an zu zeichnen. »Ein paar goldene Partikel kann man auch in die Verpackung integrieren, das glitzert dann schön.« Mit wenigen Strichen entwirft sie eine Lidschattendose, die ich selbst sofort kaufen würde.

»Bei den Lippenstiften fände ich goldene Hülsen gut, wenn das nicht den anvisierten Preis sprengt. Ansonsten Rostrot mit Gold. Und wieder die Blattstruktur. Bekommst du das hin?« Ich werfe einen Blick auf den Entwurf und bin erleichtert. Anita bekommt das sogar ausgezeichnet hin. Der Lippenstift sieht aus wie für Liv Tyler in *Herr der Ringe* gemacht.

Auch die Kollegen sind angetan von unserer Präsentation. Alle. Bis auf einen.

»Goldener Herbst«, mäkelt Mike und schüttelt sein Köpfchen. »Was soll das sein? Es heißt doch nur goldener Oktober.«

»Ganz recht, Mike«, sage ich überfreundlich. »Und wir dehnen die goldenen Zeiten aus. Bei uns ist es eben der ganze Herbst.«

»Verstehe ich nicht.«

»Ich schon«, schaltet sich unser Chef ein. »Das hat Klasse. Können wir genau so umsetzen. Die Budgetplanung besprechen wir dann gleich in meinem Büro, Luisa.«

Hm. Zu Jérôme ins Büro gerufen zu werden, ist eigentlich kein gutes Zeichen. Außerdem spreche ich ihn fürchterlich ungern mit diesem Namen an. Erstens widerstrebt es mir, dass wir uns hier alle duzen. Und zweitens bin ich mir absolut sicher, dass Jérôme nicht sein richtiger Name ist. In Schwaben kommt man nicht als Jérôme zur Welt. Wahrscheinlich heißt er in Wahrheit Albert oder Wolfgang. Nicht nur sein Name ist eigenartig, sondern auch seine Begeisterung für Esoterik. Als er diesen Job antrat, engagierte er als Erstes einen Feng-Shui-Berater, der hinter dem Bürogebäude Kristalle im Boden vergrub und von Bauarbeitern Felsen daraufstapeln ließ. Die Bauarbeiter verstanden die Welt nicht mehr. Mir ging es ähnlich.

»Also, Luisa«, beginnt Jérôme und lässt sich in seinen protzigen Bürosessel fallen. Ich nehme gegenüber auf einem Stuhl Platz. »Wie du dir denken kannst, habe ich mir die heutige Präsentation ganz genau angeschaut vor dem Hintergrund einer möglichen Beförderung. Du hast gut abgeschnitten.«

Ich bleibe stumm und schaue ihm dabei zu, wie er seine Rosenquarzlampe ein Stückchen weiter Richtung Monitor rückt. Von wegen böse elektromagnetische Strahlungen und so. Seine Assistentin bezeichnet das Ding gerne als Salzleckstein.

»Aber es gibt noch eine Präsentation von Mike, die wir abwarten wollen. Danach werden wir uns entscheiden, wem von euch beiden wir diese Aufgabe übertragen wollen.«

»In Ordnung. Kannst du mir schon sagen, wann das ungefähr sein wird?«

»Relativ bald. Es wird dann alles ganz schnell gehen, sobald entschieden ist, wer von euch den Job bekommt.« Er muss gar nicht hinzufügen: Kreativdirektor in Paris. Ich sehe mich schon jetzt in meinem neuen riesigen Büro mit Blick auf den Eiffelturm.

»Danke, Jérôme. Ich bin gespannt.«

Goldener Herbst. Warum ist mir das eigentlich nicht sofort eingefallen? Von meinem Büro aus rufe ich die Floristin an, die mir für die Hochzeit empfohlen wurde. Wir sind uns sofort einig: dunkle Rot- und Cremetöne für die Blumen und goldene Akzente würden eine wunderbare Tischdekoration abgeben. Dann vereinbare ich gleich noch Termine bei drei Brautmodegeschäften. Das Motto steht – jetzt kann es richtig losgehen.

Um die gelungene Präsentation zu feiern, lade ich Mark am Abend zum Essen ein. Danach landen wir in einer ziemlich schicken Bar mit ausgesprochen vorteilhafter Beleuchtung. Deshalb erkenne ich Marks Mutter anfangs auch gar nicht, als sie plötzlich vor uns steht: Sie sieht so jung aus. Was allerdings auch an dem attraktiven Mann liegen kann, an dessen Arm sie hängt. Und an dem Eistee in ihrer Hand. Operettenhaft wirft sie sich in Marks Arme. »Mein Sohn! Wie schön, dass wir uns treffen!«

»Ja, Anette, das ist aber eine Ü-überraschung«, stottert Mark und strahlt dann fast etwas verlegen, als auch er merkt, dass das in ihrem Glas kein Cocktail ist. Mich umarmt Anette ebenfalls fest. Ich fühle mich einen Moment erdrückt.

»Das ist Dominik«, stellt sie uns ihren Begleiter vor. »Er ist Regisseur und unheimlich begabt!«

»Vor allem bin ich unheimlich begeistert von deiner Mutter«, sagt Dominik lächelnd zu Mark. O, là, là! Was für ein Charmeur. Sieht aus, als brächte Anette ihre Ablenkung von ihrem Exmann selbst zur Hochzeit mit.

»Das freut mich«, sagt Mark. Er wirkt immer noch verlegen und ziemlich verwirrt. »Das ist jetzt wirklich ein Zufall«, wiederholt er mehrere Male, bis er sich endlich wieder fängt. »Aber eigentlich trifft es sich ganz gut, ich, also wir wollten sowieso mit dir reden, Anette …«

Mark

Wenn mein Leben ein Film wäre, zum Beispiel mit George Clooney in der Hauptrolle, nur mal so als Vorschlag, dann würde ich als Kinogänger jetzt sagen, solche Zufälle gibt's in Wirklichkeit ja gar nicht. Was es in München aber in

Hülle und Fülle gibt, sind Cafés, Bars und Kneipen, und ausgerechnet beim ersten Besuch in dieser Bar treffen wir meine Mutter, die ich, seit sie mich aufs Internat geschickt hat, Anette nenne. Damals beschloss ich, dass ich keine Mutter mehr habe, jedenfalls keine, die diesen Namen verdiente. Ich bin kein Ornithologe, kann also nicht genau sagen, ob Rabenmütter wirklich so schreckliche Mütter sind. Meine Mutter jedenfalls war in dieser Rolle hollywoodreif.

Erstens war sie ständig unterwegs, zweitens, wenn gerade mal zu Hause, immer schlecht gelaunt und drittens meist schon nach dem Aufstehen beschwipst. »Prosecco am Morgen vertreibt Kummer und Sorgen«, pflegte Anette, wenn ich sie schief anschaute, ihren Text aufzusagen. Damals konnte sie sich ihren Text noch merken. Kurze Zeit später hat das Publikum sie dann von der Bühne gebuht. Ich hätte wahrscheinlich auch gebuht, wenn ich fünfzig Mark für die Karte gezahlt hätte, und die Protagonistin dauernd lallend auf die Knie gefallen wäre. Nach fünf Minuten hatten auch die Leute auf den billigen Plätzen ganz hinten unterm Dach kapiert, dass das kein Slapstick war, sondern die Darbietung einer völlig indisponierten Tragödin. Lady Macbeth war die letzte Theaterrolle meiner Mutter. Eigentlich war es ihre beste, weil sich Anette dafür kaum verstellen musste.

»Das ist doch gar nicht deine Gegend«, merke ich lahm an. Für gewöhnlich setzt Anette keinen Fuß aus Schwabing raus, wenn sie in der Stadt ist.

»Ich wohne hier«, mischt sich dieser Dominik ungefragt ein.

Ich schiebe mein Kinn nach vorne, suche Augenkontakt mit dem Typen, schaue ihn fragend an. Wer hat dich um deine Meinung gebeten? Die Kellnerin, Typ Germanistikstudentin, stellt die Gläser auf das kleine Tischchen in unserer Mitte. Drei Rioja, eine Cola mit Eis ohne Tennessee-Whiskey. Wir sitzen in gut durchgehangenen Ledersesseln, aus einem Lautsprecher rieselt beswingter Jazz. Aus den Augenwinkeln betrachte ich meine Mutter, während ich einen Schluck vom Rotwein koste. Sie sieht gut aus. Sie hat definitiv was machen lassen. Wenn du wissen willst, wie alt eine gebotoxte Frau wirklich ist, dann schau ihr auf den Hals. Insgesamt ist es aber eine sehr gute Arbeit.

»Wo hast du das machen lassen?«, frage ich.

»Am Bodensee«, antwortet Anette prompt. Wir verstehen uns.

»Gute Arbeit.«

»Ich werde es dem Professor ausrichten.«

»Tu das. Mit schönen Grüßen, bitte.«

»Ihre Mutter spielt die Hauptrolle in meinem neuen Film«, mischt sich der Jungspund ein.

»Ach«, fällt mir Luisa in den Rücken. »Was ist denn das für ein Film?«

»Ganz großes Kino«, beginnt Dominik begeistert und rasselt eine Menge Namen, Daten und Zahlen herunter. Luisa nickt beeindruckt, ich verstehe nur Bahnhof.

»Spielt auch wer Bekanntes mit?«, will ich gehässig wissen. Dominik stiert mich verständnislos an. Als würde er die Frage nicht kapieren, nicht Deutsch sprechen. Ich helfe ihm auf die Sprünge. »Til Schweiger? Veronika Ferres?«

Dominik lacht. »Der war gut, Mark.«

Mark? Seit wann nennen wir uns beim Vornamen?

»Weißt du, Mark, deine Mutter ist großartig.«

»Ja, ich weiß«, seufze ich. »Die Rosamunde Pilcher unter den Schauspieldiven.«

»Das ist kein Pilcher-Film!«, korrigiert mich Dominik. »Mit ein bisschen Glück gewinnen wir den Auslands-Oscar.«

»Ja klar. Und ich den Medizin-Nobelpreis.«

Schweigen.

Dann ergreift meine Mutter in die Stille hinein das Wort. »Ich habe für diese Rolle zwanzig Kilo abgenommen, mich unters Messer gelegt, mir Nervengift unter die Haut spritzen lassen, Alkohol und Tabletten abgeschworen, mit Pilates angefangen und ich ernähre mich nur noch von Eiweiß. Also bitte, Mark, reiß dich zusammen. Auch wenn ich nicht die beste Mutter war, du wirst mir mein neues Leben nicht miesmachen. Und ja, damit es ausgesprochen ist: Dominik und ich schlafen miteinander.«

»Anette!«, rufe ich gequält. Das will doch kein Mensch wissen.

Um ihre Aussage zu untermauern, nimmt sie Dominiks Gesicht in ihre Hände, zieht es zu sich heran und schiebt ihm die Zunge in den Mund.

Ich weiß nicht, was ich sagen soll. Am liebsten würde ich aufstehen und verschwinden. Aber ich kann nicht. Ich spüre meine Beine nicht mehr. Der Kerl ist gerade mal zwanzig, höchstens fünfundzwanzig.

Luisa kann sich ein Grinsen nicht verkneifen. »Glückwunsch, Dominik«, sagt sie.

»Danke, Luisa.«

Wenn der glaubt, wir würden jetzt öfter solche Pärchenabende veranstalten, dann lebt er aber auf dem falschen Planeten.

»Wie heißt denn euer Film?«

»Milf«, antwortet Dominik stolz.

»Milf?«

»Mom I'd like to fuck!«, klärt meine Mutter uns auf.

O Gott. Am liebsten würde ich im Dielenboden versinken. Ich kauere mich in meinen Sessel, hoffentlich verschlingt er mich. Egal, wie. Hauptsache schnell weg hier.

»Milf?«, wiederholt Luisa zu allem Überfluss auch noch. Dann kann sie sich nach einem Blickwechsel mit Dominik, meiner Mutter und mir aber nicht mehr halten und prustet los. Anette muss ebenfalls lachen. Ich vermute, dass aus dem Grund auch Dominik plötzlich anfängt zu gackern. Nur ich sitze stumm da und verstehe die Welt nicht mehr, wenn ich sie je verstanden haben sollte. In der Bar sind mittlerweile Dutzende Augenpaare auf uns gerichtet. Meine Mutter, die Milf. Ein kalter Schauer läuft mir über den Rücken. Es schüttelt mich.

»Wollen Sie noch was trinken?«, fragt die Germanistikstudentin zur rechten Zeit.

»Schnaps«, sage ich schnell. »Den stärksten, den Sie haben.«

Im Laufe des späten Abends, der für uns bis weit nach Mitternacht dauern sollte, entpuppt sich dieser Dominik als eigentlich nicht unangenehmer Gesprächspartner. Große Klappe, viel dahinter. Er hat sogar einen Doktortitel, wenn auch nur in einer geisteswissenschaftlichen Disziplin. Darüber hinaus spricht er Italienisch, Französisch und Englisch angeblich fließend, Portugiesisch und Mandarin für den Hausgebrauch. Abgesehen davon versteht er sich zu kleiden. Der Glencheck-Anzug steht ihm gut. Den Seitenscheitel können auch nicht viele so demonstrativ tragen. Mit ein bisschen Fantasie gäbe der Freund meiner Mutter eine durchaus passable Figur in *Mad Men* ab. Vielleicht nicht gleich Don Draper, aber einen von diesen jungen Werbeheinis. Vielleicht frage ich ihn deshalb, wie er seinen Film bewerben will.

»Auf uns kommt tatsächlich viel Marketing zu«, antwortet Dominik und seufzt. »Ich hasse das. Als ob das Produkt, in unserem Fall der Film, nicht für sich stehen könnte. Immer muss noch mächtig Wirbel nebenbei gemacht werden. Die PR-Leute haben schon gefragt, ob sie unsere Liaison an die *Bunte* verkaufen dürfen.«

»Und?«

»Was meinst *du*, Mark?«, fragt mich meine Mutter tatsächlich.

»Puh, schwierig. Es ist euer Leben. Ich weiß nicht, keine Ahnung. Also … Nein. Sorry. Ich meine … Was soll ich sagen? Ich bin kein Experte. Aber wenn's Aufmerksamkeit bringt.«

»Wann kommt denn der Film ins Kino?« Luisa scheint es gar nicht mehr erwarten zu können. Aufgeregt rutscht sie auf ihrem Sessel hin und her.

»September.«

»Oh«, sage ich knapp.

»Was ist denn im September?«, will Anette wissen.

»Also«, sage ich und blicke zu Luisa. Sie nickt. »Das ist so …«, hole ich aus.

»Wir heiraten«, erklärt Luisa hibbelig.

»Wow! Das ist ja sensationell«, brüllt Dominik das halbe Lokal zusammen und versucht gleichzeitig Luisa in ihrem Sessel zu umarmen, was nicht so richtig funktioniert. Wenn ich es richtig gesehen habe, dann war seine Hand kurz an Luisas Busen. »Champagner!«, verlangt er von der

Germanistikstudentin. Was verdient man eigentlich so als Regisseur?

»Hast du dir das auch gut überlegt, meine Liebe?«, fragt Anette Luisa, nachdem sich Dominiks Aufregung ein wenig gelegt hat.

»Sehr gut sogar.«

»Meine Ehe war die Hölle.«

»Das wissen wir, Anette«, sage ich. »Daran warst du nicht ganz unbeteiligt.«

»Genau wie dein Vater.«

»Jedenfalls«, erzählt Luisa lächelnd, »planen wir eine große Hochzeit. Ihr seid natürlich herzlich eingeladen.«

Dominik klatscht in die Hände und erzählt jedem, der zuhören will, dass er Hochzeiten toll findet.

»Kommt er auch?«, will Anette wissen.

»Wenn du damit meinen Vater meinst. Ja. Mit seinen Töchtern und Priska.«

»Na bravo!«, ätzt meine Mutter, bevor sie sich Dominiks Weinglas schnappt und den Rest darin in einem Zug austrinkt.

»Natürlich schicken wir die Einladungen rechtzeitig raus«, versichert Luisa.

»Ich freu mich so«, jubiliert Dominik. »Wo bleibt denn der Champagner?«

Ein paar Minuten später stoßen wir ein letztes Mal an diesem Abend an. Mutter sieht müde aus. Wenn man genau hinschaut, sieht man jetzt auch wieder die Falten in ihrem Gesicht. »Auf was trinken wir?«, fragt Luisa.

»Auf euch natürlich«, antwortet Dominik.

»Und auf euren Film.«

»Möge er die Kinokassen klingeln lassen.«

»Zahlen!«, ruft meine Mutter nach der Kellnerin.

Ein bisschen ärgert es mich, dass ich auf der Barrechnung sitzen geblieben bin. Vor allem, weil ich den Schampus gar nicht bestellt habe. Aber was tun, wenn der Herr Erfolgsregisseur seine Geldbörse zu Hause vergessen hat? Luisa sagt, ich solle mich nicht aufregen. »War doch ein schöner Abend«, meint sie, als wir nach Hause schlendern. Ich bin mir nicht sicher, was das für ein Abend war. Immerhin habe ich in den letzten zwei Stunden so viel mit meiner Mutter geredet wie in den letzten beiden Jahren nicht. Und dass sie nicht mehr trinkt, finde ich gut. Ob sie allerdings mit diesem Dominik glücklich wird, bezweifle ich. In zehn Jahren ist meine Mutter siebzig und Dominik immer noch ein Bub.

»Woran denkst du?«, fragt Luisa.

Es ist eine laue Frühsommernacht. Viel ist draußen trotz der angenehmen Temperaturen nicht mehr los, nicht mal am Gärtnerplatz, wo die Jugend der Welt sonst so gern die Nacht zum Tag macht.

»Vielleicht hätten wir es ihr nicht sagen sollen.«

»Dass wir heiraten?«

»Dass wir groß feiern.«

»Warum nicht?«

»Ich habe Angst«, gestehe ich.

»Wovor?« Luisa sieht mich verständnislos an.

»Mord und Totschlag.«

»Deine Mutter scheint sich im Griff zu haben.«

»Sie ist unberechenbar. Das kannst du mir glauben.«

»Sie ist eigentlich ganz nett.«

»Dein Wort in Gottes Ohr.«

Luisa küsst mich. »Einfach so«, sagt sie, als ich sie fragend anblicke.

Wir zwängen uns zwischen zwei Autos durch. Auf einem klebt auf der Heckscheibe *Baby an Bord*. Ich muss lachen.

»Was ist daran lustig?«, will Luisa wissen. »Willst du keine Kinder?«

»Nein. Doch. Kann sein. Aber ich muss es doch nicht gleich in die Welt hinausposaunen. Du kannst dir gar nicht vorstellen, wie viele Mails mit Babyfotos im Anhang ich in letzter Zeit bekomme. Von Freunden, die ich seit Schulzeiten nicht mehr gesehen habe.«

Luisa reagiert nicht.

»Was ist los?«

»Ich musste nur gerade an Lilly und Barnie denken.«

»Die zäumen das Pferd von hinten auf. Erst Kind, dann zusammenziehen, dann heiraten. Vor ein paar Wochen hätte ich noch meine Approbation darauf verwettet, dass Barnie am Ende seiner Tage in den Armen einer irischen Prostituierten stirbt. Seit Lilly ist er wie ausgewechselt.«

»Ich finde die beiden süß zusammen.«

Ich weiß nicht, was ich sagen soll, also schweige ich besser. Wir sind ohnehin gleich zu Hause. Nur noch ums Eck. Dann in den dritten Stock. Der Anrufbeantworter empfängt uns mit einem Blinken. Luisa drückt die Abspieltaste. Ich schlüpfe aus meiner Jacke und zerre an den Schuhen. Als ich die Stimme erkenne, spüre ich ein leichtes Ziehen im Magen.

»Hallo, Mark, hier Carlo.« Es folgt eine längere Pause, im Hintergrund flüstert Luisas Mutter. Man versteht nicht, was sie sagt. Dafür spricht jetzt wieder Luisas Vater. »Also, Mark, es ist so. Ich muss mit dir reden. Wenn es dir recht ist, komme ich morgen zu dir in die Praxis. Gegen Mittag. Ciao.«

Ich sehe Luisa an, Luisa sieht mich an.

»Wo sind wir da nur hineingeraten?«

»Falscher Film.«

Ob es am Champagner in Kombination mit Grappa und Rioja lag, dass ich in dieser Nacht nicht schlafen konnte, oder an der Aussicht, dass mich Carlo in der größten Mittagshitze kaltmachen würde, war am Morgen egal. Ich war so müde, dass ich fünf Nespressi brauchte, um überhaupt annähernd einen klaren Gedanken fassen zu können.

Die Zeit bis High Noon zog sich dann wie ein alter, zäher, ausgespuckter Kaugummi unheimlich in die Länge. Falls sie noch langsamer vergangen wäre, wäre ich wahrscheinlich in ein Wurmloch geplumpst. Dann wäre ich jetzt in einem Raum-Zeit-Kontinuum gefangen, wenn ich James Tiberius Kirk als Kind richtig verstanden habe. Die Sache mit dem Nexus.

Fünf vor zwölf. Ich frage mich, was Signor Conte von mir will. Vielleicht versucht er es mit Geld, nachdem die Einschüchterungsmasche nicht funktioniert hat. Er könnte harmlos mit zehntausend Euro beginnen, damit ich mich von Luisa trenne. Ab wie vielen Nullen dahinter würde ich schwach werden? Vielleicht hat er auch eine ehemalige Patientin ausfindig gemacht, die mich mit seiner Hilfe arm prozessiert. Ich suche den Aktenordner mit den Versicherungen raus, komme aber nicht mehr dazu, die Verträge im Detail zu studieren.

»Dein Mittagstermin, Mark«, informiert mich Charlotte über die Gegensprechanlage.

Ich atme zweimal kräftig ein und aus. Was soll's? »Soll reinkommen«, gebe ich durch. Zehn Sekunden später geht die Tür auf. Ich gehe noch schnell einen Schritt nach vorne, stehe in der Mitte des Raums. Es ist die strategisch günstigste Position. Ausweichmöglichkeiten nach allen Seiten. »Hallo, Signor Conte«, sage ich möglichst neutral.

»Hallo, Mark«, erwidert der Signore. Er geht auf mich zu, versucht sich an einem Lächeln, sieht einen kurzen Moment auf den Boden, dann blinzelt er und hält mir seine Rechte hin. Ich zögere. Offensichtlich soll ich einschlagen. Wir schütteln uns die Hände. »Ich bin der Carlo«, sagt Luisas Vater. »Du kannst Du sagen.«

»Du?«

»Immerhin heiratest du bald meine Lieblingstochter.«

»Das stimmt natürlich. Also gut. Carlo.«

Wir schütteln uns noch immer die Hände.

»Was soll's? Komm her, mein Junge.« Carlo zieht mich ohne Vorwarnung zu sich heran und umarmt mich. Weil ich nicht weiß, wie ich reagieren soll, klopfe ich Carlo einfach ein paar Mal mit der flachen Hand auf den Rücken. »So!«, beendet mein Schwiegervater in spe die Zärtlichkeiten bald wieder.

»Was kann ich für dich tun, Carlo?« Der misstrauische Unterton in meiner Stimme ist leider deutlich hörbar.

»Gehen wir eine kleine Runde?«

»Gerne.« Ich sage nur kurz Bescheid, dass ich über Mittag außer Haus bin. Dann verlassen wir die Praxis, steigen in den Aufzug und fahren nach unten.

Vor dem Haus treffen wir Barnie. Er raucht gerade eine.

»Oh, hi, Carlo«, begrüßt er Luisas Vater.

»Ihr kennt euch?«, frage ich erstaunt.

»Ja«, gesteht Carlo.

»Ist schon länger her.« Barnie unterstreicht seine Aussage mit einem Nicken. »Fällt aber unters Arztgeheimnis.«

Ich schüttle den Kopf. »Du bist kein Arzt, Barnie.«

»Dann halt Therapeutengeheimnis. Kommt aufs selbe raus. Wohin geht ihr?«

»Arztgeheimnis!«

Luisas Vater und ich spazieren durch den Englischen Garten. Wir reden über Valentina, Luisa und über Carlos Burn-out. »Ich war ein Kontrollfreak«, gibt er zu.

»Du bist ein Kontrollfreak«, stelle ich klar.

»Aber nicht mehr so schlimm wie früher. Dieser Denkwitz ist ein wirklich guter Arzt.«

»Er ist Therapeut.«

»Von mir aus, Therapeut. Ich hatte vor einem Jahr eine wirklich schlimme Krise. Ich hätte beinahe alles verloren. Meine Firma, meine Frau. Ich konnte nur nicht darüber reden.«

»Lass einfach mal locker.« Ich selbst fühle mich gerade sehr locker. Wir hocken uns auf ein Bänkchen, schauen einer Entenfamilie beim Plantschen zu. »Einfach mal nichts tun, nichts denken, die Seele baumeln lassen.« Fast hört es sich an, als ob ich das könnte. Wahrscheinlich bin ich einfach nur froh, dass Carlo mich doch am Leben lässt. Vermutlich hat ihm seine Frau nach unserer Abreise eine Standpauke gehalten. Mir soll's recht sein.

»Weißt du, Mark«, holt er nach einer Schweigeminute offenbar zu einem längeren Monolog aus, der dann aber doch relativ knapp ausfällt. »Ich war ein Arschloch. Punkt.«

»Nein, nein. Warst du nicht.« Was rede ich da?

»Verlustangst, würde Doktor Denkwitz sagen. Meine Eltern sind bei einem Unfall gestorben, als ich zehn war. Seitdem klammere ich mich an alles, was mir etwas bedeutet. Du verstehst? Oder muss ich mich jetzt komplett vor dir entblößen?«

»Deine Hose darfst du ruhig anlassen.«

»Jedenfalls hattest du recht.«

»Schön«, sage ich. »Womit?«

»Ich war gestern beim Arzt.«

Während ich auf Luisas Rückruf warte, fummle ich ein bisschen an den unterschiedlich großen Brüsten eines sonst recht ansehnlichen Unterwäschemodels herum. Ihr Agent, so das Model, hätte gesagt, sie müsse zulegen. Also oben rum. Mindestens eine Körbchengröße, besser zwei. Den Termin in der Schönheitsklinik hat er dann auch gleich selbst eingetütet.

Ich weiß nicht, ob man das unbedingt in der Ukraine hätte machen lassen sollen. Gut gemachte Brüste haben nun mal ihren Preis. Und für billig bekommt man halt nur billig. Ich mache ein Foto für mein Album. Also, das ist jetzt kein Privatalbum, das ich abends bei einem Glas Rotwein durchblättere, wenn Luisa nicht zu Hause ist. Jeder plastische Chirurg hat so was in seinem Giftschrank. Auf Kongressen machen diese Alben gern die Runde. Zu rein medizinischen Zwecken, versteht sich.

Die Brüste fühlen sich komisch an. »Wie viel haben Sie dafür bezahlt?«

»In Euro?«, fragt die junge Frau.

»Bei Rupien kenne ich den aktuellen Kurs nicht.«

»Ich glaube, es waren Rubel. Umgerechnet fünfhundert Euro.«

»Für beide?«

»Sieht man doch.«

»Da haben Sie allerdings recht.«

Wenn ich's mir genau überlege, sollte sie die Brust lassen, wie sie ist. Ich kenne illegale Etablissements, da bezahlen Kunden viel Geld für so was. Barnie hat mich mal in so einen Schuppen mitgenommen, als ich noch nicht mit Franziska zusammen war. Das war eine Freakshow. Und die Frau, die aussah wie ein Werwolf, war noch die attraktivste gewesen. Ich seufze.

»So schlimm?«, fragt das Model ängstlich.

»Nein«, beruhige ich sie. »Wird nur nicht ganz so billig. Ich nehme Münchner Preise.«

»Kein Problem. Ich laufe dieses Jahr für Victoria's Secret.«

»Glückwunsch.«

»Ich werde bestimmt nie wieder knausern.«

»Jedenfalls nicht, wenn es um Ihren Körper geht.«

Als ich ihr ein paar Implantate zur Begutachtung in die Hand drücke, meldet sich Charlotte über die Gegensprechanlage. »Mark, Luisa ist am Telefon.«

»Machen Sie doch einen Termin!«, sage ich zum Model.

»Je früher, desto besser.«

»Spätestens übernächste Woche«, verspreche ich.

Die junge Frau fällt mir um den Hals. »Vorsicht«, mahne ich. »Mit den Brüsten.«

»Ich weiß. Damit könnte ich glatt jemanden erschlagen.«

»Zumindest mit der größeren.«

Es dauert eine Weile, bis Luisa mich zu Wort kommen lässt. Natürlich unterbreche ich sie nicht, wenn sie über Mike schimpft. Der Kerl war mir von Anfang an nicht koscher. Dieses ganze Bohei um seine Kunstbeflissenheit. Goethe hier, Schiller da. Jetzt hat er wohl eine Kampagne gegen Luisa in der Firma laufen. Diese Angestellten-Kleinkriege. »Und was wolltest du mir sagen?«, fragt Luisa, nachdem sie auch noch ihre Assistentin Elaine auf der Lästerliste abgehakt hat.

»Dein Vater war heute bei mir.«

»Ach ja, genau. Das hatte ich vor lauter Krieg hier kurz verdrängt. Und? Was wollte er?«

»Reden.«

»Reden? Worüber denn?«

»Mich.«

»Dich?«

»Ja. Er findet, dass ich ein Supertyp bin.« Das kann ich mir einfach nicht verkneifen.

»Du verarschst mich doch.«

»Nein. Echt nicht.«

»Das ist alles?«, fragt Luisa misstrauisch.

Ich weiß nicht, wie ich es am besten formulieren soll.

»Hallo. Mark. Bist du noch dran?«

»Es ist so, Luisa«, sage ich und schnaufe durch. »Ich hatte recht. Dein Vater hat Krebs, er wird morgen operiert.«

Luisa

Ich sinke in meinem Schreibtischstuhl zusammen. Die Worte »Vater« und »Krebs« in einem Satz, das sollte nie jemand hören müssen. Mir fällt ein, wie er mich als Kind immer mit einer einzigen fließenden Bewegung vom Boden hob und auf seine Schultern schwang. Und dann stelle ich mir vor, wie er dünn und blass in einem Krankenhausbett liegt. Nein, das passt nicht. Nicht mein Vater.

»Luisa? Bist du noch dran?«

Irritiert schaue ich den Telefonhörer an, den ich mit der

rechten Hand fest umklammert halte. Dann fange ich an zu weinen.

»Luisa, bitte!«, höre ich Mark aus dem Hörer rufen. »Hör auf zu weinen. Es wird alles gut, es ist das Frühstadium von Hautkrebs, er hat gute Chancen und einen ausgezeichneten Arzt!«

»Aber er ist mein Papa«, schluchze ich.

»Natürlich ist er dein Papa.«

»Er darf nicht so krank sein.«

»Süße, glaub mir, es hätte ihn so viel schlimmer erwischen können. Stell dir einfach vor, es wäre eine schwere Grippe. Das ist auch gefährlich. Aber er wird schnell wieder gesund werden, sagt sein Arzt.«

»Und was sagst du?«

»Ich sage, ich bin kein Hautarzt. Aber nach allem, was ich darüber weiß, sieht es wirklich sehr gut aus für ihn.«

»Ich muss Schluss machen, ich will ihn gleich anrufen.«

»In Ordnung. Luisa?«

»Ja?«

»Vielleicht solltest du danach nach Hause gehen.«

»Okay«, wispere ich und wühle nach einem Taschentuch in meiner Schublade. Dann wähle ich Papas Nummer. Aber erst, als ich mir sicher sein kann, dass ich ihn nicht vollheule. Er ist der Kranke. Ich muss stark sein.

»Papa. Mark hat mich angerufen.«

»Guter Junge.«

»Er hat gesagt, du bist krank.«

»Ja, Kleines, das bin ich wohl. Aber ich werde wieder gesund. Ich habe fantastische Blutwerte!«, brüstet sich mein Vater.

Obwohl das Thema so ernst ist, muss ich mit den Augen rollen. Und ein klein wenig zickig werden. »Papa, dein

Cholesterinwert dürfte jetzt ziemlich egal sein. Wehe, du gehst noch einmal ohne Sunblocker aus dem Haus!«

»Keine Sorge«, schnaubt mein Vater. »Deine Mutter hat mir bereits eine Creme mit Lichtschutzfaktor vierzig gekauft. Bald sehe ich aus wie ein Schwede.«

»Es gibt sehr gut aussehende Schweden.«

»Bleichgesichter.«

»Hast du keine Angst?«

»Angst? Ich weiß nicht. Einerseits schon. Andererseits fühle ich mich nicht, als müsste ich sterben.«

»Pass bitte auf dich auf, Papa. Ich brauche dich doch.«

»Wirklich? Du bist doch schon groß«, sagt er zärtlich.

Gleich kommen mir wieder die Tränen. »Trotzdem. Und du musst mich zum Altar führen.«

»Ja, Kleines. Das mache ich. Ich verspreche es. Übrigens, das mit den SMS von Mark …«

»Ja?«

»Das solltest du vielleicht einfach nicht überbewerten. Männer machen auch mal Dummheiten. Es hatte bestimmt nicht zu bedeuten.«

Aus dem Mund meines Vaters kommt das einer Entschuldigung gleich. Ich bin sowieso nicht mehr wütend deswegen. Es gibt jetzt viel Wichtigeres.

»Okay«, schniefe ich.

»Aber jetzt brauchst du ein Kleid. Deine Mutter sagt, ihr wärt heute verabredet gewesen.«

»Das hatte ich jetzt ganz vergessen.«

»Valentina!«, brüllt mein Vater plötzlich los.

Meine Tränen versiegen augenblicklich. Dafür beginnt mein Ohr sachte zu pfeifen.

»Was ist denn?«, höre ich meine Mutter aus dem Hintergrund rufen.

»Luisa braucht Ablenkung. Kannst du sie früher treffen?«

»Natürlich. In einer Stunde am Sendlinger Tor!«

»Halt, warte«, rufe ich dazwischen. »Ich muss doch arbeiten!«

»Bla, bla, arbeiten«, wiegelt der beste Vater der Welt ab. »Schau mich an, schon morgen kannst du krank sein, und dann hast du immer nur gearbeitet. Deine Mutter findet auch, wir sollten jetzt nicht Trübsal blasen. Du sagst deinem Chef, es gibt einen Notfall in der Familie. Das ist doch nicht mal gelogen. Und dann probierst du den Rest des Tages Brautkleider an.«

»Danke, Papa«, seufze ich.

Anderthalb Stunden später stehe ich im ersten Brautmodengeschäft und betrachte mich inmitten von weißen Vorhängen stumpf in einem dreiteiligen Spiegel mit Goldrahmen. Eigentlich ist heute nicht der beste Tag für diese Unternehmung. Die Halogenstrahler beleuchten detailliert meine hysterischen Flecken auf den Wangen, die seit dem Telefonat mit Mark offenbar nicht mehr verschwinden wollen. Meine Haare hängen wie Schnittlauch über meine Schultern, die ihrerseits hängen. Besonders brautmäßig fühle ich mich nicht gerade. Wenn überhaupt, dann eher nach Kriegsbraut. Meine Mutter dagegen ist voll in ihrem Element und hat die Verkäuferin mit irgendwelchen Instruktionen geimpft, in denen verdächtig oft die Worte »Strasssteinchen« und »Tüll« vorkamen. Ich habe die Zeit genutzt, um per SMS einen Hilferuf an Marie zu senden, in dem wiederum die Worte »grauenvoll« und »Kitschhölle« eine wichtige Rolle spielten.

»So, da bin ich wieder!« Mit einem voll behängten Kleiderständer auf Rollen und einem professionellen Lächeln rast die Verkäuferin auf mich zu. Sie ist ungefähr zwölf Jahre alt, hat aber beneidenswerte Kurven und wahrscheinlich ein paar prima Demütigungen für fehlproportionierte Bohnenstangen wie mich auf Lager. Sie ist die Sophia Loren unter den Verkäuferinnen. Ich will meine Hose nicht ausziehen. Hinter der Verkäuferin biegt meine Mutter um die Ecke.

»Wir haben ganz tolle Kleider für dich ausgesucht, Luisa. Die werden dir sicher gefallen.«

»Ja? Schön«, murmele ich schwach und betrachte das erste Kleid auf dem Ständer. Es erinnert mich an das Winterfest der Volksmusik, in das ich mal versehentlich hineingezappt habe.

»Hier ist Ihre Umkleide«, sagt das kleine Busenwunder und zieht resolut die Vorhänge zu einer großen Kabine auf. Ergeben trotte ich hinein und frage mich, welche Unterwäsche ich eigentlich gerade trage. Hoffentlich nichts Schwarzes. Das würde sonst sicher durchscheinen. Ach nein, es ist Hellblau. Das muss genügen, heute ist nicht der Tag für Perfektion. Ich ziehe Hose und Bluse aus und greife nach dem Kleid, das Sophia Loren mir hineinreicht. Vorsichtig stecke ich meinen Kopf und meine Arme hindurch – und dann passiert es: Ich stecke fest.

»Grlhmpf.«

»Wie sieht es aus, Liebes?«, ruft meine Mutter.

»Ich weiß nicht. Ich bin noch nicht drin«, sage ich nicht ganz wahrheitsgemäß. Denn drin bin ich ja schon, zur Hälfte. Nur komme ich nicht mehr raus, wie ich nach einer halben Minute vergeblicher Versuche feststelle. Jetzt stehe ich vor der Wahl, mir die Schulter auszukugeln oder mich in die peinlichste Situation meines Lebens zu begeben.

»Ich bräuchte da mal Hilfe«, sage ich kläglich. Und höre,

wie der Vorhang aufgerissen wird. Sehen kann ich nichts. So ein dünner weißer Stoff kann in mehreren Lagen doch recht blickdicht sein. Und leider kann ich mir deshalb nur vorstellen, wie Sophia Loren dreinschaut, als sie zwei nackte Beine, einen weißen Stoffballen und oben zwei periskopartig herausragende Hände sieht. Wie meine Mutter schaut, weiß ich. Die höre ich nämlich lauthals lachen.

»Das ist nicht witzig!«, schimpfe ich los.

»Doch, mein Schatz«, jauchzt meine Mutter. Ich höre sie nur gedämpft in meinem Taftgefängnis. »Als Kind warst du auch immer so tollpatschig.«

»Kannst du dir die peinlichen Kindergeschichten nicht für die Hochzeit aufheben?«, motze ich, während die mir immer sympathischer werdende Verkäuferin mich mit beachtlicher Contenance aus dem Kleid schält.

»Überlege dir gut, ob du dir das wünschst.« Meine Mutter hat jetzt Oberwasser. »Da hören viel mehr Leute zu als hier.«

»Noch ein Wort, und du musst bei der Hochzeit neben Nonna sitzen«, drohe ich, als ich endlich von dem Kleid befreit bin.

Sophia Loren unterbricht mich freundlich, aber bestimmt, indem sie es mir vor die Knie hält und sagt: »In dieses Kleid muss man von oben einsteigen.«

Aha. Ist ja auch wieder super, dass niemand es für nötig hält, mir das vorher mitzuteilen.

»Ich weiß nicht recht«, sage ich unglücklich, als ich das dirndlartige Oberteil bemerke, das soeben um mich herum festgeschnürt wird.

»Hm«, sagt auch meine Mutter. Sophia Loren schweigt, was ich als schlechtes Zeichen werte. Ich schweige auch und weide mich an der Scheußlichkeit meines Anblicks.

»Du siehst ein bisschen aus wie Stefanie Hertel in dunkelhaarig«, gibt meine Mutter schließlich zu.

»Und mit weniger Busen«, sage ich mit ungewohntem Sinn für Realismus.

»Da finden wir etwas Besseres«, verspricht die Loren aufmunternd.

Kleid Nummer zwei erinnert an einen Mittelaltermarkt. Kleid Nummer drei ist ein klassisches Sahnebaiser. Und Kleid Nummer vier ist mit rosa Stoffrosen besetzt. Gerade als ich anfange, mich an Hässlichkeit zu gewöhnen, klingelt die Ladenglocke. Ich kämpfe mich gerade wieder in ein Kleid hinein, höre aber mehrere Schuhe mit Absätzen in Richtung der Umkleiden klappern. Gerade als ich den Kopf durch den Vorhang stecke, kommen sie auf uns zu: Marie voran, Verena und Anna rechts und links von ihr. Wie Charlie's Angels, die zu meiner Rettung eilen. Noch nie kamen mir meine Freundinnen so wunderschön und stark vor. Ich trete aus der Umkleide, um ihnen das gesamte Ausmaß des Schreckens zu zeigen. Kleid Nummer fünf hat etwas von Seeräuberjenny. Verena zieht scharf die Luft ein. Anna grinst. Und Marie wendet sich umstandslos an die Verkäuferin.

»Das richtige Kleid für Luisa ist elegant, modern und trotzdem romantisch. Eher schmal geschnitten und nicht mit so viel Chichi. Haben Sie so etwas?«

»Aber natürlich«, sagt Sophia Loren sofort, schnappt sich den Kleiderständer und verschwindet, während meine Freundinnen mich tröstend umarmen und meine Mutter begrüßen. Sie sitzt mit einem Glas Sekt auf einem violetten Sessel und hat, finde ich, jetzt genug Spaß gehabt mit diesen textilen Geisterbahnen. Jedenfalls erzählt sie Anna sofort und weithin hörbar, ihr persönlich habe das Sahnebaiser gut gefallen, »aber Luisa ist ja etwas eigen«.

Zum Glück kommt die Verkäuferin bald zurück. Die Ladung ihres Kleiderständers sieht schon viel besser aus. »Probieren Sie doch mal dieses.«

Das Kleid ist fast ganz gerade geschnitten und hat aus festem Stoff ein paar aufgesetzte Falten vorne. Mir gefällt, dass es Frauen wie mich mit ein bisschen zu dünnen Beinen, ein bisschen zu kleinem Busen und ein bisschen zu dickem Hintern gut formt. Angetan drehe ich mich vor dem Spiegel.

»Es macht einen guten Po«, konstatiert Verena fachmännisch.

»Und es ist sehr modern«, meint Marie.

»Du könntest ein Glitzerjäckchen dazu tragen«, wirft meine Mutter ein.

»Aber«, sagt Anna stirnrunzelnd, »irgendwie bist das noch nicht du.«

»Hm. Da könntest du recht haben. Nächstes Kleid.«

Noch in zwei Kleider quäle ich mich hinein, um danach festzustellen, dass sie nicht optimal zu mir passen. Beim einen ist der Ausschnitt zu eckig, beim anderen trägt die Raffung an der Taille auf. Und dann trete ich im nächsten Kleid vor den Spiegel und bin verzaubert. Ein Oberteil in leichter Wellenoptik verschafft mir ungewohnte Kurven. An der Taille ist es ganz schmal, um dann ebenfalls wie hundert kleine Wellen um mich herumzuschwappen. Der Cremeton passt perfekt zu diesem romantischen Motiv. Und es hat keinerlei Glitzersteinchen, angenähte Blumen oder sonst etwas Überflüssiges an sich. Meine hysterischen Flecken sind bereits verschwunden, und auch meine Haarspitzen beginnen, sich wieder optimistisch zu locken.

Selbst meine Schultern nehmen Haltung an in diesem Kleid. Ich drehe mich um.

»Oh«, macht Marie. Verena zieht ein Taschentuch aus ihrer Handtasche. Meine Mutter und Anna stoßen wortlos mit ihren Sektgläsern an.

»Das müssen Sie nehmen«, sagt Sophia Loren nüchtern.

»Ich weiß.«

Nachdem ich mit den versammelten Damen noch ausgiebig auf den erfolgreichen Ausflug angestoßen und einen zarten Schleier ausgesucht habe, wanke ich glückstrunken nach Hause. Ich habe ein Brautkleid gefunden, und ich darf darin meine große Liebe heiraten, die meinem Vater praktisch das Leben gerettet hat. Manchmal kommt mir Mark wie Superman vor. Besonders nach zwei Gläsern Sekt.

Superman ist aber ganz und gar nicht in heldenhafter Stimmung. Als ich unsere Wohnung betrete, packt er gerade in seiner gewohnten Art Koffer: Er hat ihn aufgeklappt vor den geöffneten Kleiderschrank gelegt und lässt seine Klamotten einfach hineinfallen.

»Fährst du weg?«, frage ich entsetzt und leicht beschwipst.

Erstaunt betrachtet mich Mark. »Machst du Witze? Sag nicht, du hast es vergessen.«

»Vergessen, was denn?« Allmählich wird mir ein bisschen mulmig.

»Luisa, sagen dir die Stichworte Wochenende, Familientreffen und Toskana irgendwas?«

»O nein. Das ist dieses Wochenende?«, hauche ich und presse mir die Hände auf die Augen.

»So sieht's aus.«

»Hurra.« Ich trolle mich in die Küche, um ein Glas Wasser zu trinken. Ich habe das Treffen vergessen oder verdrängt, aber nicht nur aus Schusseligkeit, sondern teilweise aus psychohygienischen Gründen. Meine Familie ist so unglaublich anstrengend, dass ich diese Familientreffen nach Möglichkeit meide. Zwischen all diesen lauten, vor Temperament nur so sprühenden Menschen fühle ich mich oft unglaublich langweilig und spaßbefreit. Irgendwie deutsch eben. Wenn meine Eltern dabei sind, geht es meist besser, aber morgen wird ja meinem Vater das Melanom weggeschnitten. Wir müssen also ohne sie fahren. Andererseits ist meine italienische Verwandtschaft wunderbar herzlich. Und natürlich wollte ich vor der Hochzeit Mark vorführen. Deshalb hatte ich ja auch zugesagt. Jetzt erinnere ich mich wieder. Es gibt da nur noch ein Problem. Ich gehe zurück zu Mark ins Schlafzimmer und setze mich auf die Bettkante.

»Du, ich müsste mal mit dir reden.«

»Mhm.« Mark klappt seinen Koffer zu und setzt sich drauf, um ihn besser schließen zu können.

»Es geht um meine Großmutter mütterlicherseits.«

»Den Drachen?«

»Ja, genau.« Nonnas Ruf eilt ihr voraus.

»Was gibt es da zu erzählen?«

»Ich wollte dich nur vorwarnen, dass sie wirklich ein Biest ist. Und es kann sein, dass ich mich mit ihr deswegen streite.«

»Warum sollte mich das beunruhigen?«

»Weil ich eventuell den Kürzeren ziehe und mich dann noch mehr aufrege. Tagelang.«

»Aha«, sagt Mark unsicher und zupft an seinen Haaren herum. Offenbar dämmert ihm, dass eine tagelang schlecht aufgelegte Luisa nicht die angenehmste Reisebegleitung wäre.

»Aber ich werde mir Mühe geben, die Situation nicht eskalieren zu lassen und Nonna aus dem Weg zu gehen«, erkläre ich, als wäre es ein Mantra.

»Das wäre nett.« Mark wirkt ein wenig beunruhigt.

»Mach dir keine Sorgen. Zu dir ist sie sicher ganz reizend. Du musst nur immer ›si, si‹ antworten, wenn sie was sagt. Dann wird sie nicht einmal merken, dass du kein Italiener bist.«

»Und wenn sie das doch bemerken würde, wäre das ein Problem?«

Ich ziehe es vor, zu dieser Causa zu schweigen.

Mark

Es riecht nach Putzmittel. Nach diesem fiesen antibakteriellen Zeug, das ich zu Hause fürs Bad benutze, wenn mich Meister Proper im Stich lässt. Ich bin begeistert. »Super, oder?«, frage ich Luisa, die skeptisch dreinblickt, als ich die Tür zu unserem Schlafwagenabteil hinter uns schließe. Ich fühle mich schlagartig in meine Sturm-und-Drang-Phase versetzt, als ich per Interrail durch halb Europa getourt bin, bis nach Marokko runter. Endstation Marrakesch, wo sie ja jetzt alle hinpilgern, und an den Fuß des Atlasgebirges. Heute fallen mir zu Atlas nur noch zwei Dinge ein: ADAC und erster Halswirbel. Irgendwie traurig, wie schnell sich die Vergangenheit von der Gegenwart entfernt.

In unserem ganz in Weiß gehaltenen Deluxe-Abteil ist es etwas beengter. Die übereinanderliegenden Betten sind schon in der Horizontalen, die Daunendecken zurückgeschlagen. Wir haben einen ausklappbaren Tisch, einen Kleiderbügel, einen Waschlappen, zwei Handtücher, Seife und Mundspülung. Außerdem ein eigenes Bad mit Dusche und WC. Ich finde es gemütlich, Luisa schweigt. Wenn Luisa nichts sagt, ist das schlecht. Sie wollte fliegen, ich mit dem Auto fahren. Den Nachtzug habe ich als Kompromiss gebucht.

»Na ja«, kommentiert sie dann doch noch, als sich um kurz nach neun der City Night Line am Münchner Hauptbahnhof Richtung Rom mit Halt in halb Tirol, Verona, Bologna und Florenz in Bewegung setzt. In Florenz werden wir dann von einem Cousin oder Onkel von Luisa abgeholt. Tutto va bene.

Ich schiebe das Kabinenfenster auf. Warme Nachtluft strömt herein. Die östlichen Vororte der bayerischen Landeshauptstadt ziehen vorbei. Herrlich, nicht im Flugzeug dem sicheren Absturz entgegenfliegen zu müssen, sondern gemütlich mit Bodenkontakt zu reisen. Luisa macht es sich in ihrer Koje bequem. Sie blättert in einem Buch. Ich kenne weder Titel noch Autor. Wahrscheinlich etwas sehr Kritisches. Eine Familiengeschichte, die in der DDR spielt. Ich hole einen Vino nobile di Montepulciano aus meiner Reisetasche, zwei Gläser und den Korkenzieher. Ich öffne die Flasche, schnuppere die tollsten Düfte und Aromen und schenke uns ein Gläschen ein.

»Für mich nicht«, lehnt Luisa ab.

»Aber das ist dein Lieblingswein.«

»Jetzt nicht.«

Ich bleibe bis Rosenheim am Fenster stehen, lächle, trinke erst mein Glas aus, dann Luisas, dann nehme ich mein Buch und lege mich in das obere Bett.

»Was liest du?«, fragt Luisa nach einer Weile.

»*Eine Reise nach Neapel.*«

»Aber wir fahren in die Toskana.«

»Ich habe den Titel nicht gemacht«, verteidige ich mich.

»Worum geht's?«

»Um eine Reise nach Neapel. Und nebenbei lernt man Italienisch.«

»Klar, nebenbei. Wie schlank im Schlaf.«

»Zumindest ein paar wichtige Phrasen.« Ich will vorbereitet sein, wenn ich Luisas Familie gegenübertrete, und nicht als der blöde Teutone dastehen, wenn ich gefragt werde, wie mir das Essen schmeckt.

»Was hast du schon gelernt?«

»Scusi, dottore, vorrei trovare una buona trattoria«, zitiere ich aus Lektion 7.

»Du suchst ein gutes Gasthaus?«

»Essen ist heilig in Italien.«

Als ich Luisa etwas lauter atmen höre, klappe ich leise mein Buch zu. Genug gelernt, beschließe ich, soll ja keine Bildungsreise werden. Ich wiederhole leise das zuletzt Gelernte: »Purtroppo capisco soltanto poche parole d'italiano, ma vorrei imparare perfettamente questa lingua tante bella.« Frei übersetzt: Ich check fast nichts. Aber eure Sprache ist echt klasse.

Zur Not muss Luisa übersetzen.

»Wohin gehst du?«, höre ich sie in meinem Rücken.

Eigentlich wollte ich ein bisschen den Zug erkunden. Vielleicht gibt es ja so was wie eine Bar. »Klo«, werfe ich aber sofort alle diesbezüglichen Pläne über Bord.

Luisa lacht. Dann tippt sie mit ihrer Hand auf die winzige freie Stelle im Bett neben sich.

»Du meinst?«, versichere ich mich vorsichtshalber.

»Ausziehen!«

Luisas Wunsch ist mir Befehl. Fünf Sekunden später bin ich nackt bis auf die Haut und lege mich zu meiner Verlobten unter die Decke.

»Kuscheln?«

»Mal schauen.«

Bei den Schönwetterfilmen am Sonntagabend, in denen meine Mutter gelegentlich die verlorene Schwester oder liebe Schwiegermama verkörpert, würde spätestens an dieser Stelle die Kamera dezent vom Bett wegschwenken, durch das Fenster einen Blick auf die schöne Landschaft gewähren. Tatsächlich ist es aber dunkel. Von den Innsbrucker Hausbergen sähe man, wenn man denn jetzt hinausschauen wollte, sicher nicht viel. Und ich habe im Moment sowieso Besseres zu tun, als mich für die Bergwelt zu erwärmen. Ich ziehe Luisa den Slip aus, befreie sie von dem lästigen Unterhemdchen. Viel Platz zum Entfalten ist in diesem Bettchen nicht gerade. Dafür ist das monotone Geräusch der Schienen oder des Zugs auf ihnen sehr entspannend.

Ich hatte noch nie Sex außerhalb eines Raums mit Mauern. Nicht im Auto, nicht im Flieger, schon gar nicht im Zug. Wenn Luisa aber nicht gleich aufhört … »Stopp!«, versuche ich zu retten, was noch zu retten ist, und entziehe mich mit einer ruckartigen Drehung ihrer Hand. Dabei stoße ich mit dem Schädel voll gegen die Unterseite des Betts über uns. Es kracht. »Au!«, schreie ich, greife an meinen Hinterkopf … und komme im selben Augenblick. Auf ihren Brüsten. Wie im schlechten Pornofilm. Was soll man sagen? »Uuups.«

»Uuups?«, faucht Luisa und schielt mich böse an.

»Tut mir leid«, entschuldige ich das Malheur und reibe meinen Kopf an der pulsierenden Stelle, wo ich mich gestoßen habe. Wahrscheinlich wird das eine Riesenbeule.

Meine Verlobte schubst mich zur Seite und stürmt ins Bad. Ich höre die Dusche. Super, Mark. Statt gemütlich in dieses auch so schon problematische Wochenende zu starten, verteile ich Superhengst ein paar Millionen Spermien auf Luisas Brüsten.

Ich wühle mich durch meinen Koffer, finde und greife nach der kurzen Pyjamahose, ziehe sie schnell an und überlege den nächsten Schritt. Was könnte ich zur Aufheiterung der Stimmung beitragen? Luisa noch mal fragen, ob sie meine Frau werden will? Besser nicht. Sie könnte womöglich ablehnen. Ich könnte sagen, dass ich mich auf die große Hochzeitsfeier schon jetzt sehr freue und wenn sie noch ein bisschen größer ausfallen würde, wäre mir das sogar noch lieber. Schmarrn. Ich werde mit einem Satz Luisas Wut in Wein verwandeln. Also in Freude. Sie wird mich herzen und sofort wieder lieb haben. Und wenn alles optimal läuft, können wir in einer halben Stunde vielleicht schon einen zweiten Versuch starten.

Ich warte fast eine geschlagene Stunde, bis Luisa wieder aus dem Bad kommt. Über ihren Haaren schlängelt sich ein Handtuchturban, ihren Körper bedeckt ebenfalls ein Handtuch. »Du hast zwei Handtücher?«, stelle ich fest.

»Ja, und?«

Eins wäre wohl meins gewesen.

Luisas Blick ist so giftig, dass ich schnell zur Seite blicke. »Sonst noch was?«

Ich zögere keine Sekunde. »Ja.«

»Was?«

Ich atme tief ein. »Luisa, cara mia, vorrei bambini con te«, spiele ich die Kinderkarte aus. All in, quasi.

Luisa sieht mich genervt an. »Du bist vielleicht ein Spaßvogel, Mark. Wie kommst du jetzt auf Kinder?«

»Weil ich welche haben möchte. Mit dir!« Ich setze meinen treuherzigsten Blick auf.

»Und wie willst du das anstellen?«

Ich überlege, was Luisa meinen könnte.

»Du weißt aber schon, Mark, was du mit deinem Sperma befruchten musst.«

»Eizelle.«

»Und was nicht?«

»Brüste.«

»Volle Punktzahl.« Luisa schiebt mich zur Seite und legt sich in ihr Bett.

»Und jetzt?«, frage ich hoffnungsvoll.

»Gute Nacht.«

Um kurz nach sechs Uhr am nächsten Morgen stehen wir schweigend am Bahnhof von Florenz. Es ist noch kühl, die Sonne geht gerade erst auf. Es scheint aber ein richtig schöner Tag zu werden, wettermäßig jedenfalls. Ich hoffe, dass sie auf diesem Landgut von Luisas Onkel einen Pool haben. Luisa ist immer noch einsilbig, obwohl sie im Gegensatz zu mir gut geschlafen hat. Ich musste die erste Nachthälfte nachdenken, was ich – außer dem allzu Offensichtlichen – alles falsch gemacht habe, und als ich es endlich wusste, konnte ich nicht mehr einschlafen. Im Nachbarabteil feierte ein Pärchen eine Sexorgie, wie sie die Päpste in der Renaissance nicht besser hinbekommen hätten. Stöhnen, quietschen, poltern. Ich weiß nicht, was genau da vor sich gegangen ist, aber es war wohl ein großer Spaß für alle Beteiligten.

Ich verspüre das glatte Gegenteil von Spaß. Langsam ziehe ich meinen Koffer hinter mir her. Luisa versucht mich anzutreiben. Ich nehme lieber auf einer Bank Platz.

»Hopp! Jetzt bloß keine Müdigkeit vorschützen.«

Ich sehe weit und breit niemanden, der uns abholt. »Uno momento, per favore.«

»Un momento«, korrigiert mich Luisa.

»Auch gut.«

»Weißt du, was ich jetzt brauche?«, fragt Luisa.

Ich nicke, stehe auf und ziehe los, Kaffee holen, während Luisa auf ihren Onkel oder Cousin wartet. Für die Schönheit des Kopfbahnhofs Firenze Santa Maria Novella fehlt mir der Sinn, obwohl der Bahnhof im Vergleich zu München oder Stuttgart ganz bezaubernd ist. Fast schon ein Museum. Bis zu den Uffizien soll es gar nicht weit sein. Wäre ich ausgeschlafener, könnten wir noch schnell einen kleinen Abstecher wagen. Aber tatsächlich bin ich froh, mich überhaupt auf den Beinen halten zu können. Am liebsten würde ich schlafen.

Im Vorübergehen höre ich das vertraute Dampfen einer Espressomaschine. Ich bleibe stehen, halte meine Nase in die Luft und folge dem Kaffeeduft durch die offene Glastür in das Innere einer Bar. Dort steht eine junge, dunkelhaarige Frau mit braunen Rehaugen hinter einem mächtigen Tresen aus Holz und zermalmt in einer Kaffeemühle die Bohnen, die sie dann in einen Behälter umfüllt und an die Dampfmaschine schraubt. Obwohl ich weiß, wie das funktioniert, fasziniert mich ihr Geschick. Es hat etwas Meditatives. Jeder Handgriff sitzt. Als mich die Barista wahrnimmt, lächelt sie.

»Buon giorno«, grüße ich.

»Un caffè?«

»Due caffè doppio con macchiato, per favore«, stöpsle ich zusammen und schiebe noch ein »to go« hinterher. In dem Moment flutet wie aufs Stichwort eine Truppe Touristen aus dem Mutterland des Filterkaffees das Lokal.

»To go?«

»Si, prego«, brülle ich gegen den Lärm der Amerikaner an.

Zehn Minuten später halte ich Luisa stolz einen Becher Kaffee unter die Nase. »Doppio macchiato.«

Luisa greift nach dem Becher, nimmt einen kräftigen Schluck, verzieht das Gesicht und spuckt den Kaffee sofort wieder aus. »Heiß«, schreit sie.

»Caldo.«

»Troppo caldo.« Luisa nimmt nach einer kurzen Pause einen weniger hastigen Schluck. »Sehr gut«, urteilt sie, während sie einen Moment die Augen schließt. Dann seufzt sie, blickt auf die Uhr, lehnt sich auf der Bank zurück und schlägt mit der Faust auf selbige. »Mist!«

»Merda«, übersetze ich.

»Könntest du jetzt bitte mal aufhören!«

»Womit?«

»Alles, was ich sage, ins Italienische zu übersetzen.«

»Va bene.«

»Ma-ark! Es reicht wirklich.«

»Scu… Tschuldigung.«

Luisas Versuche, ihren Cousin oder Onkel zu erreichen, sind nicht von Erfolg gekrönt. Ich weiß nicht genau, was sie ihrer Verwandtschaft alles auf die Mailbox geredet hat, es war aber gewiss keine Einladung zum Kaffeeklatsch.

Meine Verlobte ist ein lieber Mensch, aber man sollte sie besser nicht reizen.

Es ist schon nach acht, als ich sage: »Du Luisa, ich glaube, die haben uns vergessen.«

»Scheiße, ja.« Zum ersten Mal seit einer gefühlten Ewigkeit sind wir uns einig.

Ich falte die ADAC-Straßenkarte auf. Von Florenz bis Massa Marittima sind es noch hundertfünfzig Kilometer. Eine Taxifahrt wäre vermutlich astronomisch teuer. »Ich schau mal, ob ich einen Autoverleih finde.«

»Viel Glück.«

Bravo. Ein Freitag vom Feinsten. Mir ist richtig schlecht vor Müdigkeit. Und jetzt muss ich auch noch fahren. Grande. Es dauert eine halbe Ewigkeit und drei verunglückte Gespräche auf Italienisch, bis ich endlich einen Autoverleih finde. Wenn dein Hirn nicht mehr funktioniert, ist aber auch Englisch eine echte Herausforderung.

Als ich dem Typen hinter dem Counter erklärt habe, welches Auto ich wie lange brauche, antwortet der auf Deutsch: »Füllen Sie das hier aus.« Dann schiebt er ein Formular und einen Kugelschreiber in meine Richtung. Super. Ich schüttle den Kopf und mache ein paar Kreuze, hoffentlich an der richtigen Stelle.

Als ich fünfzehn Minuten später alle Formalitäten erledigt habe und der Typ bereits den Schlüssel für den Cinquecento in der Hand hält, kommt doch noch das dicke Ende. Er bedankt sich höflich. Dann sagt er: »Jetzt bräuchte ich bloß noch Ihren Führerschein, Herr Schwarz.«

»Das ist jetzt nicht Ihr Ernst, oder?«

»Vorschrift ist Vorschrift.«

»Mein Führerschein liegt im Handschuhfach.«

»Hm.«

»In meinem Auto. Und das steht in der Tiefgarage. In München.«

»Das ist jetzt blöd.«

»Ist das alles, was Sie dazu sagen?«

»Ohne Führerschein kein Fahrzeug. So lauten die Regeln.«

In mir brodelt es, ich könnte ausflippen, bin aber doch zu müde, um die Bruchbude in ihre Einzelteile zu zerlegen. In einem allerletzten Kraftakt ziehe ich mein Handy aus der Tasche und rufe Luisa an. »Hast du deinen Führerschein dabei?«

»Nein, wieso?«

»Nur so«, antworte ich und lege auf.

»Und jetzt?«, frage ich den Typen vom Autoverleih.

Der zuckt aber nur gelangweilt mit den Schultern.

Auf dem Rückweg erkläre ich Luisa am Handy, dass ich zwar ein Auto mieten könnte, aber es nicht fahren dürfe. Ich verlaufe mich noch zweimal und finde eine Stunde, nachdem ich mich auf den Weg zum Autoverleih gemacht habe, eher zufällig meine Verlobte wieder.

Sie steht auf einem Parkplatz wild gestikulierend vor einem Reisebus. Dabei springt sie von einem Bein aufs andere. »Mark!«, schreit sie. »Hierher.« Ich schlurfe ihr entgegen. Es fühlt sich an wie die letzten Kilometer beim Marathon. »Steig ein«, befiehlt Luisa und bugsiert mich in den Bus.

»Unsere Koffer?«

»Sind schon drin.«

Ich habe keine Ahnung, wie Luisa das geschafft hat, aber ich glaube, sie ist ein Genie.

Als ich in den Bus steige, richten sich etwa vierzig Augenpaare auf mich. »Ni hao«, sage ich prompt, um das Eis zu brechen. Ich spüre, wie Luisa an meinem Hemd zupft.

»Japaner«, flüstert sie. »Keine Chinesen.«

»Domo arigato«, grüße ich also den Busfahrer, der sich bei genauerem Hinsehen aber eindeutig als Italiener entpuppt.

»Via!«, meint er.

»Was heißt todmüde?«

»Lui, e stanco morto«, erklärt Luisa dem Busfahrer.

Ich schleiche durch die Reihen, nicke höflich und setze mich ganz hinten auf den letzten freien Platz neben einer Hundertjährigen, die mich böse anguckt. »Kon'nichiwa«, sage ich lächelnd. Eine Sekunde später schließe ich die Augen.

»Aufstehen«, weckt mich Luisa und streicht mir sanft über den Unterarm.

Ganz langsam öffne ich die Augen. »Wo sind wir?«

»Da.«

»Wo da?«

»Bei Onkel Salvo.«

Ich reibe mir den Schlaf aus den Augen. Wir sitzen in einem leeren Bus. »Wo sind die Japaner?«, schreie ich aufgeregt. Ist das ein Albtraum?

»Welche Japaner?«, fragt Luisa.

Ich ziehe wohl eine komische Grimasse, weil Luisa plötzlich lacht. Dann küsst sie mich. »Mein Mark«, sagt sie. »Die Japaner sind schon ausgestiegen. Gianni war so nett, uns hierherzufahren. Gib ihm doch ein kleines Trinkgeld.«

»Wer ist Gianni?«

»Unser Busfahrer.«

Beim Aussteigen drücke ich ihm zehn Euro in die Hand.

Er nickt. »Tante grazie«, meint Luisa und umarmt ihn zum Abschied. Gianni lässt den Motor an, schließt die Tür und braust davon. Wir stehen auf der Straße, neben uns zwei Koffer, und blicken dem Bus nach. Der Himmel über uns ist in Azur getaucht. Alles leuchtet.

»Und jetzt?«

»Hier lang.« Luisa deutet auf eine Allee. »Da hinten ist es.«

Während wir die ungeteerte Straße zur Tenuta, zum Landgut, hinaufmarschieren, schwelgt Luisa in Kindheitserinnerungen. »Wir waren früher jeden Sommer hier.« Die Tenuta gehört dem Bruder ihres Vaters, der nach einem Lottogewinn sein Literaturstudium geschmissen hat, hierherzog, die alte Villa samt Ländereien kaufte, alles hergerichtet und renoviert hat und seitdem Bauer und Winzer ist.

»Spricht dein Onkel Deutsch?«

»Un poco.«

»Und sind wir nicht mehr sauer?«, frage ich vorsichtig.

»Warum?«

»Na, weil uns keiner in Florenz abgeholt hat. Wie vereinbart!«

»Sei doch nicht immer so deutsch.«

»Was soll das heißen?«

»Ist doch alles gut. Wir sind hier. Basta.«

Es ist wirklich fantastisch hier. Ich fühle mich gleich sauwohl. Das Herrschaftshaus erhebt sich im Zentrum einer Talmulde, umgeben von sanften Hügeln mit Zypressen und Pinien. In dem rundum abfallenden Gelände liegen Weinberge und Olivenhaine. Ein kleines Paradies.

Luisa

Am Eingang der in einem zarten Gelb getünchten Villa mit grünen Fensterläden gibt es keine Klingel, nur ein Schäferhund liegt vor der Tür und bewegt sich keinen Millimeter. Der gute alte Beppo. Ich bücke mich zu ihm und streichle seinen Kopf. Beppo leckt mir kurz die Hand. Mehr Aufwand bedeutete wahrscheinlich den plötzlichen Herztod. »Wo ist denn dein Herrchen?«, frage ich den Hund ganz konstruktiv.

»Wahrscheinlich auf dem Weg nach Florenz«, unkt Mark.

»Hallo!«, rufe ich durch die Tür.

»Luisa!!!« Eine kräftige Stimme lässt uns zusammenzucken. Salvo kommt um die Ecke, breitet seine Arme aus und drückt mich fest an sich. Ich höre meine Brustwirbel knacken.

»Caro zio, das ist Mark, mein Verlobter«, sage ich, ganz wohlerzogenes Mädchen.

»Marco!«, jubelt Onkel Salvo und umarmt Mark ebenso heftig wie zuvor mich. Die beiden scheinen sich schon mal zu mögen.

»Piacere«, radebrecht Mark. »Grazie per …«

»Ick sprecke gute Deutsch«, erklärt Onkel Salvo ähnlich sprachbegabt.

»Ah«, frohlockt Mark. »Buono.«

»Äh, Luisa. Schöne Überraschung, aber was mache hier?«, will Salvo wissen.

»Wir kommen zum Familienfest! Hast du das etwa vergessen?«

»Familienfeste?« Salvo lacht. »Isse nächste Woche.«

Mark legt die Stirn in Falten. »Hm. Dann ist mir da wohl ein kleiner Terminfehler unterlaufen. Das kann eigentlich nicht sein.«

Mir fällt dazu nichts ein. Ich verstehe nur plötzlich, warum in meinem Kalender an diesem Wochenende nichts von einem Familienfest stand.

Unser Zimmer auf Salvos Landgut ist ein gemütlicher kleiner Raum mit Himmelbett, Sofa, Natursteinboden und weiß getünchten Sichtbalken an der Decke. Aber ich bin nur noch genervt.

»Es tut mir leid«, entschuldigt Mark sich zum ungefähr zehnten Mal. »Ich war sicher, dass es dieses Wochenende ist.«

»Dann bleiben wir halt bis nächste Woche.«

»Luisa, Schatz. Ich habe doch schon gesagt, dass das nicht geht.«

»Weil dir deine Arbeit wichtiger ist als ich.«

»Das stimmt nicht. Erstens kommt der Chef nächste Woche, außerdem vier Nasen und acht Paar Brüste. Machen wir uns halt so ein schönes Wochenende. Ohne deine Familie.«

»Aber deswegen sind wir doch hier.«

»Lerne ich deine Nonna halt bei der Hochzeit kennen.«

»Ich weiß nicht, ob das eine gute Idee ist.«

»Ruf doch deine Verwandten an, dass sie heute Abend zum Essen vorbeischauen«, schlägt Mark schließlich vor. Geniale Idee. Meine Familie ist über das ganze Land verstreut. Aber allmählich erscheint mir der Gedanke ziemlich verlockend, gar nicht alle auf einem Haufen erleben zu müssen. Gerade für Marks Premiere. Zwanzig Mitglieder meiner Familie würden dem stabilsten Gemüt für den Anfang reichen. Mark fängt unterdessen an, sich auszuziehen.

»Was machst du da?«

»Ich ziehe mich aus.«

»Das sehe ich.«

»Nur schnell in die Badehose. Für den Pool.« Mark schnappt sich seinen Koffer, öffnet den Reißverschluss und klappt ihn auf. Sofort sehe ich, dass etwas nicht stimmen kann: Sämtliche Kleidung und Wäsche darin ist ordentlich zusammengefaltet. Das ist nicht Marks Koffer. Mein Verlobter wühlt sich durch japanische Markenware und zieht schließlich ein winziges weißes Hemd heraus, das ihm bestenfalls am Oberschenkel passen könnte.

»Ups!«, kommentiere ich und fange an, hysterisch zu kichern.

Mark findet das gar nicht lustig. »Luisa?! Du hast die Koffer vertauscht!«

»Das war eigentlich nicht ich«, korrigiere ich lachend. »Die Japaner haben diesen übrig gelassen. Bestimmt bauen sie gerade eins deiner Hemden als Zelt auf.«

»Bravo.« Mark klingt bitter und öffnet meinen Koffer. Obenauf leuchtet ihm meine schönste rote Spitzenunterwäsche entgegen, was ihn unter normalen Umständen ein bisschen erfreut hätte. Heute aber zucken nicht einmal seine Mundwinkel. Wütend schaut er mich an. Dass ich immer noch kichern muss, weil ich mir Mark die ganze Zeit in diesen absurd kleinen japanischen Klamotten vorstelle, macht die Situation nicht besser.

»Luisa. Wenn du nicht endlich aufhörst, so blöd zu lachen, fahre ich sofort nach Hause!«

»Viel Glück. Der nächste Taxistand ist etwa zwanzig

Kilometer entfernt. Den findest du sicher spielend.« Entspannt lasse ich mich aufs Bett fallen.

Mark schaut mich kurz an und scheint zu überlegen. Dann klappt er den Koffer wieder zu und legt sich neben mich. Gemeinsam starren wir die Decke an.

»Was machen wir jetzt?«

»Telefonieren.«

Bei meinen ersten beiden Telefonaten mit dem Busunternehmen sitzt Mark noch alibihalber daneben. Dann verweist er auf seine mangelnden Sprachkenntnisse und leiht sich von Salvo eine Badehose, die ihm ungefähr so viel zu groß ist wie die japanischen Hemden zu klein. Nachdem er sie mit einem Bindfaden festgezurrt hat, strebt er damit gen Pool. Natürlich nicht ohne ein freundliches »Du machst das schon, Liebes!« auf den Lippen. Manchmal frage ich mich, wozu man heutzutage überhaupt noch heiraten muss. Frauen bringt es nur Nachteile. Wir müssen unsere eigenen Probleme weiterhin selbst lösen und die der Männer meistens noch mit übernehmen. Und warum? Weil die Kerle immer so hilflos tun, und wir nicht dabei zusehen können, wenn sie ein halbes Jahr für den Abschluss einer Kfz-Versicherung brauchen. In der Zeit haben wir alle denkbaren Versicherungen verglichen, die günstigste abgeschlossen und noch zwei Mal die Reifen gewechselt. Also machen wir es schnell selbst. Schließlich kostet das weniger Nerven, als einem Mann dabei zuzuschauen.

Eine halbe Stunde später hat das Busunternehmen endlich den Namen des Hotels herausgefunden, in dem die Japaner abgestiegen sind. Doch die Rezeptionistin ist ein wenig hilflos beim Gedanken, sich auf Japanisch über einen vertauschten Koffer verständigen zu müssen. Also schnappe ich mir Salvos alten Fiat, packe den Koffer ein und zuckele über die löchrige Landstraße in Richtung Meer. Die Landschaft hier habe ich schon als Kind geliebt. Ich fand immer, die Bäume sehen aus wie Regenschirme: zugeklappt sind sie Zypressen, aufgeklappt sind sie Pinien.

Irgendwo zwischen Follonica und Piombino halte ich vor einer Bettenburg in einer Art Industriegebiet. Was hatte ich auch erwartet – die Japaner sind nicht hier, um edel zu logieren. Die wollen nur die Städte anschauen. Genau das tun sie auch gerade, erklärt mir die unfähige Rezeptionistin mit verschränkten Armen. Ihre Koffer hätten sie nur eben im Zimmer abgestellt und wären sofort wieder losgefahren. Ich rede fünf Minuten lang auf sie ein, mich die Koffer tauschen zu lassen. »Auf keinen Fall fahre ich mit dem falschen Koffer wieder zu Onkel Salvo!«, pflaume ich sie schließlich an.

»Salvo? Ich kenne einen Salvo. Salvo Conte.«

»So heißt mein Onkel.«

»Non é vero.«

»Si.«

»Nettes Lachen, großer Bauch, eher klein als groß?«

»Das ist er.«

Plötzlich strahlt sie mich an, hat einen Schlüssel in der Hand und bugsiert mich in den Lift. Während wir in den fünften Stock fahren, erzählt sie mir von ihrer Schwester, die einen von Salvos Freunden geheiratet hat. Und zwar auf dem Landgut. Es sei traumhaft gewesen. Der Hund habe die Ringe zum Brautpaar getragen!

Sicherheitshalber öffne ich Marks Koffer, der dem vertauschten verblüffend ähnlich sieht. Das Chaos darin kommt mir bekannt vor.

»Wurde er am Flughafen durchwühlt?«, fragt die Rezeptionistin entsetzt.

»Nein. Mein Verlobter packt immer so.«

»Na, wenn Sie ihn erst geheiratet haben, werden ja Sie seine Koffer packen!«, plaudert sie fröhlich.

O Gott. Werde ich? Nein. Manchmal bin ich doch sehr glücklich darüber, nicht vollständig im ländlichen Italien aufgewachsen zu sein.

Meine nächsten Telefonate gestalten sich noch schwieriger. Aber schließlich erklärt sich sogar Nonna bereit, sich am Abend von meiner Tante abholen und die zwanzig Minuten zu Salvo fahren zu lassen. Auch ein paar Cousinen und Cousins werden kommen. Nachdem ich Romina, die gute Seele des Hauses, auf fünfzehn hungrige Menschen am Abend vorbereitet und ihr meine Hilfe versprochen habe, gehe ich zum Pool. Er liegt auf der Rückseite des Hauses mit Blick auf einen Olivenhain. Mark hängt faul auf einem Liegestuhl herum. Als ich mich neben ihn setze, blinzelt er träge in die Sonne.

»Da bist du ja wieder.«

»Ja. Willst du nicht wissen, ob ich deinen Koffer gefunden habe?«

»Eigentlich nicht. Ich habe beschlossen, den Rest meines Lebens in Salvos Badehose an diesem Pool zu verbringen.«

»Und wenn sie dir irgendwann vom Leib fällt?«

»Dann nackt.«

»Soll ich deinen Koffer wieder zu den Japanern zurückbringen?«

»Du hast ihn gefunden?« Mark dreht den Kopf und lächelt mich an. »Du bist die Beste! Lass mich dich küssen, aber danach muss ich weiterdösen.«

»Okay, Faulpelz!«, lache ich und halte meinen Mund zum Kuss hin. Er schmeckt nach Chlor und Cola. »Aber am Abend wirst du dir etwas anziehen müssen. Ich habe ein paar Tanten und Cousins eingeladen.«

»Auch die Nonna?«

»Selbstverständlich.«

»Dann schau ich besser, ob meine kugelsichere Weste noch im Koffer liegt.«

Während ich Salat putze, weine ich mich an Rominas mächtigem Busen über meine gefährliche Großmutter aus. Sie wiegt zu meinen Klagen freundlich ihr graues Haupt.

»Weißt du, Luisa«, sagt sie und deutet mit einem Küchenmesser auf mich, »wenn man sich vorher so viele Sorgen macht, ist es meistens gar nicht so schlimm.«

»Wie meinen Sie das?« Romina duzt mich, ich sieze zurück. Seit hundert Jahren.

»Sorgen lohnen sich nicht. Du wirst sehen, deine Nonna wird Mark mögen. Er sie wahrscheinlich nicht, aber da er dich heiraten will, muss er trotzdem so tun als ob.«

Romina behält recht. Der Drachen rauscht pünktlich um acht ins Haus, gefolgt von meiner augenrollenden Tante Carla. Anstatt einer Begrüßung hält Nonna mir ihre Steppweste zum Aufhängen hin. Tante Carla umarmt mich lange und flüstert mir zu: »Ich dreh durch. Immer, wenn ich schneller gefahren bin als sechzig, hat sie angefangen, das Ave Maria zu beten.«

»Jetzt seid ihr ja da«, wispere ich zurück und unterschlage das unwichtige Detail, dass es auch eine Rückfahrt geben wird. Im Dunkeln. Hoffentlich hat Nonna ihren Rosenkranz dabei.

Mark erscheint mit einem Tablett voller Gläser im Türrahmen. Als Aperitif-Kellner ist er sehr niedlich. Aber Nonna scheint das anders zu sehen.

»Luisa!«, plärrt sie. »Komm und nimm dem jungen Mann das Tablett ab.«

»Gradisce un spumante?«, fragt Mark in schönstem Italienisch. Da hat sich jemand Mühe gegeben mit dem Wörterbuch. Nonna nimmt ihm ein Glas ab, ich das Tablett. Sie mustert ihn von oben bis unten. Er grinst sie ein bisschen hilflos an, wahrscheinlich weil er seinen einzigen auswendig gelernten Satz bereits gesagt hat. Und dann passiert das Unglaubliche: Nonna tätschelt Mark freundlich die Wangen. Hinter mir höre ich, wie jemand tief Luft holt. Auch Tante Carla scheint erleichtert zu sein.

Nach und nach trudeln mehr Verwandte ein. Alle amüsieren sich bestens darüber, dass ausgerechnet wir Deutschen am falschen Wochenende angereist sind, und lachen noch mehr, als ich die Geschichte vom vertauschten Koffer erzähle.

»Ihr solltet bald Kinder kriegen, damit die auf euch aufpassen können!«, ruft Salvo.

»Wir arbeiten dran.«

»Wo verbringt ihr eigentlich eure Flitterwochen?«, fragt Carla.

»Malediven.«

»La Svezia«, antwortet im gleichen Moment Mark, der schon ganz schön viel Italienisch versteht. Mit großen Augen schauen wir einander an.

»Ich hoffe, ihr habt noch nicht gebucht«, meint Carla trocken und wendet sich ihrem Fisch zu.

»Wir haben doch gesagt, wenn wir mal heiraten, fahren wir nach Stockholm in die Flitterwochen«, sagt Mark vorwurfsvoll.

»Äh, ja, aber das war vor zwei Jahren, weil wir gerade eine Doku gesehen hatten. Danach haben wir nie wieder davon gesprochen.«

»Ich habe mich aber darauf eingestellt.«

Ächz. Seit zwei Jahren. Schwierig, einen alten Dampfer vom Kurs abzubringen. Ich setze mein verführerischstes Lächeln auf. »Könntest du dir nicht vorstellen, dich auf etwas anderes einzustellen? Weißt du, auf den Malediven …«, Kunstpause, »… würde ich nie mehr als einen Bikini tragen und jeden Tag mit dir gemeinsam eine Außendusche benutzen.«

Marks Augenbrauen schnellen in die Höhe. Er überlegt. In der entstehenden Stille kann ich hören, wie Nonna am anderen Ende des Tisches zu ihrem Lieblingssohn sagt: »Dieser Deutsche gefällt mir. Aber was findet er bloß an Luisa?«

Mark

Die nächsten Wochen vergehen wie im Flug. Also jetzt nicht wie auf einem Flug, bei dem ich Passagier bin. Diese Flüge vergehen nie wie im Flug, eher wie in Zeitlupe. Eine Stunde – von München nach Berlin zum Beispiel – dauert in meiner Wahrnehmung Tage. Was ich aber eigentlich sagen will: Wie schnell doch die Zeit vergeht, Kinder. Und trotzdem denke ich ständig an die Vergangenheit.

Das Wochenende in der Toskana war sensationell! Mit der Nonna telefoniere ich seitdem fast jede Woche. Während Luisa an der perfekten Organisation unserer Hochzeit bastelt, arbeite ich an meinem Italienisch. Die *Reise nach Neapel* habe ich längst durch. Mittlerweile bin ich auf echte Lehrbücher umgestiegen. Und ich gehe wieder zur Schule. Zur Sprachschule, um genau zu sein. Ein bisschen fühle ich mich wie Colin Firth in *Tatsächlich Liebe*, den ich mir mal mit Luisa anschauen musste, aber gar nicht so schlecht fand. In dem Film verliebt er sich in die gut aussehende portugiesische Haushaltshilfe, die sein Ferienhäuschen in Frankreich sauber hält. Zurück in London besucht er dann gleich einen Portugiesischkurs, um seiner Angebeteten schließlich und endlich in Lissabon einen Heiratsantrag zu machen, woraufhin sie plötzlich in seiner Sprache antwortet.

Mein Ziel ist es, mich mit Luisas Verwandtschaft auf der Hochzeit in deren Sprache zu unterhalten. Die Nonna sagt, ich spräche schon ganz hervorragend. Die Nonna. Selbst als der Nonno noch lebte, so wurde mir berichtet, sei sie das Familienoberhaupt gewesen. Die Nonna war und ist gefürchtet. So grob sie auch sein mag, so großartig ist sie auch. Auf jeden Fall hat sie einen hohen Unterhaltungswert.

Das Gute an dem kleinen Fest im Innenhof der Tenuta war wohl, dass ich die halbe Sau, die Salvo über dem offenen Feuer gegrillt hat, fast im Alleingang vertilgt habe. Dazu eine Unmenge Salat, Brot, Gemüse und Kartoffeln. Wie der Großvater, »come il nonno«, hat die Nonna den ganzen Abend lang gejubelt. Das Gleiche hat sie auch zu meinem Weinkonsum angemerkt. Leicht beschwipst von Merlot, Cabernet und Syrah aus Salvos Keller schwang ich das Tanzbein mit Luisa. Aber auch mit sämtlichen Tanten, Cousinen und weiblichen Angestellten des Hauses. »Come il nonno«, hat die Nonna gesagt und gelacht. »Pass gut auf ihn auf«, gab sie Luisa mit auf den Weg nach Deutschland. Luisa versprach es.

Sicher meinte die Nonna, ihre Enkeltochter solle für mein leibliches Wohl sorgen. Das genaue Gegenteil ist aber seit unserer Rückkehr der Fall: Luisa hat mich auf Diät gesetzt. Abends keine Kohlenhydrate mehr. »Ich möchte keinen Fettsack heiraten«, hat sie zwar nicht wörtlich gesagt, aber gemeint.

Es war ein wunderbarer Sonntagnachmittag am See, richtig heiß, wir lagen unter einem Baum im Schatten, ein angenehmer Wind blies übers Wasser. Ein paar Stunden zuvor hatte Verena ein Mädchen zur Welt gebracht. Statt nun auch über Kinder zu reden, trampelte Luisa auf meinen Gefühlen herum. »Mark, du musst echt was machen.«

»Was meinst du?«

»Dein Bauch.«

»Was ist mit meinem Bauch?« Ich dachte an eincremen.

»Du hast ganz schön zugelegt.«

»Lüge!«, beendete ich das Thema, drehte Luisa meinen Rücken zu und zog später ein T-Shirt an. Am Abend kochte ich dann Spaghetti Carbonara. Zweitausend Kalorien. Minimum. Dazu gab's einen ausgezeichneten Chianti.

Am nächsten Morgen beschloss ich, nachdem ich eine Weile nackt vor dem Spiegel zugebracht hatte, dass Luisa zwar nicht recht hat, aber ein paar Kilo weniger langsam echt nicht schaden würden. Ich konnte mich aber schlecht unters eigene Messer legen, wobei man beim Fettabsaugen ja nichts wegschneidet, sondern absaugt, was in den darauf folgenden Tagen, die man in einem Stützstrumpf zubringt, höllisch weh tut und nicht wirklich gut aussieht. Stichwort: Hämatome. Nein, auf diese Art wollte ich nicht schlank werden. Ich rief bei meinem Papa an und erkundigte mich, weil ich es in der Zwischenzeit wieder vergessen hatte, nach seinem Schlankmachergeheimnis. Zwei Tage später hatte ich ein Probetraining.

Seitdem gehe ich jeden Dienstag und Donnerstag in die Schüttelbude, wie Luisa das Fitnesscenter nennt. Dank des Diätplans verliere ich Fett, und durch das Training auf der Power Plate baue ich Muskeln auf. Das Trainingsziel lautet: knackiger Hintern, weniger Bauch. Ich weiß natürlich, dass es ein weiter Weg ist vom Waschbär zum Waschbrett.

»Wie geht's?«, fragt Werner, der im *L22* der Chef ist, als ich mich in knielanger schwarzer Turnhose, schwarzem T-Shirt und roten Socken vor der Platte postiere.

»Man kommt so durch.« Was soll ich lügen? Mein Leben besteht im Moment aus Arbeit, Abnehmen und Rechnungen begleichen. Rechnungen für die Traumhochzeit. Luisa möchte nun vielleicht doch keinen DJ mehr, sondern eine Band, die angeblich mal mit Roger Cicero auf Tour war. »Ist das ein griechischer Philosoph?«, hatte ich mir erlaubt zu fragen. Ein großer Fehler.

Werner ist ein sehr sympathischer Mann Mitte fünfzig mit blondem, gut frisiertem Haar und aufrichtigem Lächeln. Er steht neben der Platte und gibt Anweisungen, wie ich bei welcher Übung das Bein oder die Hand zu halten habe. Wenn er gerade nichts auszusetzen hat, weil ich die Übung zufällig perfekt turne, erzählt er von seinem Hund, dem Leo, oder von seinem Schatzi, der Karin.

»Und wie laufen die Hochzeitsvorbereitungen?«, steckt

er den Finger tief in die Wunde, als ich gerade an einen Ball gelehnt mit zwei Hanteln jongliere.

»Da bin ich der falsche Ansprechpartner«, keuche ich. »Heute so, morgen so, wie's im Moment aussieht, keine Ahnung. Statt vier Gängen könnten es auch sechs sein. Statt des alten Mercedes eine Kutsche, gezogen von vier Schimmeln.«

»Tja.« Mein bereits mehrfach verheirateter Trainer zuckt mit den Schultern und lacht. »Wir haben's nicht anders gewollt.«

»Du sprichst ein großes Wort gelassen aus.«

Weil sich Werner dann aber wieder der brünetten Schauspielerin und dem blonden Model auf den anderen Platten zuwenden muss, habe ich kurz Zeit, um durchzuschnaufen. Just in dem Moment klingelt mein Handy. »Herr von Denkwitz!«, begrüße ich Barnie.

»Wo steckst du?«

»In der Schüttelbude.«

»Ich muss dir unbedingt was zeigen.«

Keine dreißig Minuten später bin ich am Treffpunkt. Eine ruhige Seitenstraße im Stadtteil Obergiesing. Früher als Glasscherbenviertel verunglimpft, heute mächtig im Kommen. Ich parke auf dem Gehweg, sehe überraschend viel Grün und ganz wunderbare alte Häuser, die ich hier gar nicht vermutet hätte. Vor einem dieser Schmuckkästchen steht Barnie und winkt.

»Was gibt's?«, will ich wissen.

»Das!« Barnie zeigt auf ein mit Efeu und wildem Wein umranktes zweistöckiges Haus, das man im mondänen Schwabing oder Bogenhausen als Villa bezeichnen würde, weil man in den sogenannten besseren Vierteln fast alles als Villa bezeichnet. In Giesing ist es, schätze ich, einfach nur ein Haus. Ein richtig schönes Haus. Es hat vier Dachgauben zur Straßenseite. Und verblasste rote Läden vor den Fenstern. »Dreihundert Quadratmeter Garten«, erklärt Barnie. Jetzt fällt bei mir der Groschen: Barnie will das Haus kaufen.

»Ist das nicht ein bisschen groß für dich?«, frage ich vorsichtig, als uns wenig später ein Makler durch den riesigen Kasten führt. Das Parkett ist hinüber, die Wände sind uneben. Von der Decke hängt Tapete, in einigen Räumen hat jemand eine Holzdecke eingezogen. Das Bad und die Küche im Erdgeschoss stammen noch aus den Sechzigern. Irre Farben.

»Absolut«, gesteht Barnie.

Ich brauche ein paar Minuten. Erst auf der Terrasse mit Blick auf den verwilderten, von außen uneinsehbaren Garten verstehe ich. »Du willst hier mit Lilly und dem Baby einziehen.« Ich klopfe Barnie auf die Schulter und bin fast ein wenig gerührt. »Mensch, Barnie.«

Der Makler sagt, wir sollten uns alles in Ruhe anschauen und überlegen. Wenn wir gehen, müssten wir nur die Haustüre zuziehen.

Barnie und ich genießen die Ruhe. Bis auf eine Grille und eine Amsel ist es absolut still. Wir nehmen auf zwei alten Holzstühlen auf der Terrasse Platz. Die Terrasse besteht ausschließlich aus gesprungenen Fliesen. Barnie zaubert eine Flasche Wein, zwei Pappbecher und zwei Zigarren aus einer Tüte. Mit einem Taschenmesser öffnet er die Flasche und schenkt uns ein. »Von der Tanke.« Dann nimmt er die Zigarren, schneidet mit dem Taschenmesser die Spitzen ab und reicht mir eine.

Montecristo. Ich bin begeistert.

»Nicht von der Tanke«, erklärt Barnie und fischt auch noch Streichhölzer aus der Tüte.

Wir rauchen schweigend und kosten gelegentlich vom Wein. Ich schließe die Augen, genieße den Augenblick. So auf der Terrasse zu sitzen, könnte mir gefallen. Ist überhaupt nicht zu vergleichen mit dem kleinen Balkon, der an meiner Küche dranhängt. Ich stelle mir vor, wie Barnie hier im Sommer mit seiner Familie sitzt, den Grill anheizt, ein Bier trinkt. Davor muss er natürlich einiges am Haus machen. Das wird nicht billig, selbst für einen Freiherrn von Denkwitz. Und eigentlich ist es selbst für drei Personen noch viel zu groß, aber vielleicht planen Lilly und er ja eine Fußballmannschaft.

»Und?«, fragt Barnie nach einer Weile. »Bist du dabei?«

Ich verstehe nicht.

»Das Haus ist groß genug. Wir machen fifty-fifty. Wir links, ihr bekommt die rechte Hälfte. Den Garten teilen wir uns.«

Langsam wird mir klar, was Barnie will – Luisa und mich als Nachbarn. Ich brauche ein paar Sekunden, das zu verarbeiten. Ich bin begeistert. Das wäre ja: »Der Hammer!«

Mein bester Freund und ich fallen uns in die Arme. Unser Haus. Lilly, Barnie, der Kleine, Luisa und ich. Und irgendwann vielleicht auch unsere eigenen Kinder.

»Ich sollte das vielleicht vorher mit Luisa besprechen«, sage ich. »Du weißt ja …«

»Sie hat die Hosen an.«

Ich knipse mit dem Handy noch ein paar Fotos vom Garten und der Umgebung. Barnie erzählt, dass uns der Makler ein paar Tage Bedenkzeit gewährt. Angeblich habe er aber mehrere Interessenten für die Immobilie. Kein

Wunder, das Haus ist ein Schnäppchen für hiesige Verhältnisse. Zwar renovierungsbedürftig, aber das Abenteuer sollten wir wagen. Ich bin ganz verliebt in das Haus, vor allem in die Ruhe und den Garten. Dort, wo Luisa und ich momentan wohnen, ist sehr viel Beton und Pflaster. Grün sieht man kaum.

Luisa wünscht sich ohnehin eine größere Wohnung mit Dachterrasse. Warum nicht gleich ein Haus mit Garten? Mit unseren besten Freunden. Am liebsten würde ich sofort zum Notar gehen und mit den Renovierungsarbeiten beginnen. Barnie und ich sind zwar nicht die talentiertesten Handwerker, aber es gibt ja auch Profis, die sich mit so was auskennen.

Als ich nach Hause komme, sitzt Luisa auf dem Balkon. Auf dem Tischchen stehen ein Glas gefüllt mit Weißwein und eine Kerze. Wir küssen uns. Luisa holt ein zweites Glas und schenkt mir ein. Der Wein duftet nach Melone, Apfel, etwas Vanille. Ich koste. Am Gaumen kommt Pfirsich hinzu, im Abgang noch mal Melone. »Chardonnay«, tippe ich.

Luisa nickt. »Woher?«

Ich nehme einen zweiten Schluck, lasse den Wein lange im Mund. Ich habe keine Ahnung. Ich bin Weintrinker, kein Sammler und schon gar kein Experte. »Südafrika?«

»Australien!«

Luisa hält mir ihr Glas hin. Wir stoßen an. »Auf uns!«

»Salute.«

Dann schweigen wir einen Moment, lauschen dem Autolärm von der Straße, dem Streit irgendeines Nachbarn, dem Fernseher aus dem Stockwerk über uns. Luisa schweigt nie ohne Grund. Es ist bei ihr das Sammeln vor dem großen Knall.

Mir dauert das zu lange. »Ich muss dir was sagen«, platze ich raus und lege schon mal vorsorglich das Handy mit den Hausbildern auf das Tischchen.

»Ich dir auch.« Luisa holt kurz Luft und lächelt mich dann mit ihren strahlenden Augen an. »Ich war heute beim Chef. Ich bekomme den Job. Vice President.«

»Wow!«, juble ich. »Das ist ja super.«

Wir springen fast gleichzeitig auf. Luisa drückt mich ganz fest an sich und küsst mich.

»Ich muss das gleich Papa erzählen. Erst wollte ich's aber dir sagen.«

»Wie geht's deinem Vater?«

»Gut.« Dann verfinstert sich plötzlich ihre Miene. »Einen Haken hat die Sache leider.« Luisa zögert. »Wir müssten umziehen … nach Paris.«

Ich sehe sie schweigend an.

»Was wolltest du mir sagen?«, wechselt meine Verlobte schnell das Thema.

Ich nehme mein Handy, schaue kurz aufs Display, blicke zu Luisa und stecke es wieder ein. »Ach, nicht so wichtig.«

Luisa

»Würdest du denn mitkommen nach Paris?«

»Tja.« Mark kratzt sich am Kopf. »Ich spreche leider kaum Französisch, aber ich könnte es vielleicht lernen.«

»Aber ich müsste bald gehen. Schon im Winter. So schnell wird das schwierig.«

Mark überlegt lange. »Dann würde ich erst mal pendeln.

Vielleicht für ein halbes oder ganzes Jahr. Und dann zu dir kommen.«

»Du würdest deine Karriere am Ende wirklich aufgeben?«

»Na ja, alles andere würde ja keinen Sinn machen«, sagt Mark ernst. »Du dort, ich hier, so können wir auf Dauer nicht zusammen sein.«

Ich atme tief durch und blinzle ein paar Tränen weg. »Danke, Mark. Das bedeutet mir viel. Du hängst so sehr an dem allen hier.«

»Ja, schon.«

»Aber?«

Mark schenkt mir ein schiefes Lächeln. »Aber an dir noch mehr.«

Wir trinken unseren Wein aus und gehen ins Bett.

Mark kommt mit mir nach Paris. Während er neben mir schläft, liege ich wach und starre ins Dunkel. Eigentlich hatte ich erwartet, ich würde jetzt von Spaziergängen an der Seine fantasieren, Hand in Hand mit Mark. Ich, die Kreativchefin, er, der fließend französisch parlierende Arzt. Wir würden uns die Zeit im Louvre vertreiben und uns abends unter dem Eiffelturm küssen, wenn die Arbeit mich aus ihren Fängen entlassen hat. Ich hatte erwartet, ich würde mich gut fühlen. Aber ich fühle mich schrecklich.

Ein paar Tage später besuche ich Verena und ihre kleine Tochter. Der Fratz sieht aus wie aus einem Katalog für besonders hübsche Kinder. Sogar, als das Bäuerchen das extra hingelegte Tuch überwindet und Verenas Rücken hinunterläuft.

Sie trägt ein dünnes weißes T-Shirt, das sich sofort an

ihre Haut klebt. »Iiiiihhh«, ruft sie angeekelt und drückt mir ihr Baby in die Hände. »Ich muss mir was anderes anziehen. Komm mal mit ins Bad.«

»Ich finde das ziemlich beruhigend«, sage ich, während ich die kleine Sara schaukele.

»Was denn?« Verena entledigt sich ihres Shirts zugunsten einer frischen Bluse.

»Dass du nicht alles toll und süß findest, was aus deinem Kind rauskommt. Gibt doch solche Mütter.«

»O ja«, sagt Verena lachend. »Die waren mit mir im Hechelkurs, glaube ich. Da hat auch eine gefragt, in welcher Stellung sie am besten gebären sollte, um das Baby gleich selbst auffangen zu können.«

»Eine ehrgeizige Person.«

»Und gelenkig, hoffe ich.« Verena nimmt mir Sara wieder ab und legt sie in ihr Bettchen mit altrosafarbenem Himmel. Über ihr baumelt ein ökologisch korrektes, aber immerhin quietschbuntes Holzmobile. Zeit für den Mittagsschlaf.

»Wie sieht es mit euren Umzugsplänen aus?«, fragt Verena und lässt sich erschöpft auf das Sofa plumpsen.

»Darüber will ich momentan gar nicht nachdenken. Jetzt heiraten wir erst mal, und dann ziehen wir im Winter um. Mark hat schon unsere Wohnung gekündigt. Er nimmt sich dann ein Zimmer.«

»Ich dachte eigentlich, du willst bald Kinder.«

»Will ich auch. Wieso?«

Verena schaut mich erstaunt an. »Weil du in diesem neuen Job ja nicht sofort schwanger werden kannst. Oder?«

»Hm. Nein, da hast du natürlich recht. Das geht nicht.« Mist. Warum habe ich darüber noch gar nicht nachgedacht? Ich war so stolz, als mein Chef mir die Beförderung verkündete. Mike hat bei seiner Präsentation wohl derart durch Ideenlosigkeit geglänzt, dass die Entscheidung für mich recht schnell fiel. So ist das manchmal im Land der Blinden. Vielleicht war Mike auch einfach nur viel zu nervös, um einen geraden Satz herauszubekommen.

»Und Mark?« Verena trifft heute aber auch alle empfindlichen Punkte. Sie weiß, wie ich ticke. Wir kennen uns schon seit dem ersten Semester. In der Einführungsveranstaltung für Kunsthistoriker war sie mir aufgefallen, weil sie bei jedem abgestandenen Witz des Professors die Augen verdrehte. Ab da saßen wir meist nebeneinander und spielten Bullshit-Bingo mit Worten wie *Bilddiagonale* und *Gewandfalten*, die in eigentlich jeder Vorlesung dieses Professors fielen.

»Mark bleibt wahrscheinlich noch für ein Jahr in München.«

»Ihr wollt frisch verheiratet für ein Jahr eine Fernbeziehung führen?«

»Ach, Verena!« Frustriert lasse ich mich neben meine Freundin in ihr riesiges blaues Sofa sinken. »Von wollen kann doch keine Rede sein. Aber es geht nun mal nicht anders.«

»Wenn du den Job willst, nicht. Das ist richtig«, bemerkt Verena süffisant.

»Ich will den Job.«

»Warum hast du dann das Gefühl, du musst dich rechtfertigen?«

Ich komme um eine Antwort herum, weil Sara anfängt zu greinen. Verena bleibt noch einen Augenblick sitzen, aber als die Kleine plötzlich ein Riesengetöse veranstaltet, springt sie auf und nimmt sie auf den Arm. »Was ist denn, kleine Maus?«, flüstert sie leise. Sofort wird Sara ein bisschen ruhiger, als wolle sie hören, was ihre Mama sagt. Nach noch ein bisschen Wispern und Kuscheln fallen ihr schon wieder die Augen zu. Melancholisch schaue ich den beiden zu. Sie strahlen ein schimmerndes Glücksgefühl aus.

Wie lange muss ich als Vice President wohl warten, bis ich auch so was haben darf? Reicht ein Jahr? Ein Jahr wäre okay. Aber vielleicht ist das eher ein Job, in dem man gar keine Kinder haben sollte. Oder eben so wie die Französinnen, die ihre Babys nach sechs Wochen in die Krippe geben und wieder arbeiten gehen. Ja, das müsste ich dann wahrscheinlich machen. Sechs Wochen, das ist also ... Nur ein bisschen älter als Sara jetzt. Aber sie ist doch noch winzig. Man kann doch so ein kleines Kind nicht ... Man kann schon, schließlich machen es viele. Aber will ich das? Ich bemerke plötzlich, dass Verena mich spöttisch angrinst. »Alte Heulsuse«, sagt sie. Tatsächlich, ich habe ein bisschen feuchte Augen bekommen.

»Du siehst so glücklich aus mit Sara«, schniefe ich.

Zärtlich und stolz blickt meine Freundin auf das kleine Bündel in ihren Armen. »Das bin ich auch.«

»Ich weine immerhin nicht so viel wie bei deiner Hochzeit.«

»Das kannst du auch nicht mehr toppen. Du hast die ganze Kirche überflutet«, zieht Verena mich auf.

»Mach dich nur lustig. Die Hochzeit war eben sehr romantisch. Betrachte es einfach als Ausdruck meiner Wertschätzung.«

»Ja, im Nachhinein tue ich das. Und warum tränten deine Augen eben schon wieder?«

»Weil ...«

Neugierig, aber gleichzeitig irgendwie wissend schaut Verena mich an.

»Weil ich mir dachte, du hattest sicherlich schreckliche Schmerzen bei der Geburt«, rede ich mich clever raus.

»Lügnerin.« Hm. Hat ja toll geklappt.

»Lass uns nicht darüber reden, Verena, ja? Ich muss das jetzt einfach durchziehen mit diesem Job, und in fünf Jahren bin ich wahrscheinlich wieder in München und so hochschwanger, dass ich mich kaum noch rühren kann.«

»Bestimmt. Und die fünf Jahre dazwischen?«

»Du fragst schlimmer als die Stasi und die spanische Inquisition zusammen«, beschwere ich mich seufzend.

»Muss man auch erst mal können.« Unverwandt schaut Verena mich aus ihren blauen Augen an.

»Die fünf Jahre dazwischen werde ich irgendwie überleben.«

»Wenn das mal nicht verlockend klingt.«

Allmählich werde ich sauer. Ich greife nach ihrem blonden Zopf und ziehe daran. Eine Übersprungshandlung, auch nicht besonders erwachsen. Schon klar, aber irgendwie muss ich sie doch ablenken. Klappt nur nicht. Verena hebt bloß wortlos die Augenbraue.

Wir reden noch eine Weile über Flaschenwärmer, Stillkissen und kindgerechtes Spielzeug. Als ich nach Hause gehe, bin ich ein wenig verwirrt von all den Informationen aus einer fremden Welt. Im Wohnzimmer finde ich Mark und Barnie vor. Mark sitzt in einer Ecke unseres Sofas und tippt auf seinem Handy herum, Barnie steht mit einer Flasche Bionade in der Hand am Fenster und schaut auf die Straße. Bionaden-Barnie. Lilly ist eine Hexe. Dass die beiden mich zwar begrüßen, aber kein Wort miteinander wechseln, wundert mich jetzt aber doch.

»Habt ihr gestritten, Jungs?«

»Nein«, antwortet Mark und stiert Barnie an. Der dreht sich wieder zum Fenster und murmelt irgendetwas.

»Aha.« Männer!

»Barnie hat nur ein bisschen Stress mit Lilly«, erklärt Mark.

»Oh, das tut mir leid. Warum denn?«

»Sie will, dass er Elternzeit nimmt.«

Barnie beteiligt sich immer noch nicht an der Konversation.

»Na und?«, bohre ich weiter.

»Elf Monate. Und sie nur drei.«

Plötzlich dreht Barnie sich zu uns um und schaut mich an. »Luisa, du wirst das bestimmt super finden«, sagt er kühl. »Du bist ja jetzt auch so eine Karrierefrau, die alles für ihren Job opfern würde. Sogar die Familie.«

»Moment mal!«, ruft Mark.

»Vielen Dank, Mark. Ich kann selbst darauf antworten«, sage ich zuckersüß. Dann wende ich mich Barnie zu und zeige mit dem Finger auf ihn, als wolle ich ihn aufspießen – wozu ich in diesem Moment auch große Lust hätte. »Du, mein Lieber, hast noch vor einem halben Jahr vergnügt lächelnd die Herzen verliebter Frauen auf deinem Ich-fick-mich-durchs-Leben-Altar geopfert. Du hast dich für nichts interessiert außer für Fußball und Brüste. Also komm mir jetzt nicht mit dieser Superdaddy-Tour.« Meine Stimme klingt scharf in meinen eigenen Ohren. »Tu nicht so, als wüsstest du besser als alle anderen, was im Leben zählt. Du hast doch keine Ahnung! Lilly ist zum Zeitpunkt der Geburt seit neun Monaten schwanger, und die ersten

Monate war sie auch noch alleine damit. Sie wird immer dicker und hat mehr gekotzt als Zehntklässler beim Komasaufen. Es ist also wohl nicht zu viel verlangt, dass du mal mit dem Arsch in der Hose bleibst und ihr diese Zeit auf die Kinderbetreuung anrechnest. Außerdem mache ich dich ungern darauf aufmerksam, aber gesamtgesellschaftlich gesehen ist der Job einer Staatsanwältin wichtiger als der eines Seelenklempners.«

Barnie klappt den Mund auf und zu, aber es kommt nichts raus. »Ich find's scheiße, dass ihr nach Paris zieht«, sagt er schließlich ein bisschen kleinlaut. Ach so. Daher die Wut auf Karrierefrauen.

»Weil ich dir deinen Spielkameraden entführe«, mutmaße ich.

»Ja, das und …« Er schaut kurz zu Mark. »Das, ja.«

»Wie war's bei Verena?«, fragt Mark in einem verzweifelten Versuch, die Stimmung zu retten.

»Ehrlich gesagt, gar nicht so viel anders als hier. Aber netter«, antworte ich und rausche türeknallend aus dem Zimmer.

Am nächsten Tag steht Mike in meinem Büro.

»Ich bin aus dem Urlaub zurück«, sagt er ohne sein übliches Rumgetucke.

»Willkommen zu Hause, Mike.«

»Ich wollte noch …« Er schaut zu Boden.

»Ja?«, frage ich freundlich. Hätte ich mir denken können, dass es ihm schwerfallen würde, mir zu gratulieren. Zu großes Ego, zu wenig Manieren.

»Ich wollte fragen, ob ich eine Frau zu eurer Hochzeit mitbringen darf.«

»Aber klar.« Ich muss lachen. Keine Ahnung, ob das

wirklich der Grund für sein Erscheinen war. Falls nicht, hat er sich elegant aus der Affäre gezogen. »Wer ist denn die Glückliche?«

»Du wirst es nicht glauben, ich habe sie hier auf der Straße vor dem Büro kennengelernt. Sie hat mich über den Haufen gerannt, als ich gerade einen Cappuccino to go in der Hand hatte. Großes Kaffeemassaker an unseren Klamotten.« Mike grinst verlegen.

»Das freut mich. Sie ist herzlich eingeladen.«

»Schön.« Mike wendet sich zum Gehen. »Ach, und ...« Zögernd schaut er mich an. »Herzlichen Glückwunsch.«

»Danke, Mike. Ich weiß das sehr zu schätzen. Du wolltest den Job genauso sehr wie ich.«

»Ja.« Mike lässt den Kopf hängen. »Ich hatte schon die Sartre-Gesamtausgabe gekauft und wollte sie in mein Pariser Bücherregal stellen.«

Wenn er solche Sätze sagt, weiß ich wieder, warum ich ihn mag. Er ist so herrlich verschroben.

»Kopf hoch. Beim nächsten Job bist du dran«, sage ich aufmunternd.

»Mal sehen. Wo wird der dann sein? Werde ich gebeten, eine Zweigstelle in Nowosibirsk zu eröffnen?«

»Ich glaube, da schminkt man sich nicht.« Grinsend zwinkere ich ihm zu. »Das Make-up würde draußen einfrieren und wie eine Maske vom Gesicht fallen.«

»Wahrscheinlich. Gehst du mal wieder mit mir zu Mittag essen?«

»Gerne. Sag mal, wie heißt deine Freundin eigentlich? Wegen der Tischkarten.«

»Franziska.«

»Franziska«, wiederhole ich, während ich mir den Namen notiere. Dann hebe ich den Kopf und starre ihn an.

»Was ist denn?«, fragt Mike verwirrt.

»Lange schwarze Haare, blaue Augen?«

»Ja. Kennst du sie?«

»Kann sein. Geistesgestört?«

»Was? Nein, gar nicht. Sie ist fröhlich, liebenswert und überhaupt großartig!« Mit beseeltem Lächeln schwebt Mike zur Tür hinaus.

Ich atme erst mal tief durch. Und dann ärgere ich mich. Mike kauft also Jean-Paul Sartre beim Gedanken, nach Paris zu ziehen, und ich muss mich erst mal mit meinen und Marks Freunden herumschlagen. Kein Wunder, dass so viele Frauen keine Karriere machen. Offenbar mangelt es uns einfach an Chuzpe. Immerhin hält Mark zu mir. Meine Eltern dagegen waren ebenso wenig angetan wie Verena, da sie ähnlich zügig wie sie die Korrelation zwischen neuem Job und Familienplanung verstanden hatten. »Ich warte schon so lange auf Enkelkinder!«, rief meine Mutter in den Telefonhörer, als ich ihr die Neuigkeit mitteilte. Ihr Tonfall schwankte zwischen Enttäuschung und Entrüstung.

»Aber Mama, warum bin dafür immer ich verantwortlich? Du hast auch noch einen Sohn.«

»Ja, der.« Ich konnte hören, dass sie an einer Zigarette zog. Das tut sie nur, wenn sie sehr aufgebracht ist. »Dein Herr Bruder hat mir eröffnet, dass er alleine zu deiner Hochzeit kommt, weil – ich zitiere – ›das hier alles nichts Ernstes ist.‹ *Alles nichts Ernstes*, was soll das heißen? Hat er fünf Freundinnen gleichzeitig?«

»Nein, Mama, bestimmt nicht.« Ähem. Ich konnte mir das eigentlich gut vorstellen, aber so was sollte ich meiner Mutter nicht sagen.

»Jetzt hast du schon so einen netten Mann gefunden«,

fing die Litanei wieder an. »Und jetzt verlässt du ihn für deine Karriere?«

»Mama, ich verlasse ihn nicht. Wir führen für eine Weile eine Fernbeziehung. Mark wird das schon überleben.« Himmel, war ich genervt.

»Ja. Aber du? Ich weiß noch, du hattest schon als Kind im Ferienlager immer Heimweh.«

»Woher willst du das wissen? Du warst doch nicht dabei.«

»Du hast mir und deinem Vater jeden Tag einen Brief geschrieben, in dem stand, dass du sofort nach Hause willst. Ich habe sie alle aufbewahrt.« Touché.

»Das wird ganz anders sein in Paris.« Vorsichtig ließ ich meine verkrampften Schultern kreisen. »Ich werde so viel arbeiten müssen, dass ich gar keine Zeit für Heimweh finde.«

»Kind, du sollst doch nicht so viel arbeiten.«

»Warum nicht?« Schulternkreisen, Augenrollen.

»Weil du dein Leben genießen sollst!« Der Aschenbecher schepperte, als meine Mutter ihre Zigarette offenbar viel zu fest ausdrückte. »Luisa, ich weiß, dass du diesen Job gut machen würdest. Du kannst gut organisieren, bist kreativ und wärst eine wunderbare Chefin.«

»Das klingt doch schon besser. Ich warte auf das Aber.«

»Aber ich bin nun mal der Meinung, dass das Leben nicht aus Arbeit bestehen sollte. Schau dir deinen Vater an.«

»Der hat doch auch immer viel gearbeitet!«

»Eben! Und er hat es bereut, als die Diagnose kam. Ständig hat er mir gesagt, was er alles gerne mit mir unternommen hätte. In welche Kinofilme wir nicht gegangen sind, weil er gearbeitet hat. In welche Städte wir nicht gereist sind. Wie viele Verabredungen mit unseren Freunden er abgesagt hat.«

»Mama, bitte hör auf, ich muss gleich schon wieder weinen.«

»Weine nicht, es ist doch alles gut geworden. Aber jetzt mache ich mir Sorgen um dich.« Sie seufzte.

»Brauchst du nicht, Mama. Ich komme schon zurecht.«

»Bist du sicher?«

»Ganz sicher.«

Mark

Ich will allein sein, nachdenken. Über uns, über mich, über mein Leben. So hatte ich mir das alles nicht vorgestellt. Ich hier, Luisa dort. Vielleicht war das mit dem Heiraten doch keine so gute Idee. Vielleicht sollte man sich nicht durch ein Gelübde – in guten wie in schlechten Zeiten – für immer aneinanderbinden. Aber nur weil man einen Ring trägt, muss man doch nicht seine Träume aufgeben. Nicht nur die Gedanken sind frei, sondern auch der Mensch in seinen Entscheidungen, wenn man mal beiseitelässt, dass die Hirnforschung das glatte Gegenteil behauptet. Natürlich ist Luisa frei, ihr Leben nach ihren Wünschen zu gestalten. Sie hat es verdient, in ihrer Firma aufzusteigen. Der Job in Paris ist wahrscheinlich nicht einmal das Ende der Karriereleiter, sondern nur eine Zwischenstation auf dem Weg nach noch weiter oben. Immer streben wir nach Höherem, nach Schönerem, nach noch mehr. Warum können wir nicht einfach mit dem, was wir haben, mit dem Moment auskommen?

Ich bin gerade nicht sehr glücklich. Natürlich will ich Luisa aber auch nicht im Weg stehen. Vielleicht sollten wir erst mal die Hochzeit verschieben und abwarten, ob das mit uns auf Distanz funktioniert. So einfach ist das nämlich nicht. Wie ich es hasse, in Selbstmitleid zu baden. Andererseits: Wie viele Frauen haben ihr Leben aufgegeben, um für die Karriere ihres Mannes an einem fremden Ort ein neues Leben zu beginnen? Warum sollte das nicht mal umgekehrt laufen?

»Fremd ist der Fremde nur in der Fremde«, zitiert Barnie Karl Valentin, als ich ihm von meinen Problemen berichte. Luisa wäre sicher Albert Camus eingefallen. Aber Luisa ist nicht da. Sie macht Überstunden. Ein wahnsinnig wichtiges Meeting wegen … Ich habe es vergessen. Und ich sollte eigentlich genau jetzt in der Schüttelbude meine Muskeln trainieren, statt mit Barnie und Lilly im Biergarten auf dem Viktualienmarkt meine Leber. Wir sitzen unter den Kastanien. Es ist einer dieser großartigen Münchner Spätsommerabende. Mein Glas ist leer. Ich stehe auf und hole mir noch einen Weißwein und eine Lachssemmel. Was man halt so im Biergarten zu sich nimmt.

Als ich an unseren Tisch zurückkomme, herrscht Eiszeit. »Was ist?«, frage ich. Lilly und Barnie schmollen. »Hallo! Erde an Lilly! Erde an Barnie! Alles klar bei euch?«

»Hm«, brummt Barnie.

»Wollt ihr darüber reden?«

»Nein«, sagt Lilly energisch.

»Ja«, sagt Barnie gleichzeitig. »Der feine Herr Oberstaatsanwalt. Konstantin.«

»Was ist mit dem?« Ich verstehe nur Bahnhof und beiße verwirrt in meine Semmel.

»Hat gerade wieder angerufen. Zum zehnten Mal heute Abend.«

»Das stimmt doch überhaupt nicht«, widerspricht Lilly genervt.

»Und was will er?«, frage ich kauend.

»Das möchte ich auch gern wissen.« Barnie ist auf hundertachtzig.

Lilly stöhnt laut auf. »Fragen, wie's mir geht.«

»Na klar.«

»Weshalb regst du dich so auf, Barnie?«

»Weil mir dieser Konstantin ein bisschen zu sehr um dich herumscharwenzelt.«

»Du bist eifersüchtig«, mische ich mich mit vollem Mund ein.

Barnie verschränkt trotzig die Arme. »Bin ich nicht.«

»Er macht sich halt Sorgen«, versucht Lilly ihn zu besänftigen.

»Es ist überhaupt nicht seine Aufgabe, sich Sorgen zu machen. Wenn sich hier einer Sorgen macht, dann bin das ich. Punkt.«

Lilly lächelt kurz, was Barnie nicht merkt, weil der gerade nur Augen für sein leeres Bierglas hat, in das er schlecht gelaunt hineinstarrt. »Ich lass da mal die Luft raus«, sagt er bockig und steht auf. Ich ergreife, als sich Barnie zwanzig Meter weiter in die Schlange am Ausschank eingereiht hat, die Gelegenheit, um Genaues in Erfahrung zu bringen. Lilly aber zieht es vor zu schweigen, weil ich es früher oder später Barnie erzählen würde. Und das wolle sie auf keinen Fall.

»Ich sage kein Wort. Beim Leben meiner Mutter!«, schwöre ich melodramatisch.

»Du kannst doch deine Mutter nicht leiden.«

»Erstens stimmt das gar nicht, zweitens … egal.« Ich muss kurz an ihren Film denken. Und an ihren sehr jungen Freund. »Sieht der Typ eigentlich gut aus?«

»Wer?«

»Dieser Oberstaatsanwalt.«

»Konstantin? Ja. Nicht schlecht.«

»Dann ist alles klar.«

»Nein, ist es nicht. Ich hatte heute im Gericht einen kleinen Schwächeanfall, wenn du's genau wissen willst. Mir wurde plötzlich schwarz vor Augen. So. Konstantin wollte nur wissen, ob's mir besser geht. Er ist ein guter Chef. Mehr nicht. Wir waren nur ein Mal im Bett. Und das ist Jahre her. War übrigens nicht sehr spektakulär. Außerdem: Wer würde mit mir fettem Walross noch vögeln wollen?«

»Ich«, sagt Barnie im Brustton der Überzeugung, während er sich auf die Bank niederlässt und Lilly einen Bierkuss auf die Wange drückt.

»Du bist lieb.«

»Sie hatte einen Schwächeanfall«, verrate ich.

»Was?«, schreit Barnie und springt sofort wieder auf.

»Mark!« Wenn Blicke töten könnten.

Nachdem sich Lilly und Barnie ausgesprochen haben und mein bester Freund noch schnell gelobt, nie wieder die Eifersuchtskarte auszuspielen, verständigen wir uns auf einen raschen Ortswechsel. Weil wir aber doch ein bisschen was intus haben, muss die schwangere und somit abstinente Lilly das Steuer übernehmen. Während der Fahrt spricht Barnie von seinem neuen absoluten Lieblingsthema: Ehrlichkeit. Wie wichtig doch Ehrlichkeit und Offenheit in einer und für eine Beziehung wären. Dabei schaut er die meiste Zeit mich an. Ich verstehe den Wink mit dem Zaunpfahl. Ich habe Luisa deshalb nichts von dem Haus erzählt, weil … weil … ich ihre Entscheidung für Paris auf keinen Fall beeinflussen will. Zum Schluss bleibt sie wegen mir hier und in zwei Jahren hasst sie mich dafür. Ich habe Barnie gedroht, dass ich ihn töte, sollte er auch nur eine winzige Andeutung Luisa gegenüber machen.

Wir stehen eine ganze Weile auf der Straße und sehen auf das Haus. Es ist so fantastisch. Ich wünschte, ich könnte hier mit Luisa und meinen Freunden einziehen. Eine große WG mit Gemeinschaftsgarten und separaten Wohnungen. Seit mir Barnie das Haus gezeigt hat, träume ich fast jede Nacht davon. Wie wir auf der Terrasse sitzen und unseren Kindern beim Spielen und Großwerden zusehen, wie wir als Rentner in der Morgensonne frühstücken und abends noch ein Gläschen trinken. Ich muss seufzen.

»Warum seufzt du?«

»Manchmal muss man halt seufzen«, antworte ich Lilly ganz beseelt von dem Gedanken. »Ich wünschte, Träume würden wahr.«

»Bist du jetzt unter die Konjunktivisten gegangen?«, spottet Barnie. Dann zieht er einen Schlüssel aus seiner Hosentasche und grinst. Er geht zum Eingang, steckt den Schlüssel ins Schloss, dreht zweimal um, öffnet die Tür und bittet mich herein. »Nägel mit Köpfen«, verkündet Barnie stolz. »Du bist natürlich jederzeit willkommen, mein Bester.«

»Barnie«, spreche ich den Namen meines Lieblingshelden bewundernd aus.

»Mark.«

»Du bist ein Teufelskerl!«

Es ist schon spät, als mich Lilly nach Hause fährt. Sie biegt viel zu schnell in unsere Straße ein. Eigentlich gilt hier Tempo dreißig. Lilly fährt aber gut und gern doppelt so schnell. Im Scheinwerferlicht von Barnies Volvo taucht plötzlich eine telefonierende Luisa auf. Lilly tritt voll auf die Bremse. Ich kann fast das Schwarze in Luisas weit aufgerissenen Augen sehen, bevor ich mir in einem Reflex die Hände vors Gesicht halte. Es quietscht und ruckelt. Luisa! Lilly reißt das Steuer herum, der Wagen stellt sich quer. O Gott, jetzt hat sie meine Frau überfahren.

»Puh«, höre ich eine gefühlte Ewigkeit später eine Stimme, Lillys Stimme.

»Das war knapp«, kommentiert Barnie die Lage trocken.

Ich nehme die Hände wieder runter, öffne ganz langsam meine Augen. Luisa steht auf der Straße, ihr Handy hält sie noch immer am Ohr. Ich springe aus dem Auto und auf sie zu. »Arschloch!«, brüllt Luisa.

»Was? Ich bin doch gar nicht gefahren.«

»Nicht du!«

»Lilly hat dich echt nicht gesehen.«

»Lilly?«

Ich zeige auf den Volvo.

»Ah, hi, wie geht's?« Luisa beugt sich vor und winkt.

»Und selbst?«, fragt Lilly durchs offene Fenster auf der Beifahrerseite zurück.

»Arschloch«, plärrt Luisa noch mal ihr Handy an.

Ich hoffe nur, dass das Gespräch bereits beendet war.

»Wer?«, will nun auch Barnie wissen.

»Ach, mein Chef. Und sein Chef. Und eine Kollegin in Paris, die mir eigentlich zuarbeiten sollte, aber mir ständig in den Rücken fällt.«

»Der ganz normale Bürowahnsinn«, konstatiert Lilly.

»Normal ist das nicht.« Luisa schüttelt kaum merklich ihren Kopf. Ich umarme sie noch immer. »Du darfst jetzt loslassen, Mark.«

»Ja, klar. Tschuldigung.« Bin ich der Einzige, der hier unter Schock steht?

»Danke, dass ihr ihn heimgebracht habt.« Luisa deutet mit dem Kinn auf mich. »Wie war's im Biergarten?«

»Super«, antworte ich schnell. »Und tschüss dann, Lilly, Barnie.« Ich winke, nehme meine Verlobte an der Hand und ziehe sie auf den Gehweg. »Jetzt aber schnell runter von der Straße, Süße.« In diesem Moment klingelt Luisas Handy. Sie stöhnt. »Alles klar?«

»Sorry, Mark. Ich muss da noch mal ran.«

»Ich warte oben auf dich.«

»Zieh dir schon mal was Bequemeres an.«

»Was?«

»Wie wär's mit nix?«

Begeistert folge ich Luisas Vorschlag. Als sie eine halbe Stunde später aber immer noch nicht im Bett auftaucht, lösche ich die Kerzen, trinke das Glas Champagner in zwei Zügen leer, ziehe mir eine Hose und ein T-Shirt an und hocke mich vor den Fernseher. Im Zweiten läuft irgendeine Wiederholung.

Luisa

Natürlich wusste ich, dass dieses schick klingende *Vice President* eigentlich so viel heißt wie *Sklaventreiber und Sklave in Personalunion*. Aber vier Wochen nach der Bekanntgabe meiner Beförderung bin ich bereits völlig erschöpft. Jeden Tag ruft jemand aus dem Pariser Büro bei mir an, um mir irgendwelche Hiobsbotschaften zu übermitteln: Mein Budget wurde gekürzt. Der Finanzchef soll in einem Meeting erklärt haben, dieser begabten Deutschen würden doch sicher sechzig Prozent des bisherigen Etats voll und ganz reichen. Die Assistentin wurde von meinem Vorgänger rausgeschmissen und führt seitdem einen Rechtsstreit gegen die Firma. Eine neue Assistentin gibt es erst, wenn das geklärt ist, und damit rechnet niemand vor Jahresende. Seit dem Tag, an dem ich den Finanzchef am Telefon als Arschloch beschimpft habe – er ist Franzose und kannte das Wort glücklicherweise nicht –, bin ich drei Mal nach Paris geflogen. Dabei konnte ich mich davon überzeugen, was für ein unfähiges Team mein Vorgänger zusammengestellt hat: Einer hat keinen Funken Esprit im Leib, einer verschwindet jeden Nachmittag um vier Uhr aus dem Büro, und eine weigert sich, für mich etwas langsamer Französisch zu reden. Natürlich haben die Wichte unbefristete Verträge. Jedes Mal hatte ich weniger Lust auf die Stadt. Den Eiffelturm habe ich nur aus der Ferne gesehen. Und anstatt abends in eine nette Brasserie zu gehen, bin ich jedes Mal um elf aus dem Büro gefallen und habe eilig den nächsten fettigen Burger gesucht.

Absurderweise laufen die Hochzeitsvorbereitungen mittlerweile sowieso ohne mich. Nicht, dass Mark sich besonders einbringen würde. Den scheint das alles eher zu nerven. Aber meine Mutter hat beschlossen, dass sie sozusagen Vertretungs-Trauzeugin ist, weil mein Bruder erst am Tag vor der kirchlichen Hochzeit aus Stockholm kommen und sein Amt antreten wird. Die Einladungen sind längst raus, die Torte ist bestellt, mit der Floristin telefoniert meine Mutter fast täglich. Ab und zu ruft sie an, nennt mir drei Möglichkeiten bezüglich Trausprüchen, Blumenschmuck oder Tischordnung und lässt mich wählen. Das bekomme ich gerade noch hin.

Für Mark habe ich auch keine Zeit mehr. Dabei wirkt er alles andere als fröhlich. Morgens löffelt er muffig sein Müsli, während ich einen Kaffee hinunterstürze und meine Mails beantworte. Wenn ich in München bin und abends nach Hause komme, ist er entweder mit Freunden unterwegs oder sitzt vor dem Fernseher. Was mich nicht mal besonders stört, denn ich kann nach der Arbeit sowieso keine sinnvollen Sätze mehr von mir geben. Mein Hirn ist wie Brei. Deshalb bin ich nicht fähig zu Widerspruch, als Marie mich eines Abends anruft.

»Hallo, Luisa. Was machst du gerade?«

»Eigentlich wollte ich gerade ins Bett.«

»Es ist erst neun.«

»Ich bin müde«, sage ich schuldbewusst. Marie hat mich schon länger nicht mehr zu Gesicht bekommen. Die letzten vier Mädelsabende habe ich abgesagt, weil ich einfach nicht mehr konnte. Deshalb halte ich meine Freundinnen seit Wochen nur noch über sehr kurze Mails auf dem Laufenden.

»Ich muss trotzdem mit dir reden.« Marie klingt ernst. Toll, so ein Gespräch darüber, dass ich unsere Freundschaft vernachlässige, kann ich jetzt wirklich gut gebrauchen.

»Es tut mir leid, dass ich immer unsere Verabredungen platzen lasse«, sage ich geknickt.

»Darum geht's gar nicht.«

»Ach so?« Ich bin verdutzt.

»Wir machen uns Sorgen um dich. Du arbeitest nur

noch. Du lässt deine Hochzeit von deiner Mutter organisieren, weil du keine Zeit dafür findest. Und für dich selbst hast du bestimmt auch keine Zeit. Wann hast du dir zum letzten Mal die Zehennägel lackiert?«

Ich werfe einen Blick auf meine nackten Füße. Ein paar rote Lackreste sind noch zu erkennen. »Na ja, ich trage meistens Ballerinas, damit sie keiner sieht.«

Marie ächzt vernehmlich.

»Das ist momentan nur eine Phase. Wenn ich den Job erst angetreten habe, wird es bestimmt leichter, weißt du.«

»Nein.«

»Wie, nein?«

»Es wird nicht leichter, Süße. Das ist ein total undankbarer Job mit einem miesen Team und einem lächerlichen Etat, du hasst den Finanzchef jetzt schon, und du willst gar nicht nach Paris ziehen.«

»Natürlich will ich nach Paris ziehen.« Sogar in meinen eigenen Ohren hörte sich das lahm an.

»Wirklich?«

Ich denke darüber nach. Zum ersten Mal überhaupt. »Nein«, sage ich schließlich.

»Willst du den Job? Mit all den Katastrophen, von denen du inzwischen erfahren hast?«

»Eigentlich wäre der Job toll, es ist nur …«

»Sag Ja oder Nein«, unterbricht mich meine Freundin herrisch.

»Nein. Nein, ich will den Job nicht.«

Ein paar Sekunden schweigen wir beide. Das kommt nicht oft vor bei uns.

»Wie fühlst du dich jetzt?«, fragt Marie.

»Leer«, antworte ich langsam, »und müde.«

»Sag den Job ab.«

»Das kann ich nicht.« Ich spüre, wie mir die Tränen kommen. »Du machst doch auch Karriere, Marie. Was soll daran falsch sein?«

»Luisa, meine Karriere besteht darin, dass ich jeden Tag ins Büro gehe, einen guten Eindruck bei wichtigen Leuten mache und dafür jedes Jahr ein bisschen mehr Geld bekomme. Aber weißt du was? Jeden Abend um sechs gehe ich nach Hause. Und wenn ich einen Mann hätte, würde ich ihn dann treffen und mit ihm zusammen essen.«

»Ist das ein Vorwurf?«

»Ja. Du hast einen guten Job hier in München. Und einen guten Mann. Und Freunde, und deine Eltern, und ein Leben. In Paris würdest du tausend Stunden pro Woche arbeiten, um den Karren aus dem Dreck zu ziehen, in den ihn andere manövriert haben. Bitte sag mir nicht, dass du das für eine gute Idee hältst.«

»Es klingt so wunderbar superheldenhaft«, sage ich wehmütig.

»Ist dir mal aufgefallen, dass Superhelden sehr einsam sind?«

Als Mark eine Stunde später nach Hause kommt, sitze ich im Halbdunkeln auf dem Sofa. »Hallo, Schatz. Alles senkrecht?«, fragt er unverbindlich.

»Ich sage den Job ab«, platze ich heraus. Mark bleibt mitten im Raum stehen und schaut mich an. Sein Gesichtsausdruck verrät nicht, ob er sich freut. Nicht mal, ob es ihn überhaupt interessiert. Ich bekomme ein bisschen Angst. »Mark?«

»Hm.« Zerstreut fährt mein Verlobter sich durchs Haar.

»Ich will nicht nach Paris. Der Job ist ein Albtraum«, sage ich kleinlaut.

»Du willst hierbleiben?«

»Ja.«

Mark wendet mir den Rücken zu und geht langsam in die Küche. Entsetzt schaue ich ihm nach. Das ist alles? Das ist jetzt die Reaktion darauf, dass ich mit ihm hierbleibe? Ich laufe ihm hinterher und lehne mich an den Türrahmen. Mark macht sich neben dem Kühlschrank zu schaffen, aber sein breites Kreuz versperrt mir die Sicht.

»Freust du dich denn gar nicht?«, frage ich verzweifelt.

»Freuen? Nein, eigentlich nicht.«

Mir verschlägt es die Sprache. Da habe ich mal ein paar Wochen zu viel gearbeitet, und schon interessiert sich mein Verlobter nicht mehr für mich? Wo war er eigentlich heute Abend? Und mit wem? »Hast du eine andere?«

»Wer? Ich?« Nach einer halben Ewigkeit dreht sich Mark zu mir um. Er hält eine Flasche Veuve Clicquot und zwei Gläser in der Hand. »Nein«, sagt er endlich und grinst bis über beide Ohren. »Ich bin nur unendlich glücklich.« Zwei Sekunden später gerät er mit den Gläsern ins Wanken, weil ich auf ihn zurenne, meine Arme um ihn werfe und meinen Kopf an seine Brust lege. Ein bisschen Champagner plätschert auf den Boden. Mark stellt die Gläser auf der Arbeitsfläche ab und hält mich fest. »Hey«, sagt er leise.

»Hey.«

»Ich hoffe, es ist nicht wegen mir. Aber trotzdem danke.«

»Danke, dass du mitgekommen wärst.«

»Je t'en prie.«

»Wow, dein Französisch ist schon ganz schön gut.«

»Du musst mir nie mehr Speisekarten übersetzen.«

»Ach, Speisekarten. Gehen wir denn bald mal wieder essen?«, frage ich sehnsüchtig.

»Oh ja. Du könntest mich einladen.«

»Stimmt.« Ich muss lachen. »Das könnte ich wirklich.«

Jérôme tobt und flucht, als ich ihm gleich am nächsten Morgen meine Entscheidung mitteile. Er schlägt mit der Faust derart fest auf den Tisch, dass seine Rosenquarzlampe klirrt. »Das kannst du nicht machen! Du hast den Job doch noch nicht mal angetreten!«

»Sei doch froh. Jetzt hast du noch genug Zeit, einen Ersatz zu finden. Mike steht bestimmt schon in den Startlöchern.«

»Aber ich wollte dich für den Job!«

Ich zucke mit den Schultern. Seit ich weiß, dass ich nicht nach Paris gehen werde, habe ich wieder eine gesunde Distanz zu meiner Arbeit gewonnen. »Das ehrt mich, Jérôme. Aber ich möchte meinen Job hier behalten.«

»Du hast keinerlei Ambitionen!«, schimpft mein Chef und zeigt anklagend mit dem Finger auf mich.

»Doch«, widerspreche ich genervt. Dabei habe ich momentan tatsächlich überhaupt keine Ambitionen. Ich will nur mit einem Kitschroman auf dem Sofa liegen und meine Füße an Marks Oberschenkel wärmen.

»Die Gehaltserhöhung kannst du dir abschminken«, schnauft Jérôme unsouverän.

»Das habe ich mir schon fast gedacht«, fauche ich zurück.

»Es ist doch immer das Gleiche mit euch Frauen«, wütet Jérôme. »Da gibt man euch Verantwortung, und ihr wollt sie gar nicht! Ihr wollt zu Hause eure Kinder füttern. Ist doch so, oder?!«

»Ich habe gar keine Kinder, Jérôme. Und ich trage gern

Verantwortung, aber du weißt genauso gut wie ich, dass dieser Job nicht halb so gut ist, wie er sich angehört hat. Mit diesem Team und diesem Budget kann man keine gute Arbeit leisten.«

Während ich mich rechtfertige, greift Jérôme panisch zu einer Holzkiste und zieht ein kleines Fläschchen heraus. Mit einer Pipette träufelt er sich ein paar Tropfen des Inhalts auf die Zunge und atmet ein paar Mal tief ein und aus. Perplex beobachte ich ihn.

»Entschuldige«, sagt er. »Ich nehme immer Bachblüten, wenn ich mich zu sehr aufrege. Sonst werde ich ausfallend.«

Reiß dich zusammen, Luisa, ermahne ich mich selbst. Du darfst ihn jetzt nicht auch noch auslachen. »Na, das war dann ja jetzt gerade noch rechtzeitig«, sage ich mit mühsam gewahrter Contenance.

»Du solltest auch was nehmen, Luisa. Siehst müde aus.« Das Zeug scheint zu wirken, mein Chef ist plötzlich wieder ein Mensch.

»Ich glaube nicht an so was.«

»Probier es, oder ich schmeiß dich raus.«

»Wie bitte?«

»Kleiner Scherz!« Jérôme lacht dröhnend.

Am Tag meiner Paris-Absage lasse ich mich also von meinem Chef in die Geheimnisse der Bachblüten einweihen. Für mich seien Ulme, Stechginster und Hainbuche gerade optimal, findet Jérôme. Dass wir einen Aufhebungsvertrag machen müssen für den Job in Paris, dass er das Assessment-Center für meine Nachfolge hier in München canceln kann – das interessiert ihn offenbar gerade alles nicht. Ich solle mich direkt an die Personalabteilung wenden, meint er, das sei ja nun alles nicht so wichtig. Er wolle mir lieber noch erklären, wie man Bachblüten durch Schüssler-Salze ergänzen könnte.

Als Jérôme mich aus seinen esoterischen Fängen entlässt, suche ich Mike. Ich finde ihn in der Kaffeeküche, wo er einer Kollegin schöne Augen macht. »Ich trinke ja auch NUR fair gehandelten Tee«, tönt er gerade, als ich den Raum betrete.

»Wie geht's deiner neuen Freundin, Mike?«, frage ich hämisch. Die Kollegin schaut mich verwirrt an und hat es plötzlich recht eilig, wieder an ihren Schreibtisch zu kommen.

»Danke, bestens«, antwortet Mike mit etwas gefrorenem Lächeln.

»Ich muss mit dir reden. Es geht um den Job in Paris.« Ich hole tief Luft. »Meinetwegen kannst du ihn haben.«

»Das ist wieder einer deiner Witze.«

»Nein, nein. Darüber würde ich keine Witze machen. Ich unterschreibe heute noch den Aufhebungsvertrag und bleibe hier, in meinem alten Job.«

Verwirrt schaut Mike mich an. »Warum solltest du das tun?«

»Ehrlich gesagt, aus Gründen, die du wissen solltest, bevor du den Job annimmst.« Ich zähle kurz die Katastrophen der letzten Wochen auf. Aber noch während ich rede, verklärt sich Mikes Blick immer mehr. »Mike? Hörst du mir überhaupt zu?«

»Ach, in Gedanken flaniere ich gerade über die Champs-Elysées.«

»Ich sehe schon, du hast dich bereits entschieden«, sage ich.

»Ja. Schon klar, Team blöd, Budget knapp. Aber ich will trotzdem da hin.«

»Du hast es wahrscheinlich immer mehr gewollt als ich.«

»Du hattest es trotzdem verdient«, sagt Mike großmütig.

»Danke.« Wir umarmen uns kurz und stehen dann ein bisschen unbeholfen da. Mike geht nach Paris, ich bleibe in München. Das fühlt sich ziemlich gut an.

Am Abend gehe ich mit Mark zu einem teuren Franzosen, um meine Rückkehr ins echte Leben zu feiern. Wir haben so viel Spaß wie lange nicht mehr. Ich erzähle von Jérômes Bachblüten, er von einer Patientin, die genau die Nase ihrer Tochter im Gesicht haben wollte. Die Tochter ist fünf Jahre alt. »Und dann habe ich ihr gesagt: ›Tut mir leid, Babynasen mache ich nicht. Sie sollten schon weiterhin Ihren ganzen Körper mit Sauerstoff versorgen können.‹ Das hat sie erst nach langen Erklärungen verstanden«, kichert Mark. In der Stille, die danach entsteht, schauen wir uns zufrieden über unsere Crèmes brûlées hinweg an. »Ich muss dir noch was erzählen«, bricht Mark schließlich das Schweigen.

»Noch mehr Enthüllungen?«, frage ich und lehne mich entspannt zurück.

»Du weißt doch, ich habe unsere Wohnung schon gekündigt.«

»Auweia. Das hatte ich total vergessen!« Entsetzt schaue ich ihn an. »Wir müssen das rückgängig machen. Oder eine neue Wohnung suchen.«

»Darüber wollte ich eben mit dir reden. Es gäbe da eine andere Möglichkeit. Was würdest du sagen, wenn wir mit Barnie und Lilly in eine riesige Jugendstil-Villa ziehen könnten?«

»Wie riesig?«, frage ich skeptisch.

»So riesig, dass wir ihr Baby kein einziges Mal schreien hören würden, weil wir weit entfernt von ihm schlafen könnten.«

»Das ist riesig.« Nachdenklich nippe ich an meinem Weinglas.

»Sie steht in Giesing, ziemlich grüne Straße, verwilderter Garten …«

»Seit wann gibt's denn die Idee?«, unterbreche ich meinen Verlobten, der einen fast schon träumerischen Blick in seinen Augen hat.

»Ein paar Wochen.«

»Was? Warum weiß ich davon nichts?«

»Ich wollte es dir an dem Abend sagen, an dem du mir von der Beförderung erzählt hast. Aber dann wollte ich dir die Entscheidung nicht noch schwerer machen.«

»Oh.« Manchmal bin ich überrascht, wie sensibel Mark ist. Aber wenn ich ihm das sage, würde er es nicht als Kompliment verstehen. »Und wir würden zu fünft dort wohnen?«

»Erst mal, ja. Vielleicht werden wir ja bald mehr?« Mark schenkt mir sein charmantestes Lächeln.

»Das wäre schön. Unsere Kinder könnten zusammen spielen«, sinniere ich. »Im Garten. Ich wollte schon so lange einen Garten.«

»Möchtest du es dir anschauen?«

»Ja, unbedingt. Wann kann ich es sehen?«

Eine halbe Stunde später treffen wir Barnie und Lilly vor dem Haus, das wirklich riesig ist. Ich laufe durch die Räume und spähe in den Garten. »Dass man es von Grund auf renovieren muss, hast du mir aber verschwiegen«, sage ich zu Mark.

»Habe ich das? Ehrlich?« Unschuldig schaut er mich an.

»Och, renovieren? Findest du?«, wirft Lilly grinsend ein.

»Diese hässlichen Dachlatten an der Decke sind doch ausgesprochen gemütlich«, sekundiert Barnie. »Und keine Sorgen wegen der Kratzer im Parkett, da macht sowieso bald unser Kind mit dem Bobbycar richtig tiefe Furchen rein.«

»Genau, dann fallen die kleinen Kratzer gar nicht mehr auf«, sagt Lilly und tätschelt ihren Bauch.

Nachdem die drei sich ausgiebig beömmelt haben, schauen sie mich erwartungsvoll an. Jetzt muss ich wohl Farbe bekennen. »Ich habe ein paar Bedingungen«, fange ich an. Barnie stöhnt. »Klappe, Barnie. Genug Badezimmer hat das Haus ja. Aber könnten wir auch zwei Küchen einrichten?«

»Klar«, meint Lilly. »Ihr könnt die große haben. Wir kochen sowieso fast nie.«

»Euer armes, unterernährtes Kind bekommt dann ab und zu bei uns Spaghetti«, zieht Mark sie auf.

»Das Zweite wäre: Wir sind uns schon einig, dass diese schlimme Holzdecke rausmuss?«

»Du weißt so eine Großraumsauna einfach nicht zu schätzen, Luisa«, sagt Lilly.

»Stimmt. Und drittens, das richtet sich nur an euch, Jungs: Wenn ihr einen Fußball in die Rosenstöcke schießt, mach ich euch kalt.«

»Welche Rosenstöcke?«

»Die Rosenstöcke, die ich da draußen pflanzen werde.«

Mark

Love mit Happy End ist im Fernsehen meistens langweilig. Ich mag Liebesgeschichten, bei denen zum Schluss alles in Schutt und Asche liegt, die Männer tot sind, die Frauen ins Kloster verbannt oder zurück zu ihren Eltern geschickt werden. Blut, Schweiß und Tränen in Roland-Emmerich-würdigen Dimensionen. Klotzen statt kleckern. Das ist, was große Kunst von unterfinanzierten Stoffen unterscheidet. Trotzdem muss ich sagen, ich bin mehr als glücklich, dass unsere Liebe über all den Irrungen, Wirrungen gehalten hat und mit der Hochzeit nun ihren hoffentlich nur vorläufigen Höhepunkt findet. Zwischenzeitlich war ich mir dessen nicht sicher. Aber Luisa und ich haben die kleine Krise gemeistert, das Problem nicht einfach nur entsorgt, sondern eliminiert. Deckel drauf und gut ist.

Wir reden auch mehr als früher, nicht nur meine Verlobte, auch ich. Luisa hat mir erklärt, warum der Aufstieg in der Firmenhierarchie so wichtig für sie ist. Ihren Traum vom Sitz im Vorstand hat sie nicht aufgegeben, nur zurückgestellt. Luisa sagt, dass man manchmal einen Schritt zurückgehen müsse, um zwei nach vorne zu kommen. Da ist was dran.

Das Fundament muss halten, sonst fällt auch das schönste Bauwerk eines Tages wie ein Wolkenkuckucksheim in sich zusammen. Obwohl Luisa und ich nun schon ein paar Jährchen zusammen sind, und ich weiß, dass ich nur mit ihr und niemandem sonst zusammen sein möchte, am besten für den Rest des Lebens, arbeiten wir noch am Fundament unserer Beziehung, um noch kurz im Handwerkerjargon zu bleiben. Die Helme aber können wir langsam abnehmen.

Apropos handwerken. Meinen Junggesellenabschied verbringe ich mit Barnie und Carlo auf der Baustelle, während Luisa mit ihren Freundinnen einen draufmacht. Wenn es nach Barnie gegangen wäre, würden wir jetzt im Flieger nach Las Vegas sitzen. »Wir arbeiten an unserem Haus«, bestimmte ich aber und beendete die Diskussion.

Außerdem will ich auf dem Standesamt im Vollbesitz meiner geistigen Kräfte sein. Das hört man ja oft, dass die Braut dem Bräutigam den Kugelschreiber bei der Unterschrift führen muss. Nein, danke. Darauf verzichte ich gern. Und am Montag nach Standesamt und Kirche starten Luisa und ich in die Flitterwochen, egal, was auch passieren mag.

Wenn wir zurück sind, beginnt in diesem Haus bald ein neuer Lebensabschnitt. Die eine Haushälfte habe ich Barnie mittlerweile abgekauft. Eine Hälfte von meiner Hälfte ist mein Hochzeitsgeschenk für Luisa. Noch sieht es aber nach nicht viel aus. Weil die Handwerker nicht kommen, wenn man sie erwartet, beziehungsweise kommen, wenn man sie gerade nicht brauchen kann, verzögert sich die Renovierung. Bis Weihnachten wollten wir eigentlich eingezogen sein. Ich hoffe, dass die verbleibenden Monate reichen. Zum Jahreswechsel müssen Luisa und ich jedenfalls aus unserer Wohnung raus sein.

Lilly arbeitet schon seit einem Monat nicht mehr. In zwei Wochen soll der Junior auf die Welt kommen. Barnie wird von Tag zu Tag nervöser und dicker. Er hat selbst schon eine kleine Plauze. Sein rechtes Auge zuckt ständig, in einer Tour kratzt er sich am Hinterkopf. Einfach mal nichts tun, einfach mal dasitzen ist für ihn ein Ding der

Unmöglichkeit. Ganz verstehe ich nicht, warum er sich so viele Sorgen macht. Lilly wird das Kind schon schaukeln, da habe ich überhaupt keinen Zweifel. Auf die Welt bringen wird sie es erst recht. Schließlich hat sie zwei Prädikatsexamina und sich auch sonst intensiv auf die Geburt vorbereitet. Im Gegensatz zu Barnie. Der war nur zweimal beim Kurs dabei, hat geschnauft und gehechelt und sich aufgeführt, als wäre er die Mutter, wie man hört. Danach beschloss Lilly, dass sie da nur noch allein hingeht. Ohne Barnie. Ihm war das, denke ich, nicht unrecht, obwohl er sich jetzt natürlich nicht ausreichend qualifiziert fühlt, was die Geburt betrifft. Wohin mit der Plazenta? Was tun mit der Nabelschnur? Wie soll man mit dem Baby kommunizieren?

»Alles klar, Barnie?«, fragt Carlo, während wir das Bad mit einem Vorschlaghammer in Einzelteile zerlegen. »Du wirkst so … wie soll ich sagen?«

»Nervös«, mische ich mich ein.

»Ja, nervös.«

»Es geht. Und du, Carlo? Alles gut?«

»Alles bestens. Dank meines Schwiegersohns hier.«

Carlo legt den Hammer beiseite und seinen Arm um meine Schultern. Ich kann mich noch gut erinnern, als ich in der Rolle des Schwiegersohns eine glatte Fehlbesetzung für ihn war. Aber lassen wir das. Männer können über solche atmosphärischen Störungen hinwegsehen. Besonders bei einer so meditativen Arbeit wie dem Kurz-und-klein-Hauen von Fliesen. Liegt wohl an unseren Genen.

Kurz nach zehn hat Barnie aber keine Lust mehr. Er tauscht Hammer gegen Heineken und lässt sich auf einer umgedrehten Bierkiste nieder. »Genug geschuftet«, verkündet er und klatscht dann in die Hände. »Bierchen?«, fragt er in die Runde.

Carlo bedient sich gleich selbst. »Tut das gut.« Fast könnte man glauben, er wäre den halben Tag auf der Suche nach Wasser durch die Wüste gelaufen. Warm ist es aber wirklich. Ich schwitze und rieche kurz an meinem Shirt. Angeblich finden Frauen männlichen Schweiß ja sexy, wegen der Pheromone. Ist das Liebe? Nur Chemie? Geht's bloß darum, den passenden Partner für Produktion und Aufzucht des Nachwuchses zu finden? Oder steckt doch mehr dahinter?

»Auch ein Bierchen?«, unterbricht Barnie meinen Gedankengang.

Ein paar Erfrischungsgetränke später versuche ich die Braut auf dem Handy zu erreichen, werde aber weggedrückt. Ich verzichte, eine Nachricht auf ihrer Mailbox zu hinterlassen. Wahrscheinlich geben sich die Mädels in einem üblen Schuppen mit den Chippendales die Kante. Bis auf Lilly, die Arme. Als Schwangere muss frau auf alles verzichten, was Spaß macht.

»Und jetzt?« Carlo wirkt unternehmenslustig und reibt sich die Hände.

»Jetzt geht jeder nach Hause duschen und dann ab in die Falle«, antwortet der vernünftige Engel auf meiner linken Schulter.

»Seit wann bist du so langweilig?« Barnie übernimmt den Part des hedonistischen Teufels auf der rechten Schulter. Ausgerechnet Barnie. »Du wirst doch nicht an deinem letzten Abend in Freiheit nüchtern schlafen gehen.«

»Ich bin nicht nüchtern«, wehre ich mich und versuche ein bisschen zu lallen.

»Bullshit.«

Ich kratze meine ganze Vernunft zusammen und erkläre Barnie, dass wir morgen früh rausmüssen. »Ich möchte echt nicht mit Kopfschmerzen aufs Standesamt.«

»Hey, Mann. Jetzt mach hier nicht auf Spießer!«

»Wer ist hier der Spießer, Bionade-Barnie?«

»Das ist ja lächerlich!«

»Jungs, Jungs, Jungs!«, grätscht Carlo dazwischen. »Ihr seid beide keine Spießer, sondern echte Männer. Du Mark, weil du morgen die schönste Frau der Welt heiratest.«

»Und ich?«

»Weil du bald Vater wirst, Barnie.«

Ich klopfe Barnie leicht provokativ auf die Schulter.

»Wisst ihr was?« Barnie lächelt. Wie Wickie, wenn er gerade eine Idee hat. Es fehlen nur das Fingerschnalzen und die Sterne. »Ich habe eine Weltklasse-Idee«, verkündet er stolz.

Tatsächlich war es die dümmste Idee des Jahrhunderts.

Luisa

Mit Junggesellenabschieden ist es wie mit Generalproben: Wenn sie katastrophal verlaufen, wird die Premiere, also die Hochzeit, super. Nur versteht unter katastrophal jeder etwas anderes. Die meisten Bräute würden es als grauenvoll einstufen, wenn bei der Veranstaltung ihres Bräutigams eine Stripperin auf seinem Schoß säße. Und viele Männer beneiden ihre Verlobte nicht um einen Wellnesstag mit Gesichtsbehandlung, was ja nur ein netterer Ausdruck für Mitesser ausquetschen ist.

Trotzdem ist mein Junggesellinnenabschied so lustig,

dass es eigentlich für die Hochzeit ein schlechtes Omen ist. Marie hat eine Nische in einer schicken Bar für uns reserviert, in der unser lautstarkes Gelächter uns keine pikierten Blicke einbringt. Und meine Freundinnen lassen meine Junggesellinnenzeit ausgiebig Revue passieren, indem sie etliche alte E-Mails von mir ausgedruckt haben. Darunter ist einiges, das ich eigentlich gern vergessen hätte.

»Schau mal hier!«, lacht Anna und wedelt mit einem Zettel. »Da hast du ein schmutziges Wochenende mit diesem Supersportler verbracht, der dich in sein spießiges Haus bei Garmisch eingeladen hat. Weißt du noch, was da passiert ist?«

Gott, ja. Es ist fünf Jahre her, aber …

»Die Gegenstromanlage«, sage ich und schlage die Hände vors Gesicht, während die anderen vor Lachen brüllen. Anna liest meine Mail vor, die ich damals an sie geschrieben habe: *Mister Supersportler hat ein winziges Schwimmbecken mit Gegenstromanlage, weil man da angeblich viel effektiver trainieren kann als in so einem Riesenpool. Während er vorne seinen Schmetterlingsstil und seinen Hintern präsentiert hat, wurde ich vom Wasser an die Rückwand gepresst und bin nicht mehr losgekommen. Ihr solltet mich sehen, ich bin viel flacher als letzte Woche. Leider auch breiter.*

»Das war grauenvoll. Der Typ hat auch nie mehr angerufen.«

»Wärst du rangegangen?«

»Niemals.«

Nachdem meine Freundinnen ausgiebig meine unrühmliche Vergangenheit durchgehechelt haben, verabschiedet sich Verena nach Hause zu ihrem Baby. Marie aber verkündet, dass nun erst die eigentliche Überraschung käme. Ich solle mich doch mal mit meinem Stuhl vom Tisch wegdrehen und mir die Augen verbinden lassen.

»Marie, um Himmels willen. Hatte ich nicht gesagt, ich will keinen Stripper?«

»Doch, das hattest du. Aber glaub mir, diesen willst du unbedingt.«

Leise protestierend lasse ich mir die Augen verbinden. Ich kann diesen Blödsinn nicht ausstehen. Vielleicht ist es meine katholische Erziehung oder meine brave italienische Herkunft, aber ich will keine halb nackten Männer anfassen, die ölig glänzen und professionell grinsen. Diese Geschichten, in denen Bräute am Abend vor der Hochzeit mit dem Stripper durchgebrannt sind, halte ich für absoluten Quatsch. Mehr mentale Distanz als zwischen einer vollständig angezogenen Braut und einem Dienstleister im Tanga kann es doch gar nicht geben. Anna tätschelt mir mitleidig die Schulter, und ich frage mich gerade, ob man mir eigentlich unter meinen kurzen Rock schauen konnte, als die Musik zu *You Can Leave Your Hat On* wechselt. Dann nimmt Marie mir das Tuch ab. Ungefähr fünf Zentimeter vor meinem Gesicht wackelt ein Männerhintern hin und her. Glücklicherweise in Jeans. Und auch ein T-Shirt trägt der Stripper. Dass er beim Hinternwackeln so laut lacht, dass es selbst die Musik übertönt, kommt mir aber doch komisch vor. Ich werfe einen skeptischen Blick hoch zu seinem Hinterkopf. Die dunklen Locken dort kommen mir sehr bekannt vor.

»Francesco!«

Ohne das Lachen auch nur eine einzige Sekunde einzustellen, dreht sich mein Bruder zu mir um und strahlt mich an. Er sieht unverschämt ausgeruht aus, hebt mich zur Begrüßung hoch und drückt mich an sich.

»Schwesterchen! Dachtest du wirklich, ich komme morgen nicht mit zum Standesamt?«

»Ja!«

»Nun ja, eigentlich dachte ich das auch.« Langsam setzt Francesco mich wieder ab. »Aber als erst unsere Mutter und dann Marie mir am Telefon den Kopf gewaschen haben, habe ich es mir anders überlegt.« Er wirft Marie einen kurzen Blick zu, bei dem es Funken aus seinen braunen Augen sprüht. Marie zwinkert. »Sie hat mir außerdem versichert, dass ihr mit dem peinlichen Mädelsteil des Abends schon durch seid und ich deshalb jetzt bleiben und mich mit euch betrinken darf.«

Drei Stunden später hängen Anna und ich müde auf unseren Stühlen. Marie und Francesco wirken dagegen verdächtig lebhaft und sitzen eng nebeneinander. Wie zufällig lasse ich eine Cocktailserviette vom Tisch fallen, bücke mich danach und werfe dabei einen Blick unter den Tisch – die beiden halten Händchen. Entzückt schnappe ich nach Luft. Als wir wenig später die Segel streichen, geht Francesco aber ganz gesittet mit mir nach Hause. Auf diese Weise werde ich am Morgen meinen Trauzeugen bei mir haben, der mir den Reißverschluss hochziehen kann. Mark will sowieso bei Barnie schlafen, weil auch mein Kleid für das Standesamt eine Überraschung für ihn sein soll. Lilly, meine Mutter und ich haben den drei Herren sicherheitshalber eingeimpft, die Trauung finde um zehn Uhr statt, damit sie nicht die ganze Nacht saufen.

In Wahrheit ist der Termin eine Stunde später. Also noch genug Zeit, dass die Jungs bis dahin wieder nüchtern sind. So hatte ich das zumindest geplant.

Allerdings klingelt schon um halb neun Uhr morgens das Telefon. Lilly ist dran.

»Hmpfhallo?«, nuschele ich in den Hörer. Ich wollte noch ein bisschen länger schlafen.

»Luisa, es gibt ein Problem …«

»Nein, bitte nicht. Ich hasse Probleme. Was ist denn passiert?«

»Barnie und Mark sind heute Nacht nicht nach Hause gekommen.«

Ich setze mich im Bett auf und bin plötzlich hellwach. »Scheiße«, sage ich ganz unbräutlich.

»Ja, ich weiß. Pass auf, ich wollte dir nur Bescheid sagen, damit du dein Handy in Hörweite behältst, während du deine Haare föhnst oder was weiß ich. Wir haben ja noch ein bisschen Zeit. Ich fahre jetzt erst mal auf die Baustelle und schaue, ob sie vielleicht dort eingeschlafen sind.«

»Okay.« Ich werfe einen Blick auf mein Handy, auf dem zehn Anrufe in Abwesenheit von meiner Mutter angezeigt werden. »Falls dir diese Information weiterhilft, mein Vater ist offensichtlich auch nicht nach Hause gekommen.«

Während ich Rührei mache, beruhigt Francesco am Telefon unsere Mutter. Nein, sie müsse sich gar keine Sorgen machen, Papa habe auch bei Barnie übernachtet, weil es so spät geworden sei. Er werde sicher bald nach Hause kommen. Meine Güte, mein Bruder ist ein versierter Schwindler. Die armen Schwedinnen.

Ich behalte mein Handy die ganze Zeit im Auge, aber Mark ruft nicht an. Bilanz des Hochzeitsmorgens: kein Bräutigam, nur ein Trauzeuge und kein Brautvater. Dafür eine hysterische Brautmutter, die alle zehn Minuten anruft und nach dem Verbleib ihres Mannes fragt, und eine fuchsteufelswilde Braut. Was denkt der Sack sich eigentlich, mich am Tag der standesamtlichen Trauung sitzen zu lassen? Gab es günstige Flüge nach Las Vegas oder so? Als es anderthalb Stunden später an der Tür klingelt, bin ich immer noch außer mir vor Wut. Francesco öffnet und bekommt einen Lachanfall, den ich bis ins Badezimmer hören kann.

»Luisa, ich hab hier einen Sträfling für dich!«, ruft er.

Ich gehe dem Gelächter nach und sehe einen völlig fertigen Mark in einem uralten Jogginganzug vor mir, der tatsächlich ein bisschen nach Männerknast aussieht. Kurz erwäge ich, ihm eine runterzuhauen. Aber dann erzählt mir Mark in atemberaubendem Tempo die Geschichte von letzter Nacht, und ich kann mich kaum noch auf den Beinen halten.

»Na ja«, beginnt er. »Wir waren doch sehr verschwitzt von der Arbeit. Und es war noch so warm draußen. Und wir hatten ja auch ein bisschen was getrunken. Nicht viel. Zwei, drei Bierchen vielleicht. Aber Barnies Idee hat uns trotzdem irgendwie sehr gut gefallen. Also sind wir sofort los. Mit der Trambahn an den renaturierten Teil der Isar zwischen Wittelsbacher- und Reichenbachbrücke mit Sicht aufs Sendlinger Heizkraftwerk. Ein bisschen abkühlen, zur Weideninsel rüberschwimmen. Nackt natürlich, weil wir ja keine Badehosen dabeihatten. Und als wir dann wieder aus dem Wasser kamen, waren unsere Sachen weg. T-Shirt, Hose, Unterwäsche, Handy, Geldbeutel. Alles weg, bis auf Socken und Schuhe. Geklaut, versteckt, was weiß ich. Wahrscheinlich hat sich irgendein Spaßvogel einen Scherz erlaubt. Wir sind also, nur mit Socken und Schuhen bekleidet, zurück zur Straße, ein Taxi aufhalten. Aber leider hat uns die Polizei aufgehalten und gleich mitgenommen. Ich glaube, die haben uns für Perverse oder schlimmer gehalten. Papiere hatten wir ja auch keine mehr. Also, haben die Beamten gesagt, dass sie uns über Nacht dabehalten. Zum Ausnüchtern. Und dann …«

»Aufhören«, japse ich kichernd und halte mir die Seiten.

»So witzig war es gar nicht!«, sagt Mark anklagend und schaut zwischen meinem ebenso amüsierten Bruder und mir hin und her.

»Sei froh, dass ich darüber lache, Mark. Und weißt du, worüber du noch froh sein solltest?«

»Dass du mir meinen Personalausweis gestern abgeknöpft und zu den Hochzeitsunterlagen gelegt hast?«

»Stimmt, darüber auch. Und über den Zeitpunkt der Trauung … ach, eigentlich hast du so viele Gründe, mir dankbar zu sein. Deshalb darf ich jetzt für eine Stunde ins Bad, und du musst dich im Schlafzimmer umziehen.«

»Na gut«, murmelt Mark. »Aber glaub mir, du willst, dass ich vorher dusche.«

Als ich mein sensationell schönes, kurzes weißes Spitzenkleid trage, mein Gesicht dezent geschminkt ist und meine Haare richtig liegen, bleiben noch ein paar Minuten, um die Heldin des Tages anzurufen.

»Lilly, du bist ein Engel. Wie hast du sie gefunden?«

»Ich habe alle Polizeidienststellen abtelefoniert, nachdem ich mit den Krankenhäusern durch war. Auf der Wache waren sie sehr freundlich, nachdem ich ihnen meine Visitenkarte in die Hand gedrückt hatte, und haben mir die Jungs anstandslos mitgegeben.«

»Danke, das war großartig. Aber sag mal, warum hast du Mark mit seinem Hochzeitsanzug in der Hand nach

Hause geschickt, statt ihn sich bei euch umziehen zu lassen?«

»Ach, das.« Lilly kichert. »Erstens wollte ich dir den Anblick nicht vorenthalten, zweitens wollte er sich sofort und persönlich bei dir entschuldigen, und drittens …«

»Drittens?«

»Barnie sagte, diese Jogginganzüge würden furchtbar im Schritt kratzen. Da hab ich mir gedacht, das ist doch eine ziemlich gute Strafe.«

»Frau Staatsanwältin, wenn ich mich nicht schon anderweitig entschieden hätte, würde ich heute dich heiraten.«

Als Mark aus dem Schlafzimmer tritt, sieht er wieder ganz manierlich aus. Er ist sehr schick in seinem Anzug. Nicht so hinreißend wie ich natürlich, aber ich kann mich ja schlecht selbst heiraten. Zufrieden konstatiere ich, dass seine Kinnlade herunterklappt. Mein Kleid ist wirklich toll.

»Du siehst so schön aus«, flüstert Mark andächtig und zupft fasziniert an meinen Spitzenärmeln.

»Extra für dich.«

»Entzückend, ihr Turteltauben«, unterbricht uns Francesco völlig unbeeindruckt vom Zauber des Augenblicks. »Auf geht's, wir sind spät dran.«

Dank Francescos wildem Fahrstil kommen wir pünktlich an. Barnie und mein Vater stehen neben Lilly und meiner Mutter wie kleine Jungs, die etwas angestellt haben und heute nicht mehr zum Spielen rausdürfen. Marks Mutter ist mit ihrem aufstrebenden Jungregisseur da, Marks Vater mit Priska, und dazwischen steht Marie. Nanu? Marie?

»Ich weiß, das ist eigentlich eine Familien- und Trauzeugenveranstaltung«, flüstert sie mir zu, als ich ihr um den

Hals falle. »Aber dein Bruder hat mich eingeladen. Ich hoffe, das ist okay?«

»Aber ja! Ich freu mich, dass du dabei bist. Jetzt ist Francesco auch nicht so allein.«

»Ich glaube, der ist selten allein«, meint Marie vielsagend. Hinter ihr öffnet sich die Tür des Trausaals, und ein anderes Brautpaar kommt raus. Wenn man sich das so vorstellt mit dem Heiraten, denkt man irgendwie nie daran, dass vor und nach einem eine endlose Brautpaarschlange durchgeschleust wird.

»Hoffentlich lüften die noch«, murmelt Lilly neben mir. Ihr wird zurzeit öfter mal schwindlig. Für eine Hochschwangere hatte sie einen anstrengenden Morgen, schließlich rettet selbst eine Staatsanwältin nicht jeden Tag drei Delinquenten.

Plötzlich bin ich sehr aufgeregt. Die Trauung rauscht an mir vorbei, während ich mich an Marks Hand klammere. Der Standesbeamte wirkt wie ein verkrachter Althippie und erzählt etwas von der Verantwortung, die man füreinander übernimmt, und dass so eine Ehe mehr sei als nur ein Steuersparmodell. Ach nee, was für ein Romantiker. Dann lächelt er huldvoll und zieht ein zusammengefaltetes Blatt aus seiner Sakkotasche.

»Ich möchte nun für das Brautpaar ein Gedicht vortragen, das meine Ehefrau selbst geschrieben hat.«

Mark drückt meine Hand so fest zusammen, dass ich fast schreien muss, und schaut mich entgeistert an. Wahrscheinlich überlegt er gerade, wo der Notausgang ist. Ich muss jetzt schon kichern, setze aber mein bestes Pokerface auf, während der Althippie das Blatt auseinanderfaltet, glattstreicht und sich räuspert.

»Nun seid ihr beide hier
Denn ihr wollt heiraten
Das ist ein großer Schritt
Drum sind eure Familien dabei …«

Irgendwie hatte ich erwartet, dass das Gedicht sich reimen würde. Aber vielleicht habe ich einfach einen zu proletarischen Geschmack.

»Euer Leben wird jetzt anders
Ihr seid nie mehr allein
Vielleicht bekommt ihr Kinder
Die sind dann süß und klein …«

Oh, ein Reim. *Allein / klein*. War wahrscheinlich ein Versehen. Hinter mir tarnt Barnie einen Lachkrampf als Hustenanfall. Ich drehe den Kopf und sehe Francesco, der seine Fußspitzen fixiert, und meine Mutter, die sich ein Taschentuch vor den Mund hält. Ihre Schultern beben.

»Für die Zukunft wünschen wir
Euch Lachen, Liebe, Sonnenschein
Die Fackeln der Erotik …«

Neben mir explodiert ein Vulkan. Mark lacht dem Althippie mitten ins Gesicht. Hinter mir legt Barnie wieder los, auch meine Mutter prustet jetzt ungeniert. Ich rutsche fast vom Stuhl vor Lachen. Marie rettet die Situation, indem sie »Bravo!« ruft und applaudiert. Das Gelächter geht im aufbrandenden Applaus unter, als die anderen auch klatschen. Der Althippie schaut säuerlich in die Banausenmenge und steckt das Gedicht des Grauens weg. Was nun mit den Fackeln der Erotik ist, werde ich wohl nie erfahren.

Ab jetzt geht alles ganz schnell, denn der Standesbeamte ist beleidigt. Aufstehen, möchten Sie, ja, möchten Sie auch, ja, zack, zack, fertig. Mark küsst mich, und dann müssen wir auch schon wieder gehen. Schließlich wartet draußen bereits das nächste Paar.

»Besonders romantisch war das ja jetzt nicht«, meint Mark, als wir gemeinsam zu einem italienischen Restaurant schlendern, in dem wir einen Tisch für unsere kleine Hochzeitsgesellschaft reserviert haben.

»Bist du eher erleichtert oder eher enttäuscht?«

»Tja … irgendwie beides.«

»Keine Sorge, in der Kirche wird es erschreckend romantisch.«

»Und auch so witzig?«, fragt Mark hoffnungsvoll grinsend.

»Na ja, ganz so witzig wahrscheinlich nicht«, räume ich ein. »Die Fackeln der Erotik haben da schon Maßstäbe gesetzt.«

»Gott, war das schlimm. Ich dachte, gleich kommt seine Frau halb nackt durch eine Tapetentür und führt auch noch einen Bauchtanz vor.«

»Wir hatten uns doch einen unvergesslichen Tag gewünscht, oder?«

»Ja, man kann wohl behaupten, dass wir den hatten. In mehrfacher Hinsicht.«

»Und weißt du, was toll ist?«

»Was denn?«

»Morgen heiraten wir gleich noch mal.« Zärtlich und überglücklich drücke ich Marks Hand.

Mark

Um acht reißt mich der Wecker aus dem Schlaf. Die kleine Feier nach der standesamtlichen Trauung war ohne Katastrophen, Anzüglichkeiten oder Zerwürfnisse über die Bühne gegangen. Nur essen, lachen, trinken. Nun beginnt er aber wirklich: der schönste Tag des Lebens. Um halb neun kreuzt Barnie bereits auf. Er hat Semmeln dabei. Die fünf Kilo, die er zugenommen hat, seit Lilly schwanger ist, stehen ihm gut. Barnie kann das tragen. Er ist eh immer viel zu dünn gewesen. Jetzt braucht man wenigstens nicht mehr ständig Angst zu haben, die nächste Windböe könnte ihn wegwehen. Wir umarmen uns hölzern. Barnie klopft mir auf die Schulter. »Wird schon«, beruhigt er mich.

»Scheint wenigstens die Sonne?«

»Fritz-Walter-Wetter!«

Ich glaube mich zu erinnern, dass Regen für unsere Hochzeit nicht gut wäre. Wegen des Sektempfangs draußen.

»Wie fühlst du dich?« Barnie blickt mich mit seinem Sorgenblick an, den er sich seit Lillys Schwangerschaft zugelegt hat. Früher blitzte nur der Schalk aus seinen Augen.

»Nervös«, gebe ich zu. Ich bin sogar sehr nervös. Meine Beine fühlen sich irgendwie taub an.

Zur Feier des Tages deckt Barnie den Tisch. Männlich, praktisch, ohne Schnickschnack wie Servietten, Blumen oder Untersetzer für die Kaffeetassen. Luisas Frühstückstisch wirkt im Vergleich zu unserem wie eine spätrömischdekadente Tafel. Meine Frau hat die Nacht bei ihren Eltern verbracht. Wie es die Sitten und Gebräuche vorschreiben.

Ich habe eigentlich noch gar keinen Hunger. Lustlos beiße ich in das Marmeladenbrötchen. Schmeckt nach nichts. Barnie schmiert sich unterdessen Nutella auf Krawatte und Kragen. »Scheiße!«

»Bringt Glück«, lüge ich und muss an Luisa denken. Meine Frau zieht Nutella- oder Rotwein-Unglücke förmlich an. Ich vermisse sie ein bisschen.

Wir beenden abrupt unser Frühstück. Barnie zieht sein Hemd aus und macht über der Spüle mit einer Kombination aus Seife und Topfreiniger alles nur noch schlimmer. Ein perfekter Fleck. Luisas Mutter würde ihn rausbekommen, wir nicht. Ich beobachte meinen Freund noch eine ganze Weile, wie er kämpft, wie er alles gibt und sich trotzdem langsam die Gewissheit breitmacht, dass er den Kampf gegen den Fleckenteufel verloren hat.

»Ich stell mich mal unter die Dusche«, sage ich und lasse ihn mit dem Problem allein. »Bitte fackle nicht die Wohnung ab. Wenn's geht.«

»Ja, ja. Ich versuch's.«

Barnies Oberkörper hat in diesem Jahr noch nicht viel Sonne gesehen, fällt mir bei dieser Gelegenheit auf. Bräune war gestern. Aber was weiß ich schon. Vielleicht ist blass das neue Braun.

Ich nehme mir richtig viel Zeit fürs Duschen. Es gibt kaum einen entspannenderen Ort als unsere Duschkabine. Duschen ist Freizeit, außer am Morgen, wenn man schnell machen muss, weil man schon im Moment des Aufwachens viel zu spät dran ist.

Nach dem Abtrocknen schaue ich in den Spiegel. Im Großen und Ganzen bin ich zufrieden. Dank meines Fitness- und Luisas Diätprogramms habe ich ein paar Muskeln auf- und sogar ein bisschen Fett abgebaut. Ich bin zwar nur unwesentlich leichter als vor drei Monaten, dafür deutlich proportionierter. Der Bauch ist beinahe weg. Am Waschbrett muss ich allerdings noch feilen. Gleich nach den Flitterwochen. Oder vielleicht nicht gleich, aber bald.

Zur Feier des Tages creme ich mich mit Körperlotion ein. Dann noch das gute Aftershave auf Wangen und Hals, Deo von Hugo Boss unter die Achseln. Der Typ im Spiegel sieht aus, als ob er heute seiner Braut das Ja-Wort geben würde. Er lacht. Er ist glücklich. Nichts kann ihn mehr aufhalten.

»Maaark!«

Mir schwant Übles. Kurz denke ich an Flucht. Aber Barnie fährt das Fluchtfahrzeug. Er ist der Driver, ich bin ihm hilflos ausgeliefert. Langsam öffne ich die Badezimmertür. Im Flur steht ein der Verzweiflung naher Bernhard von Denkwitz. In seiner rechten Hand hält er einen Fetzen, der entfernt an ein Hemd erinnert. Die Löcher darin sind faustgroß. Ich will gar nicht wissen, wie er das geschafft hat.

»Du bist nackt«, stellt er verblüfft fest.

»Äh, ja. Ich dusche immer nackt. Du nicht?«

»Weiß nicht. Doch.« Barnie ist verwirrt. »Hast du zufällig noch ein weißes Hemd da?«

Nach kurzer Suche und einem langen Entscheidungsprozess, der Luisa zur Ehre gereicht hätte, ist für Barnie eine halbe Stunde später endlich ein passendes Ersatzhemd gefunden. Ein Geschenk von Franziska – ungetragen. Aus der Karl-Lagerfeld-für-H&M-Kollektion. Mir war es immer zu rüschig und verspielt. Ich mag klare Kante. Aber Barnie sieht darin gar nicht schlecht aus. Die schmale Krawatte, die ich auch noch nie getragen habe, ist mein Hochzeitsgeschenk für ihn.

»Wie viel Zeit haben wir noch?«, frage ich sicherheitshalber, nachdem wir doch einige Minuten mit unvorhersehbaren Ereignissen verplempert haben und ich immer noch in Boxershorts herumlaufe.

»Zeit ist nicht unser Problem.« Barnie, der Philosoph. »Trotzdem solltest du dir langsam etwas anziehen.«

Folgsam schlüpfe ich in die Anzughose. Sie passt perfekt. Es gibt nichts Schlimmeres als Hosen, die an den Oberschenkeln zu eng sind und dann auch noch am Bund spannen. Für den Alltag ist der Anzug zu fein. Aber es werden ja hoffentlich noch Gelegenheiten kommen, bei denen ich ihn wieder aus dem Schrank holen kann. Ist ja kein Brautkleid, das man nur ein Mal im Leben trägt. Obwohl – meine Großtante wurde in ihrem Brautkleid beerdigt. Ist bestimmt nicht einfach gewesen, die Tante da reinzuquetschen.

Wie Luisa wohl aussieht in ihrem Kleid? Wie Uma Thurman in *Kill Bill*, hoffe ich. Vor dem Hochzeitsmassaker natürlich. Ich schlüpfe in mein blütenweißes Hemd, stopfe es in die Hose und halte Ausschau nach schwarzen Socken.

»Hast du die Ringe?«

Mein Trauzeuge klopft sich sämtliche Taschen ab. »Hm, was?«

»Barnie!« Ich sehe meinen Kumpel böse an. Es gibt Dinge, über die macht man keine Witze. Nicht am Hochzeitstag. Nicht über die Eheringe.

Grinsend zieht er die handgeschmiedeten Trauringe aus der Innentasche seines Jacketts und hält sie mir unter die Nase.

»Bitte nicht verlieren, Barnie. Meinst du, das ist möglich?«

»I'll do my very best.«

»Was sagt die Uhr?«

»Willst du mich jetzt alle fünf Minuten nach der Zeit fragen? Mach dich locker, Mark. Ist doch nur ein Ja-Wort. Du schaffst das.«

»Dein Wort in Gottes Ohr.«

Wider Erwarten pünktlich verlassen wir die Wohnung. Meine Kopfhaut juckt. Vielleicht habe ich zu viel von dem Surferwachs aufgetragen. Immerhin ziert meinen Kopf nun ein perfekter Seitenscheitel nach Don-Draper-Art. Barnie ist der Fahrer, ich nehme neben ihm Platz. »Du weißt, wo's hingeht?«

»Ich hatte ungefähr zehn Briefings von deiner Schwiegermutter. Glaub mir, Mark, ich kenne den Weg besser als mich selbst.«

Die Kirche, in der Luisa und ich uns Gottes Segen abholen werden, liegt etwas außerhalb. Der Pfarrer und Carlo kennen sich von früher. Ein frommer Theologe, wie man hört. Ich hoffe, der gute Mann neigt nicht zur großen Geste. Sonst könnte meine Hochzeit eine wirklich komische Inszenierung werden. Oder, was noch schlimmer wäre: absurdes Theater.

»Hast du echt kein Navi?« Ich weiß, dass ich Barnie mit meiner ewigen Fragerei nerve, aber ich glaube, wir sind schon mindestens zweimal falsch abgebogen.

»Zum hundertsten Mal: Nein!«

»Wenigstens eine Landkarte?«

»Schau doch mal ins Handschuhfach, wenn's dich beruhigt.«

Dort finde ich tatsächlich allerlei ADAC-Material. Von Süditalien bis zu den griechischen Inseln ist so ziemlich alles dabei. Aber im Moment hilft uns das nicht weiter. Dafür beginnt leider schon in zehn Minuten die Vorstellung, und ich bin mir sicher, dass wir im Kreis fahren. Und zwar seit mindestens zwanzig Minuten. Nur Barnie beteuert, dass das ganz andere Bäume sind als vorhin. Vielleicht bin ich jetzt doch nervös.

Endlich die Kirche. Sie steht auf einem Hügel, einsam und verlassen thront das Gotteshaus über dem Voralpenland, inmitten von Feldern voller Gold. O Gott, ich werde schwülstig!

Barnie drückt, wie um mir die unausgesprochenen Floskeln auszutreiben, das Gaspedal durch. Ich werde in den Sitz gedrückt. Wenn jetzt ein Hase oder was Größeres auf das Sträßchen springen würde, male ich mir in Gedanken aus. »Ruhig, Brauner!«, versuche ich den Rennfahrer in Barnie zu zähmen. Aber der ist gerade voll in seinem Element.

Mit quietschenden Reifen und einer Hundertachtzig-Grad-Drehung bringt er seinen Wagen vor dem Kircheneingang zum Stehen. Luisas Mutter stürzt aufgeregt winkend auf uns zu, öffnet ruckartig die Beifahrertür, zerrt mich mit aller Kraft heraus und küsst mich auf beide Wangen. Dann erst sieht sie mich böse an, schnauft durch und setzt zu der Frage an, wo wir so lange gesteckt haben, bricht aber ab, noch bevor die Worte ihre Lippen überschreiten. »Husch! Aufstellung. Die Gäste warten.«

»Wo ist Luisa?« Die Frage sei mir gestattet.

Valentina zeigt auf einen fetten Benz, ein Cabrio. Noch

ist das Verdeck geschlossen. »Los jetzt, Mark. Und viel Glück.«

»Kommst du, Barnie?«

»Aber bitte nicht Händchen halten, wenn's geht.« Mein Trauzeuge wischt sich grinsend den Schweiß von der Stirn und stellt sich dann neben mich. Gemeinsam schlendern wir durchs Portal. Über uns läuten die Glocken. Mein erster Eindruck: Verdammte Scheiße, ist das schön! Ein wenig kitschig vielleicht, aber das sind Hochzeiten halt. Sonst bräuchte man ja nicht heiraten. Es sieht aus, als wollte meine Schwiegermama eine kleine Mottoparty in dem Gotteshaus veranstalten: ganz in Weiß mit tausend roten Rosen. Einen Augenblick fallen Barnie und mir die Kinnladen herunter.

Barnie lächelt schief. »Tja, mein Freund, da musst du jetzt durch!«

Beim Gang zum Altar sehe ich viele Köpfe. Nach fünf Schritten bin ich im Tunnel. Aus den Augenwinkeln erkenne ich meinen Vater, Priska und die Zwillinge auf der rechten Seite. Meine Mutter und ihr junger Lover sitzen auf der anderen. Ah, da sind ja auch Onkel Salvo und die Nonna. Wirft sie mir eine Kusshand zu? An der vordersten Bankreihe bleibt Barnie stehen, gibt Lilly einen Kuss und streichelt über ihren kugelrunden Bauch. Sie sieht ein bisschen abgekämpft aus. »Schickes Hemd«, höre ich sie feixen.

Ich nicke dem Pfarrer und den ernst dreinblickenden Ministranten zu. Der Monsignore schaut auf seine Rolex und wackelt dabei mit seinem kahl rasierten Schädel. Er hat etwas Päpstliches an sich. So von oben herab, so unfehlbar. »Schön, dass Sie's doch noch einrichten konnten, Herr Doktor«, begrüßt er mich.

Bevor ich etwas erwidern kann, setzt die Orgel bereits ein.

Der Monsignore faltet seine Hände und reckt sein fliehendes Kinn noch weiter nach vorne. Die Festgemeinde springt auf wie einstudiert. Luisa erscheint in einem Lichtkegel, am Arm ihres Vaters. Ich könnte niederknien bei diesem Anblick.

Barnie stupst mich mit dem Ellbogen in die Seite. »Wow!«

Ausnahmsweise hat er recht.

Würdevoll schreiten Luisa und ihr Vater durch die Kirche. Carlo nickt den Gästen zu, Luisa lächelt mit ihm um die Wette. Wir sind fast am Ziel. Wir zwei. Das fühlt sich gut an.

Mir ist schwindlig, und mein Herz schlägt bis zum Hals. Luisa sieht atemberaubend aus. Sie ist die schönste Frau der Welt. Adieu, ihr Victoria's-Secret-Models. Ich sehe den Stolz in Carlos Augen. Zwei Meter noch, dann übergibt er seine Tochter.

Jetzt. Genau in diesem Augenblick. Ein magischer Moment.

Ich fühle Luisas Hand in meiner. Wir sehen uns in die Augen.

»Alles Gute«, murmelt Carlo. »Buona fortuna!«

Ich nicke ihm dankbar zu.

Mein Schwiegervater zwinkert zurück. »Pass gut auf sie auf, mein Junge.«

»Ich versprech's.«

Luisa

Man hat mir vor der Hochzeit einiges erzählt über wasserfestes Make-up. Nach einem Experiment mit einem traurigen Film, der eines Nachts im Spätprogramm lief, kann ich sagen: Wenn man richtig heult, schmiert es zwar nicht, aber es bröckelt. Deshalb habe ich mir fest vorgenommen, mit dem Geheule bis nach der Kirche zu warten. Mark soll keine Frau heiraten müssen, die aussieht wie die Berliner Gedächtniskirche. Aber ich kann mich wirklich nur mit Mühe zusammenreißen, als er meine Hand nimmt und mich mit diesem Blick anschaut, mit dem Frauen eigentlich immer von ihren Männern angesehen werden wollen: zärtlich, überwältigt, aber auch ein bisschen amüsiert.

Hinter uns setzt sich die Gemeinde, und der Monsignore blickt uns streng an. Mark findet das bestimmt gruselig, aber ich mag es so. Pfarrer müssen nicht unbedingt locker sein und im Gemeindezentrum Schlagzeug spielen, und dieser fällt ganz klar nicht in diese Kategorie. Für die Lesung hat meine Mutter, die bibelfester ist als ich, uns den Brief des Apostels Paulus an die Römer vorgeschlagen. Francesco liest ihn vor, und er macht das großartig. »Eure Liebe sei ohne Heuchelei. Verabscheut das Böse, haltet fest am Guten!«, rezitiert er eindrücklich und schaut uns aus seinen großen braunen Augen an. Ich bilde mir ein, Marie hinter mir leise seufzen zu hören. Die Arme, sie ist verloren. Wahrscheinlich hat sie schon ein Flugticket nach Stockholm gebucht. Francesco ist sogar so freundlich, das *brüderlich* in »Seid einander in brüderlicher Liebe zugetan« zu unterschlagen. Er hat wohl Bedenken, wir hätten bald getrennte Schlafzimmer, wenn man uns Brüderlichkeit wünschen würde.

Eigentlich wollten wir ja nicht nur einfach Ja sagen, sondern den Vermählungsspruch auswendig lernen. Zumindest hatten wir das mal so vereinbart. Dann haben wir nicht mehr darüber gesprochen, also hat Mark es in der Zwischenzeit sicher vergessen. Ist ja auch nicht schlimm. Ich bin mir selbst nicht mehr so ganz sicher, wie er geht, dabei habe ich wahrscheinlich alle Schmachtfetzen gesehen, die Hollywood zu dem Thema jemals hervorgebracht hat. Ja sagen, das bekomme ich auf jeden Fall hin. Und dann kommt er, der große Moment. Und die große Überraschung.

»Vor Gottes Angesicht nehme ich dich an als meine Frau«, sagt Mark ernst. »Ich verspreche dir die Treue in guten und bösen Tagen, in Gesundheit und Krankheit, bis der Tod uns scheidet. Ich will dich lieben, achten und ehren alle Tage meines Lebens.«

Er hat es nicht vergessen.

Er hat es auswendig gelernt.

Mir schießen Tränen in die Augen, als Mark mir den Ring ansteckt. »Trage diesen Ring als Zeichen unserer Liebe und Treue. Im Namen des Vaters und des Sohnes und des Heiligen Geistes.«

Stille.

Immer mehr Tränen laufen sturzbachartig über meine Wangen. Wenn das so weitergeht, müssen wir Schwimmwesten verteilen. Tief durchatmen, zwinge ich mich. Ruhig Blut. Denk an was Schlimmes. Fußpilz, Herpes, Norovirus. Ich höre die Festgemeinde hinter meinem Rücken tuscheln. Mark sieht mich voller Liebe und Mitgefühl an und kramt ein Taschentuch für mich aus seiner Hose.

Jetzt bin ich dran. Und dann kommt die zweite Überraschung: Ich weiß das Gelübde nicht mehr. Dabei habe ich es doch eben noch gehört. Hilfesuchend schaue ich Mark an, der meine Verwirrung zum Glück sofort richtig deutet und mir zuflüstert: »Vor Gottes Angesicht …« Ich stammele die Sätze nach – so gut man das eben tun kann, wenn man vor lauter Schluchzern keine Luft bekommt.

»Was Gott verbunden hat, das darf der Mensch nicht trennen«, erklärt der Monsignore feierlich, und ich denke an das Erlebnis mit Marks Exfreundin aus der Hölle und das Jobangebot in Paris, und dass uns das alles nicht mehr in die Quere kommen wird.

Dann ist die Trauung vorbei. Mark zieht mich zu sich heran und küsst mich zart auf den Mund. Meine Mutter schnaubt vernehmlich in ein Taschentuch. Musik setzt ein, aber es ist die falsche. Ein leichter Walzertakt. Wir hatten doch Mendelssohn Bartholdy vereinbart. Es ist auch gar nicht die Orgel. Wo kommen die Gitarren auf einmal her? Ich löse mich von Mark und blicke zur Empore hoch. Dort stehen eine kleine Band und ein eindrucksvoll dicker Mann, der loslegt: »When the moon hits your eye like a big pizza pie … That's Amore!« Sein Bariton füllt die Kirche, und ich muss noch mehr weinen und gleichzeitig lachen. »Ist das von dir?« Ich strahle meinen Mann an.

»Nein.«

»Nein? Von wem denn dann?«

»Von Dean Martin, Liebste.«

Beim nächsten Refrain stimmen unsere Gäste ein. Offensichtlich haben sie geübt. »Bells will ring, ting-a-ling-a-ling, ting-a-ling-a-ling, and you'll sing vita bella. Hearts will play, tippy-tippy-tay, tippy-tippy-tay, like a gay tarantella.«

Mein Vater schmettert die Zeilen voller Inbrunst, Marie lässt Francesco nicht aus den Augen, und ich ergreife Marks Arm. Jetzt sind wir tatsächlich verheiratet, so richtig, mit allem Drum und Dran, vor dem Staat und Gott und der Kirche und allen Engeln und Heiligen. Kurz horche ich in mich hinein, ob da etwas wie Panik aufkommt. Etwas wie: Soeben haben sich dreieinhalb Milliarden Türen geschlossen, und jetzt bleibt keine Wahl mehr!

Aber ich finde nur Freude und Erleichterung in meinem Herzen. Schließlich hatte ich die Wahl, und ich habe mich entschieden. Wir haben uns entschieden. Füreinander. Als wir langsam zum Ausgang gehen, bin ich die glücklichste Frau der Welt.

Und dann werfe ich einen Blick nach rechts und sehe Franziska.

»Mark!«, flüstere ich entsetzt und ziehe an seinem Arm.

»Was ist denn?«

Inzwischen sind wir schon zwei Schritte weitergegangen, und sie ist nicht mehr in meinem Blickfeld. »Franziska ist da!«, stammle ich hysterisch.

»Welche Franziska?«

»Na, deine Franziska.«

Mark schaut sich verwirrt um, dann lächelt er beruhigend. »Unsinn. Was sollte Franziska hier suchen? Bleib locker, Süße. Du siehst Gespenster.«

Ein bisschen beleidigt schließe ich den Mund. Vielleicht hat er ja recht.

Vor der Kirche werfen unsere Freunde Reis und machen schillernde Seifenblasen. Die Sonne scheint, es weht ein lauer Wind. Wir stellen uns in den Schatten eines Baumes. Vor uns bildet sich eine lange Reihe an Gratulanten.

Unsere Familie und meine Freundinnen sind die ersten, dann kommen ein paar Kollegen von Mark.

Und plötzlich steht Mike vor mir und begrüßt mich begeistert. »Luisa, was für eine schöne Braut du bist! Traumhaftes Kleid!«

»Danke, Mike. Wie schön, dass du da bist.«

»Ja, und ich hab meine Freundin mitgebracht! Darf ich vorstellen?« Mike macht einen Schritt zur Seite, und hinter ihm kommt Franziska zum Vorschein. Marks Ex-Franziska. Ich erstarre zu Eis. Von wegen Gespenster. Mit gespielter Fröhlichkeit reicht sie mir die Hand, und ich ergreife sie wie in Zeitlupe. Eine andere Reaktion kann ich gerade nicht abrufen, weil ich viel zu perplex bin. Ich höre, wie Mark neben mir scharf die Luft einzieht. Auch ihm reicht Franziska die Hand mit einem Lächeln, das allmählich in ein triumphierendes Grinsen übergeht. Mark nimmt ihre Hand und hält sie fest.

»Was machst du hier?«, fragt er mit drohendem Unterton.

»Mark, du tust mir weh!«, zwitschert Franziska und entwindet ihm die Hand. »Ich bin doch nur Mikes Begleitung.«

Mark wirft einen Blick zu Mike, der mit reichlich verständnislosem Gesichtsausdruck danebensteht und beschützend seinen Arm um Franziskas Schultern legt. Sie schmiegt sich an ihn und fixiert dabei Mark. Von der anderen Seite drängeln andere Gratulanten. Ehe Mark noch etwas sagen kann, ist das Pärchen verschwunden.

»Scheiße, Mark, was machen wir jetzt?«, zische ich ihm zwischen zwei Gästen zu.

»Immer schön lächeln. Wir reden gleich darüber.«

Meine Mutter hat alles perfekt organisiert. Eine Kutsche wartet auf uns, um uns von der Kirche zur Feier zu bringen. Leider wusste Mama nicht, dass Mark auf Pferdehaare allergisch reagiert. Sobald wir den Zweispänner bestiegen haben, bin ich nicht mehr die Einzige mit geröteten Augen. Mark legt trotzdem tapfer den Arm um mich und nimmt meine Hand. Ich sollte den Moment genießen, aber ich bin wie gelähmt. Mechanisch winkend fahren wir vom Hof, dann wende ich mich meinem Mann zu. »Und jetzt?«

»Keine Ahnung.« Er sieht erschöpft aus. »Wusstest du, dass die beiden zusammen sind?«

»Ich hätte es wissen müssen.« Ganz plötzlich wird mir alles klar. »Ich wusste, dass Mikes Freundin Franziska heißt, und dass sie sich auf der Straße vor meiner Firma kennengelernt haben. Auf die Idee, dass es deine Franziska ist, bin ich natürlich nicht gekommen.«

»Sie ist nicht meine Franziska.« Mark stöhnt auf.

»Meinst du, sie hat ihn absichtlich aufgerissen?«, frage ich entgeistert. »Um uns zu schaden? Um die Hochzeit zu sprengen?«

»Na ja, es ist schon ein komischer Zufall, findest du nicht?«

»Aber sie konnte doch nicht wissen, dass Mike und ich so enge Kollegen sind!«

»Ich weiß nicht. Ich weiß nur, zu was das Miststück fähig ist.«

Für eine Minute schweigen wir gemeinsam und schauen zu, wie die Landschaft an uns vorbeizieht. Dann drückt Mark meine Hand.

»Pass auf, Luisa. Es gibt zwei Möglichkeiten. Nummer eins: Wir schmeißen sie hochkant raus, sobald wir aus dieser Kutsche steigen. Das riecht aber nach Ärger. Sie wird sicher nicht gehen, ohne eine Riesenszene zu machen. Zum Schluss behauptet sie noch, sie sei von mir schwanger.«

»Ist sie?«

Mark straft mich mit einem bösen Blick und fährt fort: »Das würden alle unsere Gäste hören und womöglich in den falschen Hals bekommen. Und wir müssten dann stundenlang alles erklären. Die ganzen Irrungen und Wirrungen. Dein Vater würde dich womöglich sofort nach Italien in ein einsames Bergdorf verschleppen, und du müsstest fortan mit Ziegen leben, bis sich einer von den groben Bauern deiner erbarmt. Darauf sind wir wohl beide nicht scharf. Dein gutes Verhältnis zu Mike könntest du dir auch erst mal abschminken.«

»Was ist die zweite Möglichkeit?«

»Wir ziehen alles durch wie geplant, ignorieren die Kuh und hoffen, dass sie sich benimmt. Mike ist ja da und würde es mitbekommen, wenn sie Feuer legen oder eine Bombe zünden würde.«

»Toll, wie optimistisch du bist«, knirsche ich niedergeschlagen.

»Ich sag ja nur. Mike ist dein Gast. Entscheiden musst es also du.«

»Hm.« Ich denke nach. Nach einer Riesenszene ist mir tatsächlich nicht. Und so kurz, wie die beiden zusammen sind, wird Mike sie sicher nicht aus den Augen lassen. Mal davon abgesehen: Was könnte Franziska schon groß anstellen? Vielleicht sich das Mikro schnappen und Mark vor versammelter Mannschaft angiften – aber wenn wir sie rausschmeißen, täte sie das erst recht. Und wer weiß, vielleicht ist sie ja auch gar nicht hier, um unsere Hochzeit zu sabotieren. Vielleicht will sie – wie wir – einfach nur einen schönen Abend haben. Und Mike ist schließlich ein guter Fang.

»Okay«, sage ich also. »Wir ignorieren sie. Und hoffen das Beste.«

»Sicher?«

»Nein. Natürlich nicht. Und erfreut bin ich auch nicht. Aber es ist wahrscheinlich das geringere Übel.« Ich lehne mich an meinen Mann. »Und jetzt genießen wir unsere Feier. Trotzdem!«

Hinter dem nächsten Hügel kommt bereits das stillgelegte Wasserwerk in Sicht, von dem leise Swingmusik herüberweht. Im Hof stehen mit bunten Bändern dekorierte Buchsbäume und ein alter Springbrunnen, in dem Rosenblätter schwimmen. Eine Band spielt *Girl from Ipanema*, als wir aus der Kutsche steigen.

Eine Reihe weiß gekleideter Kellner schenkt Champagner für unsere Gäste aus, die dank modernerer Fortbewegungsmittel lange vor uns da waren. Sie scheinen die Zeit genutzt zu haben: Einige sind schon ganz gut dabei.

»Schwiegertochter!« Marks Vater kommt mit drei Gläsern in einer Hand auf uns zu und fällt mir erst mal um den Hals. Rasch nehmen wir ihm zwei Gläser ab.

»Der Empfang ist fantastisch. Alles ist fantastisch!«, verkündet Richard euphorisch.

»Schön«, freut sich Mark. »Hast du auch ein paar von den Canapés probiert? Du solltest eine Grundlage schaffen.«

»Ach was! Papperlapapp!« Richard lacht. »Das bisschen Essen kann ich auch trinken.«

Ich spähe an ihm vorbei und sehe, wie zwei meiner italienischen Cousins immer wieder mit Rebekka und

Judith anstoßen. Ihre Gläser leeren sich rasant. Und dann sehe ich meine Nonna mit einem Glas, in dem sicher kein Champagner ist. Sondern … Wasser? Ich halte sie am Arm fest, als sie an mir vorbeigeht. »Nonna, geht's dir nicht gut? Warum trinkst du Wasser?«

»Kein Wasser. Gin Tonic. Ich kann das Blubberzeug nicht leiden«, erklärt sie.

Oje. Es ist drei Uhr nachmittags, Franziska ist anwesend und unsere Familien sind schon leicht knülle. Ich trinke mein Glas in einem Zug leer. Kann ja wohl nicht angehen, dass ausgerechnet die Braut am Hochzeitstag die Nüchternste ist.

Mark

Nicht zu tief ins Glas schauen, bloß nicht betrunken werden, lieber mal das ein oder andere Erfrischungsgetränk auslassen. Bestimmt gibt es im Heiratsalmanach Regeln, die festlegen, wie viel Alkohol Braut und Bräutigam auf ihrer Hochzeitsfeier zu sich nehmen dürfen. Bislang kenne ich nur die Storys vom besoffenen Onkel, der sich zu vorgerückter Stunde für DJ Ötzi hält und lauthals *Hey Baby* grölt. »Nein, danke«, lehne ich also höflich jedes Mal ab, wenn der Kellner neben mir auftaucht. Dafür greift die Nonna umso tüchtiger zu. Vermutlich ist das so Brauch in Italien – bloß nie zu wenig trinken. Vor allem nicht als Nonna. Bringt Unglück oder so. »Salute!«, wünsche ich. Sie weicht mir nicht mehr von der Seite. Dass Franziska sich dezent im Hintergrund hält, aber die Nonna sich mir so an den Hals wirft, hätte ich nicht erwartet.

Für den etwas weitläufigeren Bekanntenkreis könnte es den Anschein haben, als wäre die Nonna meine Braut und nicht Luisa. Ständig umarmt oder küsst sie mich oder kneift mir in die Wange oder legt mir den Kopf auf die Brust. Gleichzeitig versucht sie Luisa mit dem Ellbogen wegzudrängen. »Come il nonno«, jubelt sie in einer Tour. »Il mio caro Marco.«

Als ich die Hoffnung schon fast aufgegeben habe, den Tag mit meiner Braut zu verbringen, kommt mir Francesco zu Hilfe. Er packt die Nonna, die sich an mich klammert, als würde sie gleich untergehen. Aus Luisas Gesichtsausdruck schließe ich, dass es die Nonna mit ihrem Anlehnungsbedürfnis ein bisschen übertreibt. Also nutzt sie die erste Gelegenheit, ihren Platz an meiner Seite einzunehmen. »Mein Mann«, flüstert sie, während Francesco die Großmutter bei ihrem Sohn Salvo abliefert und ihr das Glas wegnimmt.

»Basta! Nonna!«

Endlich. Alles wird gut. Was für ein wunderschöner Tag. Die Vögel zwitschern fröhlich, und der Geruch von frisch gemähtem Gras kitzelt in der Nase. Ich liebe den Duft des Herbstes. Die Sonne scheint auf meinen Rücken. Was sollte jetzt noch schiefgehen? Ich schäme mich für meinen kurzen Anflug von Paranoia.

Bald darauf ist ein riesiges Vorspeisenbüfett aufgebaut. Antipasti misti. Es gibt nichts, was es nicht gibt. Von warmem Oktopussalat, den ich kiloweise in mich hineinschaufeln könnte, bis zu gegrillter Salsiccia und eingelegtem Gemüse ist alles dabei, was ein hungriges Herz begehrt. Luisa unterhält sich angeregt mit Anette, ich mit den Zwillingen, die verdächtig lallen und jede Silbe unnatürlich in die Länge ziehen. Dabei werfe ich sicherheitshalber immer mal wieder einen Blick Richtung Franziska, die überraschend harmlos wirkt und Mike schmachtende Blicke zuwirft. Mutters Begleiter Dominik hält Priska einen Vortrag über die Nouvelle Vague, den ich nicht weiter verfolge.

Ich freue mich meines Lebens, als jemand ruckartig an meinem Ärmel zupft. »Nonna«, will ich gerade sagen, komme aber nur bis zu »No...«

»Was no? Icke dich nicht verstehe, Marco. Hast du gesehen die Nonna?« Salvo scheint wirklich besorgt. Sein Blick flackert, seine Stirn liegt in Falten.

»No«, wiederhole ich und sehe mich um.

»Isse nicht witzig. Die Nonna isse weg.« Onkel Salvo setzt mit seiner Pavarotti-Stimme die Festgesellschaft über die jüngsten Entwicklungen in Kenntnis. Er und mein Schwiegervater stellen sofort einen Suchtrupp zusammen, dem Francesco, Barnie und ich angehören.

»Sie kann ja nicht weit sein. Wir sind gleich wieder da«, beruhige ich meine Frau.

»Es wird doch nichts passiert sein?«

»Wahrscheinlich hat sie sich aus Liebeskummer in den Fluss gestürzt«, meint Francesco grinsend.

»Avanti!« Salvo bläst zum Aufbruch.

Luisa gibt mir einen Kuss als Wegzehrung mit.

Im Umkreis von einem halben Kilometer drehen wir fast jeden Stein um, schauen hinter jeden Busch und Baum. Einmal verirre ich mich sogar in einem Maisfeld. Nur mit viel Glück finde ich nach einem fünfzehnminütigen Gewaltmarsch wieder heraus. Kurz darauf höre ich, wie jemand meinen Namen ruft. Ich folge der Stimme.

»Ich hab sie!«, schreit Francesco und winkt mir aufgeregt zu, als ich nahe genug bin.

Die Nonna steckt zwischen dem Weg zum Wasserwerk und einem Flüsschen bis zur Hüfte im Schlamm und jammert. Wenn wir sie eine halbe Stunde später gefunden hätten, wäre sie wahrscheinlich bis zum Hals eingesunken gewesen. Als sie uns sieht, setzt ein Redeschwall ein: Sie habe sich nur kurz die Beine vertreten wollen, und was das hier eigentlich für ein gemeingefährlicher Weg wäre. Die Nonna verstummt nicht mal, als wir sie an den Armen packen. Während wir sie mit vereinten Kräften aus dem Dreck ziehen, fängt sie laut an zu fluchen: »Vaffanculo a dio, alla croce, al carpentiere che ha fatto la croce – e a quel figlio di puttana che ha piantato l'albero!«

Eigentlich will ich gar nicht wissen, was sie genau sagt. Aber auf dem Rückweg höre ich mit halbem Ohr, wie Francesco für Barnie übersetzt und beide dreckig lachen.

»Was hat sie gesagt?« Okay. Ich bin doch neugierig.

Während wir hinter der ungebremst fluchenden, völlig verdreckten Nonna wie drei Schulbuben herdackeln, übersetzt Francesco nun auch für mich: »Ich scheiß auf Gott, auf das Kreuz und auf den Zimmermann, der es gemacht hat – und auf den Hurensohn, der den Baum gepflanzt hat.«

Rührend, ihre Altersmilde.

Luisa

Ich kann das Lachen nur mühsam unterdrücken, als ich meine Nonna auf mich zukommen sehe. Ihre untere Körperhälfte ist voller Schlamm, der an manchen Stellen bereits hell eingetrocknet ist. Zum Glück ist es ein warmer

Septembertag. Direkt repräsentabel sieht es allerdings nicht aus. Ich mache mich aus dem Staub, ehe sie noch von mir verlangen kann, ihr eine Dusche und neue Kleidung herbeizuzaubern. Mit Marie, Verena und Anna verziehe ich mich in eine ruhige Ecke. Wir haben eigentlich nur ein Thema: Francesco.

»Er gefällt dir doch, Marie«, spricht Verena das Offensichtliche aus.

»Natürlich gefällt er mir«, seufzt Marie. »Aber er lebt in Stockholm.«

»Meine Mutter würde dir das komplette Familiensilber schenken, wenn du ihn zurück nach München locken würdest«, werfe ich ein.

»Und seine Kronjuwelen bekämst du gratis dazu«, meint Anna trocken.

»Mach es ihm bloß nicht zu einfach«, rate ich Marie. »Da ist Francesco leider ganz Italiener: Nur die Frauen, die ihn zappeln lassen, interessieren ihn länger als zwei Wochen.«

»Aber ich finde solche Regeln albern.«

»Ich ja auch. Aber so ist er nun mal.«

»Na komm, Marie«, spricht ihr Anna Mut zu. »Du hast es doch perfekt drauf, Typen zappeln zu lassen.«

»Nur die, die mir nicht gefallen.«

»Marie, reden wir nicht drumherum: Nimm ihn einfach nicht mit nach Hause nach der Party. Kriegst du das hin?«

»Klar!« Marie reckt sich. »Heute Nacht kann ich beim Ausziehen sowieso keine Gesellschaft gebrauchen.«

»Warum das?«

»Habt ihr nicht gesehen, wie schmal meine Taille in diesem Kleid ist?«

»Doch. Sieht toll aus. Und?«

»Ich trage eine Bauch-weg-Hose.«

Spätestens beim dritten Gang beneide ich Marie um diese Idee. Als zweite Vorspeise gibt es Pasta, als Hauptgang zarte Saltimbocca mit Gemüse. Mark und ich sitzen an einem langen, weiß eingedeckten Tisch zwischen unseren Trauzeugen mit Blick auf die Gäste und den wunderschönen Saal des alten Wasserwerks. In der hinteren Ecke stehen ein paar über hundert Jahre alte schmiedeeiserne Gerätschaften, die in Verbindung mit den Backsteinmauern den Charme vergangener Zeiten heraufbeschwören. Die Blumen in Rostrot, Gelb und Altrosa vermitteln genau die herbstliche Stimmung, die ich mir vorgestellt hatte. Auf den Tischen stehen goldglänzende Dekokugeln und weiße Kerzen in Messingleuchtern.

»Mark?«, flüstere ich meinem Mann zu.

»Luisa?«

»Wir müssen meiner Mutter irgendwas unglaublich Tolles schenken, um uns zu bedanken. Sie hat mich bei der Organisation komplett ersetzt. Eigentlich stammt nur das Farbkonzept von mir«, bekenne ich kleinlaut.

»Klar. Sie bekommt so viele Enkelkinder, wie sie möchte.«

»Haha! Versprich ihr das bloß nicht, sonst will sie zwanzig.«

Anette unterbricht uns, indem sie zu unserer aller Überraschung ohne Vorwarnung plötzlich aufsteht und mit einem Löffel an ihr Glas klopft. Sie schwankt kein bisschen im Stehen, aber wahrscheinlich ist sie auch die Trinkfesteste von allen. Ich befürchte trotzdem Schlimmes, was den Inhalt ihrer Rede betrifft. O Gott. Sie wird doch nicht …

»Lieber Mark, liebe Luisa«, setzt sie an. »Mütter sind ja immer ein wenig rührselig auf Hochzeiten. Deshalb will ich versuchen, mich kurz zu fassen und während der nächsten fünf Minuten nicht öfter als unbedingt nötig in Tränen auszubrechen.« Ein paar Gäste lachen, was sie mit huldvollem Nicken entgegennimmt. Anette ist eben Schauspielerin, eine echte Rampensau. Und für heute scheint sie ein ziemlich gutes Drehbuch zu haben. Ich entspanne mich ein wenig.

»Es gibt Momente im Leben, die sind so bedeutsam, dass einem die Vergangenheit unglaublich kurz vorkommt. Heute stehe ich bei der Hochzeit meines einzigen Sohnes. Ich habe ihm jahrelang Essen gekocht, das er nicht mochte, ihn regelmäßig viel zu früh von Geburtstagsfeiern abgeholt, an der inszenierten Unordnung in seinem Kinderzimmer herumgemeckert und ihm vor seinen Freunden den Kopf getätschelt, was ihn als Teenager fast in den Wahnsinn getrieben hätte.«

»Allerdings!«, ruft Mark dazwischen.

Anette grinst nur. »Aber heute, Mark, bist du ein erwachsener Mann. Und obwohl du ob dieser schlimmen Erlebnisse sicher traumatisiert bist«, an dieser Stelle zwinkert sie ihm zu, »bist du so gut geraten, wie es sich eine Mutter nur wünschen kann. Du hast nicht nur den richtigen Beruf für dich gefunden, sondern auch die richtige Frau. Du hast ein gutes Herz und Humor, und das sind Dinge, die man seinen Kindern nicht anerziehen kann. Dafür muss man einfach Glück haben. Deshalb gratuliere ich heute nicht nur dir zu deinem Entschluss, mit Luisa alt werden zu wollen. Ich gratuliere auch mir selbst, weil ich so stolz auf dich bin. Und ich gratuliere dir, lieber Richard.« Sie wendet sich zu Marks Vater am Nebentisch und hebt ihr Glas. »Wir haben nicht vieles richtig gemacht als Ehepaar. Aber heute feiern wir das, was uns gemeinsam am besten gelungen ist. Ich danke dir für diesen wunderbaren Sohn.«

Applaus brandet auf. Richard erhebt sich, geht auf seine Exfrau zu und umarmt sie innig. Mark sitzt mit offenem Mund da und starrt die beiden an. Ein kleiner Stups von mir, und er schließt wenigstens den Mund wieder. »Gibt's ja nicht«, murmelt er.

Mark

Nach dieser Rede brauche ich Zucker für die Nerven. Ich stehe bereits in vorderster Front am Nachspeisenbüfett und schöpfe am Schokobrunnen nach flüssigen Kalorien. Zwei Meter von mir entfernt tummeln sich Franziska und Mike. Sie schaut mich zwar durchdringend an, lacht aber über einen Witz von Mike und macht nicht die leisesten Anstalten, einen Schritt in meine Richtung zu gehen.

Während ich mein Dessert genieße, zupft Judith an meinem Arm.

»Wo ist Papa?« Sie scheint echt besorgt.

An seinem Tisch sitzt er jedenfalls nicht. Dort unterhalten sich Priska und Dominik noch immer sehr angeregt. Ich möchte mir nicht vorstellen, über was. Sie sehen leider zufriedener aus als meine Braut am Nebentisch. Luisa redet der Nonna gut zu, die völlig hinüber ist, ihren Frust mit einer Unmenge Merlot runterspült und noch immer über ihr verdrecktes Outfit schimpft, wie mir scheint. Sie macht Anstalten, als wolle sie sich ausziehen. Ständig zupft sie an ihrer Bluse. Gleichzeitig macht sie aber dem

Monsignore schöne Augen. Offenbar ist der Pfarrer Nonnas neuer Liebling, mich dagegen beachtet sie nicht mehr.

Der Monsignore sitzt aber nur mit hochrotem Kopf auf seinem Stuhl, stocksteif, und weiß nicht, wie ihm geschieht. Ihn werde ich nicht mehr von ihr erlösen können, aber Luisa schon. Ich gehe zu ihr, helfe ihr auf. »Hast du meine Eltern gesehen?«, frage ich beiläufig.

»Die sind draußen.«

»Und machen was?«

»Weiß nicht. Sich angiften, würgen, prügeln, töten. Oder vögeln.«

Schockiert starre ich sie an. »Sag so was nicht, meine Eltern haben noch nie gevögelt. Eltern vögeln nicht. Nie. Kannst du mal nachsehen? Ich übernehme hier.«

»Gute Idee.« Luisa wirft einen Seitenblick auf die Nonna, die gerade quer über den Tisch nach der Hand des Monsignore greift, und sucht ihr Heil in der Flucht.

Luisa

Ich bin froh, der Nonna entronnen zu sein. Eigentlich habe ich überhaupt keine Lust, nach Marks Eltern zu fahnden. Sind schließlich erwachsen, die zwei. Aber ein kleiner Spaziergang wäre jetzt schon schön. Schließlich bin ich dank Franziskas Anwesenheit schon seit Stunden ziemlich angespannt. Ich trete in den warmen Herbstabend hinaus und blicke über die Wiesen und Felder. Ein paar Gräser wiegen sich im Wind, die Tische vom Sektempfang sind bereits abgebaut. Ich gehe um das Wasserwerk herum und höre Gekicher aus einem Holzverschlag.

Das war mal der Geräteschuppen. Er sieht sehr antik und stabil aus. Ich gehe näher heran und höre einen Mann leise lachen. Klingt nach Richard. Anette fällt ein. Sie scheinen sich wieder gut zu verstehen – etwas zu gut vielleicht. Als ich am Knauf der Holztür ziehe, bete ich, dass die beiden noch angezogen sind. Der Geruch, der mir entgegenkommt, macht allerdings schnell klar, warum sie sich hierher verzogen haben. Als meine Augen sich an die Dunkelheit im Schuppen gewöhnt haben, sehe ich Marks Eltern nebeneinander auf alten, halb kaputten Stühlen sitzen. Anette hält einen Joint in der Hand, den sie Richard gerade zurückgibt. Beide schauen mich etwas schuldbewusst an.

»Bitte, ihr zwei, das ist nicht wahr, oder?«

»Es ist nicht so, wie es aussieht«, witzelt Richard.

»Für mich sieht es so aus, als würdet ihr bei der Hochzeit eures Sohnes kiffen, während eure Familie euch sucht und sich Sorgen macht.«

»Na ja, kiffen trifft es nicht ganz«, findet Anette. »Das hier ist ein symbolischer Akt. Eine Art Friedenspfeife!«

»Halleluja. Aber macht bitte bald die Friedenspfeife aus, und zwar richtig aus, ich will diesen Holzschuppen hier nachher nicht brennen sehen. Und dann kommt zurück, sonst verpasst ihr die Hochzeitstorte.«

»Jawoll, Chefin!« Richard springt auf und salutiert, während Anette mich verträumt von unten anblickt und sagt: »Du wirst mal 'ne gute Mutter. Du bist so schön streng.«

»Herzlichen Dank auch.«

Meine Rückkehr zur Feier wird mit Begeisterung aufgenommen, denn der DJ ruft just in dem Moment zum Brautstraußwurf auf.

»Alle ledigen Frauen auf die Tanzfläche!«, dröhnt er durch sein Mikro. Dann spielt er *Single Ladies* von Beyoncé an. Rebekka und Judith machen den Anfang, ein paar Cousinen finden sich ein und ein paar alte Bekannte von Mark. Franziska hat tatsächlich die Chuzpe, sich am rechten Rand dazuzudrängen. Auf keinen Fall wird diese Frau meinen schönen Brautstrauß bekommen! Ich werde genau auf die linke Ecke zielen müssen, damit sie ihn nicht bekommt. Marie versteckt sich unauffällig hinter einem Buchsbaum, weit weg von der Tanzfläche. Das ist wahrscheinlich ein guter Einfall, heiratswütige Frauen verschrecken meinen Bruder leicht. Der DJ wechselt zu *Chapel of Love*, ich drehe mich um und werfe in hohem Bogen meinen schönen Rosenstrauß hinter mich.

Sofort höre ich Jubel. Als ich mich umdrehe, sehe ich eine strahlende Lilly. Sie steht in der Mitte der Tanzfläche und hält meinen Strauß an sich gedrückt. Franziska stürmt schnaubend von dannen. Die anderen Frauen beglückwünschen Lilly. »Wird ja auch Zeit!«, höre ich eine meiner Cousinen auf Italienisch tuscheln. Barnie steht verlegen einige Meter weiter weg und sieht etwas einsam aus. »Und, wann ist es bei euch so weit?«, ziehe ich ihn auf, als ich mich zu ihm durchgekämpft habe.

»Mal schauen.« Barnie nimmt einen Schluck von seinem Rotwein. »Jetzt bekommen wir erst mal ein Kind, und dann … sehen wir weiter.«

»Zwing mich nicht, dir meine Großmutter auf den Hals zu hetzen.«

»Bloß nicht! Ich werde Lilly heiraten. Ehrlich. Irgendwann.«

»Schön. Willst du ein Stück Torte?«

»Gibt es welche?«

»Wenn wir sie anschneiden, schon«, sage ich und winke Mark zu mir.

Die Hochzeitstorte ist eine echte Wucht. Dreistöckig, strahlend weiß mit cremefarbenen Marzipanrosen und obenauf ein Brautpaar. Super klassisch. Aber innendrin ist sie schokoladig, weil wir das am liebsten mögen. Vorsichtig nehmen wir gemeinsam das Messer in die Hand. Wessen Hand obenauf liegt, der wird auch in der Ehe die Oberhand haben, heißt es. Dass derjenige das Messer gar nicht so lenken kann, wird dabei gerne übersehen.

Ich lasse Mark die Oberhand – in diesem einen Fall. Sofort bildet sich eine Schlange vor dem Tisch, ein Gast nach dem anderen stellt sich mit einem Teller an. Wir teilen die ersten Stücke selbst aus.

Als Fünfte steht Franziska vor mir und hält mir ihren Teller hin. »Tolle Party, Luisa. Und wie mutig von dir, Weiß zu tragen. Bei deiner Figur.«

»Danke«, erwidere ich freundlich. »Dieses Grün steht dir übrigens ausgesprochen gut. Für manche Farben ist man einfach nie zu alt.«

»Mein Kleid ist von Dior. Das ist der Laden in der Maximilianstraße, wo man erst mal klingeln muss, damit Frauen wie du nicht eingelassen werden«, zischt Franziska herausfordernd.

»Ja, wirklich schön. Ein bisschen nuttig vielleicht, aber dir steht's.« Meine Hand mit dem Messer darin zuckt ein bisschen.

»Bekomme ich keinen Kuchen?«, fragt Franziska eisig und deutet auf ihren Teller.

Ich werte das als Zeichen, dass ich das Wortgefecht fürs Erste gewonnen habe. Trotzdem würde ich diesem Weib am liebsten Gift geben. Aber dann erinnere ich mich an die Lesung aus dem Paulusbrief bei unserer Trauung: »Wenn dein Feind Hunger hat, gib ihm zu essen, wenn er Durst hat, gib ihm zu trinken; tust du das, dann sammelst du glühende Kohlen auf sein Haupt.« Glühende Kohlen. Klingt super! Ich ringe um Fassung, gebe Franziska ein extragroßes Stück und lächele sie an. »Lass es dir schmecken.«

Was nun folgt, jetzt und hier, direkt vor aller Augen, ist ein Angriff auf das Allerheiligste, ein Verbrechen aus niedrigen Beweggründen, ein Terrorakt aus Verzweiflung. Blitzschnell, als hätte Franziska die Attacke von langer Hand geplant und einstudiert, greift sie mit einer Hand nach der Schokotorte, nimmt sie von ihrem Teller und wirft sie direkt auf mein Brautkleid. »Drecksschlampe!«, schreit sie. »Billiges Flittchen!«

Mit Entsetzen verfolge ich jede ihrer Bewegungen, als würde sie sie in Zeitlupe ausführen. Träume ich?

Mark

Ich brauche einen Moment, um zu begreifen, was da gerade vor sich geht. Franziska bewirft Luisa mit Torte. Dazu schreit und flucht sie, provoziert damit erst mal aber keine Reaktion bei meiner Frau. Luisa wirkt wie in Trance. Als würde sie nicht begreifen, was mit ihr geschieht. Dann aber verengen sich ihre Augen, und ihr Mund wird zu einem schmalen Strich. Den Gesichtsausdruck kenne ich von ihren Temperamentsausbrüchen. »Schaaatz!«, rufe ich noch. »Niiiiicht!«

Mit einem Riesensatz springt sie Franziska an den Hals.

Die taumelt einen Schritt zurück, fängt den Überraschungsangriff aber mit einem Ausfallschritt geschickt ab. Sie entwindet sich mit einer Drehung um die eigene Achse Luisas Würgegriff und keilt dann zurück, indem sie ihre Schulter in Luisas Bauch rammt. Luisa stöhnt auf. Beide Frauen verlieren das Gleichgewicht. Sie gehen zu Boden. Franziska fällt auf Luisa, packt sie an den Haaren und zieht daran. Innerhalb weniger Augenblicke ist die Frisur zerstört. Franziska setzt sich rittlings auf Luisa und versucht deren Arme auf dem Boden zu fixieren. Meine Frau kann aber einen Arm losreißen, sie ballt die Hände zu einer Faust – ich sollte eingreifen, bevor es Tote gibt, und werfe mich dazwischen.

Die Streithühner wollen es aber zu Ende bringen. Und ich bin mittendrin. Zu dritt rollen wir uns zwei Meter in die eine, dann wieder zwei Meter in die andere Richtung. Luisa und Franziska tauschen trotz körperlicher Hochleistung verbale Hasstiraden aus.

Langsam lassen aber auch ihre Kräfte nach, und ich kann die beiden voneinander trennen. In dem Augenblick trifft mich Franziskas Aufwärtshaken direkt am Kinn. Ich sehe Sterne und taumele zurück.

Bevor sich die beiden Frauen wieder ineinander verkeilen können, gehen Barnie und Francesco dazwischen und halten sie fest.

Es ist nun mucksmäuschenstill im Saal. Keiner wagt auch nur zu schnaufen.

»Schmeißt sie raus!«, schreie ich gegen die Stille an.

Franziska keift zurück. »Das hier sollte meine Hochzeit sein, du Arsch! Ich hasse dich, Mark! Du solltest mich heiraten! Nicht die … Ich bekomme ein Kind von dir!«

Barnie versucht, ihr den Mund zuzuhalten, doch sie beißt ihm in die Finger.

»Meine Hand!«, jault Barnie.

Mike hat sich inzwischen auch eingefunden und steht mit vor Schrecken geweiteten Augen neben Franziska, offensichtlich unter Schock. »Du bist doch nicht wirklich schwanger, oder?«

Franziska spuckt vor ihm auf den Boden. »Von dir bestimmt nicht!«

»Von mir auch nicht«, stelle ich mit abwehrender Geste klar.

Barnie schüttelt seine schmerzende Hand, geht dann entschlossen auf die nach einer kurzen Pause plötzlich wieder losbrüllende und tobende Franziska zu und wirft sie sich gekonnt über die Schulter. Während sie mit den Fäusten auf seinen Rücken trommelt und mit den Füßen seine Weichteile mehrmals nur knapp verfehlt, trägt er sie Richtung Ausgang.

Auch ich kann endlich wieder einigermaßen klar denken und laufe zum Oberkellner.

»Schlüssel!«, rufe ich ihm zu. Der Mann greift in die Tasche, holt einen Schlüsselbund heraus und folgt gemeinsam mit mir Barnie. Vor der Tür lässt mein bester Freund Franziska einfach wie einen nassen Sack fallen. Sie unterbricht ihren Tobsuchtsanfall für ein heftiges: »Aua!«

»Arrivederci, Miststück!«

Franziska quittiert die Verabschiedung äußerst ladylike mit einem Mittelfinger, den sie in die Höhe reckt.

Barnie hechtet zurück ins Wasserwerk, wo der Oberkellner bereits den Schlüssel von innen ins Schloss gesteckt hat.

»Ich rufe Ihnen ein Taxi!«, ruft er Franziska zu, bevor er

die alte Holztür fest zudrückt und den Schlüssel umdreht. »Kann aber ein bisschen dauern.«

Barnie hat sich erschöpft gegen die Wand gelehnt. Ich lege meine Hand auf seine Schulter.

»Danke. Das war groß.«

»Was tut man nicht alles.« Barnie grinst ein bisschen stolz und wedelt mit seiner Hand, auf der immer noch die Abdrücke von Franziskas Zähnen zu sehen sind. »Aber jetzt geh zu deiner Braut.«

Luisa sitzt immer noch auf dem Boden neben der Hochzeitstorte und schaut gemeinsam mit den Gästen entgeistert in unsere Richtung. Als ich bei ihr bin, sehe ich erst das ganze Ausmaß des Schreckens: Luisas Frisur ist nicht nur zerrupft, sondern zerstört. Ihr Kleid über und über mit Schokolade verschmiert. »Der schönste Tag im Leben«, klagt sie und fängt an zu weinen. Aber nur Sekunden später geht das Geschluchze in ein unkontrolliertes Lachen über. Jede andere Braut würde sich jetzt vermutlich stundenlang auf der Toilette einsperren und Rotz und Wasser heulen, Luisa aber lacht. So laut und herzlich, dass unsere Gäste nicht genau wissen, was sie tun sollen. Einige lachen mit, ein paar Sensibelchen beginnen zu weinen, wieder andere räuspern sich laut.

Ich helfe Luisa auf die Beine, sie schmiegt sich an mich, wir küssen uns. Es gibt Beifall! »Meine Frau«, verkünde ich stolz.

»Mein Mann.«

Wir zeigen wie ein Volksmusikantenehepaar mit ausladenden Gesten aufeinander. Dann verschwindet Luisa doch Richtung Toiletten, gefolgt von Marie.

Luisa

Traurig stehe ich vor dem Spiegel, schaue mein verschmiertes Kleid an und seufze. Es sieht wirklich fürchterlich aus. Ich reibe mit feuchten Papiertüchern auf den großen Schokoflecken am Bauch herum und mache damit alles nur noch schlimmer. Währenddessen schimpfe ich lauthals über Franziska. Wieso macht sie so was? Ich hatte ihr doch Schokokuchen angeboten!

»Nicht wackeln, Luisa«, gebietet Marie, die gerade ein paar Haarnadeln aus meiner Frisur klaubt und neu feststeckt.

»Aber mein Kleid ist hin«, jammere ich.

»Ja, das sehe ich doch.«

»Muss ich jetzt wirklich auf meiner Hochzeit den ganzen Abend mit einem verschmierten Kleid rumlaufen?«

»Nein, musst du nicht.«

»Ach so?«, frage ich in leicht patzigem Ton. »Gibt's hier im Wasserwerk einen Brautmodenladen, der bis Mitternacht offen hat? Oder willst du mit mir Klamotten tauschen, Marie?«

»Ganz sicher nicht, Luisa. Aber vielleicht erinnerst du dich noch an dein Kleid vom Standesamt, das, ich zitiere, ›eigentlich fast so schön ist wie das Brautkleid‹?«

»Ja. Aber das ist nicht hier!«

»Ein bisschen Geduld, mein Fräulein. Francesco holt es gerade aus meinem Auto.«

Langsam drehe ich mich zu Marie um, die ein Grinsen nur mühsam unterdrücken kann.

Und da verstehe ich. »Ihr habt gedacht, ich versaue es beim Essen.«

»Dein Bruder dachte das. Ich dachte eher, du schüttest dir Rotwein drüber, kleiner Tollpatsch. Da sieht man, dass wir dich aus unterschiedlichen Lebensphasen kennen.«

Überwältigt küsse ich Marie auf die Wange und jubele: »Ihr habt mein Kleid mitgebracht! Ihr habt mich gerettet!« Wir fallen uns mit etwas Sicherheitsabstand wegen der Schokoflecken in die Arme und drehen uns im Kreis.

»Hey, dafür sind Trauzeugen und Freundinnen doch da, oder?«, verkündet Marie nicht ohne Stolz. »Jetzt dreh dich noch mal zum Spiegel um, ich hab gerade die letzte Nadel festgesteckt.«

Andächtig drehe ich mich zurück. Ich habe wieder eine Frisur. Sieht ein bisschen zerzaust aus, aber auf eine gute Art. Marie kramt in ihrer riesigen, beutelförmigen Tasche und holt eine Dose Haarspray raus, mit der sie mich einnebelt.

»So, das sollte halten. Jetzt schälen wir dich aus diesem Schokoriegelkostüm. Dann trinkst du zwei Gläser Champagner, und schon sieht die Welt wieder schön aus.«

»Juhu!«

Mark

Als Luisa nach einer gefühlten Ewigkeit die Damentoilette wieder verlässt, trägt sie ein Champagnerglas in der Hand und das sexy Kleid vom Standesamt am Leib. Langsam kommt sie auf mich zu und lächelt mich an. »Gefällt es dir noch?«

»Gefallen? Man sieht deine Beine!« Begeistert strahle

ich sie an. Die Frau. Die Beine natürlich auch. »Wollt ihr tanzen?«, frage ich die zwei.

Auf der Tanzfläche werfen meine Halbschwestern ihre Hände in die Höhe und bewegen sich lasziv auf Luisas italienische Cousins zu, deren Latin-Lover-Masche wohl endlich die erhoffte Wirkung zeigt. Süß, die jungen Leute. Hormone im freien Fall. Eigentlich sollte ich die jungen Damen warnen, aber Rebekka und Judith sind schon groß, und ich bin nicht ihr Papa. Überflüssig zu erwähnen, dass ich mich in Liebesdinge, die nicht mich betreffen, nicht einmische.

Dominik und Anette legen unterdessen einen flotten Diskofox aufs Parkett, Priska und Richard bewegen nur cool ihre Arme, Marie küsst Francesco leidenschaftlich, die Nonna führt den Monsignore lächelnd übers Parkett, Carlo und Valentina tanzen eng umschlungen. Nur Lilly steht alleine da. Barnie ist damit beschäftigt, den völlig fertigen Mike über Franziskas Auftritt aufzuklären. Offenbar hat er ihm währenddessen auch ein paar Schnäpse eingeflößt auf den Schrecken. Wir nehmen Lilly in unsere Mitte. Als der DJ abrupt die Musikrichtungen wechselt und plötzlich »Ah, push it! P-push it real good! Oooh, baby, baby« den Saal erfüllt, verliert Lilly kurz das Gleichgewicht und fällt in meine Arme.

»Alles klar?«, schreie ich gegen Salt'n'Pepa an. Lilly schüttelt den Kopf.

»Fruchtblase«, lese ich von ihren Lippen ab.

Wir stehen in einer Pfütze.

Viel Zeit bleibt vermutlich nicht mehr. Lilly sollte schnell in eine Klinik, wenn ihr Kind nicht im Wasserwerk auf einer Hochzeitsparty zur Welt kommen soll. Luisa hilft der werdenden Mutter auf einen Stuhl und wedelt ihr mit einer Stoffserviette Luft zu. Sie redet beruhigend auf Lilly ein, aber mehr um sich selbst zu beruhigen. Denn Lilly ist absolut cool, als hätte sie das schon öfter gemacht. Ich suche den werdenden Vater. Der steht noch immer neben Mike am Eingang. Mike hält eine fast leere Wodkaflasche in der Hand und blickt durch eine kleine Glasscheibe nach draußen in die Nacht.

»Tut mir leid, Kumpel«, sage ich und gebe ihm einen aufmunternd gemeinten Klaps. Für einen Moment vergesse ich, wieso ich eigentlich hier bin.

»Mein Fehler«, gibt Mike zu. »Entschuldige, Mark. Das wusste ich wirklich nicht. Ich meine, wenn nur die Hälfte dessen stimmt, was Barnie gerade erzählt hat, dann ist das ja eine komplett Irre.«

Ich zucke mit den Schultern. »Exfreundin halt.«

»Was gibt's?«, fragt Barnie.

»Ach so, ja. Du wirst Vater. Jetzt gleich. Jede Minute quasi.«

»Was hast du geraucht, Mark?«

»Nein, nichts. Nur getrunken. Wir sollten Lilly ins Krankenhaus fahren.«

»Ich verstehe immer noch kein Wort.«

»Fruchtblase«, erkläre ich. »Sie ist geplatzt.«

»Du verarschst mich doch.«

»Kein bisschen.«

Barnie sieht erst mich an, dann Mike. Dann sprintet er los. Keine Minute später kommt er mit Lilly zurück. Er trägt sie auf Händen. Luisa und die Zwillinge folgen aufgeregt.

Mike dreht den Schlüssel um und hält uns die Türe auf.

»Guter Mann«, lobe ich ihn.

»Schnell! Weiter!« Barnie gibt unbestimmte Kommandos, während er Lilly die Autotür aufhält und beide im Fond Platz nehmen.

Luisa, Mike, ich und die Zwillinge blicken uns kurz an. »Ich kann nicht mehr fahren!«, sagen wir einstimmig.

»Dann fahr du!«, fordert Barnie Lilly auf.

»Bist du noch zu retten? Ich krieg gleich ein Kind!«

Luisa sieht mich erwartungsvoll an. Ich nicke und hoffe auf eine rettende Idee, während ich zurück auf unsere Party laufe. Ich schnappe mir das Mikrofon und gebe dem DJ ein Zeichen. »Wer kann noch fahren?«, brülle ich durch den Saal.

Die einzige Hand, die sich hebt, ist die des Kutschers.

Luisa

Kaum zu glauben, dass ein Kutscher keinen Führerschein hat. Jedenfalls sind wir jetzt sehr froh, den netten alten Herrn zum Essen eingeladen zu haben. Auch wenn er das Auto nicht fahren kann: In nur fünf Minuten hat er seine beiden Pferde von der Weide nebenan geholt und eingespannt. Barnie, Lilly, Mark und ich steigen ein, Mike muss mangels Platz zurückbleiben. Er verspricht aufzupassen, dass die Party nicht endet, bevor wir zurück sind.

Und dann geht es in Windeseile los … Pustekuchen. Trabende Pferde sind gar nicht so schnell, wie man immer denkt. Trotzdem schüttelt es uns mächtig durch in der Kutsche. Lilly jammert nur ein bisschen. Wenigstens ist es nicht kalt.

Die Wehenabstände verkürzen sich viel zu schnell. Ich kenne mich da nicht besonders gut aus, aber mir scheint es, als stünden alle Zeichen auf Sturzgeburt. Mark weiß auch nicht recht, was er tun soll. Er ist zwar Arzt, aber leider kein Gynäkologe. Soweit ich weiß, war er noch bei keiner einzigen Geburt dabei, außer seiner eigenen. Aber da war er wie alt?

Ich spüre, wie der Kutscher leicht die Richtung verändert und auf die andere Straßenseite zieht. »Was ist?«, frage ich besorgt.

Der Kutscher deutet in die Nacht hinaus.

Fünfzig Meter vor uns erkenne ich die Umrisse einer Person. Je näher wir kommen, desto mehr Details können wir erkennen. Eine Frau in einem Kleid. Die Schuhe in der linken Hand. Den Kopf gesenkt. Die Haare zerzaust. Langsam fahren wir an ihr vorbei. Sie blickt nicht auf.

»Halten Sie kurz an?«, bittet Mark den Kutscher.

»Mark!«, zischt Barnie.

Lilly stöhnt vor Schmerzen.

Ich warte ab.

»Alles klar?«, fragt mein Mann den Störenfried besorgt. Mark hat einfach ein zu großes Herz. Er würde selbst seinem übelsten Feind noch die Hand zur Versöhnung ausstrecken. Was rede ich da? Er tut es ja bereits. Franziska war nicht nett zu mir, aber zu Mark war sie grausam. »Sollen wir dir nachher unsere Kutsche schicken?«

»Leck mich!«, faucht Franziska.

Mark seufzt. Dann gibt er dem Kutscher ein Zeichen.

»Hüa!«

Wir setzen uns wieder in Bewegung.

Barnie steht der Schweiß auf der Stirn. Ich sehe die

Angst in seinen Augen. Mark kratzt sich unruhig am Hinterkopf. Ein eindeutiges Zeichen, dass er nachdenkt. Ich hoffe darüber, wie er es schaffen könnte, dass sich diese Franziska nie mehr in unser Leben einmischt. Wahrscheinlich müsste er ihr bloß seine ewige Liebe schwören. Dann wäre sie am nächsten Tag verschwunden, weil sie sich so langweilen würde.

Gott sei Dank tauchen endlich die Lichter Münchens in der Ferne auf. Ich bin unglaublich erleichtert. Lilly zerquetscht fast meine Hand und hechelt engagiert. Ich schließe die Augen. Bis vor ein paar Monaten kannte ich sie nicht einmal, und jetzt ist sie eine meiner engsten Freundinnen. Ich habe fürchterliche Angst um sie.

»Ruhig atmen«, höre ich Marks Stimme. »Alles wird gut.«

Eine halbe Stunde später sitzen wir in einem hübschen, sonnengelb gestrichenen Zimmer. Der kleine Max hatte es tatsächlich eilig und kam ungefähr eine Nanosekunde, nachdem man Lilly in den Kreißsaal geschoben hatte, zur Welt. Barnie wirkt völlig beduselt vor Glück, und Lilly liegt ruhig im Bett. Abgekämpft, aber glücklich. Sie trägt eines dieser kratzigen Krankenhaushemdchen, die hinten nur durch ein Bändchen zusammengehalten werden.

»Brauchst du irgendwas? Sollen wir dir Kleider aus deiner Wohnung holen?«, frage ich sie.

»Ach, das ist lieb von euch. Lasst mal, geht lieber zurück auf eure Party. Eigentlich finde ich gerade alles ganz schön so.«

»Beneidenswert, deine Hormone.«

»Ja, nicht wahr? Sind ganz einfach zu bekommen.«

»Wie denn?«

»Du musst nur schwanger werden.«
Mark schaut mich an. Ich schaue Mark an.
»Mal sehen«, sagen wir gleichzeitig.

Mark

Barnie und ich umarmen uns. Fast wie Brüder. Er hat feuchte Augen. Ich muss auch heftig schlucken, kann aber meine Tränen noch gerade so zurückhalten. Leider bin ich mehr der Handschlag-Typ, nicht so der Umarmer.

»Scheiße, Mann. Danke«, flüstert mein bester Freund.

»Wofür?« Ich bin verwirrt. »Ich habe doch nichts getan. Bedank dich bei Lilly. Sie hat das Kind … nun ja, geschaukelt.«

»Für deine Freundschaft, Mark. Schön, dass es dich gibt. Ich glaube, ich habe dir das noch nie gesagt.«

Oh Mann. Mich schüttelt's, wie am Ende eines traurigen Liebesfilms. Ich weiß gar nicht, was ich erwidern soll. Ich spüre, wie sich meine Augen mit Wasser füllen. Barnie spricht mir aus dem Herzen. Ich will eigentlich nur sagen, dass ich es bin, der wahnsinniges Glück hat. Und wie viel mir unsere Freundschaft bedeutet. Und …

»Feiert noch schön. Das musst du versprechen.«

Ich nicke.

»Das war eine großartige Hochzeit, Mark.«

»Wenn man mal von den kleinen und großen Katastrophen absieht.«

»Die gehören dazu. Das ist doch erst das Salz in der Suppe. Andere zahlen für so was viel Geld.«

Barnie meint mit »so was« vermutlich die Tortenschlacht

mit anschließendem Damen-Catchen und Kutschfahrt zur Entbindung.

»Wir sehen uns«, verabschiede ich mich.

Luisa nimmt mich an der Hand und führt mich zu unserem Taxi. Sie hat kurzerhand eine Krankenschwester auf dem Parkplatz angesprochen, die gerade Feierabend hat und uns netterweise zurück auf unsere Party bringt. Während der Fahrt will sie alles über unsere Hochzeit wissen. Angefangen vom Antrag bis zum Ja-Wort. Beim Gedanken an die Möwenattacke auf Sylt muss ich lachen, beim Gedanken an die letzte Stunde erst recht. »Na ja«, meint auch Luisa. »So richtig glatt ist nichts gelaufen.«

»Aber wir hatten unseren Spaß«, ergänze ich.

»Ja, den hatten wir. Mein Mann und ich.«

»Freut mich für euch«, lacht die Krankenschwester. »Ich will nämlich auch heiraten. Aber mein Freund kommt einfach nicht in die Gänge mit dem Antrag.«

»Das kenne ich«, seufzt Luisa und zeigt auf mich.

»Hast du heute noch was vor?«, lenke ich geschickt vom Thema ab.

»Nein, wieso?«, fragt die junge Frau am Lenkrad.

Ich sehe Luisa an, die grinsend nickt. »Du bist natürlich herzlich eingeladen, den Rest unserer Hochzeitsfeier mit uns zu verbringen. Dann könntest du ja schon mal testen, ob das was für dich wäre.«

»Darf ich meinen Freund mitbringen?«

Natürlich darf sie. Und so dauert es keine zwei Sekunden, bis sie sich ihr Handy ans Ohr hält und Befehle erteilt. »In zehn Minuten am Wasserwerk. Und zieh dir was Ordentliches an! Nein, erkläre ich dir später.«

Voll bis zum Anschlag mit Glückshormonen schlendern Luisa und ich vom Parkplatz zum Wasserwerk. Schon am Eingang hören wir die Bande jubeln. Der DJ spielt gerade einen richtigen Stimmungskracher. *Wake me up before you go go* in irgendeiner Italo-Dance-Version. Wir schnappen uns erst mal eine Champagnerflasche. Und weil's schnell gehen soll, verzichten wir auf Gläser. Aus sicherer Entfernung beobachten wir Händchen haltend unsere Gäste. Was für ein Glück Luisa und ich haben. Unsere Familien halten zusammen. Ich liebe meine Mutter, meinen Vater – und die beiden lieben mich. Gleiches gilt für Luisa und ihre Eltern. Durch unser Ja-Wort haben wir aus zwei Familien eine gemacht. Das muss gefeiert werden.

Unser kleiner, stiller, gemeinsamer Augenblick bleibt nicht lange unentdeckt. Unsere Freunde und Verwandten kommen in champagnerseliger Stimmung auf uns zu, umarmen uns, bald bilden wir eine Traube, wo einer den anderen ganz stark an sich drückt.

Natürlich wollen sie alle wissen, was passiert ist. Vor lauter aufgeregter Fragen kommen wir nicht zum Beantworten. Außerdem schluckt George Michael jedes Wort.

»Moment«, schreie ich, so laut es meine ramponierte Stimme noch zulässt. Ich brülle dem DJ etwas ins Ohr, und er fährt ganz sachte und langsam die Musik herunter. Dann reicht er mir das Mikrofon.

»Hallo? Hört ihr mich?«, sage ich.

»Jaaaa«, plärren die Gäste zurück, als wären sie begeisterte Zuschauer beim Kasperltheater.

»Eigentlich«, beginne ich meine kurze Rede, »eigentlich ist schon alles heute gesagt worden. Ich danke euch so sehr, dass ihr mit uns diesen wunderschönen Tag und Abend verbringt. Wie ihr vielleicht wisst, kommen wir gerade aus dem Krankenhaus. Keine Angst. Uns geht's gut. Auch Luisa hat außer ein paar blauen Flecken keine größeren Blessuren davongetragen. Die Punktrichter werteten den Kampf übrigens einstimmig für sie.«

Applaus brandet auf. Luisas rechter und linker Arm werden in die Luft gestreckt.

»Und es gibt noch eine gute Nachricht: Mein bester Freund Barnie und seine Lilly sind Eltern!«

»YEEEEEAAAAAAH!«, schreien hundertfünfzig Stimmen im Chor.

Erst jetzt fällt mir auf, dass noch keiner gegangen ist.

»Um auch noch die letzte offene Frage zu beantworten«, fahre ich fort, während alle mit Schaumwein auf das Baby und die Eltern anstoßen: »Es ist ein Junge! Mein Patensohn!«

Eine Welle des Glücks schwappt durch den Saal, gefolgt von La Ola und jubelnden Menschen. »Auf den Vater! Und natürlich auf die Mutter!« Unser DJ – wer hat diesen Musik-Gott eigentlich ausgesucht? Wollten wir nicht eine Band? – liefert den passenden Song. Der ganze Saal hüpft und grölt »Mamma mia!«.

Als sich irgendwann die allgemeine Raserei langsam legt und die Ersten das Käsebüfett in Beschlag nehmen, ist es fast zwei Uhr morgens. Hätte ich mir meine perfekte Hochzeit vorgestellt, dann hätte sie genau so sein sollen. Eine Riesenparty mit den Leuten, die uns am wichtigsten sind. Ich bin besoffen vor Freude. Vielleicht auch ein klein wenig vom Champagner und Merlot.

»Mark, wir haben was vergessen«, flüstert mir meine Frau ins Ohr.

Ich überlege, spiele sämtliche Szenarien in Gedanken kurz durch, finde aber keine Lösung. »Was denn?«

»Unseren Tanz! Unseren ersten Walzer als Ehepaar!«

»Verdammt!« Ich setze sofort mein Glas ab. »Ich habe sogar schon ein Lied ausgesucht.«

Gemeinsam gehen wir auf die Tanzfläche. Wir nehmen Aufstellung, und ich gebe dem DJ das verabredete Zeichen. Der winkt aber bloß ab.

»Was ist?« Für einen Moment bekomme ich es mit der Angst zu tun. Hat der Typ etwa schon Feierabend? Ich will aber noch tanzen. »Bitte!«, sage ich eindringlich.

Der DJ quittiert meine Bitte mit einem müden Lächeln und zeigt hinter uns. Mir fallen fast die Augen aus den Höhlen. Was ist das? Wo kommt das Klavier her? Carlo nimmt auf einem Hocker davor Platz und schlägt die ersten Takte *An der schönen blauen Donau* an. Plötzlich setzt Dominik mit der Violine ein, dann mein Vater am Kontrabass.

»Darf ich bitten?« Luisa strahlt mich an. Honigkuchenpferd nichts dagegen.

Mir fehlen die Worte. Ich nicke nur. Und wir drehen uns im Kreis.

Ich vergesse die Zeit. Eins, zwei, drei. Eins, zwei, drei. Alles Walzer.

Als sich nach ein paar Minuten die ersten Paare zu uns auf die Tanzfläche gesellt haben, wechselt abrupt die Lautstärke und die Musikrichtung. Der DJ übernimmt plötzlich wieder das Kommando, und statt Johann Strauss rocken nun AC/DC das Wasserwerk.

»Und das ist?«, fragt Luisa misstrauisch.

»Unser Lied!«

»Kann man auf *You shook me all night long* Walzer tanzen?«

»Man vielleicht nicht. Wir schon.«

Liebe Lilly, lieber Barnie, lieber Max,

wir hoffen, euch dreien geht's richtig gut – so wie uns. Kapstadt ist ein Traum. Die schönsten Flitterwochen unseres Lebens! Wir waren schon auf dem Tafelberg und am Meer. Jetzt geht's nach Stellenbosch auf die Weinroute. Vor uns liegen sieben Tage mit hervorragendem Essen und köstlichen Tropfen – zumindest für einen von uns. Wenn nur diese Morgenübelkeit nicht wäre!
Wir sprechen oft über unser neues gemeinsames Zuhause und können es kaum erwarten, die Hütte endlich zu beziehen. Seid also noch ein bisschen fleißig, solange wir weg sind. Max kann doch sicher schon mal das Parkett abschleifen, oder?

Alles Liebe! Luisa & Mark

Danke!

Okay, wir haben keinen Oscar gewonnen. Noch nicht einmal den Buchpreis. Und das mit der Siegerurkunde bei den Bundesjugendspielen ist auch schon ein paar Jahre her. Trotzdem wollen wir uns an dieser Stelle bei einigen für uns sehr wichtigen Menschen bedanken, ohne die es dieses Buch nicht gäbe. Oder vielleicht als Thriller, in dem die Menschen einander nicht lieben, sondern bloß hassen und kaltblütig meucheln.

Vielen Dank an unsere Freunde. Für eure Zuneigung, eure Spleens und eure Geschichten aus dem wahren Leben, die wir uns ausborgen durften. Großer Dank an unsere Familien, die dafür gesorgt haben, dass wir gerne über Gefühle reden, ja, sogar schreiben. Und überhaupt vielen Dank für alles. Wo, wenn nicht hier, kann das einmal gesagt werden? Danke an unsere Liebsten. Wenn wir euch versicherten, eure entzückenden kleinen Marotten seien in dieses Buch nicht eingeflossen – würdet ihr uns glauben? Vielen Dank an Uwe Neumahr und Roman Hocke von AVA für ihre Unterstützung und ihre elegante Eindämmung unseres gelegentlichen kreativen Überschwangs. Unser größter Dank aber gilt unserer Lektorin Hannah Scharf. Deine Begeisterungsfähigkeit, deine Ideen, Anmerkungen, Vorschläge, aber auch deine Kritik an den richtigen Stellen haben die Arbeit an diesem Buch zu einem reinen Vergnügen gemacht.

Halb verliebt und voll genial.

448 Seiten. ISBN 978-3-442-37828-9

Schauspielerin Sarah Sargeant hat ihn endlich gefunden: den perfekten Mann fürs Leben. Doch als sie beruflich nach LA (!) reist, mutiert sie plötzlich von einer »Ich-liebe-Dich«-hauchenden Traumprinzessin zu einem durchgedrehten telefonwerfenden nervlichen Wrack. Seit wann eigentlich ist das Glas plötzlich nicht mehr randvoll, sondern ziemlich leer? Lag es an dem Foto von Simons halbnackter Exfreundin in anzüglicher Yogapose in seinem Filofax? Oder an der heißen Sexszene, die sie mit dem hübschesten Mann auf Erden drehen musste? Es hilft alles nichts: Zweimal halb verliebt ist auch keine Lösung, und Sarah muss sich entscheiden: Who's perfect?

Lesen Sie mehr unter: **www.blanvalet.de**